1929년 은일당 사건 기록

사라진 페도라의 행방

부크크오리지널은 부크크의 기획출판 브랜드입니다.
여러분의 투고를 기다립니다.

1929년 은일당 사건 기록
사라진 페도라의 행방

초판 1쇄 인쇄	2022년 3월 14일	
초판 1쇄 발행	2022년 3월 21일	
지은이	무경	
펴낸이	한건희	
책임편집	유관의	
디자인	조은주	

주식회사 부크크

출판사등록	2014. 07. 15(제2014-16호)		
주소	서울특별시 금천구 가산디지털1로 119 A동 305호		
전화	1670-8316		
홈페이지	www.bookk.co.kr	**이메일**	editor@bookk.co.kr
블로그	blog.naver.com/bookkcokr	**인스타그램**	@bookkcokr
ISBN	979-11-372-7339-9 (03810)		

ⓒ 1929년 은일당 사건 기록 사라진 페도라의 행방, 2022
본 책은 저작자의 지적 재산으로서 무단 전재와 복제를 금합니다.

1929년 은일당 사건 기록

사라진 페도라의 행방

무경 장편소설

고찰	217
헌책방 구문당	231
기생과 의사, 그리고 탐정	249
다방 흑조	265
C양의 조언	279
수상한 인력거꾼	301
속마음	317
한밤중의 대화	329
연주의 편지	351
뜻밖의 인연	363
선화의 이상한 부탁	373
아직 풀리지 않은 의문	385
드러난 진실	395
다시 나타난 도끼	413
남은 이야기	421
마무리	439
작가의 말	449

차례

비 … 7
하숙집으로 가는 길 … 11
은일당 … 27
신문과 양복장 … 45
등불은 무엇으로 켜야 하는가? … 59
권삼호의 집 … 79
취조 … 91
쇠꼬챙이 … 105
밝혀진 페도라의 행방 … 115
늦은 귀가 … 127
우울과 몽상 … 139
탐정의 등장 … 147
오동나무 양복장 … 161
탐정학 강의 … 173
첫 번째 범행 현장 … 183
두 번째 범행 현장 … 197

비

쇠창살 너머로 어수선한 소리가 끊임없이 울렸다.
후둑, 후두둑.
물방울이 스치는 소리.
탕탕탕.
탁하게 울리는 둔탁한 금속 소리.
바깥에 비가 내리는 모양이었다. 에드가 오는 몸을 웅크렸다. 습한 공기가 그의 주위를 짓누르듯 덮어왔다. 온몸이 덜덜 떨렸다.
"나는 왜 여기 있는 거지."
하지만 유치장 안의 그 누구도 그의 말을 들은 체조차 하지 않았다. 에드가 오는 고약한 냄새와 습기를 피해 더욱 몸을 웅크렸다. 머릿속에 조금 전 보았던 끔찍한 광경이 다시 스쳤다.
차가운 적막. 자욱한 피비린내. 피가 잔뜩 튀어 엉망이 된 방. 부릅뜬 눈에서 피눈물을 흘리던 시체.
그는 떨리는 무릎을 다시 꽉 그러쥐었다. 팔 역시 부들부들 떨리고 있었다.

조금 전 그는 참혹한 꼴을 보고 난 뒤였다. 하지만 평안을 되찾을 새도 없었다. 아니, 평안은커녕 순사의 손에 이끌려 어딘지도 모르는 경찰서로 끌려와, 지금은 유치장에 내던져진 채 방치된 채였다.

유치장 저편에 모인 사람들이 무언가 중얼거리고 있었다. 가끔 작은 한숨이나 쿡쿡거리는 낮고 허탈한 웃음소리도 들렸다. 이 안에서 그에게 관심을 가지는 자는 아무도 없었다.

혼자 내버려진 기분이었다. 올해는 시작부터 계속 이런 꼴을 겪고 있었다. 일이 계속 어그러지고 뒤틀리다가, 결국에는 유치장에 들어와 버린 것이다.

"올해는 도대체 왜 이렇게 운수가 사나운 걸까."

이번에도 그의 중얼거림은 외면당했다. 그의 말을 듣는 사람은 아무도 없었다.

에드가 오는 길게 한숨을 쉬었다. 지금 그가 할 수 있는 것은 고작 그런 것밖에 없었다.

하숙집으로 가는 길

에드가 오는 페도라를 고쳐 썼다.

"전부 맘에 들지 않아."

구두에 계속 차이고 있는 돌멩이도, 길옆에서 풍겨오는 생강나무 향기도 거슬렸다.

그는 다시 신경질적으로 넥타이를 매만졌다. 어떻게 해도 한 번 가라앉은 기분은 좀체 나아지지 않았다. 1929년이 시작되면서 지금까지, 단 하루도, 무엇 하나도, 마음에 들지 않았다.

*

서기 1929년, 쇼와[1] 4년은 에드가 오가 경성에 복귀한 해였다. 그가 동경 생활을 마무리 짓고 부산항을 통해 조선으로 돌아온 뒤, 기차에서 내려 경성역에 발을 디딘 것은 1928년 12월 29일이었다. 사흘의 시

---

1 昭和, 일왕 히로히토가 즉위한 기간에 사용했던 연호.

간은 적당히 가감할 수 있을 터, 그의 경성 복귀를 1929년이라고 해도 무리는 없었다.

> 1929년은 우리 인류가 성풍혈우腥風血雨의 전란의 세계에서 평화의 서광이 비추는 개조의 세계로 일대전환을 시작한 지, 만 십 주년을 기념할 새해입니다. 인류상장人類相戕의 악마의 세계를 깨트리고 정의와 인도의 대패大斾 아래서 평화와 개조의 인류적 합창이 어언 십 주년![2]

경성역에 도착하자마자 집어 든 신문 1면에 실린 글이었다. 고이 잘 개어 팔에 걸친 외투에 주름이 지지 않도록 애쓰며 에드가 오는 그 거창한 글귀를 다시 한번 천천히 살펴보았다.
"아직 이 나라는 그리 모던한 것 같지 않은데."
에드가 오가 중얼거렸다. 그러나 자기 입에서 나온 말에 그가 가장 먼저 깜짝 놀라서 숨을 삼켰다.
야만이 끝나고 이제는 온 세상이 이성과 지성으로 가득 차리라는 신문의 희망 가득한 전망은 단지 말뿐인 공허한 수작으로 여겨졌다. 하지만 에드가 오는 모던을 숭상하고 이성과 합리의 세상이 앞으로 펼쳐질 거라고 주장하던 사람이었다. 모던하지 않다는 불평은, 에드가 오를 잘 아는 이가 들었다면 그가 내뱉었다고는 도저히 믿지 못할 말이었다. 이미 심사는 그때부터 단단히 틀어져 있었던 게 분명했다.

황금정[3]의 내 병원 근처에 있는 집을 사들이려 한다. 네가 유학 생활을 정

---

2 《동아일보》, 1928년 12월 29일 1면에서 발췌, 윤문.
3 黃金町, 지금의 을지로 일대를 가리키던 지명.

리하고 경성에 돌아올 생각이라면 그 집에서 같이 지내는 것이 어떠냐.

 9월의 무더운 날, 동경의 하숙집에서 형님의 편지를 받았을 때만 해도 에드가 오는 경성에 돌아가는 것을 이토록 우울하게 여기지 않았었다. 오히려 형님의 편지 속 제안은 점점 힘에 부치던 유학 생활 가운데 모처럼 맞은 즐거운 소식이었다.
 동경에서는 어쩔 수 없이 취향에도 맞지 않는 낡고 좁은 하숙집에서 살아야 했지만, 경성에 돌아간다면 형님이 새로 구매한다는 좋은 집에서 모던한 생활을 누릴 수 있겠지. 분명 서양식으로 지은 집일 것이고 형님이라면 가구 또한 흠 없이 깔끔한 물건을 구해놓으셨을 게다. 그 집에 나 혼자 쓰는 커다란 양복장 하나를 놓고 그 안에 경성에서는 찾을 수 없는 제대로 된 양복을 가득 채워서 경성 사람들에게 모던이 무엇인지 몸소 선보여야겠지…….
 그런 상상을 버팀목 삼아 그는 대학교의 남은 일정을 애써 참아 나갔다. 귀국 예정 날짜가 하루하루 다가올수록, 부산항에 내리기만 하면 한달음에 경성으로 달려갈 수 있을 것만 같았다. 그러나 갑작스레 벌어진 형님의 결혼이 모든 것을 어그러트렸다.
 모든 짐을 꾸리고 그중 일부를 경성으로 부치고 난 직후에 한 통의 편지가 배달되었다. 편지에는 형님이 11월에 결혼식을 올렸다는 내용이 쓰여 있었다.
 에드가 오는 혼란스러움을 느끼고 맥없이 중얼거렸다.
 "아니, 이런 건 모던 보이와 모던 걸이나 저지를 법한 일인데……."
 여름 방학 중에 잠깐 들렀던 경성에서 만난 형님에게 그런 낌새라고는 전혀 보이질 않았다. 말 그대로 갑작스러운 결혼이었다. 이 갑작스러움은 늘 느긋하고 여유롭게만 보이는, 그리고 유행이나 모던함과는 거리가 있는 형님의 모습과 도저히 어울리지 않았다. 불안한 감정은 그때부터 싹터 올랐다.

예상한 대로 경성에 돌아온 뒤의 매일매일이 무척 신경 쓰였다. 형님의 집은 에드가 오의 상상보다는 허름했지만, 깨끗하고 아늑한 공간이었다. 언제나처럼 인자한 형님과 처음 만난 에드가 오에게도 미소를 늘 띄워주는 형수님은 그에게 친절하게 대해주었다. 늘 신경을 써주는 두 사람이 고마웠지만, 그렇다고 해서 눈치 없이 신혼집에 계속 눌러앉아 살기에는 그의 마음이 편치 않았다.

그의 거북한 눈치를 형님이라고 모를 리 없었다. 1월이 시작되고 얼마 지나지 않아, 형님은 경성의 다른 하숙집을 알아봐주겠다고 했다. 아무래도 약속을 어기게 된 걸 형님 역시 신경 쓰고 있었던 모양이었다. 그리고 지금 에드가 오는 그 하숙집으로 가는 길이었다.

올해는 야만의 세계가 이성의 세계로 바뀌고 있다는 때였다. 하지만 에드가 오의 삶에는 여전히 혼돈이 가득할 뿐이었다.

*

제대로 닦이지 않은 흙길 저편으로 옹기종기 모여 있는 누런 초가지붕이 보였다. 걸음을 옮길수록 온 경성에 진하게 깔린 특유의 찌든 냄새는 점점 희미해졌다. 목적지가 가까워지면서 풀과 나무의 싱그러운 향기와 눅진한 거름 냄새 역시 짙어졌다. 불안감은 점점 커져만 갔다.

여긴 그야말로 촌 동네 아닌가. 어떻게 경성 안에 이런 곳이 남아 있는 것일까. 풍경만 보면 여긴 거의 귀양지 같은데. 제발 그 하숙집이라는 곳이 다 무너져가는 초가집은 아니길.

머릿속으로 떠오르는 별의별 불길한 생각을 단 채로 그는 초조하게 흙길을 걸어갔다. 길을 따라 산모퉁이를 돌아 나오자 넓은 공간이 펼쳐져 있었다. 에드가 오는 발걸음을 멈췄다.

"설마 이 집인가?"

둘레가 한 아름은 가볍게 넘을 커다란 나무 한 그루 뒤에 집 한 채가 서 있었다. 수려하고 화사한 서양풍 집이었다. 2층 높이인 집의 가장 위에는 세모로 빳빳하게 각이 진 붉은 지붕이 얹혀 있었고 하얀 페인트로 칠해진 벽과 붉은 칠이 된 문은 깔끔하고 산뜻한 느낌이었다. 경성에 사는 부자들의 별장이라고 말해도 이상하지 않을, 그리고 내지에서도 부자들이나 살고 있을 법한 최신식 문화주택[4]이었다.

이 집의 깔끔하고 간결한 분위기를, 대문 위에 걸린 새카만 나무 현판이 홀로 흐리고 있었다.

隱逸堂

"아."

그의 입에서 감탄사가 터져 나왔다.

우울했던 기분이 한순간에 날아갔다. 어쩌면 이건 운명과도 같은 만남이었다. 경성의 누구보다도 모던하다고 자부하는 에드가 오의 눈앞에 그야말로 모던의 이상향이 서 있었다. 눈앞의 집, 은일당은 그의 모던 취향에 딱 들어맞았다. 모던 보이와 모던 걸이 꿈꾸는, 문화주택을

---

[4] 1920년대에 유행하던 주택 양식. 일본식과 서양식을 절충해 구성되었다.

별장 삼아 여유를 누리는 삶의 표본으로 나올 법한, 그야말로 이상적인 곳이었다.

이 집까지 오는 길이 시골이나 다를 바 없었다는 점 역시, 이제는 오히려 무척 좋게 보였다. 그 덕분에 매일매일 별장에서 생활하는 기분을 만끽할 수 있을 게 분명했다.

이 집은 무슨 수를 써서라도 살고 싶은 집이다. 이런 곳에서 하숙할 수 있다니, 이건 행운이다. 경성에 돌아와 여태 일이 꼬이기만 했던 건 이 커다란 행운을 잡기 위해서였을 것이다.

"괜찮아."

에드가 오는 다시 페도라를 반듯하게 고쳐 썼다.

"아주 괜찮아."

그는 자신에게 다짐하듯 한 번 더 중얼거렸다.

*

은일당에 가까워지니 멀리서는 보이지 않던 너저분한 모습 역시 눈에 들어왔다. 멀끔한 외관과는 달리, 집의 마당 쪽은 그리 깔끔하지 않았다. 나무토막들이 난잡하게 널려 있는 모습은 마치 공사장이나 목수의 공방처럼 보였다. 그 난잡한 공간 한편에는 시커멓고 커다란 화로가 덩그러니 놓여 있었다.

화로 옆에 누군가 쪼그려 앉아 있었다. 흰 저고리와 검은 치마 차림의 그 사람은 나른하게 누운 희고 검은 얼룩 고양이를 쓰다듬고 있었다. 땋은 머리 아래 매달린 짙은 붉은색 제비부리댕기가 동물의 꼬리처럼 살며시 흔들거렸다.

한가롭게 몸을 눕힌 채 쓰다듬는 손을 즐기던 고양이가 문득 귀를 세우더니 몸을 잽싸게 일으켰다. 고양이는 몸을 굳힌 채 에드가 오를 노려봤다. 그는 걸음을 멈췄다.

"영돌 아저씨, 이제 오시는 겁니까."

알은체하며 뒤를 돌아보던 처녀 역시 우뚝, 몸이 굳었다. 에드가 오는 재빨리 페도라를 벗고 얼굴에 미소를 지은 뒤, 자신을 경계하는 희고 검은 둘을 향해 고개를 숙였다.

"안녕하십니까. 저는 이 집에 하숙하려고 온 사람입니다."

"……"

처녀는 말없이 그를 바라보았다. 눈매가 매서웠다.

이건 나를 바라보는 걸까, 노려보는 걸까, 아니면 원래 눈매가 날카로운 걸까.

속으로 든 온갖 생각들을 무시하며 에드가 오는 급히 말을 덧붙였다.

"황금정의 오덕형 의사 선생님 소개로 여길 찾아왔습니다. 이곳 은일당에서 하숙생을 모집한다는 이야기를 전해듣고서 말입니다. 이야기는 이미 들으셨겠지요? 이 댁 주인분과 좀 더 자세한 이야기를 나누고 싶은데……"

"……잠깐만 기다려주시겠습니까."

처녀는 그렇게 말하고는 몸을 일으켰다. 그 움직임에 얼룩 고양이도 후다닥 어딘가로 도망쳐버렸다. 처녀는 종종걸음으로 붉은 문 안으로 모습을 감췄다.

문이 닫히기 전에 아주 잠깐, 그 처녀와 눈이 마주쳤다. 경계심 가득한 눈이었다.

*

 이름 모를 새가 우는 소리가 집 밖에서 아련하게 들려왔다.
 에드가 오는 괜히 몸을 뒤척였다. 낯선 공간에서 낯선 사람과 말하는 상황은 아무래도 긴장될 수밖에 없었다.
 나무 냄새와 등잔용 기름 냄새가 현관 바로 옆, 응접실로 짐작되는 공간 안을 은근히 돌았다. 응접실 한구석에는 책상이 놓여 있었다. 문화주택의 응접실 하면 떠오르는 화려한 꾸밈새의 서양식 탁자가 아닌, 문필가의 서재에나 놓여 있을 육중한 물건이었다. 그 위에는 신문 한 무더기까지 놓여 있었다. 책상 위에 올려놓은 그의 페도라가 어색하게 자리 잡고 있었다.
 집주인은 평범한 검정 치마와 누비저고리 차림의 전형적인 구식 조선 여인이었다. 이곳과는 전혀 어울리지 않는 옷차림이었다. 깊이 주름이 파인 얼굴은 단단한 가면처럼 보일 정도였다. 이 여인이 언제 마지막으로 웃어 보았을지 짐작조차 가지 않았다.
 고양이를 쓰다듬던 처녀는 집주인 옆에 앉아서 고개를 숙이고 있었다. 무슨 표정을 짓고 있는지는 푹 숙인 고개 때문에 볼 수가 없었다.
 에드가 오는 책상 하나를 사이에 두고 그 두 사람과 마주 앉아 있었다. 모르는 사람이 보아도 참으로 이상하다고 여길 법한 광경이었다.
 여기가 경찰서라면 곧 취조가 시작될 분위기로군.
 에드가 오가 긴장한 얼굴로 양복 안주머니에서 소개장을 꺼내 집주인 여인에게 건넸다. 그러자 여인은 그 소개장을 다시 처녀에게 넘겨주었다. 처녀가 그 소개장을 펼치고는 이맛살을 찌푸린 채 낮은 목소리로 중얼중얼 글을 읽었다. 처녀는 꽤 곱상하게 생긴 얼굴이었지만, 찌푸린 이맛살 때문인지 그렇지 않아도 날카로운 눈매가 더 날이 선 듯 보이는 것이 흠이라면 흠이었다. 소개장을 다 읽은 처녀가 다시 고개를 푹 숙였다.

눈치를 가만히 보던 에드가 오가 어렵게 말을 떼었다.

"소개장에 적혀 있겠습니다만, 의사 선생님께서 앞으로 신세 지게 될 분들께 미리 인사드리고 오라고 하셔서, 소개장도 전달할 겸 오늘 미리 방문하게 되었습니다."

"……."

"하숙비가 얼마인지 등을 잘 논의하고 오라는 말씀도 있었습니다."

"……."

"그건 그렇고, 이 집은 제가 여태껏 경성에서 본 집 중 가장 훌륭한 집입니다. 경성에서 내로라하는 내지인이나 조선인 부자들도 이렇게 제대로 된 집에서 사는 이는 드물 겁니다. 이 집, 아주 모던하고 세련된 모양이잖습니까. 하숙하는 사람들이 무척 맘에 들어 할 것 같은데, 어떻습니까?"

집을 칭찬하는 말에도 여인은 별다른 표정을 짓지 않았다. 기분 탓인지 그 무표정이 그리 호의적으로 보이지 않았다. 머쓱해진 에드가 오는 괜히 넥타이를 매만졌다.

내 복장에 문제가 있는 건가? 하지만 세련됨을 한껏 갖춘 차림으로 왔으니, 옷차림으로 흠 잡힐 일은 없을 터였다. 혹시나 내가 무언가 말실수를 한 걸까? 대체 무엇이 문제인 걸까?

그가 머릿속으로 온갖 생각을 하고 있는데, 여인이 입을 열었다.

"이 집은 하숙을 놓지 않습니다."

예상하지 못한 말이었다.

"그게 무슨……?"

여인은 무뚝뚝한 표정으로 말을 이었다.

"이 집은 하숙집이 아닙니다. 바깥 어르신이 집을 오래 비우고 있으셔서 집에 빈 곳이 많을 뿐입니다."

"아니, 저기, 하지만 형님, 아니, 의사 선생님이 분명……."

"지난번 왕진 오셨을 때 의사 선생님이 이 집에 하숙 놓을만한 빈방이 있느냐고 물어보셨습니다. 그때는 무슨 영문인지 몰라서 그렇다고만 말씀드렸는데, 의사 선생님이 그 말을 저희가 하숙을 놓을 수 있다는 뜻으로 여기신 모양입니다."

"……."

"지금 이 집엔 저와 제 딸, 둘만 있는 처지입니다. 그렇다 보니 알지도 못하는 낯선 사람을 집에 함부로 들여놓기는 곤란합니다."

에드가 오는 어안이 벙벙했다. 형님이 주선해준 집이라서 아무 의심조차 하지 않은 게 문제였다. 하숙하는 것은 이미 당연히 정해진 일이고, 남은 것은 하숙비에 대한 협상 정도로 여겼던 그 생각은 뿌리부터 산산조각 나 있었다.

"하지만 저는 한시바삐 하숙을 구해야 하는 처지입니다. 그, 알고 계시겠지요? 의사 선생님이 얼마 전 결혼한 것 말입니다. 저기, 그래서 그런 사정으로 동생인 저와 같이 살지를 못하게 되어서……."

그가 더듬거리며 하소연을 늘어놓았다. 하지만 여인은 그 말을 듣고서도 표정을 바꾸지 않았다.

"선생님의 사정은 알겠습니다만, 저희 사정도 있습니다. 매정하다고 여기셔도 어쩔 수 없습니다. 선생님과 저희는 지금 막 본 사이이지 않습니까."

여인의 표정을 보면, 지금 한 말을 바꿀 생각은 추호도 없어 보였다. 이래서는 협상은커녕 이야기를 더 붙여볼 수조차 없었다.

실망감이 컸다. 여느 하숙집이었다면 이렇게까지 실망하지 않았을 것이다. 하지만 이 집이 워낙 마음에 들어서, 그래서 너무 크게 기대하고 만 것이 문제였다. 차라리 여길 오지 않았더라면, 이렇게 실망할 일도 없지 않았을까.

그가 그런 생각을 하고 있는데, 여인이 넌지시 물었다.

"의사 선생님께서 다른 말씀은 전하지 않으셨습니까?"

"다른 말씀이라니요?"

"딸아이의 과외에 대한 겁니다. 학교를 대신하여 이 아이의 공부를 시켜줄 선생님을 알아봐달라고 의사 선생님께 부탁을 드렸습니다. 곧 언질을 주겠다고 하셨는데, 들으신 것이 없으십니까?"

그 말에 처녀가 처음으로 고개를 들었다.

"과외라니요? 어머니, 저는 이젠 공부하지 않아도……."

그녀의 얼굴에 당혹스러움이 가득했다.

"이제는 다시 할 때도 되지 않았느냐."

"하지만 말입니다……."

처녀는 무언가 중얼거렸지만 제대로 말을 맺지는 못했다.

언질이라. 그러고 보니 형님이 소개장과 함께 전하라던 편지가 있었지.

그는 양복 안주머니에 넣어둔 또 다른 봉투를 떠올렸다. 그 봉투를 꺼내려고 그는 오른손을 품 안으로 넣었다.

그때, 문득 한 가지 묘책이 떠올랐다. 저 바위 같은 조선 여인의 귀를 열게 할 만한 수단이었다.

안 된다. 그건 나쁜 짓이 아닌가.

그는 망설였다. 하지만 마음속에서 다른 소리가 속삭였다.

잠깐만 뻔뻔해지면 되지 않나. 사람들에게 잘 먹힐 미소를 지으면서 한번 시도해보란 말이야. 실패해도 어차피 본전이야. 그리고 성공하면 네가 원하는 이 집에 살 수 있는 것 아닌가.

달콤한 속삭임이었다.

에드가 오는 오른손을 슬쩍 빼서 넥타이를 매만지는 시늉을 한 뒤, 일부러 크게 헛기침을 했다. 여인과 처녀가 그를 동시에 바라보았다. 그는 여유가 한가득 있는 양 밝게 미소를 지었다. 죄책감이 쿡쿡 찌르는 속마음은 그 미소 뒤편으로 힘껏 밀어 넣어 숨겼다.

일부러 잠시 뜸을 들인 후, 에드가 오가 입을 뗐다.

"공교롭게 되었습니다만, 그 과외 선생으로 추천받은 게 바로 접니다."

두 사람 모두 어리둥절한 표정이었다. 그는 미소를 지은 채 말을 이어 나갔다.

"몇 년 전, 경성에서 일 년가량 과외를 한 적이 있었습니다. 유력한 집안 영애의 교사 노릇을 했었지요. 신문 지면에 자주 오르내리는 분의 따님이었습니다."

에드가 오는 신문을 흘끔 곁눈질하며 말했다. 그를 바라보는 여인의 눈빛이 조금 바뀐 듯도 했다. 긍정적인 신호였다.

"다시 내지로 유학을 떠나게 되며 그만두었지만 말입니다."

"내지로 유학을 떠나셨다고요?"

"예. 제국대학교[5]에 돌아가야 했지요. 그곳 법문학부에서 영문학을

---

5 1886년 공포된 제국대학령에 의해 설립된 대학. 지금의 국립대학이다.

전공했습니다. 경성에는 얼마 전에 돌아왔습니다."

그늘지고 어둡기만 하던 여인의 표정이 서서히 밝아졌다. 그에 비해 처녀의 얼굴에는 당혹감과 낭패스러운 기색이 드리워지고 있었다.

지금부터 보여야 할 태도가 중요했다. 에드가 오는 일부러 큰 동작으로 책상 위의 페도라를 집어 들었다. 그는 모자챙을 손가락으로 쓸면서 괜히 크게 한숨을 쉬었다.

"그러나 아무래도 지금은 제가 다른 이에게 과외를 해줄 형편이 못 되는군요. 당장 하숙집을 구하러 경성 여기저기를 다녀야 하는데 과외 수업까지 돌보는 건 언감생심 아니겠습니까."

"……"

"살 곳이 정해진 뒤라면 또 모르지만 말입니다."

그는 말을 마치고 일부러 입을 꼭 다물었다. 페도라를 조심스레 쓰고 그 매무새를 다듬는 일련의 동작을 일부러 느릿느릿 보이면서, 이제 이야기는 모두 다 했고 일어서기만 하면 일이 끝날 듯 눈치를 꾸몄다.

잠시 머뭇대는 듯하던 여인이 입을 열었다.

"그렇다면 이곳에 방을 붙이시는 건 어떻습니까?"

기다리던 대답이었다. 에드가 오는 속으로 환호성을 질렀다.

"의사 선생님께서 선생님을 추천하셨다면 그럴만한 이유가 있었을 겁니다. 조금 전에 남남인 사람을 집에 들여놓기 어렵다고 말씀드렸습니다마는, 선생님과 학부모 관계까지 남남이라고 할 수는 없겠지요."

"그렇다는 말씀은……"

"선생님 한 분을 하숙 치르는 일이라면 손이 갈 일은 바깥 어르신이 계실 때와 다를 바 없을 듯하니, 저희 둘만으로도 무리가 가지는 않을 겁니다."

망설이는 기색이 남아 있었지만, 그래도 여인의 말은 단호했다.
"참으로 반가운 대답입니다."
풀어지려는 표정을 다잡으려고 그는 애를 썼다.
"하숙비는 선생님의 과외비로 대신하는 것이 어떨까 합니다. 어떠십니까."
"제가 어떤 과목을 가르치길 원하시는지, 그리고 수업 일정을 어떻게 염두에 두고 계신지를 알아야 과외비를 정할 수 있습니다. 만약 제가 생각한 과외비가 하숙비보다 크다면 차액은 따로 주셔야 합니다."
에드가 오는 흠흠, 하고 목을 가다듬은 뒤 페도라를 다시 책상 위에 놓았다. 그러고 나서 그는 마지막으로 도장을 찍듯 말했다.
"과외 선생 겸 하숙생으로서 앞으로 잘 부탁드리겠습니다."
여인이 고개를 숙였다.
"앞으로 선화를 잘 부탁합니다."
코끝으로 생강나무 향이 스쳤다. 언제 은일당의 문턱을 타고 넘어 들어온 것일까. 거슬리기만 하던 알싸한 내음이 지금은 향긋하기만 했다.
여인의 옆에서, 선화라고 불린 처녀가 에드가 오를 빤히 쳐다보고 있었다. 날카로운 눈빛은 그를 노려보는 것만 같았다. 그 눈빛은 마치 그의 거짓말을 뚫어보는 듯했다. 그는 얼른 시선을 돌렸다.
이렇게 하면서까지 이 집에서 살고 싶은 것인가.
그는 마음속에서 들리는 속삭임을 애써 무시했다.
양복 안주머니에서 바스락거리는 소리가 났다. 마치 누가 일부러 소리 내어 그에게 경고하려는 것처럼 들렸다. 생강나무 향이 다시 코를 찔렀다.

은일당

일주일 뒤, 에드가 오는 은일당으로 이사했다. 그가 탄 짐차가 도착했을 때 은일당 앞에는 여러 사람이 나와 있었다. 문 앞에 서 있던 선화의 모친은 에드가 오에게 말없이 고개를 숙였다. 옆에 선 선화도 따라 고개를 숙였지만 마지못해서 하는 기색이 역력했다.

근처 동네에서 온 듯 보이는 추레한 조선 옷을 입은 사내가 짐들을 보며 히죽거렸다.

"이게 여기 이 모던 뽀이 선생님 이삿짐이란 거지요."

키만 껑충한 그 사내의 중얼거림은 구경꾼의 한가로운 감상으로밖에 들리지 않았다.

"선생님이 쓰실 방은 여기입니다."

이삿짐을 나르기 전에 선화의 모친은 그를 넓은 응접실 옆에 있는 방으로 안내했다. 손님이 잠시 묵고 가는 용도로 만든 듯한 그 방은 앞으로 은일당에서 그가 사용할 방이 되었다.

방에 들어선 뒤 구두를 벗고 발을 디디자 나무로 된 마룻바닥이 삐걱거렸다. 창문으로 따스하게 들어온 햇빛이 바닥에 반사되었다. 그 반질

거리는 반짝임을 보며 에드가 오는 고개를 끄덕였다.

다시 보아도 혼자 쓰기 안성맞춤인 크기였다. 현관 바로 앞으로 펼쳐진 넓은 응접실과는 달리, 이 방에 손님용으로 가져다 놓은 가구가 좌식 생활에 적합한 물건이라는 점이 아쉬울 뿐이었다.

서양처럼 침대가 있었다면 더욱 어울릴 것 같은데.

그는 괜히 입맛을 다셨다.

이삿짐 나르기가 시작되었다. 귀찮게 말을 종알거리던 키 큰 사내가 뜻밖에도 에드가 오를 도와주었다. 그가 가져온 짐의 절반은 책과 공부를 위한 물건들이었고 나머지 절반은 옷가지였다. 그가 옷이 구겨지지 않게 바짝 신경을 곤두세우는 동안 사내는 쉼 없이 말을 떠벌이며 무거운 짐들을 척척 아무렇게나 옮겨갔다. 장정 두 사람이 들어야 할 법한 가구를 혼자 번쩍 들어 옮기는 모습을 보며 에드가 오는 미덥지 못하게 보이는 사람이라 여겼던 처음의 생각을 고쳐야만 했다.

사내 덕분에 이삿짐 나르기는 금방 끝났다.

"일을 거들어주셔서 고맙습니다."

에드가 오가 약간의 돈을 건네자 사내가 히죽 웃었다. 지친 기색 따위는 보이지 않았다. 아무리 봐도 영 미덥지 못한 얼굴인 것은 분명했다.

"아이고, 나야말로 고맙지 뭐요. 선생님 덕분에 오늘도 한잔하게 되었단 말이지."

그런 말을 남기고 사내는 방 밖으로 훌쩍 나가 버렸다.

홀로 남은 에드가 오가 남은 짐을 정리하고 있는데 선화의 모친이 찾아왔다.

"앞으로 식사는 여기로 가져오겠습니다."

그는 고개를 끄덕여 보인 뒤 조심스레 물었다.

"세탁물은 어떻게 하면 됩니까?"

"저나 선화에게 주시면 됩니다. 옷은……. 선생님의 다른 옷들도 전부 그런 세비로입니까?"

선화의 모친이 그가 정리하던 양복들을 바라보며 물었다.

"그렇습니다."

에드가 오는 간단히 대답했다. 평소였다면 그 질문을 받고 '세비로라는 단어는 영국 양복점 거리의 지명인 Savile Row를 내지 사람들이 서툰 발음으로 옮긴 것이니 그냥 양복이라고 부르시는 게 더 낫습니다.'라고 고쳐 말했겠지만, 이사 온 첫날부터 집주인에게 그런 걸 설명하는 것이 좋은 인상을 줄 것 같지는 않았다.

"옷감이 민감한 것들이 많으니 세탁은 조심해서 하셔야 합니다. 만약 정장 세탁이 어려우시다면 제 옷은 대화정[6]의 전문 세탁소에 따로 맡기겠습니다."

선화의 모친은 대답 대신 무뚝뚝한 표정으로 말을 이었다.

"이 집에서 지켜주실 게 한 가지 있습니다."

"무엇입니까."

"너무 시끄러운 소리를 내지 말아주시길 바랍니다. 제가 병을 앓고 있는 몸이라서 소란스러운 것을 참기 힘듭니다. 이 점을 지키질 못하신다면 오 선생님이 여기서 사시는 것을 다시 생각해보아야 할지도 모르겠습니다."

"조용히 지내겠습니다. 여부가 있겠습니까."

---

6 大和町, 지금의 필동 부근

그의 흔쾌한 대답에도 선화의 모친은 신경이 쓰이는 눈길이었다.
"다른 용무가 있으시면 선화를 통해 저를 찾으시면 됩니다."
"알겠습니다."
"선화는 늘 저기 있습니다."
선화의 모친이 응접실의 나무 책상 쪽을 바라보며 말했다.
'선화는 늘 저기 있습니다.'란 말이 어떤 뜻인지, 에드가 오는 금방 알게 되었다. 방 정리가 끝난 직후부터 그는 선화와 마주쳤다. 그의 방 출입문이 공교롭게도 선화가 앉아 있는 책상을 정면으로 마주 보는 곳에 있기 때문이었다. 그가 문을 열고 방에서 나오자 신문을 읽고 있던 그녀가 그에게 꾸벅 고개를 숙이고는 다시 신문으로 시선을 돌렸다. 신문을 읽으며 이맛살을 찌푸리는 선화의 표정은 늘 해오던 것인 양 자연스러웠다.
마지못해서 하는 듯한 묵례와 신문을 읽는 표정과 태도를 보면서 에드가 오는 저녁에 있을 과외가 쉽지 않을지도 모른다고 속으로 생각했다. 물론 그도 만약의 경우를 대비해 단단히 준비해두었다.

*

그날 저녁부터 과외 수업이 시작되었다. 책상 위에 켜둔 남포등 불이 두 사람 사이에서 어른거렸다. 에드가 오는 머리 위에 달린 전등갓을 흘끔 올려보았다. 둥근 백열전구가 전등갓 아래 오도카니 자리 잡고 있었다. 은일당은 전기가 연결된 집이 분명한데, 왜 멀쩡한 전깃불을 쓰지 않고 남폿불을 켜는 것인지를 알 수 없었다.
모던한 집에 살면서 구식으로 사는 이유를 모르겠군.

그가 속으로 품은 불만을 대신 전하려는 듯 한쪽 옆으로 밀어놓은 신문 무더기에 비친 그림자가 흔들거렸다.

"조선어와 일본어를 배울 필요는 없다고 했었던가."

그는 일부러 선화를 똑바로 바라보았다. 앞으로 계속될 과외 수업을 제대로 진행하기 위한 가장 중요한 국면, 기선제압이었다.

"그렇습니다."

선화 역시 그를 마주 바라보면서 짧고 단호하게 말했다.

만만치 않겠군.

"조선어나 일본어는 신문을 읽는 정도만 알면 족하다는 건가?"

조선어 신문과 일본어 신문이 마구 쌓인 무더기를 흘끗 본 뒤 에드가 오는 말했다.

"그렇습니다. 그 이상 깊이 배울 필요를 잘 모르겠는지라."

선화는 다시 대답했다. 짤막한 그 대답이 냉랭하게 들렸다. 그리고 그로서는 마음에 들지 않는 대답이었다. 여느 때라면 문학이 어째서 필요한 배움인지, 그리고 문학의 주춧돌인 언어가 왜 중요한 것인지 말을 길게 풀어놓았을 터였다. 하지만 그는 일단 저 대답을 받아들이기로 했다. 지금은 설명할 때가 아니었다.

"그보다도, 제가 선생님께 배움을 구해야 할 이유를 모르겠습니다."

"그건 무슨 소리인가?"

에드가 오가 되물었다. 이 정도의 반항은 그도 각오하고 있던 참이었다.

"선생님께서 무슨 꿍꿍이를 품으신 것인지는 모르겠습니다. 하지만 어머님을 속이면서까지 이 집에 들어와 사시려는 까닭을 알고 싶습니다."

하지만 전혀 예상치 못한 말이 그를 차갑게 찔러 들어왔다.

"아니, 속이다니, 대체 뭘……."

그는 저도 모르게 말을 더듬거렸다. 말을 하고 나서야 그는 아차, 속으로 탄식을 흘렸다. 틈을 보이는 실수를 저지르고 만 셈이었다.

선화가 그를 바라보며, 아니, 노려보며 말을 이었다.

"어머님께서 의사 선생님의 언질에 대해 이야기하셨을 때 선생님께서 품 안으로 손을 넣으시려다가 도로 빼신 걸 보았습니다. 그리고 나서 선생님은 꾸며낸 듯한 표정과 그럴듯한 말로 어머님이 혹할만한 말씀을 하셨지요."

"그게 무슨……."

"의사 선생님께서 쓰신 소개장을 건네지 않고 선생님 자신이 의사 선생님의 추천을 받은 과외 선생인 것처럼 거짓말을 하신 건 아닙니까?"

에드가 오는 말문이 막혔다.

선화는 날카로운 눈빛으로 그를 바라보았다. 그녀의 말이 빠르게 이어졌다.

"선생님께서 하숙 살 곳이 궁해서 전전긍긍하신 사정은 알고 있습니다. 하지만 그렇다 해서 거짓으로 그 상황을 모면하는 것은 올바른 태도가 아닙니다."

"……."

"저도 한때 고보[7]를 다녔습니다. 선생님께서 정말로 과외 교사로서 실력을 갖추셨는지, 아니면 그저 위기를 넘기려고 거짓말을 하셨는지 정도는 알 수 있습니다. 만일 선생님께서 엉터리 실력을 숨긴 채 어머님께 거짓을 고하셨다면 저는 절대로 가만히 두고 볼 수 없습니다."

---

7 고등보통학교의 줄임말. 일제강점기의 중등교육기관이었다.

에드가 오는 뭐라고 말을 하려다가 그냥 입을 다물기로 했다. 선화의 표정은 빈말로도 결코 우호적이라고 할 수는 없었다. 괜히 한마디를 선부르게 붙였다가는 크게 트집이 잡힐 게 분명했다. 여기서는 무언가를 보여주어야 했다.

첫 수업을 영어로 하길 잘했군.

에드가 오는 선화가 펼쳐 놓은 교재를 슬쩍 살펴본 뒤, 그녀 쪽으로 책을 쓱 밀었다. 선화가 의아한 표정을 짓자 그가 영어 문장을 빠르게 읊어 나갔다. 선화는 그가 읊조리는 문장을 멍하니 듣다가 급히 아래에 놓인 교재를 보았다. 그녀의 표정이 복잡하게 바뀌었다.

"마침 알고 있는 내용이라서 말이네."

영어 문장을 모두 읊은 뒤 에드가 오는 천연덕스레 말했다. 기선제압을 위해 교과서를 미리 조사하고 첫 부분을 외워둔 보람이 있었다.

"이렇게 훌륭한 영어 발음은 처음 들어봅니다."

선화가 머뭇거리며 말했다.

그게 내 진정한 비장의 무기란 말이지.

에드가 오는 의기양양함을 드러내지 않으려 애썼다.

어릴 때부터 영국인 선교사를 통해 직접 배운 영국식 발음이었다. 내지에서 영어깨나 한다는 사람들도 흉내조차 낼 수 없는 제대로 된 영어 발음은 그가 1925년 경성의 부잣집 여식을 상대로 성공적인 과외 수업을 했던 비결이었다.

하지만 그렇지 않아도 자신을 의심의 눈초리로 바라보고 있는 선화 앞에서 티가 나게 우쭐거릴 수는 없었다. 이 정도는 힘들일 일조차 아니라는 듯, 조금 전 평가는 못 들은 척 무시하는 것이 더욱 적절할 터였다.

그 솜씨 보이기 한 번으로 기선제압은 마무리되었다. 선화는 그 뒤로 별말 없이 수업을 따라주었다. 수업을 받는 내내 그녀의 표정은 무척 복잡했다. 그래도 냉랭하기만 하던 기운이 처음보다는 풀려 있는 것 같다고, 에드가 오는 좋게 생각하기로 했다.

수업이 마무리될 때 그는 일부러 다짐을 받듯 말했다.

"미리 말해두겠네만, 수학은 영어만큼 기대하지 않길 바라네. 나도 제국대학 입학시험을 치를 정도의 지식 이상은 없으니 그보다 월등한 수준의 가르침은 바라지 말게. 하지만 영어는 조선 땅의 누구와 비교하여도 뒤지지 않게 가르칠 수 있을 거라 자신하네."

선화는 고개를 끄덕일 뿐, 대답은 하지 않았다. 아니, 어쩌면 고개를 끄덕였다고 생각한 것도 남폿불의 일렁거림 때문에 착각한 것인지도 몰랐다. 그래도 이 정도면 기선제압으로는 만족스러웠다.

"그러고 보면 중요한 걸 한 가지 잊고 있었습니다."

선화가 그를 바라보며 입을 열었다.

"아직 선생님과 저는 통성명도 제대로 하지 않았잖습니까."

"통성명이라니."

그녀의 당돌한 말에 놀란 에드가 오가 무어라 말하려던 찰나, 선화가 다시 말을 이었다.

"선생님의 성함을 말씀해주시겠습니까?"

"에드가 오라고 하네."

이번에는 선화의 표정에 당혹스러움이 돌았다.

"조선인이시지요?"

"그렇지."

"그런데 어찌하여 서양 사람이 쓰는 이상한 이름이신 겁니까?"

"아니, 잠깐만. 이상하다니."

그는 급히 말을 잘랐다.

"자네의 그 생각 말이네, 단단히 틀렸네."

에드가 오는 자신의 이름에 관한 길고 장대한 연설을 시작했다.

조선이 망하게 된 근원은 어디에 있는가? 과거 조선이 서양의 문물을 본격적으로 접할 기회가 왔을 때 그들을 배척한다는 어리석은 판단을 내렸고 그 결과 서양 문물을 받아들인 시기가 늦어졌기 때문이다. 그에 비해 일본은 어떠했는가? 서양 문물을 일찍 받아들인 결과, 지금은 그 강대하다는 러시아도 물리칠 정도로 강한 국가가 되어서 그 힘을 온 세계에 자랑하고 있다.

이로써 알 수 있는 것은 자명하다. 조선인이라면 마땅히 낡은 조선의 것 대신 서양의 발달한 문물을 적극적으로 받아들여야 한다는 것이다. 그래서 자신은 이름부터 서양식으로 사용하기로 하여, 조선 이름을 버리고 '에드가 오'라는 이름을 가지기로 하였다. 덧붙여서 에드가란 이름은 미국의 문학가 '에드가 알란 포'에게서 따온 것으로, 자신을 제대로 부르려면 '에드가 알란 오'라고 불러야 마땅하나 '에드가 오'라고 불러도 상관이 없다.

한바탕 말 꾸러미를 풀어놓고 나자 아차, 하는 생각이 들었다. 괜한 긴말로 시간 낭비만 한 게 아닌가.

선화는 눈을 몇 번 깜빡였다.

"그러면 그냥 오 선생님이라고 부르겠습니다."

긴 설명을 한 보람이 없었다. 그래도 선화에게 과외 교사로 인정을 받은 것으로 만족하기로 했다.

　은일당은 에드가 오의 마음에 드는 문화주택이었다. 하지만 그 신식 집에 온일당 사람들이 모두 사는 것은 아니었다. 신식 집 뒤편에는 오래된 기와집이 한 채 서 있었는데, 안채로 쓰이는 그 장소가 선화와 그녀의 모친이 거주하는 생활공간이었다. 새로 지어진 은일당 건물은 마치 행랑채처럼 안채를 둘러싼 담의 한 부분을 이루고 있었다. 기껏 새로 좋은 집을 지어놓고 왜 그곳에 살지 않고 오래된 낡은 집에 사는 것인지, 그는 선화와 그녀의 모친을 도무지 이해할 수 없었다.
　그래도 덕분에 이 집을 온전히 혼자 쓰는 것 같지 않은가.
　그는 좋게 생각하기로 했다.
　은일당 생활에 익숙해지면서 에드가 오는 이 집 사람들에 대해서도 조금씩 알게 되었다. 은일당 사람은 선화와 그녀의 부친과 모친, 이렇게 세 명이 전부였다. 일가친척이 왁자하게 모여 사는 전통적인 형태가 아니라, 최근 모던 보이와 모던 걸 사이에서 유행하듯 퍼지고 있는 단순한 구성이었다. 이 집에 살고 있던 사람들이 모던함과는 거리가 있는 삶을 살아온 게 분명했기 때문에 이러한 가족 형태는 더 기이하게만 보였다.
　심지어 선화의 부친은 은일당에 없었다. 어딘가 먼 곳에 나간 채 오래도록 자리를 비우고 있었다. 그러나 그 기나긴 출타의 이유는 그 누구에게서도 들을 수 없었다, 에드가 오도 굳이 그걸 알려고 애쓰지 않았다.
　선화의 부친과 에드가 오의 형님은 서로 안면이 있었고 그 인연으로 형님은 종종 선화의 모친을 진찰하러 오는 모양이었다. 선화의 말에 따르면 의사가 필요할 때는 은일당 2층 서재에 놓여 있다는 전화로 형님을 부른다고 했다.

 선화의 모친은 주로 안채에서 지내고 있어서 에드가 오와는 얼굴을 마주하는 일이 드물었다. 가끔 그녀가 식사를 가져오면서 얼굴을 보는 것이 전부였다. 그러나 그녀는 그렇게 마주한 때에도 별다른 말을 하지는 않았다. 자신의 감정을 숨기는 데 무척이나 익숙한, 무표정하고 무뚝뚝한 전형적인 조선 아낙네였다.

 선화의 모친과 처음 만났던 날 나누었던 대화보다 더욱 긴 이야기를 나눈 적은 그 뒤로는 없었다. 그녀가 그에게 말할 때는 용건만 간단히 전하곤 했다. 과외 선생을 찾았던 것치곤 그녀가 선화의 공부 성과에 대해 질문해오지 않는 점이 그나마 조금 별다를 뿐이었다. 에드가 오 역시 굳이 그녀에게 먼저 말을 걸지 않았다.

 선화는 은일당에서 가장 특이한 존재였다. 그녀는 겉모습만으로는 전형적인 구식 조선 여성이었다. 늘 하얀 저고리와 검정 치마 차림을 한 채 외출하지 않고 집에만 있는 모습만 보면 그 점은 영락없어 보였다.

 하지만 신식 교육에 대한 거부감이 없는 모습이나 응접실에 놓인 큰 책상 앞에 앉아서 배달되어 온 신문을, 그것도 하나가 아니라 여섯 개나 이맛살을 찌푸린 채 묵묵히 읽어 내려가는 모습을 보면 그녀는 마치 모던의 세례를 받은 것 같았다.

 에드가 오가 보기에 선화는 신식 여성이 되다 만 구식 여성처럼 보였다. 아니, 신식 여성이 퇴화하여 구식 여성으로 돌아가는 모습이라고 해야 할까? 아무튼 그의 눈에 선화는 참으로 이상하고 알 수 없는 존재였다.

 고등보통학교를 다녔다는 선화가 학교를 얼마나 다녔는지는 알 수 없었다. 그도 굳이 그걸 알아보지는 않았다. 첫 수업에서 일단 입을 다물게 했지만 여전히 자신을 미심쩍은 기색으로 바라보는 그녀를 괜히 알려고 들었다가는 긁어 부스럼을 만들어버릴 게 분명했다.
 은일당에 현재 거주하는 사람은 선화와 그녀의 모친, 그리고 에드가 오, 이렇게 세 명이 전부였다. 하지만 그 세 명 말고도 근처 마을 사람들이 종종 얼굴을 들이밀곤 했다. 그중에는 이전에 선화의 부친에게 땅을 부쳐 먹던 소작농으로 짐작되는 사람들도 많았다.
 과거 지주와 소작농이었던 관계치고는 무척 온건한 느낌 아닌가.
 선화가 동네 사람들과 살갑게 대화하는 모습을 볼 때마다 에드가 오는 그렇게 생각했다.
 그런 마을 사람 중에서도 영돌 아범이라는 사람은 거의 매일 모습을 보였다. 이사 온 날 이삿짐 나르는 걸 도와준 것도 그 사람이었다.
 영돌 아범은 허름한 조선옷을 아무렇게나 걸치고, 늘 수다스럽고 시끄러우며 함부로 휘적휘적 여기저기를 불쑥 들이닥치며, 사람 일에 참견하길 좋아하면서도 자신이 다른 사람을 번거롭게 한다는 생각 따위는 하지 않는 사람이었다.
 그는 이런저런 사정으로 집도, 땅도 없어져 곤란한 처지인 모양이었다. 지금은 마을 여기저기에 그때그때 붙어 지내거나 은일당의 일을 이것저것 거들어주는 것으로 어떻게든 입에 풀칠이라도 하는 듯했다.
 은일당 마당 한쪽의 너저분해 보이는 공간이 사실은 헛간의 앞이고 영돌 아범이 그곳을 자기 일터 삼아 쓰는 곳이라는 걸, 에드가 오는 이사 온 다음날 곧바로 알게 되었다. 그가 은일당의 여러 사정을 알게 된 것도 영돌 아범의 수다 때문이었다. 이를테면 이런 일이 있었다.
 "이 집은 여인 둘만 살고 있는데, 아무래도 위험하지 않겠습니까? 종종 그런 걱정이 듭니다."

어느 날 무료함을 이기지 못해 헛간에 가서 영돌 아범과 대화를 하던 중에 에드가 오가 무심코 그렇게 중얼거렸다. 그 말을 들은 영돌 아범은 크게 낄낄거리기 시작했다.

"위험천만하다고요? 허허, 그거참, 웃기는 이야기 아닌가."

"제가 잘못 말한 게 있습니까?"

그는 어리둥절한 얼굴로 영돌 아범에게 되물었다. 한참 웃던 영돌 아범은 겨우 웃음을 멈추었다.

"오 선생이 이곳 사정을 전혀 모르니까 그런 말을 쉽게 하는 거요. 암, 몰라도 제대로 모른단 말이지."

"모르다니, 대체 뭘 말입니까?"

"이 댁 어르신이 예전부터 말이오, 마을 사람들을 여러모로 잘 지켜주셨단 말이지. 이 마을에서 발붙이고 사는 사람 중에서 어르신 덕을 보지 않은 자가 하나도 없단 말이오. 그런데 여기에 수상한 놈이 얼쩡거린다? 이 동네 사람들이 있는 한, 허튼수작하는 작자는 얼씬도 못 할 거란 말이오. 당장 나부터 따끔하게 혼쭐을 내줄 거요. 이 댁 분들을 속이려고 드는 자들이 있다면 말이야."

영돌 아범은 불쑥 도끼를 들어 보이며 히죽 웃었다. 에드가 오는 저도 모르게 침을 삼켰다.

"그게 언제였더라……. 조선이 망하기 얼마 전이었을 거요. 아니, 조선이 망한 바로 뒤였나……."

화로 옆에서 도롱이를 삼으며 영돌 아범이 해준 이야기에 따르면 선화의 부친은 토지조사사업[8] 당시, 동네 사람들의 땅을 관청 토지대장에

---

8 1910년부터 1918년까지 일본이 조선에서 시행한 대규모 조사 사업. 이 과정에서 기존의 지주나 농민들이 그들의 땅을 신고하지 않아 토지를 몰수당하기도 했다.

등록시키기 위해 애쓴 모양이었다.

"그때만 해도 '내 땅이 내 땅인 걸 동네 사람들이 다 아는데 왜 왜놈들에게 그걸 적어서 알려야 하나'라고 뒷소리가 많았더랬지."

"그래도 모두 고분고분 그분의 말을 들었군요."

"어르신이 직접 한 집 한 집 돌아다니면서 이것저것 일일이 다 적어가며 수고롭게 해주시는데, 우리가 그걸 하지 않겠다고 할 수 있었겠소? 저분이 뭔가 생각이 있으니 이러시겠지, 그렇게 여기고 어르신 시키는 대로 다 했지. 그런데 나중에 알고 보니 어르신이 우리네들 땅을 지켜주려고 그 번거로운 걸 한 거였지 뭐요."

"그건 무슨……."

"얼마 뒤에 다른 동네에서, 여긴 등록이 안 된 땅이니 나가라며 순사들이 와서 쫓아내고 그 땅은 그 동네 지주나 왜놈들이 홀라당 먹어버렸단 말이지. 그때야 모두 아, 어르신이 우리 지켜주시려고 그렇게 수고롭게 하셨구나, 이렇게 깨달은 거요."

"그렇게 되었단 말이지요."

"그렇지. 그래서 그 일이 있고 난 뒤로는 여기 사람들은 어르신이 팥으로 메주를 쑨다고 해도 그런가 보다 하고 믿기로 했단 말이지."

영돌 아범이 도롱이를 내려놓으며 말을 이었다.

"이 집에 마님과 선화 아씨 두 분만 있다 보니 선생님이 걱정하시나 본데 말입니다. 이 동네 사람들이 어르신께 입은 은혜가 커서 누군가 여기에 허튼짓하는 걸 절대 두고 보지 않을 거요. 내기해도 좋다니까."

두 사람의 대화는 창문을 여는 소리 때문에 중단되었다. 열린 창문으로 선화가 고개를 내밀었다.

"두 분, 이야기 소리가 큽니다. 어머님이 들으시겠습니다. 조용히 해주시겠습니까?"

그는 고개를 끄덕였다. 영돌 아범은 신경도 쓰지 않는 기색으로 다시 도롱이 삼기에 몰두했다.

선화의 표정은 언제나처럼 뾰로통해 있었다. 두 사람이 한 대화를 들었는지, 만약 들었다면 얼마나 들었는지는 표정만으로는 전혀 짐작할 수 없었다.

*

생강나무꽃의 알싸한 향이 누그러들고 개나리가 꽃을 피웠다.

어느새 그는 은일당에서의 생활을 편안히 여기고 있었다. 사소한 불만은 몇 가지 있었지만, 그래도 그가 꿈꿔왔던 평온하고 모던한 경성 생활에 들어맞는 매일매일이었다. 정장을 갖춰 입고 바깥으로 외출하면 경성은 언제나처럼 시끌벅적하게 돌아가고 있었고, 흙길을 밟고 은일당으로 돌아오면 선화가 언제나처럼 책상 앞에 앉아 신문을 보며 이맛살을 찌푸리고 있었다.

선화가 공부에 그렇게 흥미를 보이지 않는다는 것 외에는 과외 수업도 별다른 문제없이 진행되었다. 그녀가 에드가 오를 의심하는 태도 역시 첫날 이후로는 노골적으로 보이지 않았다. 물론 선화가 그를 바라보는 표정은 여전히 우호적이지는 않았다. 가끔 못마땅하다는 듯한 선화의 눈초리를 마주할 때면 자신이 한 거짓말이 생각나서 속이 살짝 쓰려울 때도 있었다. 하지만 그러한 생각 역시 점점 드물어졌다.

이 정도면 썩 괜찮은 하숙 생활 아닌가. 정말로 오랜만에 아무 걱정 없이 쉬고 있군.

은일당 바깥의 나무 아래 바위에 앉아 있던 그는 문득 그런 생각을 하였다.

어느덧 4월이었다. 갓 피어난 진달래가 남산에 가득했다.

신문과 양복장

"오 선생님!"

에드가 오는 벽걸이 거울에서 눈을 떼고 뒤를 돌아보았다. 문간에서 선화가 그를 바라보고 있었다. 평소보다 곱지 않은 시선이었다.

"방에 들어올 땐 노크를 하게. 내가 지금 봄철 정장에 어울리는 넥타이 매듭을 연구하고 있었기에 망정이지, 만약 옷을 갈아입던 도중이었다면 서로 얼마나 민망한 일이 벌어졌겠나."

넥타이의 매듭을 마저 지으며 그는 점잖게 말했다. 사실 셔츠와 바지만 입고 있는 지금 차림 역시 모던 보이들에게는 꼴불견이라고 손가락질당할 모습이었지만 그 때문에 느끼는 민망함을 굳이 내비치지는 않았다.

"지금 한가롭게 네꾸다이 묶고 계실 때가 아닙니다. 오 선생님이……."

"네꾸다이가 아니라 넥타이라고 발음하게."

에드가 오가 선화의 말을 끊었다.

"영어를 내지 사람처럼 괴상하게 발음해서야 되나. 선화 군, 영어만큼은 바르게 말하도록 신경 써주게. 다른 이에게 내가 영어 발음을 그렇게 가르쳤다는 말을 듣고 싶지는 않단 말이네."

말을 듣는 선화의 표정이 더욱 차가워졌다. 이유는 몰라도 단단히 골이 난 모양이었다.

"오 선생님이 가져가신 겁니까?"

"무엇을 말인가?"

"시치미 떼지 마십시오. 제 신문 말입니다."

"자네 신문을?"

그는 고개를 저었다.

"내가 왜? 무슨 이유가 있어서 내가 자네 신문을 가져간단 말인가?"

선화가 여전히 의심스럽다는 표정을 지우지 않자 그는 점잖게 타일렀다.

"이보게. 나도 세상의 돌아가는 이야기를 알고 싶을 때 신문을 보려 하겠지. 하지만 그 때문에 내가 자네 신문을 봐야겠다고 생각했다면 당연히 자네에게 허락을 먼저 받지 않았겠는가. 모던은 상대를 존중하는 자세에서 시작되는 것이니. 주인의 동의도 없이 아무렇게나 물건을 가져가는 것은 타파해야 할 행동이지."

그의 당당한 모습에 선화가 머뭇거렸다. 의심스러워하는 눈은 여전했지만, 그래도 조금 전의 기세는 사그라들었다.

"그렇습니까? 책상 위에 올려두었던 신문이 사라져서 그만……. 영돌 아저씨도 가져간 일이 없다고 하시고 오 선생님도 아니라고 하시면, 대체 어찌 된 영문일까요. 이 집에 다른 사람이 출입했을 리는……."

고개를 갸웃거리며 중얼거린 선화는 이내 고개를 꾸벅 숙이고는 문을 닫았다.

에드가 오는 한숨을 쉬었다. 어제 마신 술기운이 남아 몸이 뻐근했다. 그런 와중에 아침부터 닥쳐온 소란은 피곤하기만 했다.

그는 몇 번을 더 넥타이 매듭을 감아보았다. 비로소 마음에 드는 매듭 형태와 주름 모양이 잡히자 그가 다시 한숨을 쉬었다. 이번에는 만족의 한숨이었다.

그때 다시 문이 열리는 소리가 났다. 아주 크게 활짝 열어젖히는 그 소리 다음에, 쿵 하고 문이 부딪치는 소리가 이어졌다. 허락도 없이 방에 불쑥 들이닥칠 사람은 은일당에서는 두 명밖에 없었고, 이렇게 소란스럽게 문을 열어젖힐 사람은 한 명밖에 없었다.

"아이고, 오 선생, 이제 일어났소? 아까 와봤을 땐 한창 자고 있더니."

영돌 아범의 웃는 얼굴이 거울에 비쳤다.

"제게 무슨 용무가 있으십니까?"

에드가 오는 고개를 돌리며 떨떠름하게 물었다. 영돌 아범이 허락도 없이 자신의 방에 불쑥불쑥 들어온다는 게 못마땅했다. 하지만 영돌 아범은 그런 그의 눈치 따위는 신경조차 쓰지 않았다. 이 역시 평소대로였다.

"뭐 하나 물어볼 게 있어서 말이지. 어디 좀 봅시다."

그가 서 있는 곳을 가리키며 영돌 아범이 말을 이었다.

"의걸이장 말인데, 그쪽에다가 놓을 생각이오? 나보고 만들어달라고 한 의걸이장 말이오."

"양복장 말입니까."

에드가 오는 일부러 영돌 아범의 말을 정정했다.

그는 최근 들어 정장을 벽에 걸어놓거나 상자에 개어놓는 것에 슬슬 한계를 느끼고 있던 참이었다. 마음 같아서는 가구점에 가서 그럴듯한 양복장을 하나 사오고 싶었지만, 언제나처럼 가진 돈이 마땅치 않았다. 영돌 아범과 대화하던 중에 그런 처지를 한탄 비슷하게 늘어놓았더니 대번에 자기가 훨씬 좋은 맞춤장을 싸게 만들어줄 수 있다고 호언장담하는 것이 아닌가. 그래서 그는 속는 셈 치고 양복장 하나를 만들어 달라고 부탁했다.

하지만 그는 영돌 아범이 계속 양복장을 의걸이장이라고 부르는 게 불만이었다. 조선옷을 넣는 의걸이장과 양복을 넣는 양복장은 엄연히 다른 물건이었다. 그는 영돌 아범이 물건의 올바른 이름과 용도를 제대로 알고 만들어주길 바랐지만, 그렇게 될 것 같지는 않았다.

영돌 아범은 지궐련[9]을 입에 문 채 휘적휘적 방 안으로 들어왔다. 그가 옆으로 다가오자 에드가 오는 저도 모르게 몸을 옆으로 비켰다. 에드가 오도 키가 큰 편이었지만, 그보다 머리 하나는 더 큰 영돌 아범이 다가오자 몸이 절로 움직인 것이었다.

"이쪽 벽에 놓을 거요?"

"그렇습니다."

"그렇단 말이지."

영돌 아범이 후, 담배 연기를 뿜었다. 담배 냄새와 술 냄새가 훅 풍겨오자 에드가 오는 콜록 기침하고 말았다.

"아이고, 미안하오, 오 선생."

불쾌한 얼굴로 히죽 웃으며 말하는 것이 전혀 미안한 기색이 아니었다.

"오 선생은 담배를 안 피운다고 했던가?"

"담배는 끊기로 해서 말입니다."

---

9 썬 담배를 얇은 종이로 작게 말아놓은 담배.

에드가 오가 중얼거렸다. 하지만 영돌 아범은 그 말을 듣고 있지 않았다. 그는 손을 쭉 뻗어 보였다.

"너비는 이 정도면 충분하겠지요? 보통 의걸이장처럼 말이야."

"그렇지요. 양복장 너비는 그 정도면 됩니다."

"그러면 높이는 어느 정도로 생각하는 거요? 아예 천장까지 닿아야 하는가?"

"돈이 되면 그게 좋기야 하지요. 하지만 돈이 모자라면 좀 낮게 해도 됩니다. 그때 드린 돈에 맞춰서 해주시면 됩니다."

에드가 오는 초조하게 두 손을 비볐다. 대화를 빨리 끝내고 싶은 마음이었다. 그러나 영돌 아범이 담배를 한 모금 빨아들이며 무언가 생각을 하는 모습을 보아하니, 이 대화를 당장 끝낼 것 같지 않았다. 영돌 아범은 한 번 대화가 시작되면 남의 눈치 따위 신경조차 쓰지 않고 할 말만 한바탕 늘어놓는 인물이었다.

"돈이라면, 사실 크기보다는 나무를 무엇으로 쓰느냐 때문에 달라지는 거지. 뼈대하고 널로 쓸 나무를 어떤 놈으로 쓰느냐, 그거에 따라 돈 드는 품이 달라진단 말이오."

영돌 아범은 에드가 오를 본체만체하고 허리춤에서 가는 노끈을 끄집어내고서는 벽의 높이를 재어나갔다.

"어디 보자. 오 선생이 의걸이장 안에 모자 넣을 공간도 만들어달라고 했잖소?"

"그랬었지요. 저 상자들이 양복장 안에 전부 들어가도록 말입니다."

영돌 아범은 그가 가리킨 모자 상자 쪽은 거들떠보지도 않고 계속 중얼거렸다.

"그러면서 높이는 천장까지 닿게 만들어야 한다 이거지. 그렇게 셈을

해보면 말이오……. 생각보다 나무가 더 들어갈 것 같은데. 의걸이장이지 않소, 이거."

"정확히는 양복장이지요."

이번에도 그의 대꾸를 부시한 영돌 아범은 노끈을 주섬주섬 꼬아 모으며 말을 이어나갔다.

"그렇다고 아무 나무나 쓸 수도 없는 노릇이고. 이거 야단났구려. 잘 마른 괜찮은 오동나무 널을 구하려면 돈이 얼마가 들는지."

"널은 합판으로 쓰면 되지 않습니까?"

그 순간, 등 뒤에서 목소리가 들렸다.

선화가 문간에 서 있었다. 어느새 둘의 대화를 듣고 있던 모양이었다.

"합판으로 만든 널은 구하기 쉽지 않습니까. 이미 만들어져 있으니 조립도 금방이고요."

대화를 길게 끌 작정인가!

에드가 오는 속으로 탄식했다.

"합판이라니, 합판이라니."

영돌 아범이 어이구 소리를 내며 고개를 절레절레 흔들었다.

"선화 아씨, 그런 것으로는 제대로 된 걸 못 짠단 말이오."

"어째서인가요?"

"합판 같은 얄팍한 재료로는 함부로 막 쓰려는 물건을 만들면 모를까. 내 장담하는데, 합판으로 장을 만들면 옷에 쉽게 습기가 들거나 좀이 먹을 게 분명하단 말이오. 뭐, 오 선생이 그래도 싼 게 좋다면 또 모르지. 옷이 상하건 말건 말이지."

"아니, 그러면 안 되지요. 저기 그러니 이제……."

에드가 오가 급히 말을 끊으려 했다. 하지만 영돌 아범은 그의 속도 모르고 히죽 웃었다.

"사실 나무로 뭘 만들려고 하면 말이오, 감이 될 만한 적당한 나무 구하는 게 제일 큰일이란 말이지. 재료만 갖춰 다듬고 나면 짜는 거야 오히려 금방 된단 말이오. 제대로 재어본다고 번거롭게 굴 필요도 없고, 내가 한 번 보기만 해도 치수야 딱 답이 나오거든."

조금 전 노끈으로 길이를 대어보던 영돌 아범의 모습을 그는 모른체 하기로 했다.

"지금 골치 아픈 건 나무인데……. 적당한 놈으로 구하는 게 그리 쉽게 될지 모르겠소."

"그것도 알아서 잘 부탁드리겠습니다."

"그건 알겠는데 마땅한 게 있느냐, 그게 문제란 말이지. 내 일단 나무 구하는 대로 다시 이야기하리다."

그렇게 말하고는 영돌 아범이 휘적휘적 걸음을 옮겼다. 선화가 급히 뒤로 물러났다. 문 옆에 쌓아둔 모자 상자가 영돌 아범의 건들거리는 손에 부딪혀 흔들렸다. 에드가 오는 하마터면 소리 지를 뻔했다. 그러거나 말거나 영돌 아범은 횅하니 밖으로 나가버렸다.

한바탕 태풍이 몰아친 기분이었다. 에드가 오는 작게 한숨을 내쉬었다. 그는 선화가 여전히 문가에 서 있는 걸 보고는 물음을 던졌다.

"자네는 또 무슨 볼일이 있는 것인가?"

"여쭤볼 것이 하나 더 있어서 말입니다."

에드가 오를 바라보는 선화의 눈초리는 여전히 곱지 않았다.

"어제 오 선생님께서 친구분들을 여기 데려오지 않으셨습니까? 늦은 밤중에 말입니다."

"그랬었지. 친구들과 술 마실 곳이 마땅치 않아서 여기까지 오긴 했는데…….”

"그러면 어젯밤에 오 선생님과 친구분들이 얼마나 소란스러웠는지 알고 계십니까?"

아뿔싸. 그는 그제야 어제 저지른 큰 실수를 알아차렸다. 내지에 있을 때의 버릇대로 친구를 여기 데려온 것이었다. 딴에는 아무렇지도 않게 가벼이 한 일이었지만 선화와 그녀의 모친 입장에서 생각해본다면, 그는 남의 집에 친구까지 데려와 한바탕 소란을 피운 셈이었다. 시끄러운 하숙인이 집주인에게 좋게 보일 리 없다는 건 당연했다. 게다가 선화의 모친은 첫날부터 조용히 생활해달라고 신신당부하지 않았던가.

에드가 오는 선화의 시선을 피했다. 그는 거울을 보며 이미 완성된 넥타이 매듭을 괜히 다시 고쳐 매는 시늉을 했다. 그런 그의 등으로 선화의 추궁이 이어졌다.

"네꾸다……. 아니, 아무튼 그걸 묶느라 애쓰는 척하지 마십시오."

그는 거울 너머로 선화의 눈치를 살폈다.

"어제 꽤 소란스러웠나 보군. 일부러 그런 건 아니었네만…….”

"그런 사과는 어머님께 직접 하셔야 하지 않겠습니까? 어제 소란 때문에 어머님께서 잠을 제대로 주무시지 못하신 모양입니다."

선화는 냉랭한 표정을 풀지 않은 채 말을 이었다.

"아무튼, 제가 묻고 싶은 것은 그게 아닙니다. 혹 어제 오신 친구분이 제 신문을 들고 가신 건 아닙니까? 기억을 떠올려보십시오."

"자네 말에 문제가 있군. 친구가 한 일까지 내가 기억하고 있다고 여기는 것부터가 이상하지 않은가."

에드가 오는 그렇게 말하며 옆으로 고개를 돌렸다. 아무 생각 없이 한 행동이었다. 그는 거기서 우뚝 동작을 멈추었다.

선화가 서 있는 문 옆, 그의 모자 상자가 쌓여 있는 곳에 무언가가 보였다. 조금 전 영돌 아범이 건드리면서 벌어진 상자들의 틈새 뒤로 보이는 것은 분명 신문이었다. 검은 활자가 가득한 회색 종이가 시야에 들어온 순간, 그의 머릿속에 전날 밤의 기억이 스쳐 지나갔다.
 그는 순간적으로 어떻게 이 상황을 모면해야 할지를 생각했다.
 우선 어떻게든 선화를 방에서 내보내야 하지 않을까? 그러고 나서 그녀가 없는 틈을 노려 신문을 다시 돌려놓을까?
 그러나 불행히도 선화가 에드가 오의 머뭇거림을 눈치채고 말았다. 선화 또한 에드가 오의 시선을 따라 고개를 돌렸다.
 "이건 제 신문 아닙니까?"
 선화의 목소리가 급격히 차게 식었다. 에드가 오는 자신도 모르게 몸을 떨었다.
 "……그렇지 않아도 막 기억이 났다네."
 그녀의 싸늘한 시선을 애써 피하며 에드가 오가 웅얼거렸다.
 "어제 친구들과 대화하던 중에 신문에 실렸다는 시 이야기가 나왔거든. 그래서 그 시가 어디 있나 찾아보느라 내가 신문을 가져왔었던 것 같네."
 "찾아본 뒤에는, 그걸로 끝입니까?"
 "끝이라니, 그게 무슨……."
 "오 선생님께서 수업 중에 모던은 정돈이다, 물건이 있어야 할 제자리에 바르게 두는 것은 모던의 기본이다, 라고 이야기하셨지요."
 평소 수업에 흥미 없어 하는 태도였던 것치고는 선화는 그의 이야기를 잘 기억하고 있었다. 하필, 굳이 지금 기억할 필요가 없는 부분이라는 게 문제이긴 했지만 말이다.

"그런데 제 책상 위는 넘어져 흐트러진 신문들로 난장판입니다. 마치 이 방의 모습처럼 말입니다."

"······."

아무 말도 할 수 없었다. 얼굴이 민망함으로 화끈하게 달아올랐다. 그렇지 않아도 선화가 갑작스럽게 들이닥친 탓에 미처 정리하지 못한 방을 보이고 만 참이었다. 그녀가 무슨 말을 이어서 하고 싶은 것인지, 그도 알 것 같았다.

선화는 그의 방 안을 바라보며 쌀쌀맞게 말을 이었다.

"모던에 대한 오 선생님의 말씀이 지금 제게 보여주고 계신 행동들과는 맞지 않다고 보는데, 이건 어떻게 생각하십니까?"

"그게, 술을 마시고 분위기도 달아오르고 하다 보니, 그만 내가 함부로 행동하고 만 모양이네. 미안하네······."

에드가 오는 선화의 눈을 피하며 웅얼거렸다. 그녀는 나지막하게 한숨을 쉬었다.

"다음엔 조심하여 주시길 바랍니다."

선화는 몸을 굽혀 신문을 집어 들었다. 모자 상자가 그녀의 팔에 부딪혔다. 원통 모양의 모자 상자는 기우뚱 넘어져 옆으로 데굴데굴 굴렀다. 에드가 오는 저도 모르게 앗, 소리를 냈다.

"조심해주게! 상자가 상하네! 함부로 남의 물건을 건드리면······."

거기서 그는 말을 멈췄다. 이건 조선 속담처럼 뭐 묻은 개가 뭐 묻은 개를 나무라는 꼴이었다.

천천히 몸을 일으킨 선화가 신문을 곱게 접으며 말했다.

"오 선생님의 물건을 제멋대로 건드려서 죄송합니다."

뾰족한 말투에서 언짢아하는 기색이 대놓고 역력했다. 그녀의 눈을 피해 그는 고개를 돌렸다.

그때 문득, 에드가 오는 무언가 잘못되었다는 것을 알아차렸다.

"아니, 잠깐! 이건 대체……."

그는 허겁지겁 선화 쪽으로 다가갔다. 갑작스러운 그 행동에 놀란 선화가 급히 몸을 뒤로 물렸다. 그러나 그녀의 태도를 신경 쓸 때가 아니었다. 그는 넘어진 모자 상자를 급히 집어 들었다.

"여기엔 동경에서 산 페도라를 담았고, 밑의 저건 황금정에서 산 갈색 페도라와 여름용 파나마모자 상자인데……."

그냥 보면 똑같아 보이는 모자 상자지만, 에드가 오는 상자를 보기만 해도 그 속의 내용물이 무엇인지 훤히 알고 있었다. 그리고 모자 상자는 모두 여섯 개가 있어야 했다. 그런데 하나가 모자랐다. 가장 비싸고 가장 소중히 아끼는 페도라가, 그걸 담은 상자째 보이지 않았다.

"……없다! 없어! 내 영국제 페도라가 없어졌다!"

에드가 오는 비명을 질렀다.

등불은 무엇으로
켜야 하는가?

"대체 내 페도라가 어디로 갔단 말인가!"

에드가 오는 비통하게 외쳤다. 방구석 어디에도 모자 상자는커녕 모자도 보이지 않았다. 귀신이 곡할 노릇이었다.

"아니, 대체 어디로 간 건가. 응? 내 페도라가 하룻밤 사이에 어디로 가버린 거야……."

그가 이곳저곳을 헛되이 뒤지는 모습을 바라보던 선화가 조심스레 말했다.

"사라진 건 그 전이었을지도 모릅니다."

"그럴 리 없네. 그 페도라는 어제 내가 외출하면서 쓴 물건이네. 귀가하자마자 먼지를 털어내고 모양이 일그러지지 않게 상자에 잘 담았단 말이야. 그 페도라는 아무나 쓰는 나까오리[10] 같은 게 아니고 비싸고 귀한 영국제라서 그만큼 관리도 철저히 해야 한단 말이네."

그가 부인하는 말을 듣고 선화는 미간을 살짝 찌푸렸다.

---

10 boonie hat. 당시에는 중절모를 가리키는 용어로 혼용되어 쓰이기도 했다.

"그렇습니까. 그러면 모자가 사라진 건 어젯밤부터 오늘 아침 사이에……."

"하지만 어제는 별 행동을 한 적이 없네. 하물며 이 방에서는 더욱."

"하지만 그렇다면, 대관절 모자가 사라질 틈이 언제 있었단 건가요?"

에드가 오는 머리를 싸맸다.

"잠깐, 잠깐만 기다려보게."

뭔가 더 말하려던 선화가 입을 다물었다.

"어제 무얼 했는지, 한번 잘 생각해봐야 할 것 같네. 혹 내가 깜박해서 다른 곳에 페도라를 놔둔 것일지도 모르지 않나."

그가 초조하게 중얼거렸다.

*

에드가 오가 친구들을 이끌고 은일당에 돌아온 것은 자정을 한참 넘긴 시각이었다. 에드가 오가 잠긴 문을 열고 자신의 방으로 친구들을 들여보내는 와중에도 그들은 계속 떠들어댔다.

"어떤가, 이 에드가 알란 오의 조촐한 하숙을 본 감상은!"

"참으로 근사한 하숙집이올시다!"

"경성에 화려하게 복귀하자마자 이런 훌륭한 집을 찾아내다니, 오 형은 아주 큰 복을 받은 셈이로군요!"

"그렇지, 이 모던한 하숙집, 이 먼 곳까지 걸어와 구경 올 가치가 있지 않은가!"

"여긴 하숙집이 아니라 궁궐 같구려! 오 형이 평소 옷도 아주 서양 사람처럼 입으시더니, 이제는 집까지 서양 사람이 살만한 곳으로 구한 게 아닙니까!"

"이제는 먹는 것만 부자들처럼 서양식으로 바꾸면 의식주가 모두 오형 말처럼 모던하게 되겠습니다! 하하하!"

술김에 흥겨워서 하는 이야기는 유학을 떠나기 전이나 지금이나 쓸거만큼 가볍고 하찮고 쓸모없었다.

그의 방에 둘러앉은 것은 세 명이었다. 정장을 반듯하게 갖춰 입은 채 모자의 먼지를 털어내는 에드가 오, 잿빛 두루마기에 너저분한 조선옷을 입고 방 여기저기를 흘끔거리는 권삼호, 늘 입고 있는 낡고 검은 학생복 차림의 가난한 대학생 박동주.

세 사람은 한참 동안이나 떠들썩하게 이야기를 나누었다. 흔들거리는 남포등의 불빛이 그들의 이야기 사이를 채웠다. 경성에서 최근 유행하는 영화에 관한 이야기로 시작된 대화는 할리우드 영화와 유럽 영화와 일본 영화의 수준을 비교하는 논의, 조선에서의 영화 제작 움직임과 흥행 근황, 춘사 나운규의 〈아리랑〉과 같은 걸출한 작품이 또다시 조선인의 손으로 만들어질 수 있을지로 이어졌다가 냉혹 무자비한 악당이 주인공인 그로[11]한 취향의 영화가 조선에서도 만들어질 수 있을지, 그리고 그게 조선인의 취향에 맞을지에 대한 논의로 옆길로 빠진 뒤, 거기서 갑작스레 권삼호가 경성의 어둠을 지배하는, 여자들이 우두머리로 있는 뒷세계 조직이라는, 어딘가의 통속 잡지에서나 나올법한 이야기를 늘어놓으면서 흐름이 완전히 뚝 끊겼다.

방에 잠시 적막이 깔렸다. 술은 없어도 아직 취기는 가득했고 뜨겁게 이어지던 이야기의 남은 열기에 쌀쌀한 봄밤의 공기도 아직은 후끈하

---

11 그로테스크(grotesque)를 줄여 부른 말. 이 시기의 유행어로 '에로 그로'라는 것이 있었다.

던 참이었다.

"그러고 보니 오 형은 그 시, 보셨습니까?"

박동주가 문득 꺼낸 말에 에드가 오가 페도라를 상자 속에 넣으며 되물었다.

"시라니, 무슨 시 말인가?"

"며칠 전, 어느 신문 4월 2일 자 지면에 아시아의 대문호 타고르 선생의 시가 실렸답니다. 타 옹(翁)이 조선 사람들에게 주는 시라던데, 보지 못하였습니까?"

"요즘 신문을 볼 새가 없어서 말이지."

"허, 오 형이 최신 문학 정보를 모를 때가 다 있단 말입니까. 놀랄 일이 다 있습니다."

"동주 자네는, 내가 문학을 무슨 생이지지(生而知之)로 아는 것처럼 여기는 것 같군."

"생이지지라니, 그건 또 무슨 어려운 말이오. 거, 쉬운 말로 이야기 좀 하시구려."

권삼호는 그 이야기에 관심이 없다는 걸 보이려는 듯 일부러 크게 하품을 했다. 하지만 박동주는 신이 나서 이야기를 계속 이었다.

"오 형이 더 잘 알겠지만, 타 옹은 세계적인 대문호 아닙니까? 그 명징한 지성과 고귀한 영혼을 담은 품격 있는 시어로 사람들에게 시성(詩聖)이라고까지 불리는 사람 아닙니까."

"그렇게나 유명한 사람이었나? 그 타, 뭐라는 사람이? 영 처음 듣는 이름인데."

"유명하다마다요. 노벨 문학상을 받은 아시아 최고의 시인이지 않습니까."

권삼호의 웅얼거림에 박동주가 냉큼 대답했다.

"그런 사람이 우리 조선 사람들을 위해 시를 써주었다니, 흥미가 동하지 않습니까?"

"자네도 그 시를 아직 보진 못한 모양이로군."

"신문을 사보려니 요즘 돈이 부족해서 말입니다."

에드가 오의 질문에 박동주가 쑥스러워하며 대답했다. 그 순간 권삼호가 흥, 코웃음을 쳤다. 두 사람은 그 반응을 무시했다.

"잠깐만 기다려보게. 그러고 보니 이 집에 신문을 열심히 보는 사람이 한 명 있단 말이야."

에드가 오는 비틀비틀 몸을 일으켰다. 술기운이 몽롱해서 어지러웠다.

*

"그래서 제 책상을 그렇게 엉망으로 어지럽히신 거로군요."

에드가 오가 늘어놓은 이야기를 듣던 선화가 끼어들었다. 그는 주눅이 든 채 중얼거렸다.

"미안하네. 술김에 그만……."

그녀는 무언가를 생각하며 고개를 갸웃거렸다.

"하지만 그 이야기대로라면 그때는 모자가 분명 방 안에 있었다는 말 아닙니까."

"그랬지. 신문을 가져온 뒤에도 모자 상자가 있는 걸 보았단 말이네."

에드가 오는 선화에게 대답하며, 대체 그러면 언제 모자가 사라진 것인지를 되짚어보았다.

등불은 무엇으로 켜야 하는가?   65

*

"'일찍이 아시아의 황금시기에 빛나던 등촉의 하나인 조선 그 등불 한 번 다시 켜지는 날에 너는 동방의 밝은 빛이 되리라. 라빈드라낫 타고르.'"[12]

신문을 펼쳐 든 에드가 오가 타고르의 시를 낭독했다. 낭독이 끝나자 잠시 침묵이 이어졌다.

"타 옹이 대시인이라는 말이 헛말은 아니군요. 짧은 시 속에 조선에 대한 열망이 가득 담겨 있는 것 같습니다."

"호들갑 아닌가. 열망이니 뭐니, 난 들어도 모르겠는데."

고개를 끄덕이는 박동주와 투덜거리는 권삼호의 태도는 대조적이었다. 에드가 오는 북받쳐 오르는 감정을 달래며 자리에 앉았다.

"시에서 조선을 등불에 비유한 것이 의미 있지 않은가? 조선은 한때 분명히 밝은 문명의 등불로 아시아를 황금색으로 물들였지. 하지만 지금은 그 불빛이 꺼진 채란 말이야. 타고르 선생은 조선이 다시 그 불을 켜서 아시아와 나아가 세계를 밝게 비추길 바라는 거겠지."

"저도 동감하는 바입니다."

박동주는 고개를 끄덕였다.

"참으로 상상력들이 풍부하시구려."

권삼호는 여전히 심드렁한 표정이었다.

거기서 박동주가 목소리를 낮추었다.

"그런데 조선의 등불은 무엇으로 켜야 합니까? 일본의 속방이 되고야

---

12 《동아일보》, 1929년 4월 2일 2면. 신문 지면에 따르면 그해 3월 28일 동경에서 기자의 요청으로 간단한 문구를 써준 것이 훗날 '동방의 등불'이라는 제목의 시로 알려졌다.

만 지금의 현실을 벗어나, 대체 무엇으로 예전 조선의 영광을 되찾을 수가 있단 말입니까?"

에드가 오는 무심코 주위를 두리번거렸다. 경성 한구석의 자기 방이라는 걸 잊어버린 행동이었다. 하기야 박동주가 꺼낸 이야기는 수상쩍게 들으려 한다면 그렇게 듣고도 남을 이야기였다.

"조선을 세계에서 다시 빛나게 하려면, 그것은 모던의 불빛이어야 하지."

에드가 오가 나직이 말하자 박동주가 쓴웃음을 지었다.

"오 형이 늘 말씀하시는 그 모던 말입니까?"

"그렇지. 모던은 발전이네. 서구의 질서정연한 모던함은 지금의 어지럽고 뒤떨어져버린 조선이 가장 시급히 갖춰야 할 덕목이 아니겠는가."

에드가 오는 그의 모던론을 한참 설파했다. 그의 이야기가 끝나자 박동주가 심각한 얼굴로 입을 열었다.

"오 형의 말대로라면 서구는 이상적으로 살아가고 있어야 마땅하지요. 하지만 수만 명이 피 흘리고 죽어나간 십 년 전의 세계대전쟁을 보십시오. 그 비참한 전쟁이 과연 모던의 이상적인 모습이라고 할 수 있겠습니까?"

에드가 오는 쓰게 웃었다. 박동주가 꺼낸 말은 그가 모던을 설파하다 보면 종종 듣곤 하는 반박 중 하나였고, 논파하기 힘든 이야기이기도 했다.

"제 생각은 이렇습니다. 지금 조선에 새로운 불빛을 다시 당겨 붙이려면 그 불빛은 단순한 공화정과 모던이 아니라, 인류의 이상을 위해 나아가는 사회주의의 것이어야 합니다."

박동주의 표정이 결연했다.

박동주와 권삼호와의 인연은 1925년에 그가 잠시 경성에 머물러 있을 때부터 시작되었다. 그 당시에도 박동주는 공산주의자들의 주장에 흥미를 보이는 눈치였다. 그리고 몇 년 사이 그 흥미가 확신으로 바뀐 것이 분명했다.

"타 옹이 등불로 세상의 여러 나라를 비유했었지요? 그렇다면 지금 이 세상에서 가장 밝게 빛나고 있는 불은 쏘비에뜨일 겁니다. 쏘비에뜨가 가장 빛나는 이유가 무엇입니까? 구체제 짜르의 계급적 관념을 노동자의 혁명으로 파괴했기 때문입니다. 조선의 불이 왜 꺼졌는지 그 원인을 찾는다면, 오래된 계급적 관습 때문임이 분명하지요. 낡은 악습이 아직도 조선 사람을 얼마나 부당하게 얽매는지 알고 계십니까?"

"거, 주의자들은 매번 세상이 낡았느니 어떠하니 하는 불평불만뿐이로군."

권삼호가 투덜거렸다.

"대체 지금 이 세상의 뭐가 그리도 불만스러운 건지 모르겠어. 내지 사람들이 가져온 새로운 문물들이 눈부시게 화려하기만 한데, 그걸 보고도 세상이 낡았다, 썩어빠졌다라고만 하지. 대체 그게 무슨 허튼소리란 말이야."

에드가 오는 그 투덜거림을 못 들은 척하며 박동주에게 말했다.

"자네가 좋아하는 마르크스나 레닌 같은 사람들의 주장 역시 옛사람들의 생각이 계속 쌓였기에 등장할 수 있었던 것 아니겠나. 이성과 합리를 쌓아 나가는 자세, 그것이 모던의 모습이라고 보는데."

"하지만 조선만큼은 오물 같은 낡은 습속을 타파하는 것이 더욱 시급합니다. 신분이라는 것이 아직도 조선에서 여전히 사람들을 얽매는 족쇄이지 않습니까?"

거기서 불쑥 권삼호가 끼어들었다.

"그래, 그렇지. 그 사회주의며 공산당이며 하는 그런 작자들이 꼭 한다는 이야기라는 게 계급이니 신분이니 하는 것이 없어져야 한다는 것이었지? 하지만 그 말이 옳지가 않아. 아주 글러 먹은 말이지, 아무렴."

"그건 무슨 말씀입니까, 권 형?"

"신분이라는 것은 원래 타고나는 것이 아닌가 이 말이야."

권삼호가 에드가 오를 돌아보며 느물느물 웃었다.

"모름지기 사람은 타고난 자기 핏줄로 그 사람의 고귀하고 우매함이 결정지어지지 않소? 거, 뭣이냐, 진화론 중에서도 거, 사회진화론이라 하던가, 우생학이라 하던가, 그런 구라파의 최신 학문에서 하는 이야기가 그렇다고 하던데, 어떻소이까."

"구라파가 아니라 유럽이라고 하게."

에드가 오는 반사적으로 말을 고치며 이마를 찌푸렸다.

몇 년 전, 처음 알고 지냈을 때부터 권삼호가 줄기차게 떠들어오던 우생학과 사회진화론 타령은 아직 이어지고 있는 모양이었다. 그가 무얼 이야기할 때마다 저 이론을 내세워 핏줄 자랑을 하다 보니, 본의 아니게 에드가 오도 그 내용을 처음부터 끝까지 기억하고 있었다. 곁을 슬쩍 보니 박동주는 이야기를 듣기 싫어하는 기색을 굳이 숨기려고 하지도 않았다.

"영국의 그 누구냐, 푸란시스 골탕인가 하는 과학자가 그랬답니다."

"골탕이 아니라 골턴이네. 프랜시스 골턴."

"아무튼 그 과학자가 말하길, 인종의 차이로 이미 우월한 자와 열등한 자가 정해지는 것이라고 그럽디다. 이게 무슨 소리겠습니까? 한 나라 안의 사람이라 해도 그 핏줄의 근본에 따라 우월한 사람이 있고 열등한 사람이 있다는 말이 아닙니까?"

"……"

"그렇다면 어떻게 그 사람의 우열을 아느냐? 요즘같이 신분이 법으로 없어진 사회에서는 알기 힘들지만, 다행히도 우리에게는 조상님들이 남겨둔 좋은 것이 있단 말입니다. 바로 족보 말이오."

족보? 처음 듣는 이야기로군. 과연 4년이나 지나니 늘 하는 뻔한 이야기도 내용이 풍성해지는군.

에드가 오는 쓸데없는 부분에서 감탄했다.

"족보라. 권 형이 요새 금이야 옥이야 하며 만지는 그 낡은 종이쪽들 말입니까."

박동주의 목소리가 퉁명스러웠다. 하지만 권삼호는 아랑곳하지 않고 열변을 토해냈다.

"족보는 무어냐. 족보란 그 가문에 속한 사람이 어떤 사람들의 핏줄을 타고났느냐를 알게 해주는 기록이지요. 족보를 보면 거기에 이름자를 넣은 사람이 삼정승이 즐비한 집안에서 태어났는지, 혹은 효자 열녀가 줄지은 집안의 피를 받았는지, 그것도 아니면 왕가의 귀한 핏줄을 타고 난……. 거, 오 형, 그걸 영어로 뭐라고 하지 않소? 왕 집안의 핏줄을 뭐라고 부른다는 이야기를 내가 전에 오 형에게 들은 거 같은데. 로, 뭐라고 말입니다."

"로열 블러드 말인가."

"그거요, 그거. 로얄 부라……. 아니, 뭐 그 발음이 중요한 건 아니고."

발음이 중요한 거라며 에드가 오가 한 마디 끼어들 틈도 없이, 권삼호가 바삐 말을 이었다.

"사람이 어떤 핏줄을 타고났는가는 그 사람의 우열을 알 수 있는 중요한 잣대란 말이오. 천한 놈들은 결국은 그 근본 핏줄이 천해빠져서 개돼지 같은 본성을 버리지 못하는 거라 이겁니다."

"……."

"그런데 요즘 그놈들이 자기 천한 구린내를 숨기겠다고 더더욱 극성이오. 백정 놈이 돈이며 책이며 하는 것으로 휘황찬란하게 자기를 꾸미는데, 그래봤자 개돼지 잡는 신분이 어디 간답니까?"

박동주는 언짢은 표정으로 권삼호를 외면하고 있었다. 에드가 오도 얼굴을 일그러뜨리지 않으려 애썼다. 하지만 권삼호는 다른 이가 불쾌해하는 걸 보면 더욱 신이 나서 그 사람의 속을 긁어대는 인물이었다.

"내가 조금 전부터 타 뭐라고 하는 그 사람 글을 생각해봤더니, 좋은 핏줄을 제대로 밝히는 것이야말로 조선을 위하는 가장 중요한 일이란 확신이 들더란 말입니다. 그러니 좋은 피를 타고 난 자는 더더욱, 자기 가문의 족보를 바르게 편찬하여야 하는 의무가 생길 수밖에 없지 않소. 내가 요새 우리 집안의 족보를 새로 책으로 내려고 심혈을 기울이고 있는 것처럼 어떻소? 오 형이라면 단박에 이해할 수 있을 거요."

"……."

"좋은 핏줄도 타고나지 못하고 족보도 없는 자가 이런 이야기를 어찌 여길지는 나야 잘 모르겠소만."

권삼호의 마지막 말을 듣고 박동주가 대놓고 인상을 찌푸렸다.

"권 형의 말씀을 듣는데, 왜인지 집안도 한미하고 조상님도 내세울 것 없는 제게 뭔가 하고 싶은 말씀이 있나 봅니다."

권삼호가 히죽 웃었다.

"참말로 심사가 꼬인 사람이구먼. 이야기를 그렇게 들으면 어떡하나. 나는 그저 좋은 혈통이란 왜 중요한 것인가, 그런 사람들이 세상에서 귀한 이유는 무엇인가, 그걸 말하려고 한 거야. 자네가 조상 이야기를 하길 싫어한다고 해서 내 이야기까지 잘못 들으면 나더러 뭘 어쩌란 말인가."

에드가 오는 그 말이 사실이 아님을 잘 알고 있었다. 다른 이를 비방하는 말을 꺼낸 뒤, 그자가 화를 내면 그런 뜻이 아니었다며 시치미를 뚝 떼는 것이 평소 권삼호의 언행이었다. 그러면 상대방도 묵묵부답으로 차마 더 뭐라 하지 못하는 것이 보통이었다. 하지만 그 밤 따라 박동주의 불편한 심기는 쉽게 누그러지지 않았다. 그는 권삼호를 바라보면서 또박또박 말했다.

"그 핏줄이라는 걸 잘 타고난 주제에 좋은 일은 하지도 못하고, 팔 거 안 팔 거 가리지 않고 열심히 다 팔아먹은 작자들도 있지 않소? 이완용이니, 송병준이니 하는 자들은 다 족보 있는 양반 집안의 핏줄이지 않습니까. 그런데 그자들은 하라는 구세안민은 안 하고 도리어 제 나라를 팔아먹었더랬지요."

"뭐?"

"이상한 일 아닙니까. 조선을 캄캄한 어둠으로 몰아넣은 작자들이, 따져보면 족보 책에다 이름 없고 다니는 그런 귀한 핏줄들이었던 거지요. 그러고 보니 그자들은 족보에 적혀 있을 귀한 이름이며 성을 죄다 일본사람처럼 바꾸었더군요. 권 형의 말대로면, 이들이야말로 제 근본마저 저버린 패악한 자들 아닙니까?"

에드가 오는 움찔 놀랐다. 아무리 한밤중이라 해도 이런 이야기를 꺼내는 것은 위험천만한 짓이었다. 아무리 은일당이 경성 같지도 않은 곳 구석에 있다지만, 그래도 이곳 역시 경성은 분명했다. 창문 밖에 순사가 어슬렁거리고 있을지, 누가 귀 기울여 이야기를 엿듣고 있을지 알 수 없는 일이었다.

 그는 급히 눈치를 주었다. 하지만 박동주는 입을 다물 생각이 없어 보였다.

 "나는 여태 그런 자들은 사람이 썩어 있어서 그런 것으로 생각해왔는데 말입니다, 오늘 권 형의 말을 들으니 그런 자들은 핏줄 자체가 썩어 있는 게 분명하군요. 이제 이해했습니다. 그런 핏줄부터 썩은 자들은 인민의 이름으로 단죄를 해야지요."

 "이보게."

 "암요! 경성역 앞이나 조선은행[13] 앞 광장같이 넓은 곳에다 그런 작자들을 죽 꿇어앉힌 뒤에 하나씩 차례대로 목을 쳐내야 마땅하지요. 불란서에서는 혁명이 일어났을 때 단두대란 걸로 왕과 귀족들의 목을 베었다지요? 그런데 조선에는 그런 좋은 물건이 없으니 도끼로 그 썩은 놈들 모가지를 하나하나 잘라내야 할 것 같소. 썩어빠진 나뭇가지를 도끼로 쳐내듯이 해버려야지요!"

 박동주의 마지막 말에 에드가 오는 술이 확 깨는 듯한 기분이 들었다. 섬뜩하고 위험천만한 이야기였다. 박동주는 좀처럼 말을 그칠 기미를 보이지 않았다. 평소의 유순하던 모습은 어딘가로 사라지고 없었다.

 "말이 나왔으니 하는 이야기입니다만, 조선에서 양반입네 하고 족보를 들이미는 자 중에서 진짜 양반 핏줄이 있기는 할지, 그래서 핏줄 때문에 목이 잘릴 자격이라도 있는 자는 과연 얼마나 될지 내 그것이 참으로 궁금했습니다. 이 씨 왕가의 조선이 망하기 전까지만 해도 양반 자리며 벼슬까지 돈으로 사사로이 사고팔지 않았습니까. 조상은 무지

---

13 1911년 일본에 의해 설립된 은행. 지금의 한국은행과 비슷한 역할을 한 은행이다.

령이 시정잡배였는데도 자기는 운이 좋아 돈푼깨나 만지고 나서는 비렁뱅이 양반에게 큰 돈푼 안겨주고 족보를 사서 양반이 된 사기꾼들이 더러 있더란 말이지요."

"아니, 뭐야?"

얼굴이 붉으락푸르락하던 권삼호가 결국 참지 못하고 버럭 소리를 질렀다. 그는 금방이라도 팔을 걷어붙이고 박동주에게 대들 기세였다.

방 안 공기는 싸늘했다. 불빛이 파르르 떨렸다.

"권 형은 왜 갑자기 화를 내시오?"

박동주의 목소리에서 빈정거리는 기색이 가득했다.

"요즘 족보 찍어내는 것이 좋은 책 장삿거리라 들은 게 문득 생각나서 한 이야기였소. 조선에 족보 책이 길거리 쓰레기나 다름없이 너무나 흔해져버렸지 않습니까. 권 형 말대로 근본도 없는 사람들이 족보를 찍어내겠다고 야단법석이다 보니 말입니다."

"근본이 없다? 박동주 너, 네가 무슨 자격으로 그런 소리를 하는 거야?"

박동주의 비아냥거림에 권삼호가 얼굴을 일그러트렸다.

"박동주 너, 너같이 뭣도 없는 놈이 그런 말을 할 처지는 아니지 않아?"

"권 형, 내 한미한 처지에 대해 할 말이라도 있으신 거요?"

박동주의 목소리도 파리하게 날이 서 있었다. 이대로는 싸움이 일어날 게 분명했다.

"권 군, 권 군. 이보게, 그런데 말이야."

눈치만 보던 에드가 오가 급히 두 사람 사이에 끼어들었다.

"자네가 시작했다는 족보 대사업 말인데, 어찌 사업을 벌일지, 나는 대체 그런 걸 상상도 못 하겠단 말이야. 권 군, 자네, 그런 일을 계획하고 꾸리는 능력이 참으로 대단하지 않은가."

"오 형은 뭘 좀 아시는구려. 저 박동주 놈하고는 다르게 말입니다."

권삼호가 낄낄 웃었다. 발끈해서 뭐라고 하려는 박동주에게 에드가 오는 급히 눈치를 주었다. 박동주는 더는 말하지 않았지만 표정에서 불쾌한 기색을 여전히 감추지 못하고 있었다.

그 일그러진 표정을 못 본 척하면서 그는 권삼호에게 말을 재촉했다.

"그래서? 그 사업을 구체적으로 어떻게 진행해나가려는 건가?"

"그것이 말입니다, 최근에 이 권삼호의 열렬한 설득이 통해서, 드디어 종친회 사람들이 돈을 갹출하기로 이야기가 되었습니다. 그래서 지금 문제는 족보를 몇 부나 발간할 것인가 하는 것인데, 그것이……."

권삼호는 신나게 이야기를 시작했다. 조금 전까지 화를 내던 걸 잊어버린 듯한 모습이었다.

에드가 오는 안도의 한숨을 내쉬었다.

분위기가 제자리로 돌아오면 곧장 급한 용무를 처리해야겠군.

*

이야기를 듣던 선화가 고개를 갸웃거렸다.

"급한 용무라니요?"

"거, 왜 있잖은가. 술을 많이 마시면 생리적으로……."

"아, 그렇지요. 그렇습니다."

선화가 얼굴을 붉히며 고개를 살짝 돌렸다.

"일단 그때까지는 페도라가 있었던 게 분명해. 그 뒤에는 별다른 일은 없었고."

에드가 오는 골똘히 생각에 잠겼다.

"친구분들은 언제 여기를 떠나신 겁니까?"

"그건 잘 모르겠네. 빙에 돌아와보니 권삼호 군이 여자들의 소식이 경성에 암약해 있다느니, 그 조직이 불량배며 하층민들을 비롯하여 심지어 내지 출신 고위 간부들까지 손아귀에 넣고 조종하고 있다느니, 이미 경성은 사실상 여자들이 뒤에서 쥐락펴락하며 지배하는 흉흉한 곳이라느니 그런 이야기를 또다시 꺼내지 뭔가."

"그런 허무맹랑한 이야기를 무척 흥미롭게 들으셨나 봅니다."

선화가 새침하게 대꾸했다. 괜한 오해를 살까 싶어 그는 급히 말을 이었다.

"그 친구는 별 재미도 없는 그런 소릴 뭘 그렇게 진지하게 하는지. 그 허튼소리를 듣다가 나는 그만 깜박 졸아버렸단 말이네. 눈을 떠보니 해는 높이 떠 있고 두 사람은 이미 자리를 뜬 채였네."

"친구분들이 떠난 이유도 모르시고요?"

"내가 졸고 있어서였을지 아니면 마실 술이 없어서였을지, 어느 쪽일지는 모르겠군."

"……"

"술이 없어서였다면, 아마도 권삼호 군의 집에 술 마시러 갔겠지. 그 친구 집이 남소문 근처 용구시장 안이었지, 아마. 여기서는 그나마 거기가 가까울 테니 말이야."

선화는 바닥의 모자 상자들을 바라보았다. 이맛살에 주름을 지은 채 그녀는 혼잣말하듯 나직하게 중얼거렸다.

"그 모자는 비싼 거라 하셨지요?"

"페도라 말인가? 아무렴. 비싸고 귀한 물건이네. 영국에서 만든 물건으로, 스코틀랜드 메리노 양털로 만든 펠트 천을 재료로 한 데다 런던 새빌가의 재봉사들이 심혈을 기울여 제작한 것이란 말이네. 이 조선 땅에 그런 제대로 된 페도라가 또 있을 리가……."

그가 거창한 설명을 늘어놓는데, 선화가 말을 끊었다.

"그럼 저는 얼른 아침상을 가져오겠습니다."

뜬금없는 말에 에드가 오는 영문을 몰라 눈만 깜박거렸다. 선화는 그런 그를 어이없다는 표정으로 바라보았다.

"식사하신 뒤에 곧바로 외출하셔야 하지 않습니까?"

"외출이라니? 아, 좀 전에 넥타이 매던 걸 보고 오해를 했나 보군. 그건 단지 앞으로 경성에 유행을 만들 수 있을법한 넥타이 매듭을 연구한 것뿐인데……."

"그게 아니라, 지금 당장 친구분 댁을 찾아가보셔야 하지 않겠습니까?"

그래도 에드가 오가 멀뚱히 있자, 선화가 말을 덧붙였다.

"이 방에 모자가 없다면 누군가 들고 갔겠지요. 그렇다면 그 두 분 중 한 분이 들고 갔을 것으로 생각하는 게 당연하지 않습니까?"

그녀의 목소리에 답답해하는 기색이 섞여 있었다. 의도를 파악하지 못한 에드가 오가 어물거렸다.

"아니, 그럴 가능성이 크기야 하지. 한데 왜 지금 당장 찾으러 가야 하는 건지……."

"그 모자, 비싼 거라면서요? 그럼 친구분들이 전당 잡히려 들고 간 것일 수 있지 않습니까. 좋은 모자라면 그거 하나만 전당 잡혀도 하루 술값은 톡톡히 나올 게……."

그는 화들짝 놀랐다.

"그 말이 맞네!"

"그러면 아침을 바로 준비하겠습니다."

"되았네! 그럴 겨를이 어디 있는가?"

"알겠습니다."

선화의 대답을 듣는 둥 마는 둥, 그는 급하게 입고 나갈 옷가지를 물색하였다.

"늦어도 저녁까지는 돌아오시길 바랍니다. 오늘 저녁에 수업이 있지 않습니까."

선화는 그 말을 남기고 냉랭한 얼굴로 방을 나갔다.

권삼호의 집

아무리 상황이 분급을 다투는 촉박한 경우라 해도 외출하려면 제대로 갖춰 입어야 했다. 그것은 에드가 오가 반드시 지키는 생활신조였다.

 그는 벽에 걸어놓은 깨끗한 연회색 줄무늬 셔츠로 갈아입은 뒤, 역시 벽에 걸어둔 진회색 캐시미어 양복에 구김이 갔는지를 확인하고서 구김이 생기지 않도록 조심스럽게 바지를 입었다. 전신을 비추는 긴 거울 앞에 서서 짙은 적갈색 넥타이의 매듭을 매고 조끼를 입고 단추를 잠근 뒤 다시 옷에 구김이 가지 않았나를 확인한 그는 회중시계 줄을 연결하고 포켓에 손수건을 곱게 접어 꽂았다. 모자 상자에서 동경에서 산 중절모를 꺼내 조심스럽게 머리에 쓰고 나서야 비로소 그의 외출 준비는 끝났다. 송아지 가죽 구두는 아침에 일어나자마자 이미 반질반질하게 윤을 내어놓은 상태였다.

 "다녀오십시오."

 선화는 그에게 짤막한 인사말을 건넸다.

 그가 현관문을 열려고 하는데 문이 제멋대로 벌컥 열렸다.

"어디 나가려는가 보오?"

문 앞에서 영돌 아범이 히죽 웃고 있었다.

에드가 오는 괜히 몸을 움츠렸다. 그의 앞에 선 영돌 아범의 키는 그보다 머리 하나는 더 커서, 마치 전봇대라도 맞닥뜨린 기분이었다.

"아침부터 바쁘시군요."

"그건 내가 할 소리지, 오 선생. 어제는 그렇게나 사람들과 시끄럽게 놀더니, 오늘은 아침부터 또 어딜 나가려나 본데 말이오."

그렇게 말하며 영돌 아범이 하품했다. 술 냄새가 훅 풍겼다. 영돌 아범도 전날 그의 일행들이 벌인 소란을 들었다는 걸 보면, 전날 술 한잔하고 헛간에서 드러누워 잔 모양이었다. 영돌 아범은 헛간에서 밤을 지새울 때면 늘 그런 식으로 하곤 했다.

영돌 아범이 어제 은일당에 있었다면, 혹시…….

큰 기대는 없었지만, 에드가 오는 혹시나 하는 마음에 물었다.

"오늘 아침에 말입니다, 혹시 제 페도라를 못 보셨습니까? 스코틀랜드제 펠트로 만든 물건입니다."

"페? 페도……? 그게 대체 뭐요?"

"아니, 아닙니다."

괜한 질문을 했군. 조선옷을, 그것도 낡고 구겨진 무명 저고리와 후줄근한 바지를 부끄럼 없이 태연히 입고 다니는 영돌 아범이 양장의 정점인 페도라에 대해서 제대로 알기나 할 것인가.

영돌 아범이 정장을 입은 모습을 상상한 그는 하마터면 고개를 절레절레 저을 뻔했다. 절대로 정장을 입어서는 안 될 사람이 있다면, 아마도 눈앞의 영돌 아범일 게 분명했다.

"영돌 아저씨, 무슨 볼일이 있으신 겁니까?"

"볼일? 아, 그렇지."

영돌 아범은 선화를 마주보았다.

"선화 아씨, 얼룩 괭이가 헛간 근처에서 어슬렁거리고 있지 뭐요. 늘 아씨를 따라다니던 녀석 말이요. 밥 달라고 온 것 같던데."

"정말입니까? 가봐야겠네요."

그녀는 종종걸음으로 밖으로 나갔다. 영돌 아범도 허허 웃으며 어슬렁어슬렁 그 뒤를 따라갔다.

겨우 그걸 알려주려고 여길 온 건가. 참으로 한가한 사람이로군.

한숨을 쉬던 그는 문득 양복장이 언제 완성될지 영돌 아범이 말하지 않았단 걸 깨달았다.

"아니, 지금은 페도라가 더 중요하지 않은가. 양복장에 관한 건 페도라를 찾아온 뒤에 물어보면 되겠지."

페도라를 찾아온 뒤에, 라고 중얼거린 자신의 말이 이유 없이 불안하게 들렸다.

*

은일당은 남산 아래, 경성부에서도 꽤나 구석진 곳에 있었다. 그 외짐은 은일당과 경성 사이를 잇는 이 흙길에서도 여실히 드러나 있었다. 문명의 흔적은 나무 전봇대가 길옆에 띄엄띄엄 늘어선 것이 고작이고, 길은 울퉁불퉁한 흙투성이 시골길과 다를 게 없었다. 매일매일 그 모습이 달라지는 경성이라고 하지만, 그 변화는 아직 여기까지는 미치지 못했다.

에드가 오는 흙길을 빠른 걸음으로 걸어갔다. 아끼는 송아지 가죽 구두에 흙이 질척하게 묻는 것은 견디기 힘든 고통이었다.

남산 모퉁이로 난 외길을 걸어서 십여 분. 그 길이 끝나면 전차역이 나타났다. 역 앞에는 한복과 양장 차림의 행인들과 인력거꾼 등이 남녀노소 가릴 것 없이 분주하게 다니고 있었다. 매캐한 내음이 물씬 풍겼다. 비로소 경성에 서 있다는 느낌이 들었다.

우선 권삼호의 집부터 가볼 생각이었다. 그곳에 페도라가 없다면 낙산에 있는 박동주의 자취방으로 가는 게 바른 순서일 터였다.

권삼호의 집은 남소문 근처 용구시장이라는 곳 한복판이었다. 용구시장은 언제나 사람으로 북적이는 장소라는 점에서 은일당이 있는 동네보다도 더욱 경성다웠다. 하지만 그곳의 비루함은 경성의 어두운 모습만을 모아 담은 모양새였다.

사람은 점점 북적였다. 오물 냄새도 조금씩 심해졌다. 낡고 허름한 조선식 가옥들이 미로나 다름없는 골목을 만들며 다닥다닥 붙어 있고 구불거리는 도로 가장자리에는 쌓인 쓰레기가 악취를 내뿜었다. 지나다니는 행인들은 다른 이의 모습 따위에는 신경 쓸 겨를조차 없다는 듯 분주하게 자기 갈 길만을 가고 있었다. 사람이 다른 사람들에게 무심한 모습은 이곳이 경성임을 말하고 있었다.

마을 가장자리를 두르는 길의 옆으로는 개천이 흐르고 있었다. 그곳을 흐르는 더러운 물에서 지독한 오물 냄새가 한가득 올라왔다. 코를 찌르는 악취에 그는 손수건으로 입가를 막았다. 경성의 가난한 곳에선 아무렇지도 않게 풍겨오는 냄새였지만 몇 번을 맡아도 구역질이 나는 건 변하지 않았다.

더러운 물이 흐르는 개천 한쪽에서 빨래하는 아낙들의 모습이 보였다. 개천 저편으로 사람 몇 명이 서서 아래를 바라보고 있었다. 그들이 있는 쪽으로 후다닥 달려가는 무리의 말소리가 들렸다.

"누가 개천에 빠져서 허우적거리고 있나 봐."

"주정뱅이가 또 굴러떨어진 모양이군."

"안에 입은 옷, 학생 같은데."

"저 비틀거리는 모습 좀 보게."

물에 빠진 사람을 구해주는 사람은 아무도 없고 모두 취객을 구경하는 데만 정신이 팔려 있었다. 그 모습을 지켜보고 있으려니 더욱 속이 울렁거리는 듯한 기분이 들어, 에드가 오는 빠른 걸음으로 지나쳤다.

그때 멀리서 찢어지는 비명이 들렸다. 그 소리에 놀란 에드가 오가 걸음을 멈추었다. 하지만 행인들 대다수는 소리가 난 곳을 흘끗 쳐다보거나 아예 관심조차 두지 않고 제 갈 길을 갔다.

좁은 골목길 안으로 들어서자 시끄러운 소리가 더욱 크게 울렸다. 조금 전 그를 깜짝 놀라게 한 비명은 더는 들리지 않았고, 대신 남녀가 다투는 소리와 아이의 울음소리, 그리고 누군가의 악다구니가 이어졌다. 아무래도 어딘가에서 부부싸움이 크게 벌어진 모양이었다.

그는 다시 한번 이곳이 경성이라는 사실을 느꼈다. 분주함과 시끄러움과 악취는 경성의 일상이었고 그걸 대하는 체념을 닮은 무심함 역시 경성의 일상이었다.

3년 전 경성을 떠날 때와 달라진 게 전혀 없는, 비루함만 가득한 이 모습을 타고르가 보았다면 과연 조선을 '동방의 등불'이라고 감히 말할 수 있었을까. 머릿속에서 비관적인 생각이 스멀스멀 올라왔다.

'조선 사람들은 언제나 지저분하게 다니고, 제멋대로 행동하고, 감정도 추스르지 못해서 크게 화를 내곤 한다.'

내지 사람들은 그렇게 말하며 조선을 비웃는다.

'조선 민족은 우월한 민족의 본을 받아서 개량되어야 하지 않소. 나라를 빼앗겼다는 생각이 잘못되었을지도 모르오. 조선인이 내지 사람과 비교해서 얼마나 비루한지, 오 형은 유학 중에 똑똑히 봐왔을 것 아니오. 일본이 조신을 임중하게 통치하는 게, 지금 조선에는 필요한 일인 거요. 조선 놈들은 맞아야 정신을 차리거든.'

머릿속에서 권삼호의 목소리가 들렸다. 예전에 술자리에서 권삼호에게 들은 이야기였는지, 아니면 에드가 오의 생각이 그의 목소리를 빌려 나오는 것인지 알 수 없었다.

그는 고개를 저었다.

아니다. 그건 한 면만 보고 판단하는 것은 섣부른 짓이다. 같은 경성이라고 해도 부유한 내지인들이 거주하는 용산의 모습은 근사하다. 하지만 그 근사함은 그들이 두 나라를 하나로 합친 뒤 고작 십여 년 만에 만들어낸 모습이다. 만약 내지인들이 조선인을 이 비루함에서 건져낼 마음이 있었다면 용구시장 같은 곳조차도 더욱 정돈된 모습으로 만들려고 애썼을 것이다.

그는 내지 유학 생활 중에 겪은 여러 일을 떠올렸다. 그 일들이 켜켜이 쌓이면서 그는 내지가 과연 조선보다 모던한 곳인지 점점 의문을 품게 되었고 지금은 그 의문에 부정적인 대답을 내어놓은 지 오래였다.

자, 마음을 가다듬자. 현실이 이 모양 이 꼴이라도 절망하고만 있으면 안 되지 않는가.

에드가 오는 넥타이 매듭을 바르게 잡고 모자를 고쳐 썼다.

모던은 단정함이다. 단정한 몸가짐에서 단정한 마음가짐이 나오는 법 아닌가. 조선을 정돈하는 것은 필요하다. 하지만 그 정돈은 일본의 가짜 모던이 아닌, 제대로 된 모던으로 이루어져야 한다. 나부터 몸가짐,

마음가짐을 바르게 하자. 어떤 장소에 있다 하더라도 모던을 놓아서는 안 된다. 모던의 단정함을 언젠가 조선 사람들에게 새기리라. 조선에 모던이 제대로 자리 잡는 날, 그때야말로 타고르 옹의 시처럼 조선이 동방의 밝은 빛이 될 때가 아니겠는가.

그는 밀려오는 생각들을 몰아내며 마음을 다잡았다.

*

권삼호의 집은 골목 깊숙한 곳에 있었다. 그는 작은 집 하나를 빌려 혼자 살고 있었다. 허름하고 작은 조선식 가옥이지만, 집 하나를 눈치 보지 않고 온전히 쓸 수 있어서 사람들의 부러움을 샀던 장소였다. 그 때문에 보통 술자리의 마지막 장소는 권삼호의 집이 되곤 했다. 에드가 오 역시 그의 허름한 집 마루에서 잠을 깬 적이 몇 번 있었다.

술기운에서라면 몰라도, 맨정신으로는 이 길을 디디고 싶지 않군.

처음으로 멀쩡한 정신을 가지고 권삼호의 집을 찾으면서 그는 그렇게 생각했다.

나무 대문은 닫혀 있었다.

"권삼호 군. 안에 있나?"

에드가 오는 문 안을 향해 크게 소리쳤다. 하지만 대답은 없었다.

어디선가 갑자기 부스럭 소리가 들렸다. 그는 주춤 뒤로 물러섰다. 소리가 난 곳은 권삼호의 집 안인지, 아니면 그 옆집이나 뒷집에서인지 알 수가 없었다. 아니, 어쩌면 그가 잘못 들은 것일지도 몰랐다. 뒤늦게 심장이 쿵쿵 달음박질쳤다.

괜히 넥타이를 여민 뒤, 그는 다시 한번 권삼호를 불러보았다.

"권 군, 이보게, 권 군."

에드가 오는 조심스레 귀를 기울였다. 하지만 더 이상의 소리는 들리지 않았다. 그는 대문을 슬며시 밀어 보았다. 문은 둔탁한 삐걱 소리를 내면서 열렸다.

평소에는 문을 잘 잠그고 다니는 사람인데, 이상한 일이군.

술에 취해서 비틀거리며 잠긴 대문을 열려고 애쓰던 권삼호의 모습을 떠올리며 에드가 오는 다시 불안해졌다.

대문 안으로 발을 디디자 코끝에 냄새가 훅 끼쳐왔다. 에드가 오는 얼굴을 찌푸렸다. 비릿하고 구린 냄새가 짙었다. 이 골목의 본래 냄새가 그런 것일까. 하지만 권삼호의 집 안에서 나는 냄새는 왜인지 그보다 더 비릿했다.

에드가 오는 밀려드는 한기에 몸을 부르르 떨었다. 그는 괜스레 넥타이 매듭을 매만지며 집을 조심스레 살펴보았다. 방문은 꼭 닫혀 있었다. 처음엔 하얀 창호지가 발려 있었을 문은 이제 창호지 대신 신문지만 가득 붙어 있었다. 회색과 검은색투성이인 문 때문에 권삼호의 방은 이 대낮에도 입구부터 어둠이 한가득 스민 기색이었다. 창살 사이로 아지노모도[14] 광고 문구가 또렷이 보였다.

권삼호 이 친구는 자는 건가.

코를 찌르는 비린 내음이 사람의 신경을 민감하게 자극했다. 그는 손수건으로 코를 막았다. 손수건을 쥔 손이 떨리고 있었다. 왜 이렇게 자신이 초조해하고 있는지, 에드가 오 자신도 알 수 없었다.

사실 당당한 모습으로 권삼호 방의 문을 열면서 자네 혹시 내 페도라

---

14 味の素. MSG 위주의 감미료. 일제강점기 당시 조선에 널리 퍼졌으며 조선의 식문화에 커다란 영향을 끼쳤다.

를 가져갔는가, 가져갔다면 속히 내어놓기를 바라네, 라고 외쳐야 마땅했다. 하지만 정작 목소리도 내기 조심스러웠다. 불쾌하고 꺼림칙한 이 동네에서 빨리 나갔으면 좋겠다는 생각만이 머릿속에 가득했다.

아니, 그래서는 내 페도라를 찾을 수 없지 않나.

에드가 오는 마음을 단단히 먹었다. 페도라가 있으면 바로 가져오고, 없다면 권삼호가 전당을 잡혔는지 아닌지를 알아낸 뒤 찾으러 가면 그만이다. 만일 그가 가져간 것이 아니라면 박동주의 집으로 찾아가면 된다. 어느 쪽이건 이 동네에 오래 머물러 있을 이유는 없었다.

"이보게, 권삼호 군. 나 들어가네."

그는 애써 목소리를 높이면서 신발을 벗고 마루 위로 올라섰다.

"이보게, 권 군."

에드가 오가 문을 잡아당겼지만 문은 끼익 소리를 내며 삐걱거릴 뿐이었다. 조금 더 힘을 주자 문은 느닷없이 벌컥 열렸다.

순간 코로 비린 냄새가 훅 끼쳐 올랐다. 에드가 오는 코를 틀어막았다. 아니, 코뿐만이 아니라 입도 틀어막았다. 본능적인 움직임이었다. 하지만 그의 머리는 아직, 지금 보고 있는 것이 무엇을 의미하는지 이해하지 못했다.

권삼호는 온갖 물건이 엉망으로 널브러져 있는 방 한쪽에 펼쳐진 요 위에 반듯하게 누워 있었다. 하지만 그는 코를 골지도, 잠꼬대하지도 않았다. 그저 눈을 부릅뜬 채 천장을 노려보고 있었다.

방 안에서 곧장 눈에 띈 것은 두 가지였다. 바닥과 벽과 천장으로 가득 흩뿌려진 피와 권삼호의 목에 박힌 물건이었다. 권삼호의 목에 박힌 것은 기다란 나무 자루를 달고 있었다. 장작을 패거나 땔감을 손질하는 데 쓸법한 모양새의 물건. 도끼였다. 시커먼 도끼날 옆으로 검붉은 피가 흥건히 넘쳐흘러 있었다.

　에드가 오는 한 발 뒤로 물러섰다. 얼굴을 틀어막은 손이 부들부들 떨렸다. 눅진한 비린내가 계속 코를 찔렀다. 이 구역질 나는 비린내는 이부자리를 가득 적시고 벽과 천장마저 붉게 물들인 피에서 나오는 것일 터였다.

　권삼호의 몸 사방으로 시뻘건 피가 튀어 있었다. 그가 누워 있는 하얀 요는 시뻘겋게 물들어 젖어 있었다. 피를 양동이 하나만큼 들이부어야 이 정도까지 온통 피투성이가 될 게 분명했다.

　권삼호의 얼굴은 추하게 일그러진 채였다. 입은 크게 벌어져 있었고 두 눈은 부릅뜨고 있었다. 얼굴에 시뻘건 피가 가득 튀어 있었다. 핏방울이 눈자위 한가운데 고여서 한 줄기로 흘러내렸다. 피눈물이었.

　몸 안의 붉은 기운이 피눈물로 다 빠져나가고 하얗게 질린 얼굴만이 남은 듯, 창백한 그 얼굴에서 온기는 전혀 느낄 수 없었다.

　"……아, 으아, 아아……."

　입에서 저도 모르게 소리가 나왔다. 손으로 입을 틀어막았지만 입에서는 계속 소리가 새어 나왔다. 소리가 한 번 새어 나가자 그때부터는 비명 지르는 것을 멈출 수가 없었다.

　에드가 오는 구르듯 허우적거리며 밖으로 뛰쳐나갔다. 신발을 겨우 꿰어 신고 허겁지겁 마당으로 뛰쳐나온 그는 계속해서 소리를 질렀다. 페도라를 움켜쥔 채 대문 밖으로 달려 나가며, 골목을 마구 달리면서, 그리고 눈앞에 누군가 사람이 보여서 그 사람을 꽉 붙들 때까지, 그는 소리쳤다.

　"사람이 죽었다! 사, 사람이! 사람이 죽었다!"

취조

비는 그칠 것 같지 않았다. 에드가 오는 쇠창살 저편에 내리는 비를 멍하니 바라보았다.

여기에 들어오기까지 단편적인 기억은 있었다. 지나가던 사람을 붙들고 살인이 났다고 외치던 자신의 모습, 달려온 순사가 자신을 채근하며 살인이 난 곳으로 안내하라 소리치는 모습, 권삼호의 방을 보고 기겁하는 순사의 모습, 가득 모인 사람들의 모습, 다른 순사들이 자신을 어딘가로 데려가는 모습, 차에 탄 채로 동네를 벗어나면서 본 사람들의 모습. 그 모든 모습에는 코끝을 자극하는 피비린내가 계속 따라오고 있었다.

경찰서에 도착하자마자 신상에 관한 질문들을 집요하게 받고 소지품들을 모두 압수당한 뒤, 에드가 오는 유치장으로 끌려갔다. 웅크려 앉은 다른 사람들의 시선을 피해 그는 유치장 한쪽 구석에 쪼그려 앉았다.

시간이 얼마나 흘렀을까. 그는 어느 순간, 지금 왜 자신이 유치장에 갇혀 있는 건지 의문을 가졌다. 그저 페도라를 찾으러 왔다가 사건 현장을 목격했을 뿐인데.

그 의문에 답을 하기라도 하듯, 때마침 유치장의 문이 열렸다.

"나와."

눈 너머의 순사가 에드가 오를 가리키며 말했다. 다른 사람들의 시선이 그를 향했다.

에드가 오는 자리에서 주춤주춤 일어났다. 몸이 쑤셔왔다. 꿈을 꾸는 것처럼 머리가 아득했다.

그는 순사에 이끌려 좁은 복도에 나왔다. 순사의 재촉을 받으며 그는 걸었다.

문득 본 창문 너머는 어둠에 잠겨 있었다. 나직한 빗소리가 들렸다. 축축한 습기 사이로 달빛인지 가로등인지 모를 빛이 흐릿하게 반짝였다. 자정도 훨씬 지나 새벽이 가까워지는, 가장 깊고 어두운 시간일 게 분명했다.

얼마나 걸었을까. 순사들은 그를 어두컴컴한 방으로 데려갔다. 전깃불이 희미하게 켜진 그곳에는 낡은 책상과 의자, 그리고 웬 남자 한 명이 있었다.

에드가 오는 빈 의자 앞 책상에 설치된 시커먼 쇠고리와 벽 한쪽에 매달린 기다란 목봉과 밧줄 같은 것들을 보지 못한 척했다. 아무리 좋은 말로 치장한다 해도, 이 방의 분위기는 그 어떤 미사여구도 소용없을 만큼 살벌했다. 훌쩍 높은 천장과 그와는 대조적으로 무척 낮게 달린 전등이 기묘한 위화감을 자아내었다.

의자에 앉은 그는 책상 위에 붙은 쇠고리를 애써 외면했다. 그러기 위해서는 책상 맞은편에 앉은 사람 쪽으로 시선을 둘 수밖에 없었다.

플랫 캡[15]을 쓴 사내가 에드가 오를 가만히 바라보고 있었다. 비쩍 마른 기다란 얼굴 윤곽에 광대뼈가 도드라져서 그림자가 져 있었고 턱은 반들반들하여 수염 자국은 찾아볼 수 없었다. 무엇보다도 사람의 눈 같지 않은, 독수리나 매를 닮은 날카로운 눈초리를 가진 그 사내는 전등의 환한 빛을 받으면서도 눈 하나 깜박하지 않았다.

마치 석고상을 마주보는 기분이었다. 아니, 석고상에 플랫 캡을 얹어두어도 눈앞의 이 사내보다는 인간미가 넘칠 것이다. 이건 도저히 정감 따위 줄 수 없는 얼굴이 아닌가. 불안함이 커져만 갔다.

"이름은?"

사내의 첫마디는 일본어로 시작되었다. 동경의 표준 억양이었다. 하지만 이 짧은 한마디로는 그가 내지인인지 조선인인지 알 수 없었다.

에드가 오가 나지막하게 대답했다.

"에드가 알란 오."

그 대답을 듣고서도 사내는 그를 가만히 쳐다보았다. 사내가 그냥 바라보는 것일 뿐인지, 아니면 노려보고 있는 것인지 분간할 수 없었다. 만약 자신을 노려보는 것이 분명하다면, 그 이유는 아마도…….

"본명은 오덕문, 오덕문입니다."

에드가 오는 그의 조선 이름을 다급하게 덧붙였다.

"오덕문."

그제야 사내는 입을 열었다.

그는 머리에 쓴 플랫 캡을 벗어 책상에 올려놓았다. 그 동작이 무언가 시작되려는 징조로 보여서 에드가 오는 자기도 모르게 침을 꿀꺽

---

15 flat cap. 일제강점기 당시 독립운동가나 순사들이 주로 쓰고 다녔다.

삼켰다. 눈앞의 사내가 절대로 자신에게 우호적인 사람이 될 리 없다는 확신이 들었다. 벌써 온몸이 조여오는 기분이었다. 마음 같아서는 순사의 모자로 책상 위 쇠고리를 덮어 가려놓고 싶었다.

에드가 오의 마음을 아는지 모르는지 순사는 계속 질문을 던졌다. 그는 이름에 이어 나이와 현재 거주하는 곳의 주소, 직업을 죽 물어보았다. 유치장에 들어가기 전에 이미 다른 순사에게 같은 질문을 받고 대답했었지만, 에드가 오는 굳이 지적하지 않고 묻는 말에 대답했다. 눈앞의 사람이 자신을 해하지 않도록 하려면 순순히 협조해야 한다는 것쯤은 알 수 있었다.

질문을 던지는 내내 순사는 무뚝뚝한 표정으로 종이에 무언가를 적어 내려갔다. 직업이 없다는 대답을 들었을 때 순사가 고개를 들어 그를 훑어보던 눈빛이 마음에 걸릴 뿐, 그 외에는 평범한 신상 확인 과정일 뿐이었다.

감정을 읽을 수 없는 순사가 가끔 보이는 찌푸린 표정이 어딘가 익숙했다. 하지만 대체 어디서 본 것인지 도무지 떠오르지 않았다.

순사의 질문은 에드가 오가 권삼호의 시체를 발견했을 때의 주변 정황이 어떠했는지, 그리고 목격 당시 시체의 모습이 어떠하였는지로 이어졌다. 이 역시 그가 이미 진술했던 것들이었다. 그는 자신이 본 그대로 대답하면서도 이러한 질문을 다시 한번 반복해서 대답하는 것에 무슨 의미가 있는지 짐작할 수 없었다.

"죽은 자와는 어떤 관계였는가?"

순사의 물음에 에드가 오가 대답했다.

"가까운 지인이었습니다. 때때로 술도 마셨습니다. 어제도 같이 술을 마셨고요."

"죽은 자를 가장 마지막으로 본 건 언제였나?"

"어젯밤이었습니다. 술을 마시다가 내 집으로 왔고, 내가 잠든 사이 자기 집으로 돌아간 것 같습니다. 내 집에서 본 그게, 그 친구가 죽기 전……. 살아 있는 모습으로 본 마지막입니다."

에드가 오는 울컥하는 감정을 애써 억누르며 겨우 말을 마무리했다.

권삼호가 죽었다는 말을 직접 입에 올리고 나서야 그는 권삼호의 죽음을 비로소 실감할 수 있었다. 그러나 순사는 에드가 오의 흔들리는 감정 따위엔 관심이 없어 보였다.

"자네 집이라."

무언가를 끄적이며 순사가 중얼거렸다.

"하숙집을 자기 집이라고 하는 건 이상하지 않나. 그래서, 은일당에서 죽은 자가 나간 건 언제인가?"

에드가 오는 깜짝 놀랐다.

"잠깐만 기다려보십시오."

"음?"

"제가 하숙하는 곳 이름이 은일당인 건 어떻게 아셨습니까? 저는 그곳 주소만 이야기하지 않았습니까?"

"묻는 말에 대답이나 해."

순사가 종이에서 시선을 떼고 그를 가만히 쳐다보았다. 그 눈빛에 기가 죽은 에드가 오가 우물쭈물 대답했다.

"잘 모르겠습니다. 아마도 그때 같이 술을 마셨던 다른 친구와 함께 나갔을 겁니다."

"박동주 말인가."

에드가 오는 황급히 되물었다.

"박 군의 이름은 또 어떻게 알고 계시는 겁니까?"

"신상과 인간관계를 파악하는 것이 이 일의 기본이야. 내지로 유학까지 다녀온 사람이 그런 것도 모르나?"

순사가 아무렇지도 않게 한 말에 그는 더욱 불안해졌다.

"제 유학 경력까지……. 아니, 순사님은 왜 저를 조사하시는 겁니까?"

에드가 오는 정말로 묻고 싶은 질문을 비로소 꺼낼 수 있었다.

"순사님은 살인사건의 용의자를 찾아서 조사해야 하는 게 아닙니까? 저는 권 군이 죽은 걸 처음으로 발견했을 뿐입니다. 전 단순한 목격자란 말입니다!"

"……목격자?"

순사가 펜을 멈추었다. 에드가 오는 순사의 입가에 감도는 웃음을 똑똑히 보았다. 어처구니없는 것을 대할 때 짓는 표정이 분명했다.

"자네는 지금, 단순히 살인사건을 목격했을 뿐인데 억울하게 유치장 신세를 지고 있다고 말하는 건가?"

"무슨 말씀입니까?"

순사가 에드가 오를 바라보았다. 무기질적인 얼굴 한가운데에서 쏘아진 날카로운 시선을 받는 순간 온몸이 굳어지는 것만 같았다.

이자는 지금 대체 무슨 생각으로 나를 바라보는 것일까.

순사가 다시 입을 열었다.

"오덕문 선생. 권삼호 말이야, 자네가 죽인 거지?"

"제가 죽였다니요. 예? 권 군을 말입니까?"

순사의 반말 앞에 붙은 '선생'이라는 정중한 호칭은 오히려 번뜩이는 독이빨이 겨눠진 것 같은 오싹함을 불러왔다.

"저는 권 군이 죽은 걸 발견했을 뿐입니다! 제가 권 군을 죽였다니요?"

"그건 자네의 주장일 뿐이지. 사실은 권삼호를 죽인 뒤, 자기가 목격자인 양 거짓말을 하는 게 아니냔 말이야."

"전혀 사실이 아닙니다! 전 살인자가 아닙니다!"

"범인 중에서 처음부터 자신이 범행을 저질렀다고 말하는 자는 없어."

"저는 사라진 제 페도라를 권 군이 가지고 갔는지 알아보려고 거기 갔을 뿐입니다!"

에드가 오는 크게 소리쳤다. 목소리에 억울함이 가득 차올랐다.

순사는 나지막하게 되물었다.

"고작 모자 하나를 찾겠다고 일부러 그리 갔다는 건가? 은일당에서 죽은 자의 집까지는 한 시간은 걸어야 하는 거리인데?"

"귀중한 페도라여서 그리하였습니다! 스코틀랜드제 펠트로 만든, 영국에서 들여온 귀한 물건이었단 말입니다!"

그의 말을 듣던 순사가 아, 소리를 내었다. 무언가 이해했다는 표정이었다.

"그렇군, 그래. 그럴 수도 있겠어."

과연 순사는 무엇을 이해한 것일까? 자신의 말을, 자신의 무고함을 믿어준 것일까?

하지만 그는 눈앞의 순사가 더는 자신의 혐의를 벗겨줄 사람으로 보이지 않았다.

"자네는 그 모자를 무척이나 아꼈다 이거지. 그래, 잘 알았어."

순사는 뜻 모를 소리를 중얼거리더니 나지막이 말을 이었다.

"그러니까 가령, 이런 이야기일 수 있겠군."

"어떤……"

"자네는 전날 술을 많이 마신 탓에 아침 늦게 일어났어. 일어나보니 같이 술을 마셨던 친구들은 모두 집에 돌아가고 없었지. 주위를 둘러보니 아뿔싸, 자네가 아끼는 귀한 모자가 사라지고 없는 거야. 그래서 자네는 모자를 찾기 위해서 허겁지겁 집을 나섰네. 그자들이 모자를 팔아서 술을 사먹을지도 모른다는 걱정이 들었던 거지. 그렇게 자네는 급히 권삼호의 집에 갔어."

"……."

"자네는 권삼호를 만났지. 하지만 그자는 갖은 핑계를 대면서 모자를 돌려줄 생각을 하지 않았어. 어쩌면 이미 모자를 전당 잡혀버린 것일 수도 있고, 아니면 모자를 가지고 있었지만 그 모자가 자기 것이라고 시치미를 뚝 뗐을지도 모르지. 당연히 자네는 화가 치밀어 올랐어. 자네는 자네가 가진 물건에 애착이 큰데, 그자는 자네가 아끼는 모자에 감히 더러운 손을 뻗은 게 아닌가. 자네는 그걸 도저히 용서할 수가 없었지."

"……."

"그래서 자네는 돌아가는 척 권삼호를 방심시키고서는 마당에 굴러다니던 도끼를 집어 들고 권삼호에게 달려들어 목에다 도끼를 꽂은 거지. 권삼호는 그 한 번의 공격으로 절명했을 거야. 그러고 나서 자네는 시체를 이제 막 발견한 것처럼 호들갑을 떨며 경찰에 신고한 뒤, 자신은 목격자일 뿐이다, 나는 이번 사건과 아무 관련이 없다, 라고 말했던 거지. 경찰은 강도가 권삼호를 죽였다고 생각할 거란 계산이 있었던 거야."

"아닙니다!"

더는 참지 못하고 에드가 오가 소리쳤다.

"아니라고?"

"말했잖습니까? 나는 그저 잃어버린 페도라를 찾으러 간 것일 뿐입니다!"

"그래?"

순사는 그를 가만히 응시했다.

"잃어버렸다는 그 모자 말인데, 거기에도 'E.A.O.'라는 글자를 수놓았지? 자네 방의 모든 옷가지에, 심지어는 네꾸다이에도 그 글자가 새겨져 있지 않은가."

에드가 오가 놀란 얼굴로 황급히 되물었다.

"그것은 또 어떻게 알고 계신 겁니까? 설마, 내 방을 뒤진 겁니까?"

순사는 대답하지 않았다. 하지만 그 침묵은 긍정의 의미임이 분명했다.

에드가 오는 순사가 자신의 방을 수색했다는 사실에 충격을 받았다. 하지만 그 뒤에 곧바로 이어진 생각은 뜻밖에도 은일당 사람들에 대한 것이었다.

외출한 자신은 시간이 흘러도 오지 않는데, 느닷없이 순사가 들이닥쳐서는 자신의 방을 뒤집어엎으며 수색하고 그것으로도 모자라 살인사건의 용의자에 대해 아는 대로 말하라는 윽박지름까지 들었을 것 아닌가. 그런 상황을 겪고 나서 선화와 그녀의 모친은 어떤 생각을 할 것인가. 나를 어떤 눈으로 바라볼 것인가.

순사는 그를 가만히 바라보았다.

"이제 순순히 자백하시지."

"전 죄가 없습니다."

에드가 오는 대답했다. 아니, 그렇게밖에 대답할 수가 없었다. 그것이 사실이었다.

　순사의 미간에 다시 주름이 졌다. 그 주름을 본 순간, 그는 이 순사가 짓고 있던 낯익은, 짜증을 넘어 권태로움까지 느껴지는 표정의 정체를 알아차렸다. 그것은 정해진 절차에 따라 기계적으로 업무를 반복하는 말단 관료의 표정이었다. 그 가면 같은 얼굴에 앞으로 늘 반복하던 귀찮은 일을 해야 한다는 신호가 떠올랐다면, 그건 무엇을 의미하는 것일까.

　"그렇게 나온단 말이지."

　순사는 자리에서 일어나 책상 위 플랫 캡을 집어 다시 머리에 썼다. 에드가 오는 그를 올려다보아야만 했다. 순사는 그를 내려다보며 책상을 손가락으로 두드렸다.

　톡, 톡, 톡, 톡.

　일정한 간격으로 반복되는 그 소리는 무언가 불쾌한 것을 암시하고 있었다.

　"자네를 말로만 대하니, 혹여나 내가 자네에게 우습게 보였을지도 모른단 생각이 드는군."

　영문을 모를 불길한 예감에 휩싸인 에드가 오는 순사를 올려다보았다.

　"미야마, 사토!"

　순사가 밖을 향해 소리쳤다.

　문이 열리고 곧장 두 명의 순사가 방 안으로 들어왔다. 그들은 곧바로 에드가 오의 양쪽 팔을 붙들었다. 그가 뭐라고 말 한마디 꺼내거나 저항할 틈도 없이 벌어진 일이었다. 그들은 에드가 오의 손을 책상 위에 억눌렀다. 아주 빠르고 익숙한 손놀림이었다. 곧 그의 양손이 쇠고리에

포박되었다. 억지로 벌려진 손가락들 역시 시커먼 쇠고리에 붙들리고 말았다.

차가운 쇠의 감촉이 손목과 손가락 마디에 섬뜩하게 닿았다. 쇠고리는 어둡고 불길하게 번질거렸다. 쇠고리에 매어진 모든 손가락을 꼼짝도 할 수 없었다. 묶인 손가락이 덜덜 떨렸고 숨이 가빠왔다. 어느새 온몸에 식은땀이 흘렀다.

그가 포박당하는 과정에는 관심이 없다는 듯, 순사는 다시 책상에 앉아서 무언가를 써 내려갔다. 이내 순사는 펜을 내려놓고는 그 옆에 놓여 있던 쇠꼬챙이를 집어 들었다.

"다시 한번 묻지. 그래서, 자네는 죄가 없다는 건가?"

"……그렇습니다."

"내가 원하는 진실은 자네의 주장과는 많이 달라."

그렇게 말을 던진 뒤, 순사는 꼬챙이를 보며 미간을 살짝 찌푸렸다.

에드가 오는 계속 헐떡였다. 두 명의 순사가 그의 어깨를 강하게 누르고 있어 도저히 꼼짝도 할 수 없었다.

쇠꼬챙이를 든 순사가 무심하게 한마디를 던졌다.

"자네, 숟가락은 오른손으로 드는가?"

쇠꼬챙이

에드가 오는 유치장 구석에 한껏 웅크린 채 몸을 벌벌 떨었다. 오른손으로는 왼손 엄지의 아랫마디를 피도 통하지 않을 만큼 세게 그러쥐었다. 엄지손톱 아래가 쑤셔진 고통을 잊으려면 그래야만 했다. 입에서 신음이 계속 흘러나왔다.

저편에서 다른 사람들이 수군거리는 소리가 들렸다.

"유치장을 자기 혼자만 쓰나."

"손가락 꿰여본 게 뭐가 대수라고."

"유난을 떠는구먼. 엄살이 심해, 저 양반."

조롱과 비난이 섞인, 듣기 싫은 말들이 그를 향하고 있었다. 하지만 거기에 신경 쓸 겨를은 없었다. 이가 딱딱 떨려왔다. 오한이 밀려왔다. 유치장이 추워서인지, 엄지손가락의 고통 때문인지 알 수가 없었다.

머릿속으로 에드가 알란 포가 쓴 작품의 장면들이 떠올랐다. 산 채로 생매장된 여자, 벽의 틈 사이에서 노려보는 검은 고양이, 납골당에 사슬로 묶인 미친 남자, 저주의 울음을 우는 까마귀, 묶인 몸뚱이를 향해 흔들리며 다가오는 칼날……. 작품 속의 섬뜩한 형상이 눈앞에서 춤추고 있었다.

그래도 그걸 생각하는 편이 차라리 나았다. 글 속에 묘사된 공포는 아무리 그것이 섬뜩하고 기괴해도 글을 넘어서 공격해오지 않기 때문이었다. 차라리 포의 무시무시한 소실 속 정경으로 도피하는 편이 그나마 나았다.

하지만 도피도 쉽지 않았다. 간헐적으로 닥쳐오는 고통은 그를 상상 속에서 억지로 끄집어냈다. 그리고 그는 권삼호 방의 참혹한 모습과 손목과 손가락을 죄어들던 검은 쇠고리와 손톱 사이를 사정없이 후비고 들어간 쇠꼬챙이의 소름 끼치는 감촉과 다시 마주하고 말았다. 왼손 엄지손가락으로 파고든 고통의 기억은 공포로 변해 그의 마음속을 무참히 찔러대었다.

아픔과 절망에 뒤덮인 채, 그는 구석에서 꼼짝도 하지 못하고 웅크리고 있었다.

*

에드가 오가 비명을 질렀다. 사람 목에서 이런 소리가 나올 수가 있구나. 아득해진 머리 한쪽에서 그런 생각이 들었다.

왼손 엄지손톱에서 이물감이 사라졌다. 조금 전까지 들쑤셔 오던 날카로운 아픔 대신 둔탁하고 시린 아픔이 남았다. 어느 쪽이건 견딜 수 없는 고통이었다.

"엄살이 심하군. 이제 막 시작한 거야."

쇠꼬챙이 끝에 맺힌 핏방울을 바라보며 순사가 중얼거렸다.

"아직 나머지 손가락 아홉 개는 멀쩡하지 않은가."

감정이 실리지 않은 순사의 목소리는 차갑다 못해 소름이 끼칠 지경이었다.

"멀쩡한 오른손으로 숟가락을 들고 싶으면 지금이라도 자백하는 게 좋을 거야."

에드가 오는 고개를 필사적으로 흔들었다.

"모, 모, 모릅, 모릅니다! 저, 저는! 저는 사람을 안 죽였습니다!"

순사는 혀를 찼다.

그의 손에 들린 꼬챙이가 거뭇하게 반들거렸다. 동시에 비릿한 피냄새가 풍겨왔다.

"혹시나 해서 말하는 건데, 아홉 번을 더 참는다고 거기서 끝나는 게 아니야."

순사가 무미건조하게 말했다.

"모든 손톱을 다 건드리고 나면 다음엔 왼손 엄지부터 다시 시작하는 거지. 내가 본 경험을 말하자면, 사람들은 처음보다 두 번째에 더 못 견디는 것 같더군. 그렇게 한 바퀴를 돌았는데도 이야기가 제자리걸음이면 다시 세 번째 순을 도는 거지. 한 바퀴가 돌 때마다 이걸 넣는 시간을 조금씩 길게 하거나 조금 흔들어보곤 해. 하지만 그럴수록 사람들이 적응하기는커녕 더 힘들어하는 것 같더란 말이야."

순사가 하는 말은 소름 끼치는 내용이었다. 하지만 정작 순사의 표정은 무미건조했다. 심지어 그 말투는 지루하게까지 들렸다. 지금 그에게 가하는 고문과 위협도 늘 해오던 귀찮은 업무일 뿐인 게 분명했다. 그래서 더 무서웠다.

이가 딱딱 부딪치는 소리가 났다. 그게 자신의 입에서 나는 소리라는 걸 잘 알고 있었다. 그래도 어찌할 수가 없었다. 참겠다고 해서 참을 수 있는 것이 아니었다.

순사는 쇠꼬챙이를 바라보며 다시 미간을 찌푸렸다. 그가 쇠고리로 결박된 에드가 오의 왼손 검지를 만지자 악다문 입에서 비명 같지도 않은 소리가 나왔다.

철컥-

그 순간 갑자기 문이 벌컥 열렸다.

순사가 고개를 들었다. 그 무표정 너머로 불쾌함이 언뜻 스쳤다.

"하라다, 취조 중에는 출입 엄금이라고 하지 않았는가."

"급한 일입니다, 미나미 순사부장님! 보고 드려야 할 일이 생겼습니다!"

짜증 섞인 순사의 목소리는 다른 이의 다급한 목소리에 덮였다.

순사는 쇠꼬챙이를 책상 위에 아무렇게나 내려놓은 뒤 취조실 밖으로 나갔다.

에드가 오는 피가 묻은 쇠꼬챙이를 보지 않으려고 눈을 질끈 감았다. 바깥에서 무언가 소곤거리는 소리가 잠깐 이어졌다. 그 대화가 일본어인 것은 분명했지만 자신의 입에서 새어 나오는 앓는 소리 때문에 대화 내용까지는 들리지 않았다.

대화가 끝나고 나서 순사가 책상 앞으로 돌아왔다.

그는 음, 하는 뜻 모를 소리를 냈다. 그가 책상 위 쇠꼬챙이를 집어들자 에드가 오는 저도 모르게 움찔했다. 그러나 쇠꼬챙이는 그의 손가락이 아니라, 펜이 놓여 있던 자리 옆에 내려졌다.

"미야마, 사토. 나는 잠시 나갔다 오겠다."

"이자는 어떻게 할까요?"

"일단 다시 유치장에 데려가도록."

순사는 무미건조하게 지시를 내렸다. 그는 에드가 오에게는 눈길조차 주지 않은 채 취조실 밖으로 나갔다.

"꼬챙이는 잘 닦아놔. 나중에 또 써야 하니까."

문이 쿵, 소리를 내며 닫혔다.

그제야 그를 꼼짝하지 못하도록 붙들고 있던 두 순사가 손을 묶은 쇠고리를 풀어주었다.

왼손이 자유롭게 되자마자 에드가 오는 책상 아래에 몸을 웅크렸다. 벌벌 떨리는 왼손 엄지를 오른손으로 겨우 감싸 쥐었다. 입에서는 연신 새된 신음이 흘러나왔고 이가 딱딱거렸다.

*

끝나지 않을 것 같던 고통이 조금씩 누그러들었다. 흔들리는 마음이 서서히 진정되어 가자 에드가 오는 비로소 생각을 가다듬을 수 있었다.

지금 자신은 위기에 처해 있다. 권삼호는 살해당했다. 나를 취조한 순사는 자신을 살인범으로 확신하고 있다. 하지만 자신은 살인을 저지르지 않았다. 그것은 너무나도 분명한 사실이다. 그렇다면 이건 대체 어떻게 된 일일까.

권삼호는 도끼에 목이 찍혀 죽었다. 누운 채 죽은 것으로 보아, 그는 죽기 직전까지 자신에게 죽음의 위협이 닥칠 것을 예상하지 못했을 것이다. 살인자가 자기 앞에 있다는 걸 알면서도 편히 누워 있다는 것은 소설 속의 대담무쌍한 주인공이나 할 수 있는 행동 아닐까.

그렇다면 누가 권삼호를 죽인 것일까? 강도의 소행일까?

권삼호는 최근 족보 발간을 이유로 여기저기서 돈을 긁어모으는 중이라고 말했다. 그렇게 모은 돈은 그 액수가 만만치 않을 것이다. 권삼호가 그만큼의 돈을 가지고 있다는 걸 누군가가 안다면, 그걸 노리고 벌인 소행일 수 있다.

하지만 에드가 오는 권삼호 방이 어지럽혀진 정도가 일상적인 수준이었다는 것을 떠올렸다. 혼자 사는 사람이 자기 손 닿는 곳에 여러 물건을 놔두고 필요할 때 엉거주춤한 자세로 물건을 가져오는, 그런 식으로 생활을 하는 데 딱 좋은 어지러움인 것이다. 누군가 함부로 이것저것 뒤진 모양새는 아니었다.

그렇다면 원한 관계에 있는 누군가일까?

이것은 말이 되어 보였다. 권삼호는 평소의 거칠고 경박한 언행 때문에 뒤에서 험담과 원망을 한가득 들어왔다. 정작 본인은 자신이 욕을 먹는다는 걸 아는지 모르는지, 언제나 의기양양하고 오만방자하게 굴며 주변 사람들의 당혹해하는 반응 따위를 즐겼다. 그런 행동거지 때문에 사람들과 잦은 충돌이 있었던 게 사실이다. 생각해보면 그날만 해도…….

그 순간 덜컹, 소리가 들렸다.

유치장 안 사람들의 눈이 모두 문을 향했다. 그리고 약속이나 한 듯 모두 입을 다물었다. 웅성거리는 소리가 차 있던 유치장에서 숨소리조차 들리지 않았다.

에드가 오도 문을 바라보았다. 열린 문 너머에서 석고상 같은 얼굴이 그를 가만히 바라보고 있었다. 자신에게 고문을 가한 그자였다.

그의 얼굴을 본 순간 이가 딱딱 떨려왔다. 에드가 오는 몸뚱이를 벽에 딱 붙였다. 본능적인 행동이었다.

"오덕문, 일어나."

미나미 순사부장의 일본어가 유독 차갑게 들렸다. 얼어붙어서 꼼짝도 하지 못하는 그를 보며 순사부장이 한 마디를 덧붙였다.

"어서 일어나. 자네는 이제 자유다."

에드가 오는 눈만 껌벅거렸다.

"뭐……뭐라고 하셨습니까?"

눈앞의 미나미란 자가 허깨비가 아닐까. 너무 아픈 나머지 지금 헛것을 보는 건 아닐까.

"자유라고 했어."

미나미 순사부장의 말 속에 은근한 짜증이 섞여 있었다.

"사건의 범인이 자네가 아닐 수 있다는 상부의 판단이야. 자넬 풀어주라는 명령이 내려왔고, 나는 그 명령을 이행하러 온 거야."

"저는 범인이 아니라고 말했잖습니까."

에드가 오는 힘겹게 말을 내뱉었다.

"그까짓 말 한마디를 믿어서 풀어주는 게 아니야."

순사부장이 낮게 으르렁거렸다. 그의 눈빛에 짜증과 분노가 섞여 있었다.

"어젯밤에서 오늘 새벽 사이, 자네가 갇혀 있던 시각에 또 다른 일이 벌어졌어."

"그건 무슨……."

"어서 일어나. 여기서 쓸데없는 이야기는 더 하고 싶지 않으니."

에드가 오는 망연히 자리에서 일어섰다. 오래 쪼그려 앉아서인지 걷는 것이 힘들었다.

"다카하시, 모리타!"

순사부장 옆에 서 있던 순사들이 즉시 에드가 오에게 다가가 양팔을 붙들었다.
"취조실로 데려가."
미나미 순사부장은 그를 바라보았다.
"자유의 몸이 되기 전에 조금 더 협조해주길 바라네, 오덕문 선생."
그렇게 말한 뒤, 순사부장은 성큼성큼 걸어가버렸다. 두 일본인 순사는 에드가 오를 끌고 순사부장의 뒤를 따랐다. 그는 그저 순사들이 끌고 가는 대로 따라갈 수밖에 없었다. 저항할 기력은 없었다. 왼손 엄지손가락이 아려왔다.

밝혀진 페도라의 행방

"이창수란 사람을 아는가?"

에드가 오가 의자에 앉자마자 미나미 순사부장이 질문을 던졌다. 눈 아래로 보이는 검은 쇠고리를 애써 외면하며 그는 되물었다.

"그게 누굽니까?"

"용구시장에 사는 자야."

"용구시장이라면……."

"죽은 권삼호가 살던 동네 말이야. 그래서, 이창수란 사람을 아는가?"

"그 동네는 술에 취해서 권삼호 군의 집에 가본 게 전부입니다. 게다가 솔직히 맨정신으론 발도 들이고 싶지 않은 곳입니다. 그런데 그곳에 사는 자를 알 턱이 있겠습니까?"

입에서 나오는 대답이 까끌까끌했다. 그가 이창수란 사람을 전혀 모른다는 건 사실이었지만, 그걸 살갑게 대답해줄 만큼 몸도 마음도 여유롭지 않았다.

미나미 순사부장의 얼굴에 실망한 기색이 아주 잠깐 스치고 지나갔다. 하지만 그 감정은 곧바로 사라졌다.

이창수라는 사람이 권삼호의 죽음에 연관이 있는 걸까.

순사부장의 질문이 이어졌다.

"권삼호가 평소 고리대 하는 사람과 어울리는 기색은 있던가?"

"모릅니다."

"그래? 그러면 그날 자네와 술자리를 같이했던 박동주 쪽은 어떤가?"

"모릅니다."

그의 짤막한 대답에 미나미의 눈초리가 살짝 가늘어졌다. 하지만 어쩔 수가 없었다. 그 두 친구가 그런 부류의 사람들과 관계가 있는지 없는지는 정말로 몰랐다. 짧고 무거운 침묵이 이어졌다.

"권삼호와 박동주가 은일당에서 나온 뒤의 행적에 대해 아는 대로 이야기해."

"모릅니다."

"모른다, 모른다."

순사부장의 눈썹 한쪽이 꿈틀거렸다.

"하지만 자네 입으로 어제 권삼호랑 박동주와 함께 술을 마셨다고 하였어. 친구라고 하지 않았나?"

"이미 말씀드렸지 않습니까? 저는 술에 취해서 잠들었고, 두 사람은 먼저 돌아갔다고 말입니다."

순사부장의 말에 에드가 오도 지지 않고 대꾸했다.

"두 사람이 은일당을 나간 것은 같은 시간이었나? 아니면 각자 따로 돌아간 건가?"

"모릅니다."

"그렇다면 자네 생각이라도 이야기해봐."

"……"

"이봐. 잘 알아둬."

순사부장이 미간을 찌푸렸다. 안 그래도 낮은 목소리가 더욱 낮아졌다.

"자네를 풀어주란 명령이 내려왔다 해서 자네가 건방지게 입을 다물 자격까지 있다는 건 아냐. 조사에 협조해주지 않으면 나도 곱게 말로만 대하지는 못해."

미나미의 목소리에 실린 살벌한 기운이 오싹하게 조여들었다.

어쩔 수 없이 에드가 오는 입을 열었다.

"두 사람이 평소처럼 움직였다면, 은일당에서 나온 뒤에 또다시 술을 마시러 갔을 겁니다. 그러면 당연히 같이 나갔을 겁니다만……."

"그때 두 사람은 어디로 갔을 것으로 생각하나?"

"모릅니다."

"그러니까, 자네 생각을 이야기해보란 말이야."

순사부장의 목소리가 사나워졌다. 그는 머뭇머뭇 대답했다.

"아마도 권삼호 군의 집으로 갔을 겁니다. 거기서 자주 술자리를 이어서 가지곤 했었습니다."

"그러니까, 첫 번째 범행 현장으로 갔을 것이라 이거지."

"첫 번째……라니요?"

에드가 오는 무심코 미나미에게 물었다.

순사부장은 그를 노려보다가, 쇠꼬챙이가 놓인 쪽으로 손을 뻗었다. 그 모습을 지켜보던 에드가 오는 움찔했다.

미나미 순사부장의 손은 쇠꼬챙이 옆에 놓인 펜을 집어 들었다.

"그러면 거기서 계속 술을 마시고?"

순사부장이 종이로 눈을 돌리며 질문을 이었다. 무언가를 적는 순사부장의 모습에 괜히 안도하며 에드가 오는 조심스레 대답했다.

"그렇습니다."

"술을 안 마시고 다른 사람을 만나러 갈 수도 있지도 않나? 혹은 다른 사람 집에 가서 술을 마실 수도 있지."

"그럴 수도 있습니다. 하지만 그런 이른 새벽 시간에 만나러 갈 사람이 없을 것 같습니다. 가끔 지인이 집에 찾아오면 그 사람도 술자리에 끼어든 적도 있기는 합니다만. 보통 우리가 어울려 마셨을 경우……. 우리끼리만 마시곤 했습니다."

'우리'라는 단어를 입에 담는데, 뭔가 속에서 울컥 올라왔다.

"그렇단 말이지."

미나미 순사부장이 다시 무언가를 적으며 중얼거렸다.

미나미는 종이에 동그라미를 빙빙 두른 뒤, 에드가 오를 바라보았다.

"그 두 사람, 술자리가 끝난 뒤는 어떻게 했을 것 같나?"

"권삼호 군이라면 자기 집이니까, 그대로 한숨 잤을 것으로 생각합니다."

"그러면 박동주는?"

"권 군 집에서 같이 잤거나 자기 집으로 돌아갔겠지요."

"낙산에 있다는 박동주의 집 말인가?"

"저보다 순사부장님이 더 잘 아시는 것 같습니다만."

에드가 오는 그렇게 대답했다.

순사부장은 그를 흘끔 바라보고는 다시 무언가를 적어 내려갔다. 잠시 사각거리는 소리만 들렸다.

"어제 박동주의 복장은 어떠하였나?"

"평소 입고 다니던 검은색 학생복 차림이었습니다. 학생들이 입고 다니는, 목의 깃이 바짝 서 있는 그 옷 말입니다. 옷이 낡아서 팔꿈치와 무릎이 너무 튀어나와 너덜거리는 감은 있었지만 말입니다."

"흠."

"그리고 그 옷과 함께 검은색 학생 모자도 쓰고 있었습니다. 모자도 주름이 많이 져 있는 낡은 것이긴 하지만 말입니다."

"자네, 복장 묘사가 남자답지 않게 자세하군."

빠르게 펜을 놀리면서 미나미가 무심하게 말했다.

이것은 칭찬인가, 조롱인가.

에드가 오는 씁쓸한 기분을 느꼈다.

"박동주가 집 말고 갈 만한 다른 곳은 어디 있나?"

"그걸 내가 어찌 알겠습니까."

조금 전의 앙금 때문인지 대답이 까칠하게 나왔다.

미나미 순사부장은 다시 그를 바라보았다. 이번엔 그 주시가 좀 길게 이어졌다.

"그렇지. 옷 이야기가 나왔으니 말인데, 자네에게 말해주려고 하던 걸 잊고 있었어."

순사부장이 중얼거렸다.

"자네가 찾고 있다던 그 펠트니 영국제니 하던 모자 말인데, 그건 버리는 편이 좋을 거야."

"무슨 말씀이십니까?"

에드가 오는 급히 되물었다. 이자가 갑작스레, 왜 지금 그 이야기를 꺼낸 것인지 알 수 없었다. 좋지 않은 느낌이 스쳤다.

미나미 순사부장은 그에게 눈을 떼지 않은 채 말을 이었다.

"'E.A.O.'가 새겨진 모자를 찾아냈어. 그런데 그 모자……. 두 번째 살인 현장에서 발견됐어."

"두 번째……. 두 번째 살인이라니요?"

에드가 오가 멍한 표정으로 되물었다.

"사건 현장에 꽤 고급인 듯한 모자가 있더군. 그 장소와는 어울리지 않는 물건이어서 혹시나 하고 살펴보았지. 'E.A.O.'라는 글자에 관한 이야기를 몰랐다면 그게 자네 것인 줄 몰랐을 거야."

머릿속이 하얘졌다. 두 번째 살인사건의 현장에, 왜 내 페도라가 있었을까? 마치 내가 그 살인사건의 범인이라고 외치는 것 같지 않은가.

에드가 오는 미나미 순사부장의 얼굴을 멍하니 바라보았다.

"죽은 자가 어젯밤 늦은 시각에 죽었다는 걸 다행으로 알아."

"어째서입니까?"

"그자가 조금 더 이른 시각에 죽었다면, 자네는 두 건의 살인을 저지른 범인이 되었을 테니까. 자네가 유치장을 제집 드나들 듯 빠져나갈 재주 따윈 없다는 걸 알고 있으니, 풀어주게 된 거야."

에드가 오는 더듬더듬 질문했다.

"그, 그럼, 제 페도라는……. 그 사건의 증거로 압수되고 만 겁니까?"

"뭐, 그 이유도 있긴 하지. 하지만 혹시나 나중에라도 돌려받을 수 있을까 하는 헛된 기대는 하지 않는 게 좋아."

"그건 대체 무슨 말씀이십니까?"

"그 모자에 피가 잔뜩 묻었거든. 범인이 모자에다 흉기의 피를 닦고 버린 모양이야."

현기증이 들이닥쳤다. 온몸의 힘이 순식간에 빠져나갔다. 에드가 오는 무력하게 의자에 몸을 기대었다.

"……대체 흉기가 뭐였단 말입니까."

그는 겨우 중얼거렸다. 그것 말고는 할 수 있는 게 아무것도 없었다.

"내가 두 번째 살인사건이라고 하지 않았나."

순사부장은 손날을 세워 무언가를 내리치는 시늉을 했다.

"도끼로 두개골이 반으로 짝."

"······."

"그리 보기 좋은 모습은 아니더군. 뭐, 보기 좋은 모습을 한 시체란 게 없기는 하지만."

에드가 오는 아무 말도 하지 못하고 순사부장을 바라보았다. 그러자 미나미도 그를 똑바로 마주 보았다. 하지만 그 눈에 더는 날카로움을 볼 수 없었다. 지루함과 피로함만이 그 차가운 눈 너머에 스쳤다.

"더 이상의 볼일은 없어. 가도 좋아."

순사부장은 펜을 집으며 무심히 말을 이었다.

"여기서 있었던 일은 함부로 발설하지 않는 게 좋을 거야. 경솔한 입 놀림 때문에 오지 않아도 될 유치장을 다시 찾아오는 사람들이 꽤 있단 말이지."

나는 오지 않아도 될 유치장에 이미 와 있지 않습니까?

에드가 오는 그렇게 한 마디 쏘아붙이고 싶었다. 하지만 왼손 엄지손가락의 고통은 사람을 더없이 신중하게 만들어주었다.

"나갈 때 잊지 말고 소지품을 찾아가도록. 사건에 관해 신고하여야 할 것이 있다 싶으면 여기 본정경찰서로 연락해. 전할 말이 있다고 하며 나를 찾도록."

"······."

"마지막으로, 이건 내 개인적인 충고인데."

미나미 순사부장이 무언가를 쓰면서 말을 이었다.

"이 일에 자신이 무고하게 휘말렸다고 경찰을 원망할 생각은 말아."

"절 무고하게 엮은 걸 용케 아시다니, 뜻밖입니다."

"빈정거릴 필요는 없어. 자네는 사건의 가장 유력한 용의자였고, 자넨 그 상황을 스스로 벗어나지 못한 것일 뿐이니까."

미나미는 무심히 한 마디를 덧붙였다.

"그러니 이건 다 자네 잘못인 셈이야."

에드가 오는 자리에서 벌떡 일어났다.

"제 잘못이라고요?"

이 이야기만큼은 도저히 참아넘길 수가 없었다.

"이게 안 보이십니까?"

에드가 오는 피투성이 왼손 엄지를 내보이며 소리쳤다.

"이 손가락을 이렇게 만든 게 대체 누구란 말입니까? 제가 자해를 한 겁니까? 제 손톱 아래로 직접 쇠꼬챙이를 쑤셔 넣었다는 말입니까?"

"자해라."

미나미는 고개를 들어 그를 보았다.

"하기야, 따지고 보면 자해라고 할 수 있지."

"예? 지금 뭐라고 하셨습니까?"

에드가 오가 소리쳤다. 하지만 미나미는 눈 하나 깜박하지 않았다.

"자네는 내가 질문을 할 때마다 '모릅니다', '아닙니다', '그렇지 않습니다'라고만 했을 뿐이야. 하지만 정작 왜 자신이 범인이 아닌지 한 번도 제대로 그 이유를 설명하지 않았어. 그렇다면 내가 자네를 의심하는 게 이상한 일인가?"

"그건 억지입니다!"

"그 말이야말로 억지 아닐까?"

미나미의 말에 빈정거림이 섞였다.

"나는 범인이 아니다, 나는 죄가 없다, 이런 말은 범인도 무고한 자도 다 외치고 다니지."

"……."

"자네가 정말 무고하다면, 날 설득시켰어야 할 거 아닌가. 왜 자신은 죄가 없는지를 이야기해야지. 자신이 범인이 아닌 이유를 논리적으로, 타당하게."

"……."

"하지만 자네는 그러지 못했어. 그러니 그게 자해가 아니면 뭐란 말인가?"

미나미는 고개를 들어 그를 흘끔 쳐다보았다.

"자네는 공부를 제법 했다고 자부하는 모양이지만, 그 공부로 나 하나조차 설득해내지 못했지. 그래서야 그 공부란 게 아무 쓸모가 없지 않은가. 오덕문 선생."

에드가 오는 무언가 말을 하고 싶었다. 하지만 어떤 말도 할 수 없었다.

"결국 자네는 진실을 밝힐 힘도, 재주도 없었던 거야. 그러면 나를 원망할 자격도 없어."

미나미는 계속해서 서류에 무언가를 적어 내려갔다. 그는 에드가 오에게 신경조차 쓰지 않고 있었다.

미나미 순사부장.

에드가 오는 이를 악물고 그 호칭을 마음속으로 중얼거렸다. 경성에서 절대 마주치고 싶지 않은 두 번째 인물이 방금 생긴 참이었다.

늦은 귀가

벽시계는 아직 정오가 되지 않은 시각을 가리키고 있었다.

본정경찰서 건물을 바깥에서 보고 나서야, 에드가 오는 자신이 드디어 풀려났다는 것을 실감했다. 회중시계로 시간을 다시 확인해보려고 무심코 왼손을 주머니에 넣다가 그는 윽, 소리를 냈다. 다친 왼손 엄지 손가락이 옷에 쓸려 욱신거렸다. 겨우 더듬거려 시계를 꺼냈지만, 태엽은 그새 모두 풀려 있었다.

해가 아직 그리 높지 않았다. 구름이 끼어 하늘은 흐릿했다. 도로로 한 발을 내딛자 철벅 소리가 났다. 전날에 온 비로 길바닥에 시커먼 웅덩이가 고여 있었다.

물웅덩이에 자신의 모습이 비쳤다. 흐트러진 윗도리, 비뚤어진 넥타이, 그리고 엉망진창이 된 머리 위에 얹어놓았을 뿐이나 다름없는 페도라. 모던 따위는 어딘가로 내팽개쳐버린 행색.

그는 기계적으로 옷맵시를 다시 가다듬었다. 구겨진 정장 상의가 마치 끔찍하게 베인 상처처럼 느껴졌다.

손으로 구겨진 부분을 털어내다가 그는 다시 신음을 흘렸다. 왼손을 쑤시고 들어오는 통증이 다시 가라앉을 때까지, 그는 이를 세게 악물었다. 오른손만으로 조심해서 옷맵시를 가다듬고, 넥타이도 겨우 고쳐 맨 뒤, 그는 늘 해오던 대로 모자를 반듯하게 썼다.

그래도 봄을 가득 덮은 무력감은 사라지지 않았다. 언제 어디서나 모던을 놓지 않겠다는 그의 결의는 단 하루 만에 이토록 하찮은 꼴로 무너지고 말았다.

아득하기만 했다. 3년 전에 유학을 떠날 때만 해도 이렇지 않았는데, 지금의 경성은 어째서 이렇게 불안한 곳으로 변한 것인가. 쇼와 4년, 서기 1929년의 경성은 쥘 베른의 어떤 공상소설처럼 낯설고 끔찍하기만 했다.

이제 어디로 가야 할까. 형님의 병원에 가서 치료를 받아야 할까. 아니면 은일당에 돌아가 일단 쉬어야 할까.

병원과 은일당 사이에서 망설인 끝에, 그는 은일당으로 돌아가기로 했다. 차마 형님에게는 지금 자신의 모습을 보이고 싶지 않았다. 형님이 어떤 표정을 짓고 어떤 걱정 어린 말을 할지, 상상하기조차 두려웠다. 하지만 은일당 사람들이 자신을 어떻게 맞이할 것인가 하는 상상 역시 두렵기는 마찬가지였다.

*

흙길 저편에 은일당의 모습이 보였다.

경성 시내로 외출했다가 은일당으로 돌아갈 때면 에드가 오는 별장을 가는 길을 상상하곤 했다. 엉망진창인 흙길은 전원에 지어진 별장으로 이어지는 호젓한 길이며, 남산에 가득한 나무는 별장을 숨기는 운치 있는 정경이라고 생각하다 보면, 부자들이 별장으로 놀러 가는 기분이 이럴까 하는 생각이 들면서 발걸음도 절로 가벼워졌고, 구두에 묻는 흙에도 꽤 관대한 마음을 가질 수 있었다.

하지만 지금은 은일당으로 가는 길이 프랑켄슈타인 박사의 연구실로 이어지는 외길 같았다.

바깥에서 밤을 지새우고 난 뒤 아침에 은일당으로 돌아온 적은 전에도 몇 번 있었다. 하지만 지금은 그때와는 전혀 다르다. 자신이 없는 사이 순사가 찾아와 방을 들쑤시고 나온 뒤이다. 귀가하면 선화와 그녀의 모친은 어떤 반응을 보일까?

지금 가장 걱정스러운 것은, 은일당에 들어갔을 때 두 사람이 자신을 의심 가득한 눈으로 보면서 멀찌감치 도망치듯 피해버리는 것이었다. 살인사건에 휘말린 이상, 아무리 진짜 범인이 따로 있다 해도 범인이 체포되기 전까지는 사람들에게 살인자나 다름없다고 여겨질지도 몰랐다. 선화가 늘 보이던 싸늘한 표정이 떠올랐다.

에드가 오는 은일당 앞 커다란 나무 뒤에 숨듯이 우두커니 선 채, 망설였다. 하필 이럴 때 늘 헛간 앞에서 나무를 만지던 영돌 아범의 모습조차 보이지 않았다.

한참을 망설이던 그는 결국 마음을 굳혔다. 에드가 오는 문으로 다가가 조심스레 문을 열었다. 그리고 나직이 말을 꺼냈다.

"나 왔다네."

"오 선생님!"

안에서 덜컹, 소리가 났다. 곧 선화가 종종걸음으로 달려 나왔다. 그녀는 에드가 오 앞에서 걸음을 멈추었다. 바짝 다가오지는 않고 약간 거리를 둔 채 그를 바라보았다. 바짝 얼어붙은 채 그는 우두커니 서 있을 수밖에 없었다.

"참으로 다행입니다."

선화가 한숨을 내쉬었다.

"큰일이 난 줄 알았습니다. 그래도 무사히 돌아오셔서 다행입니다."

그녀는 안도하는 기색이었다.

예상하지 못한 모습에 에드가 오는 뒤늦게 겨우 입을 뗐다.

"여기에 어제 순사가 왔었다고 들었네."

"그게 대수입니까. 오 선생님은 살인 혐의를 받고 경찰서에 갇혀 계셨지 않았습니까. 얼마나 마음고생이 심하셨습니까?"

그는 눈을 껌벅였다. 평소 차갑고 무심한 모습만 보이던 선화의 입에서 그를 걱정하는 말이 나오리라고는 전혀 예상조차 하지 못했었다.

그는 앞으로 모은 손을 괜히 꾸물거리며 웅얼거렸다.

"고생이라고 해도 이미 유치장에서 나왔으니……. 그것보다 자네, 너무 경계심이 없는 게 아닌가?"

"무슨 말씀입니까?"

"자넨 내가 경찰서에서 돌아와서 다행이라고 말하였지만, 혹여나 내가 정말로 살인을 저지른 사람일지도 모르지 않나."

"그럴 리 없지 않습니까!"

어색한 분위기를 돌리려 아무렇게나 해본 말이었는데, 뜻밖에 선화의 대답이 단호했다.

"……어째서 그렇게 생각하는 건가?"

"오 선생님이 살인사건 혐의로 잡혀 있다는 이야기는 어제 오신 순사님께 들었습니다. 그런데 선생님은 멀쩡하게 여길 돌아오셨지요. 오 선생님이 탈옥 같은 걸 하실 리 없으니, 그렇다면 경찰에서 선생님을 풀어준 것 아니겠습니까? 그건 다시 말해, 경찰이 오 선생님에게 품었던 살인 혐의를 풀었다고 보는 게 마땅하겠지요. 살인을 저질렀다고 의심이 가는 사람을 경찰이 순순히 놓아줄 리가 없지 않습니까."

"하지만 내가 정말 사람을 죽였고 거짓말로 경찰을 속이고 풀려나온 것일지도 모르지 않나."

그는 괜히 트집을 잡듯이 물었다. 그러나 선화는 딱 잘라 대답했다.

"오 선생님께서 정말로 그리하였다면, 제게 이런 말조차 꺼내지 않으셨을 겁니다. 경찰에게까지 자신의 범행을 감쪽같이 잘 숨긴 범인인데, 굳이 긁어 부스럼 만들 이유가 어디에 있단 말입니까?"

그녀의 말에 에드가 오는 입을 다물 수밖에 없었다. 걱정 가득하던 마음은 어느새 눈 녹듯 사라졌다.

그때 선화가 깜짝 놀라 소리를 높였다.

"오 선생님, 그 손가락은 대체……"

아차. 숨기고 있던 왼손을 그만 잠깐의 방심으로 보이고 말았다. 난처하게 되었군. 손가락을 다친 경위를 어떻게 변명해야 할까.

에드가 오는 다친 손을 오른손으로 급히 가렸다. 그러나 선화는 그 손가락에 대해서 더는 묻지 않았다.

"방에 들어가 계십시오. 약을 바로 가져오겠습니다."

그녀의 목소리가 떨리고 있었다.

*

방문을 연 에드가 오는 깜짝 놀랐다. 방이 깨끗하게 정리되어 있었다. 순사가 난장판으로 어지럽혀 놓고 갔을 게 분명하다고 단단히 마음의 각오를 다졌는데, 오히려 방은 전날에 너저분한 채 놔두었던 바닥까지 깔끔히 청소되어 있었다.

"제가 방을 청소했습니다."

약과 붕대 따위를 챙겨온 선화가 그의 눈치를 살피며 말했다.

"허락 없이 선생님 물건에 손을 대서 죄송합니다."

"아니, 그렇지 않네. 오히려 나 대신 방을 정리해줘서 고맙다고 말해야겠네. 어쩐지 방이 너무 깨끗하더라니. 순사가 방을 뒤졌다면 엉망으로 흐트러지고 난장판이 되었을 터인데……. 그걸 다 치우느라 자네가 크게 고생했겠군."

그의 말에 선화가 고개를 가로저었다.

"그렇지 않습니다. 제가 방을 치우고 나서 순사님이 오셨는걸요. 그 뒤로는 손대지 않은 채입니다."

"그게 무슨……."

"그보다도 잠깐 손을 내밀어보시겠습니까?"

선화가 그의 말을 끊었다. 그는 순순히 그녀의 말을 따랐다.

잠시 후 따끔한 감각이 왼손 엄지손가락을 타고 흘렀다. 그는 이마를 찌푸린 채 고통을 참았다. 선화는 약을 꼼꼼히 바르고 깨끗한 천으로 손가락을 묶었다.

바깥에서 이름 모를 새의 울음소리가 아련히 들려왔다.

"순사가 여길 살펴봤다고 하지 않았던가?"

왠지 머쓱한 분위기여서 그는 무작정 질문을 던졌다.

"순사님 말씀입니까?"

선화가 매듭을 묶으며 대답했다.

"그분은 여기 방 안을 살펴보고 몇 가지 물건을 확인해보신 게 전부였습니다. 확인한 물건도 모두 제자리에 돌려놓으셨고요."

"허, 놀랄 일이군. 이 경성에 정도를 아는 순사가 다 있었단 말인가?"

에드가 오의 입에서 저도 모르게 감탄사가 나왔다.

조선인의 뺨을 후려갈기는 순사, 난폭하게 욕을 하는 순사, 그리고 없는 죄를 뒤집어씌우며 사람들을 고문하는 순사만 있다고 생각했는데, 뜻밖에 경성에 상식을 갖춘 순사가 있다니.

"다 되었습니다."

선화의 말에 퍼뜩 정신을 차린 그는 왼손에 묶인 천 조각을 바라보았다. 솜씨가 제법 야무졌다.

"그 순사님이 무언가 생각나는 것이 있거나 수상쩍은 점을 알게 되면 본정경찰서로 연락을 달라고 했습니다. 남정호를 찾는다고 하면 연락이 닿을 거라고 말입니다."

"남정호라."

에드가 오는 그 조선인 순사의 이름을 다시 중얼거렸다.

머릿속으로 본정경찰서 취조실에서 미나미라는 자에게 당한 일들이 다시 떠올랐다. 그 지독한 미나미와는 달리, 남정호처럼 올바른 태도를 갖춘 순사가 경성에 존재한다는 걸 도무지 믿을 수 없었다.

"그자가 혹 이상한 짓이라도 하진 않던가? 협박하였거나 윽박질렀거나 손찌검을 하였거나, 그런 일을 당했으면 모두 내게 말하게."

그의 날 선 질문에 선화는 어리둥절한 기색을 감추지 못했다.

"그런 일은 없었습니다. 여길 조사하신 뒤에 순사님이 몇 가지를 물어보셨을 뿐입니다."

"물어보다니? 대체 무얼 묻던가?"

"가장 먼저 오 선생님의 신상 이모저모를 물으셨습니다. 그러고 나서는 오 선생님이 그저께 밤에 어떤 행동을 하였는지를 물었습니다. 저는 방 안에 있어서 사람들의 시끄러운 기척만 들었을 뿐 자세한 건 알지 못한다고 대답하였고요. 오 선생님 친구분에 대해 아는 게 있는지도 물어보셨지만, 그것 역시 아는 바 없다고 답하였습니다."

특별한 것이 없는, 당연히 물어볼 법한 질문들이었다. 선화의 말은 계속 이어졌다.

"그다음엔 오 선생님의 평소 성격이나 버릇 등을 물어보셨습니다. 오 선생님이 어제 아침부터 외출한 이유가 무엇인지를 이어서 물어보셨고요. 그래서 오 선생님이 평소 아끼던 귀한 모자가 사라졌고, 그 모자를 친구들이 허락 없이 가져간 것 아닌가 생각한 오 선생님이 그것을 찾으러 나가신 거라고 대답했습니다."

모범적인 질문이 아닌가. 게다가 선화 군의 말대로라면, 그렇게 질문하는 태도도 참으로 신사적이었던 모양이군.

남정호라는 순사는 높이 평가받아 마땅할 사람이었다. 그런데 그렇게 남정호 순사가 바르게 모아온 정보를 가지고, 미나미 순사부장이라는 작자는 자신을 범인으로 해코지하려고 했다는 데 생각이 미치자 분노가 다시 치밀어 올랐다.

"순사님이 벽에 걸린 옷과 네꾸다……. 아니, 하여튼 그것들을 살펴보시더니, 거기에 수놓은 글자가 무엇인지를 물어본 게 다음이었습니다. 그래서 오 선생님이 평소 옷을 무척 아끼시는지라 자신의 옷가지에는 모두 이름의 약자를 새겨놓았다고 이야기를 했습니다. 지난번에 제게 그렇게 설명해주셨지 않았습니까?"

"그런 일도 있었지."

이사를 오고 얼마 지나지 않았을 때, 그녀가 세탁된 옷을 방에 가져오면서 셔츠 포켓 앞에 흰 실로 수놓은 글자가 무엇인지를 물어본 적이 있었다. 평소와 달리 호기심을 보이는 눈치였기에, 그는 옷을 아끼는 사람이라면 자기 옷에 주인이라는 증명을 새기는 것이 당연하며, 'E.A.O.'라는 글자는 자신의 이름 약자이고, 그것을 어떤 식으로 새겨 달라 주문하였는지 이야기했었다. 막상 이야기가 길어지자 그녀의 관심이 빠르게 사라진 기억 역시 또렷했다.

"용케도 그걸 기억했군그래. 그래서, 남정호라는 자가 다른 건 묻지 않았나?"

"순사님이 제게 한 질문은 그게 다입니다. 그리고 나서 마침 제 옆에서 구경하고 계시던 영돌 아저씨에게 제게 한 것처럼 질문하시고, 그다음으로 어머님과도 말씀을 나누셨습니다."

'어머님'이라는 단어에 에드가 오는 움찔했다. 선화의 반겨주는 태도 때문에 그만 그녀의 모친을 잊고 있었다. 선화는 자신을 수상한 자라고 의심하지 않는 모양이지만, 어쩌면 선화의 모친은 이 일로 자신을 '부적격 하숙인'으로 낙인찍었을지도 모를 터였다.

"제가 아는 건 그게 다입니다."

선화는 그렇게 대답한 뒤, 그의 손가락을 싸맨 천을 가만히 바라보았다.

"어머님께는 되도록 그 상처를 보이지 않아 주셨으면 합니다."

그녀는 잠시 주저하며 말을 골랐다.

"어머님께서는 그런 걸 보시는 걸 무척 꺼리실 겁니다."

"어, 그러지……."

에드가 오는 고개를 끄덕였다.

"일단 당분간 왼손은 사용하지 마십시오. 그리고 시간이 되시면 의사 선생님께 가보시고요. 오덕형 의사 선생님의 동생 되시지요?"

그는 입을 다물었다.

형님에게 다친 손가락을 보이며 그 다친 이유를 어떻게 설명해야 할지 알 수 없었다. 나이 차가 많이 나는, 그리고 사실상 부모님이나 다름없는 형님은 이럴 때는 무척 불편한 존재였다.

잠시 침묵이 흘렀다.

"그런데 오 선생님, 용건은 해결하셨습니까?"

어색한 분위기를 깨려는 것처럼 선화가 입을 열었다.

"용건이라니?"

"모자 말입니다. 그걸 찾으러 외출하셨지 않습니까."

그는 저도 모르게 깊은 한숨을 내쉬었다. 그러자 선화의 눈이 동그래졌다.

"무슨 일이라도 있었습니까?"

"있다마다. 그 영국제 페도라에 무척 큰 문제가 있었지."

"문제라니요?"

에드가 오는 우울하게 중얼거렸다.

"내가 경찰서에 잡혀 있는 사이에 또 살인사건이 벌어졌다더군. 그런데 그곳에 내 페도라가 피가 잔뜩 묻은 채 떨어져 있었다는 거야."

"어머나."

선화가 외마디 소리를 질렀다.

우울과 몽상

하늘이 다시 어두워졌다. 비가 내릴지 다시 해가 보일지, 아직은 알 수 없는 하늘이었다.

에드가 오는 방 한가운데 우두커니 앉아서 창밖을 바라보았다. 지금은 그것 말고 다른 할 수 있는 일이 없었다.

점심때가 되어 선화의 모친이 상을 들고 왔다. 모자에 묻은 먼지를 솔로 쓸어내던 그는 동작을 멈추고 모자로 왼손에 감긴 천을 가린 채, 잔뜩 긴장해서 그녀의 눈치를 살폈다. 그러나 그녀는 평소와 다름없이 상을 놓고 방을 나갈 뿐, 아무런 말도 없었다. 그녀의 태도만으로는 그를 어떻게 생각하는 것인지 짐작할 수 없었다.

점심상을 물린 뒤 그는 가만히 생각에 잠겼다. 어제부터 지금까지 겪은 일들이 다시 스멀스멀 머릿속을 채웠다. 한바탕 악몽을 꾸었다가 가까스로 깨어난 기분이었다. 하지만 아직 권삼호의 피 냄새가 코끝에 남아 있는 것 같았다.

하루가 지나서야 그는 권삼호의 죽음을 차분히 마주 볼 수 있었다. 권삼호는 어딘가 불편함과 껄끄러움을 주는 존재였다. 마지막으로 만났을 때 권삼호가 한 언행만 생각해봐도 유쾌한 부분은 전혀 없었다. 그러나 뜻밖에도 그의 죽음은 놀랍기만 한 것이 아니라 아주 작게나마 슬프기도 했다. 그래도 오래 알아 왔다는 정 때문일까?

슬픔의 이유를 생각해보다가 그는 고개를 놀렸다. 눈 옆에는 모자 상자 다섯 개가 쌓여 있었다. 어제 아침에 외출했을 때와 변함없는 모습이었다. 원래는 여섯이었는데, 이제 더는 원래대로 돌아갈 수는 없게 되었다. 하나가 사라진 자리가 마치 이가 빠진 것처럼 보기 흉했다. 그는 마지못해, 자신이 권삼호의 죽음과 페도라를 잃고 만 것을 비슷하게 느낀다는 점을 인정해야 했다.

왜 이렇게 된 것일까. 하루 만에 왜 이런 일들이 벌어진 것일까.

미나미의 딱딱한 얼굴이 눈앞에 어른거렸다.

'결국, 자네는 진실을 밝힐 힘도 재주도 없었던 거야. 그러면 나를 원망할 자격도 없어.'

그 말에 아무런 대꾸를 해줄 수 없었던 것이 분했다. 왼손 엄지손가락이 쿡 쑤셔왔다. 그는 왼손에 감긴 천을 가만히 바라보았다.

냉정히 돌이켜보면, 권삼호가 죽은 걸 발견한 후 그는 남의 손에 휘둘리기만 했다. 마치 아이에게 한바탕 휘둘려지고 구겨지고 채이고 나서 내팽개처진 인형 같은 꼴이었다.

그는 평소 모던을 몸소 체현하여 조선을 밝게 비추어 바른길로 인도하겠노라 다짐하며 살아왔다. 그러나 정작 이 사건 속에서 그는 옷매무새조차 제대로 다듬지 못하고 볼썽사나운 모습으로 헤매고만 있을 뿐이었다. 게다가 이런 봉변을 당하면서도, 아직도 이 모든 게 대체 어떻게 된 일인지 몰라 갑갑할 뿐이었다. 커다란 굴욕이었다.

울적해진 마음을 달래기 위해 그는 아끼는 책을 꺼냈다. 과거에 영어를 가르침 받은 선교사에게 선물로 받은 에드가 알란 포의 작품 선집이었다.

마음의 안정을 되찾아야 할 때마다 그는 포의 작품을 찾았다. 우울한 일이 있을 때 그 책을 아무 곳이나 손 가는 대로 펼쳐 그 장의 영어 문장을 천천히 읽어 내려가는 것은 그에게는 일종의 의식이었다. 내지에서 혼자 유학 생활을 하던 동안 그 의식은 습관처럼 거의 매일같이 이루어졌다. 이제는 작품 속 문장을 눈을 감고도 떠올릴 수 있을 정도였다.

내지에서만 이 책의 신세를 질 줄 알았더니, 경성에 돌아와서도 다시 신세를 질 줄이야.

책을 펼치며 든 씁쓸한 생각을 그는 속으로 삼켰다.

그가 펼친 곳은 소설 《The Purloined Letter》의 시작 부분이었다. 파리 경찰 총감 무슈 G가 오귀스트 뒤팽의 작고 어두운 서재를 찾아오는 장면이었다.

어둑어둑한 방 안에서 소설을 읽어 나가던 에드가 오는 점점 이야기에 홀린 듯 빠져들었다.

조선어로는 '도둑맞은 편지'라는 제목으로 번역할 수 있을 이 작품에는 프랑스 파리에 사는 오귀스트 뒤팽이라는 인물이 등장했다. 뒤팽은 아무런 직업도, 연고도 없는 사람이지만 이 작품에서 그는 파리 경찰이 총동원되어 온갖 방법으로 수색해도 찾아내지 못하는 중요한 편지를, 범인의 심리를 읽어내어 아주 간단하게 찾아내었다. 거기에 더해 뒤팽은 과거 범인에게 당했던 모욕마저 세련된 방법으로 복수하기까지 했다.

마지막 구절이 끝나자, 에드가 오는 벌떡 일어나 방 안을 서성거렸다.

"이거다. 바로 이거다!"

그는 나지막하게 중얼거렸다.

흥분을 억누를 수 없었다. 어쩌면 이것은 그에게 내려진 계시일지도 몰랐다. 오귀스트 뒤팽이라는 '탐정'의 존재가, 단숨에 그의 마음을 사로잡았다.

만약 어제 같은 상황에서, 그의 옆에 뒤팽이 있었다면 어떠하였을까? 뒤팽은 날카로운 이성을 발휘하여, 에드가 오는 무죄이고 순사들이 잘못된 생각을 하고 있다는 사실을 폭로했을 것이다. 그리고 나서 뒤팽은 진짜 범인이 누구인지를 밝혀냈을 것이다. 미나미 그자가 입 한 번 제대로 떼지 못할 정도로 명백히.

경성에 뒤팽 같은 탐정이 있다면, 그 탐정에게 사건의 진상을 밝혀 달라 부탁할 수 있다면, 사건을 해결하고 내가 겪은 곤경과 굴욕 역시 도로 갚아줄 수 있을지도 모른다…….

하지만 경성에는 뒤팽 같은 탐정이 없다. 있는 것은 순사뿐이다. 일본 경찰은 그들의 수사 능력이 세계 제일이라 자랑하지만 막상 그 실상은 무고한 사람을 범인이라고 몰아세우는 것이 고작이다. 어쩌면 일본 경찰이 세계 제일인 것은 수사 능력이 아니라, 사람을 겁주고 윽박지르며 따귀를 때리고 고문하는 능력일지도 모른다.

그는 우뚝 선 채 다시 밀려온 우울함을 곱씹었다.

경성에 있는 것은 에로와 그로만 탐닉하며 정작 중요한 기사는 검열당해 알리지도 못하는 무능한 언론과, 제대로 된 수사는 없이 무고한 사람들에게 공포를 심어주기에만 바쁜 경찰, 그리고 범죄에 신음하면서도 아무에게도 구제받지 못하는 불쌍한 이들뿐이다. 진짜 범인은 경찰과 언론의 무능 사이에 숨어 군중 사이를 유유히 활보한다. 끔찍한 사건이 벌어져도 사건의 진상을 찾기 위해 움직이는 사람은 없다. 날카롭게 단련한 이성을 무기로 삼아 활약하는 자는 아무도 없는 것이다.

그때 에드가 오의 머릿속으로 한 가지 물음이 스치고 지나갔다.

그렇다면, 내가 탐정이 될 수는 없는 걸까?

"말도 안 되는 소리지."

이내 그는 고개를 흔들었다.

자신은 범죄와는 인연 없는 사람이다. 읽은 것은 글줄뿐이고, 남들보다 더 잘 안다고 내세울 것은 영어가 전부이다. 배운 것을 가지고 무엇을 해야 할지 전혀 알지 못한 채, 그나마 과외를 하는 것도 오로지 하숙을 지내기 위함이었다. 목적 없이 돈과 시간만 축내며 살아가는 인간이라고 비난받아도 할 말이 없었다. 그런 내가 무슨 탐정의 자격이 있는 것인가?

"하지만, 오귀스트 뒤팽도 나와 마찬가지 모습이지 않은가?"

그는 다시 중얼거렸다.

소설 속에서 뒤팽은 아무런 직업 없이 그의 방에서 시간을 무료하게 보내다가 가끔 산책 따위를 하며 하루를 때우고 있었다. 그건 마치 나, 에드가 오의 삶과 같지 않은가.

"그렇지. 내가 나를 비하할 필요는 없지 않은가."

날카롭게 다져진 이성이라면 그도 남에게 뒤질 게 없었다. 그는 열심히 영어를 공부했고 내지에서 제국대학까지 다녔다. 이 정도면 조선인 중에서도 손에 꼽을 만큼, 이성을 다져오는 공부를 했다고 떳떳이 말할 수 있었다.

내가 내지에서 해왔던 치열한 노력을 본 사람이라면, 그 누가 나의 이성이 무디다고 감히 말할 수 있을 것인가. 지금까지 나는 처음 보는 끔찍한 범죄의 모습 때문에 놀란 나머지, 미처 이성을 제대로 발휘할 틈도 없이 끌려다니기만 했다. 하지만 날카로운 이성을 본격적으로 발휘하여 이 사건을 분석한다면, 과연 이 사건을 내가 해결하지 못할 이유는 어디에 있는가?

에드가 오는 주먹을 불끈 쥐었다. 그의 몸에 서서히 고양감이 끓어올랐다. 동시에 머릿속에 광경 하나가 선하게 떠올랐다. 사람들 앞에서 이 사건의 진짜 범인이 누구인지를 당당하게 밝히면서, 미나미 순사부장의 엉터리 주장을 하나하나 부수는 자신의 당당한 모습. 그리고 미나미가 어쩔 줄 몰라 하며 궁색한 표정을 짓는 모습.

"좋아. 이 에드가 오가, 경성에서 탐정이 되어 주마!"

어둑했던 방이 밝아졌다. 구름이 조금은 걷힌 모양이었다.

탐정의 등장

에드가 오가 옷을 갈아입고 방에서 나왔을 때, 선화는 언제나처럼 이맛살을 찌푸리고서 신문을 읽고 있었다.

신문을 읽는 선화의 모습은 언뜻 평범해 보였다. 하지만 에드가 오가 신기하게 여긴 점이 몇 가지 있었다.

첫째, 하루에 읽는 신문이 여섯 가지나 된다는 점이었다. 경성의 지식인이라 해도 보통 한두 가지 정도의 신문만 배달받는 게 고작일 텐데, 선화는 여섯 개나 되는 신문을 매일 읽는 것이었다. 심지어는 일본어 신문과 조선어 신문이 섞여 있었다.

둘째, 선화의 신문 읽는 속도가 무척 느리다는 점이었다. 처음에는 글자를 느리게 읽는 것인가 생각했지만, 지금까지 살펴본 바로는 일부러 천천히 읽는 것이 분명했다. 마치 문장 하나하나를 외우려 드는 것 같은 그 모습에 이맛살을 찌푸린 얼굴까지 더해지니, 진지한 글을 읽는 것처럼 보이기까지 했다.

하지만 지금은 그걸 따질 때가 아니었다. 에드가 오는 지금 그녀의 신문이 절실히 필요했다.

신문을 읽던 선화가 고개를 들어 그를 바라보았다.

"제게 무슨 용무가 있으신 겁니까, 오 선생님. 저를 계속 바라보고 계시니 말입니다."

늘 그렇듯 말투가 냉랭했다. 오전에 보여준 살갑던 모습은 흔적도 찾을 수 없었다.

"선화 군, 자네에게 부탁 하나를 하려는데……."

"부탁이라 하셨습니까? 아니, 그런데 그 옷차림은 무엇입니까? 외출하시려는 것입니까?"

에드가 오의 모습을 바라보는 선화의 눈길이 날카로웠다.

"오 선생님, 오늘 저녁에 과외 수업이 있는 건 알고 계시지요? 어제는 어쩔 수 없는 상황이라서 수업을 못 하였습니다만, 과외를 또 미루시면 곤란하지 않습니까?"

"미루다니, 오해라네."

에드가 오는 차갑게 따지고 드는 그녀의 말을 황급히 끊었다.

"이 옷은 새로이 일을 시작하기 전에 먼저 몸가짐부터 갖추고자 하는 생각에서 입은 것이네."

에드가 오는 일부러 과시하듯 두 팔을 벌려 보였다. 하얀 셔츠와 짙푸른 포인트 넥타이, 구김 없이 깨끗한 감색 플란넬 정장에 머리에 쓴 페도라까지, 그야말로 모던 보이들에게 흠 하나 잡힐 부분 없이 완벽하게 갖춰 입은 차림이었다. 그러나 선화의 표정은 여전히 차갑기만 했다.

"새로 일을 시작한다고 하셨습니까? 그새 취직이라도 하신 건 아니라고 생각합니다만."

그녀의 말을, 특히 괜히 거슬리게 들리는 취직에 대한 언급을 그는 애써 무시했다.

경성에 고등유민[16]이 넘쳐나는 이 불경기에 취직이라니, 그 무슨 팔자 좋은 소리인가. 아니, 그렇다고 선화 군은 내가 취직과는 전혀 인연이 없다고 생각하는 건 아니겠지.

속으로 한 투덜거림을 선화가 알아차릴 리가 없었다. 아무튼 지금은 다른 용무가 급했다.

"자네, 지난 신문을 모으고 있었지?"

"신문 말입니까?"

그의 질문을 듣고 선화가 고개를 끄덕였다.

"한 달 분량이라면 모아두고 있습니다. 그것보다 오래된 건 불쏘시개로 쓰고 있고요."

"그거면 충분하다 못해 넘친다네. 어제 자 신문을 보고 싶은데, 보여줄 수 있겠나?"

"그거야 어렵지 않습니다만……."

어리둥절한 표정을 지은 채, 선화가 책상 위에 널브러져 있던 신문들을 주섬주섬 챙겼다.

"여기 있습니다."

"어디 좀 보세."

그렇게 말하며 그는 품 안에서 물건을 꺼냈다. 그 물건을 본 선화가 곧바로 물었다.

"그것은 확대경 아닙니까? 참 좋아 보이는 물건입니다."

그녀의 얼굴에 신기함과 부러움이 뒤섞인 표정이 잠깐 비쳤다.

---

16 高等遊民, 고등 교육을 받고도 일정한 직업 없이 놀며 지내는 사람을 가리키는 용어.

"그런데 웬 확대경인가요? 이런 걸 쓰신 적은 한 번도 없지 않습니까."
"뭐든지 형식이 중요한 법이거든."
에드가 오의 중얼거림을 듣고 선화가 고개를 갸웃거렸다. 그는 선화의 반응에는 아랑곳하지 않고 신문을 펼쳤다.

*

"으음."
에드가 오는 신음을 흘렸다.
일이 생각대로 풀리지 않았다. 전날 배달되어 온 여섯 개의 신문을 모두 살펴보았지만, 거기엔 사건을 다룬 기사는 보이지 않았다. 검열로 흰 여백만 남은 부분은 종종 있었다. 하지만 용구시장의 비극에 관한 언급은 어디서도 찾아볼 수 없었다.
"이상한 일이로군. 기사가 전혀 없지 않은가. 기자들이 좋아할 만한 이런 큰일이 기사로 나지 않았다니. 대체 어찌 된 일인가."
의자에 앉아 손가락을 깍지 낀 자세로 그는 중얼거렸다. 이것 역시 삽화로 그려져 있던 셜록 홈스의 자세를 일부러 따라 하는 것이었다. 의자가 소설 속 삽화처럼 안락의자가 아니라 그냥 나무 의자인 것이 흠이었지만, 그래도 어떻게든 그 자세를 흉내 낼 수는 있었다.
"설마 경찰이 정보를 숨기고 있는 걸까? 검열당한 저 흰 여백에 기사가 실려 있었을지도 모르지. 총독부와 경찰이 검열했다는 건, 이 일 뒤에 무언가 심각한 게 숨어 있다는 징후일 수도 있어."
그의 중얼거림을 옆에서 듣던 선화가 불쑥 끼어들었다.
"무언가 찾는 기사가 있으셨던 건가요?"

"어제의 살인사건 말이네. 그 기사를 찾아보려 했는데, 신문에 전혀 나와 있지 않군. 참으로 수상한 일 아닌가."

"경찰이 그 사건을 수사하는 게 아니었습니까? 그걸 왜 오 선생님께서 찾으시는 건가요?"

선화가 영문을 모르겠다는 얼굴로 되물었지만 에드가 오는 대답하지 않은 채 생각에 잠겼다.

"오 선생님?"

선화가 그를 불렀지만, 그는 그 부름을 무시했다.

"만약 검열 때문이 아니었다면, 무언가 이 사건 뒤에서 신문사를 위협하고 있는 것일까? 폭력단이나 비밀 조직이 그들의 은밀한 분쟁을 감추려고 기자들을 협박한 것일까? 혹은 주의자들의 폭력이 신문사와도 얽혀 있는 것인가? 설마하니 이 사건 배후에 국제적 음모 같은 것이 도사린 것이라면……."

"오 선생님."

선화의 부름이 이번에는 단호했다. 그는 어쩔 수 없이 고개를 그녀에게 돌려야 했다.

"재미있는 상상을 하시는 걸 방해해서 죄송합니다만, 선생님이 찾으시는 그 기사라면 오늘 아침 신문에 실려 있었습니다."

에드가 오가 어안이 벙벙한 얼굴로 그녀를 바라보자 선화가 신문 한 부를 내밀며 말을 이었다.

"취재한 내용이 신문에 실리기까지 시간이 걸렸을 수도 있지 않겠습니까."

얼굴이 빨개지는 걸 들킬세라 그는 급히 신문을 펼쳤다.

용구시장에서 벌어진 엽기적 도끼 참극

어제 경성 용구시장의 모처에서 혼비백산한 남성의 비명이 들렸다. 강물에 빠진 취객을 구조하려 출동했던 순사가 즉시 그곳으로 가 본즉, 한 남성이 도끼에 목이 찍혀 죽은 채 발견되었다. 죽은 남성의 이름은 권삼호. 경찰은 범인이 이미 도망친 것이며, 시체를 발견한 자가 참극을 목격하고 놀라서 지른 비명이라 여겨 수사를 진행하였다. 그런데 경찰은 뜻밖의 결론을 진실로 의심하게 되었으니, 비명을 지른 그 남성이야말로 실은 흉악한 범행을 위장하려고 수작한 진범인이 아닌가 하는 것이다. 경찰은 사건을 신고한 오덕문이란 자를 체포하여 그의 범행 여부를 조사 중이라 한다.

신문을 쥔 손에 힘이 들어갔다.
"엉터리 기사다! 나를 거짓 범인으로 날조하다니!"
에드가 오가 분개해서 소리쳤다.
한편 선화의 관심은 다른 곳에 있었다.
"혹시나 했습니다만, 선생님의 성함이 오덕문이었군요."
그녀가 고개를 끄덕이며 중얼거렸다.
그는 더욱 화가 났다. 선화가 자신의 구식 조선 이름을 알게 된 것이 마음에 들지 않았다. 홧김에 신문을 구겨버리고 싶었지만, 그랬다간 선화가 가만히 있지 않을 것 같아 그는 그냥 신문을 곱게 접어 책상에 올려놓았다.
"하지만 말입니다."
선화는 그의 감정 따윈 아랑곳하지 않고 계속 말을 이었다.

"이 기사대로 경찰이 오 선생님을 범인이라고 의심했던 건 사실 아닙니까? 그렇지 않았다면 순사님도 여기 오지는 않으셨겠지요."

반박할 수 없는 정론이었다. 그래도 그는 괜히 목소리를 높였다.

"이 기사를 본 사람들은, 끔찍한 짓을 저지르고 나서 못된 수작을 부려 도망치려던 나를 순사가 체포하였으니 참으로 다행이라 여겼을 것 아닌가. 나는 그 점이 마음에 들지 않는 거네!"

선화는 대꾸하지 않았다. 에드가 오는 재차 물었다.

"다른 신문엔 어떤 기사가 실렸는가? 자네, 석간신문도 받아보지 않았나?"

"석간은 아직 도착하지 않았고, 다른 조간에는 사건에 대한 말은 없었더랬지요. 그 신문 기사가 제가 본 전부입니다."

"그렇단 말이지."

그는 씁쓸하게 중얼거렸다.

"할 수 없군. 일단 이 기사의 내용만이라도 그 의미를 생각해봐야겠지."

"의미라니요?"

에드가 오는 대꾸 대신 왼손 엄지의 상처가 닿지 않도록 조심해서 두 손을 깍지 껴 모으고 다리를 꼰 뒤 몸을 의자 등받이에 기댔다. 셜록 홈스의 자세를 잡은 뒤, 그는 눈을 감고 생각에 잠겼다.

이 신문 기사에서 어떤 정보를 알 수 있는가? 순사가 사건 현장에 빠르게 도착한 이유. 마침 근처 개천에 빠진 취객을 구조하려고 와 있었기 때문이다. 그 외에 알 수 있는 것은? 전혀 없었다.

등을 좀 더 의자에 바짝 붙여보고 깍지 낀 손을 올리기도 내리기도 해보았지만, 더는 좋은 생각이 떠오르지 않았다. 경성 땅에서 탐정이 되겠다고 결심하며 방을 나온 지 한 시간도 지나지 않았는데, 그의 생각은 벌써 꽉 막혀버렸다. 소설에서는 탐정이 현장에 가기도 전에 신문 기사로 대강의 정보와 사건 해결의 실마리를 얻곤 하는데, 현실에서는 자극적인 소문 외에는 아무것도 찾을 수 없었다.

"오 선생님께 묻고 싶은 게 있습니다."

조금 전부터 그를 멀뚱히 쳐다보던 선화가 질문을 던졌다. 뜻한 대로 생각이 나지 않아 살짝 짜증이 나서, 에드가 오는 퉁명스레 답했다.

"무언가?"

"조금 전부터 외출할 채비로 나오셔서는 여기 앉아서 확대경으로 신문을 보시질 않나, 이상한 자세로 앉아서 끙끙거리시질 않나, 뭔가 평소와 다른 모습이시지 않습니까. 갑자기 무슨 바람이라도 분 건가요?"

"이것들은 다 깊이 생각을 하기 위한 수단이네."

"예?"

선화가 어리둥절한 표정으로 되물었다.

"그런 이상한 행동을 하는 것으로 안 나오는 생각이 나오기라도 한단 말입니까?"

에드가 오는 한숨을 쉬었다. 그녀가 자신의 행동을 이상하게 볼 것은 당연했고, 보아하니 앞으로도 계속 지적하려 들 모양이었다. 그 행동의 참뜻을 미리 설명해야 했다는 자책이 한숨에 섞여 나왔다. 그래서 그는 뒤늦게나마 설명을 해주기로 했다.

"자네, 셜록 홈스라는 탐정을 아는가?"

"셔어록 호옴스라면……. 소설에 나오는 탐정 아닙니까?"

"셔어록 호옴스가 아니라, 셜록 홈스라네."

그는 선화의 발음을 정정했다.

"자네 말대로 셜록 홈스는 소설 속 탐정이지. 하지만 소설 속은 물론이거니와 소설 밖 독자들까지 존경해 마지않는 뛰어난 탐정이라네."

"소설 속 탐정을 소설 밖 독자들이 존경한다니요?"

"셜록 홈스가 그만큼 놀라운 인물이기 때문이네. 낯선 사람을 한 번 보는 것만으로 그의 직업과 성격, 버릇 등을 단숨에 파악해내고, 경찰이 손도 못 대는 어려운 사건도 단숨에 진상을 꿰뚫어보는 사람이니 말이지."

"참으로 흥미로운 이야기입니다."

웬일로 선화가 긴 이야기에 흥미를 보였다. 그는 의기양양하게 말을 이었다.

"조금 전 내가 확대경을 쓰는 이유가 궁금하다고 하였지? 그건 셜록 홈스가 사건을 수사할 때 확대경을 들고 사물을 면밀하게 관찰하는 모습을 보여서네. 그래서 나도 앞으로는 이 확대경을 소지하기로 했다네."

이야기를 잘 듣고 있던 선화가 다시 어리둥절한 표정을 지었다.

"그렇다고 신문까지 굳이 확대경을 대고 읽을 필요가 있습니까? 눈이 나쁜 것도 아닌데 말입니다."

말문이 막힌 에드가 오가 머뭇대자 선화가 고개를 갸웃거리며 재차 물었다.

"그럼 조금 전의 그 이상한 자세도 설마, 그 소설 속 탐정이 한 행동을 따라 한 거라는 말씀이신가요?"

갑자기 부끄러움이 온몸을 덮쳤다.

"뭐, 이것도 다 형식을 갖추고자 하는 것이니……."

에드가 오는 급히 말을 얼버무렸다. 괜히 자세를 한 번 더 고치고, 눈을 꼭 감고, 선화가 자신을 보는 시선을 의식하지 않으려고 애쓰며 그는 중얼거렸다.

"아무튼, 신문에서 정보를 얻을 수 없다면 대관절 어디에서 사건 해결의 실마리를 얻을 수가 있단 말인가. 경찰에 가서 단서를 달라고 할 수도 없지 않은가……."

그때 취조실에서 미나미가 그를 추궁하던 말들이 머릿속에 스쳤다.

'이창수란 사람을 아는가?'

'어제 박동주의 복장은 어떠하였나?'

미나미 순사부장은 왜 그런 질문들을 던진 것일까? 이창수라는 사람을 아는지 물어본 이유, 그리고 권삼호와 박동주의 행적에 관하여 물어본 이유는……

"큰 실수를 했구나!"

에드가 오는 눈을 번쩍 뜨며 외마디 소리를 질렀다.

"박동주 군이 용의자로 의심받고 있는 거로군! 이창수라는 자와 함께!"

"목소리가 큽니다, 오 선생님."

선화가 그를 찌릿 노려보았다. 하지만 그녀의 시선에 신경 쓸 겨를이 없었다.

"왜 질문을 받았을 때 눈치채지 못한 것인가! 두 차례 살인사건이 벌어진 뒤에 미나미 그자가 사람들의 신상 따위를 물어보았다면, 그것은 그 사람들이 살인사건과 연관이 있다고 여겼기 때문임이 당연하지 않은가! 경찰은 박동주 군과 이창수라는 자를 용의자로 생각하고 있는 게 틀림없어! 미나미 그자가 박동주 군의 복장과 거처에 대해 질문을 한 것도 여차하면 박 군 역시 체포하겠다는 뜻이 아닌가!"

"목소리가 크다니까요."

선화가 옆에서 다시 주의 주었다.

에드가 오는 입을 다물었다. 선화의 눈치를 보아서는 아니었다. 그는 자신의 어리석음을 책망하고 있었다. 여태껏 겪었던 모진 일들 때문에 미처 제대로 생각하지 못했지만, 사실 에드가 오 다음으로 범인으로 의심받을 것은 박동주일 게 당연했다.

왜 좀 더 일찍 그 사실을 깨닫지 못한 것인가. 내게 닥친 일에 신경 쓰는 데만 급급해서 박동주 군을 미처 생각하지 못한 게 아닌가! 박동주 군이 살인을 저지를 리 없다. 내가 아는 박 군은 그럴 사람이 아니다.

하지만 박 군의 심성을 전혀 모르는 경찰의 눈에는 박 군이야말로 지금 가장 유력한 용의자 중 한 명일 게 분명했다. 지금쯤 박동주 군은 용의자로 몰려 체포당했거나 경찰에 쫓기고 있을 것이다. 그 점을 여태 눈치채지 못하고, 자신은 미나미에게 박 군의 집이 어디인지, 인상착의는 어떠했는지 등등을 순순히 알려준 셈이었다.

만약 취조실에서 미나미의 질문을 듣자마자 여기까지 생각을 했더라면 상황은 달라졌을지도 모른다. 박동주는 살인을 저지를 리 없는 무고한 사람이라고 변호해줄 수 있었을지도 모르고, 모르는 척 사건의 정황을 물어보아 좀 더 많은 정보를 얻었을지도 모른다. 어쩌면 바로 그 자리에서 미나미의 코를 납작하게 할 추리를 펼쳐 보였을지도 모른다.

"아니야. 나는 그때까지만 해도 자각이 없지 않았는가."

에드가 오는 초조한 듯 중얼거렸다.

"과거의 나는 분명히 어리석기 그지없었어. 하지만 더는 실수하지 않을 것이야."

허리를 꼿꼿이 펴고, 옷에 생긴 주름을 바로잡은 그는 단호히 중얼거렸다.

"이제부터라도 나의 이성을 사용하여 상황을 냉정히 관찰하여 진실을 찾아나가면 그만이야. 그러면 박동주 군의 무고함을 밝힐 수 있을 것이고, 미나미에게 입은 굴욕도 도로 돌려줄 수 있겠지."

"조금 전부터 대체 무슨 말씀을 하고 계시는 겁니까? 열이라도 있으신 건지요?"

선화가 중얼거림 사이에 끼어들었다. 그녀는 이상한 표정을 짓고 있었다. 뭔가 이해할 수 없는 것을 마주 대하고 있을 때 지을법한 표정이었다. 하지만 에드가 오는 대답하지 않았다. 자책과 결심이 뒤섞여 있는 이 비장한 속마음을 설명할 방법은 없었다.

응접실 안에는 무거운 침묵이 감돌았다.

오동나무 양복장

침묵을 깬 것은 현관 밖에서 들이닥친 영돌 아범이었다.

현관문이 벌컥 열리더니, 영돌 아범이 성큼성큼 안으로 걸어 들어왔다. 그 기세에 에드가 오는 저도 모르게 엉거주춤 일어섰다.

그를 마주한 영돌 아범이 함박웃음을 지었다.

"오 선생, 오 선생! 거참, 잘 되었네, 잘 되었소!"

"……무엇이 잘 되었단 말입니까?"

내가 무사히 돌아온 걸 반기는 건가?

그 생각은 영돌 아범의 다음 대답으로 깨져버렸다.

"오 선생의 의걸이장, 아주 좋은 것으로 구했어. 그것도 거저먹은 거나 다름없이 말이야!"

에드가 오는 그제야 양복장을 부탁했던 일을 떠올렸다. 살인사건에 휘말리면서 그만 까맣게 잊어버리고 있던 참이었다.

"들어보구려. 내가 어제 어디 그럴싸한 나무를 구할 수 있나 하고 이 근처의 시장엘 갔었단 말이오. 가는 김에 술 한잔 할까 싶기도 해서 말이야."

"순사가 다녀간 뒤에 곧바로 나가셨던 겁니까? 어제는 비가 오지 않았습니까?"

선화가 의아해하며 묻자 영돌 아범이 손을 휘휘 저었다.

"선화 아씨, 술 마시러 가는데 날씨가 뭔 상관이란 말이오, 그깟 궂은 날씨 따위, 무시하면 그만 아닌가. 날씨가 궂으면 오히려 그것대로 술 마시는 맛이……."

영돌 아범이 시끄럽게 떠드는 모습을 보아하니 이야기가 한참 이어질 것 같았다.

그 모습을 지켜보던 에드가 오가 살짝 찌푸린 얼굴로 선화에게 나지막하게 속삭였다.

"이보게, 영돌 아범이 나를 너무 태연히 대하는 게 아닌가?"

"그게 무슨 말씀입니까?"

"영돌 아범도 내가 경찰에 잡혀갔다는 이야기를 들었을 것 아닌가. 그런데 내가 풀려난 건 어찌 알고, 날 보자마자 양복장 이야기부터 하는 것인지……."

선화도 낮게 속삭였다.

"조금 전에 마침 영돌 아저씨를 헛간 앞에서 보아서, 오 선생님이 혐의를 벗고 무사히 나오셨다고 미리 말을 해두었습니다. 영돌 아저씨가 괜히 오 선생님을 어색하게 대하면 곤란하지 않겠습니까."

두 사람의 눈치는 아랑곳하지 않고 영돌 아범은 그저 신이 나서 계속 떠들었다.

"자, 그래서 말이지, 내가 시장엘 갔다가 그곳 선술집에서 예전부터 알고 지내던 목수 놈을 만났지 뭔가. 그래서 그놈에게 뭔가 좋은 나무라도 혹 장만해둔 게 있나 물어보려는데 글쎄, 그놈이 술은 마시지도 않고 한숨만 내쉬고 있더란 말이야. 그래서 왜 술맛 떨어지게 그러는가를 물어보니, 그놈 말이 갑작스레 일이 틀어져서 곤란하게 되었다고 하는 거요."

"일이 틀어지다니요?"

선화의 물음에 영돌 아범이 곧바로 대답했다.

"어떤 부잣집에서 그놈에게 혼수로 쓸 가구를 짜달라 부탁했다지 뭐요. 딸이 곧 시집을 가게 되었으니 장롱을 짤 나무부터 미리 좋은 것으로 준비해놓으라고 아주 호들갑이었단 모양이야. 그래서 그 목수 놈이 작년 겨울부터 오동나무를 직접 찾아서 베고 다듬어서 장롱을 짰던 모양이오. 그래서 이제 마무리만 남았는데, 별안간 그 부잣집에서 장롱이 필요 없다고 했다지 뭐요."

"갑자기 말입니까? 무슨 일이 있었던 건가요?"

선화가 눈을 동그랗게 뜨고 물었다.

에드가 오는 떨떠름하게 두 사람의 쓸데없는 대화가 빨리 끝나기만을 기다렸다. 그의 속을 알 리 없는 영돌 아범의 말은 계속 이어졌다.

"나도 놀라서 물어봤지. 아니, 그게 대체 어떻게 된 일이냐고. 알고 보니 부잣집 딸과 결혼하려던 남자가 모단인지 신식인지 이상한 물이 잔뜩 들어서는 결혼은 자유연애로 해야 한다, 조선의 낡은 관습은 죄다 버려야 한다, 하면서 이미 약속해둔 혼례에 어깃장을 놔버렸다지 뭐요."

"어머나."

"그래서 내가 말했지. 요즘, 거 뭐냐, 모단 뽀이니 뭐니 하는 이상한 물 잔뜩 먹은 것들은 이미 결혼해서 집에 마누라와 자식 다 있으면서도 연애인지 뭔지를 한다지 않은가. 그런 놈들이 모단 껄이니 하는 여자들 뒤나 졸졸 따라가며 멀쩡히 잘 있는 식솔들까지 내치고 도망가버린다는데, 그 부자 나리는 결혼도 안 하고 판이 깨진 게 차라리 그 따님에게 참으로 다행스러운 일 아니겠느냐, 내가 그렇게 말해주었지요."
 에드가 오는 입을 꾹 다물었다.
 평소 에드가 오는 모던을 추종하고 살았지만, 모던을 내세워 행실을 방종하게 하는 자는 철저히 경멸했다. 모던은 단정함이다. 모던을 추종하는 자는 그 모던을 몸에 갖추었기 때문에 더욱 자신의 몸가짐을 근엄하게 가져야 한다. 이것이 에드가 오의 지론이었다. 그런 그에게 영돌 아범의 이야기는 전혀 듣기 좋은 것이 아니었다. 옆에서 이야기를 듣고 있는 선화의 표정 역시 티가 나게 굳어져 있었다.
 "아이고, 이건 두 사람 들으라고 한 이야기는 아니야. 오해 마시오."
 영돌 아범이 히죽 웃어 보였다.
 "마저 이야기하십시오."
 에드가 오는 선화 대신 침착하게 대꾸해주었다.
 "그래서 가만히 생각해보니, 부잣집이야 딱한 사정이지만, 그게 내게는 잘된 일이다 싶더라고. 그래서 내가 넌지시, 이보게, 그 오동나무 장롱 말인데, 자네에게 삼십 전 쳐줄 테니, 나뭇값이나 챙겼단 셈 치고 내게 넘기는 건 어떤가, 하고 물었지. 그 친구도 그러는 게 나쁠 건 없었단 말이오. 그 장롱을 어디다 팔려니 당장 팔 곳도 마땅치 않고, 그렇다고 부잣집에다가 약속대로 돈을 내놔라, 하고 장롱을 들이밀었다가는 자칫 호되게 경을 치를지 모르는 일이고 말이지."
 "그렇습니까."
 "그래서 내가 어젯밤에 그 장롱을 통째로 짊어지고 온 거라오. 만약 그거 짜는 데 들어갔을 오동나무 널부터 제값 주고 샀으면 대체 얼마가 들었을지 알 수가 없더란 말이야. 오 선생이 준 돈으로는 장롱 안

서랍장이나 겨우 짤까 말까 할 거요. 하지만 이미 만들어진 장롱이야 조금만 손보면 오 선생 원하던 의걸이장으로 슬쩍 고치는 건 금방이지. 아이고."

영돌 아범이 기지개를 켰다. 그러자 그렇지 않아도 큰 키가 더욱 우뚝하게 보였다. 그래서 의걸이장이 아니라 양복장이라고 지적하려던 에드가 오의 말은 쑥 들어가 버렸다.

"그 집은 안타까운 일이지만, 이게 오 선생에게는 참 잘된 일 아니오. '남의 불행 속에도 나의 재수가 있다'라는 말을 예전에 들은 적 있는데 말이야. 그게 참으로 옳은 말 아니겠소. 참으로 오 선생도 운이 좋소. 필요한 걸 아주 싸게 구했으니 말이야."

그 좋은 운은 어째서 죽은 권삼호를 발견하고 경찰서에 체포되어 손가락이 쑤셔지는 곤경을 겪을 때는 발휘되지 못했는가. 괜한 생각에 기분이 씁쓸했다.

"양복장은 잘 부탁드리겠습니다. 저는 이만 나가보지요."

그는 자리에서 일어섰다. 더는 영돌 아범의 이야기를 들으며 지체할 시간이 없었다. 그러나 그런 사정을 알 리 없는 영돌 아범이 그에게 다시 말을 걸었다.

"아니, 오 선생, 어딜 또 나가려는 거요? 경찰서에서 막 돌아온 거 아니었나?"

"오 선생님, 대체 지금 어디로 외출하시려는 겁니까? 경찰서에서 돌아오신 지 얼마 지나지도 않았는데, 그사이 약속을 잡으신 건 아니실 게 아닙니까."

그 물음에 가세하여, 선화도 따지듯 물었다. 두 사람의 눈치를 보며 에드가 오는 우물쭈물 대답했다.

"범행 현장에 가보려고 하네만."

"예? 범행 현장이라면, 돌아가신 친구분 댁엘 말입니까? 어째서인가요?"

선화는 그의 대답에 당황해하는 게 분명했다. 영돌 아범도 고개를 갸우뚱거리는 것이 대답을 이해하지 못하는 건 마찬가지로 보였다.

"나는 오 선생이 당최 뭘 하려는 건지를 모르겠구려. 어제 용구시장에서 다른 사람이 또 죽는 난리가 생겨서 경찰이 오 선생을 풀어줬다지 않았소? 그런데, 그렇게 호되게 당한 사람이 가만히 몸 사리고 있지는 않고 다시 바깥으로 나다니겠다는 거요? 게다가 놀러가는 것도 아니고 사람 죽었다는 장소를 굳이 또 가겠다니."

아무렇지 않게 줄줄 내뱉는 영돌 아범의 무심한 말이 에드가 오의 속을 살살 긁었다. 그의 기분을 아는지 모르는지 영돌 아범이 말을 이었다.

"나 같으면 그런 흉흉한 일을 겪고 나면 집에서 조용히 지내면서 일이 벌어진 곳 쪽으로는 고개도 돌리지 않고 살 것 같단 말이지. 그런데 오 선생은 오히려 살인이 난 곳에 가본다지 않소. 그게 그렇게까지 당장 해야 하는 건지, 이상하단 말이거든."

그를 걱정하는 말로는 전혀 들리진 않았지만, 영돌 아범의 말인즉슨 타당한 의문이었다. 옆에서 듣고 있던 선화도 고개를 끄덕였다. 마치 두 사람이 서로 손발을 맞춰 그가 하려는 걸 저지하려는 것만 같아 더욱 마음에 들지 않았다.

에드가 오는 퉁명스레 대답했다.

"서둘러 가지 않으면 그곳에 남아 있을지도 모를 증거가 사라져버릴지 모릅니다."

"증거라니요? 오 선생님, 그런 건 경찰이 하는 일입니다."
"하지만 이대로 가만히 있을 수는 없지 않은가. 경찰이 무고한 나를 범인으로 몰아넣은 걸 보게. 그들이 진짜 범인을 찾을 수 있기는 하겠는가?"
"그렇다고 범인을 오 선생님이 찾으실 필요는 없습니다."
"나는 어제까지의 내가 아니야!"
선화의 반박에 그는 그만 버럭 언성을 높이고 말았다.
"나는 조금 전부터, 탐정 에드가 알란 오로 다시 태어났다네!"
"……예?"
선화의 얼굴에서 처음 보는 표정이 떠올랐다. 말도 안 되는 걸 들은 사람이나 지을법한 표정이었다.
"탐정……이라 하셨습니까? 오 선생님이요?"
"두고 보게. 이 에드가 알란 오가 경찰이 찾지 못한 진상을 밝혀내고, 내 손으로 진짜 범인을 잡을 거란 말이네!"
은일당 안은 침묵으로 뒤덮였다. 꽃샘추위에 모든 것이 얼어붙은 것만 같았다.
이번에도 침묵을 끊은 건 영돌 아범이었다.
"범인을 잡는다? 오 선생이 말이오? 순사처럼 말이지?"
갑자기 영돌 아범이 크게 낄낄거렸다. 은일당 안을 쩌렁쩌렁 울려대는 큰 웃음소리였다. 심지어 큰소리가 나는 걸 질색하는 선화도 아무런 지적을 하지 않을 만큼 어처구니없어하고 있었다.
내가 탐정을 하겠다는 것이 그렇게나 우습단 말인가?
에드가 오가 언짢은 얼굴로 둘을 노려보았다.
"지금은 내 말이 이상하게 들리지요? 하지만 이제 곧 알게 될 겁니다.

내가 헛소리를 한 게 아니란 걸 말입니다."

"오 선생님……."

 선화가 뭔가 말을 하려 했지만, 에드가 오는 그녀가 끼어들 틈을 주지 않고 곧장 말을 이어나갔다.

"살인범이 어떤 목적으로 범행을 저질렀는지, 이미 한 가지 짚이는 게 있습니다. 지금 나, 에드가 오의 눈에는 경찰이 보지 못한 살인사건의 비밀이 보이더라 이 말입니다!"

 있는 힘껏 부린 허세였다. 적어도 지금은 눈앞의 둘에게 비웃음당하고 싶지 않았다.

"아니, 오 선생, 그게 정말이오? 살인사건의 비밀이 보인다고?"

 영돌 아범이 웃음을 멈추었다. 허세가 그에게 먹힌 모양이었다. 눈이 휘둥그레진 영돌 아범을 앞에 두고 에드가 오는 당당하게 소리쳤다.

"그걸 확실히 확인하려고 범행 현장을 조사하는 겁니다. 두고 보십시오. 현장을 조사하고 나면 범인의 목적은 물론이거니와 범인이 누구인지도 환하게 드러나게 될 겁니다."

 그의 호기로운 말에도 선화는 여전히 어처구니없다는 표정이었다.

 그때 영돌 아범이 히죽 웃었다. 재미있는 걸 생각해낸 사람이 지을법한 표정이었다.

"그럼, 나도 오 선생 하는 거 구경하러 따라가도 되겠소?"

"예?"

 갑작스러운 말에 에드가 오는 영문을 몰라 당황했다. 그를 보며 영돌 아범이 히죽 웃었다.

"장롱을 의걸이장으로 고치는 것보다야 오 선생 하려는 일이 더 재미있지 않겠소. 대체 어떤 일을 할 것인지 궁금하기도 하고 말이야."

"아니, 그것보다는 양복장 만드는 게 더 중요한 일이……."

그의 멍한 얼굴을 보면서 영돌 아범은 말을 이었다.

"자, 그럼 어서 가봅시다. 내가 있으면 도움이 되면 되었지, 방해는 되지 않을 거요. 오 선생보다는 힘은 잘 쓸 자신이 있거든."

"잠깐만 기다려주십시오!"

선화가 급히 끼어들었다.

"오 선생님, 저녁 과외 수업도 있는데 지금 나가시면……."

"선화 아씨, 내가 책임지고 저녁까진 오 선생을 여기 데려오리다. 자, 갑시다, 오 선생."

영돌 아범은 선화의 물음을 끊어버리곤 성큼성큼 밖으로 걸어 나가버렸다.

선화는 어안이 벙벙한 표정으로 영돌 아범의 뒷모습을 바라보았다. 에드가 오도 눈만 껌벅이며 그 모습을 바라보다가, 뒤늦게 급한 발걸음을 옮겼다.

탐정학 강의

영돌 아범은 헛간 앞에서 에드가 오를 기다리고 있었다.

헛간 앞에 놓인 커다란 화로 위에는 잿더미와 잡다한 나무 부스러기 따위가 너저분하게 덮여 있었다. 화로 옆에는 나무 조각이며 짚단이며 낡은 도롱이며 헌 신문 같은 것들이 쌓여 있었고 화로의 다른 편에는 인두 따위의 연장이 어지럽게 널려 있었다. 그리고 그 연장들 옆으로 커다란 장롱이 놓여 있었다.

"오 선생, 가기 전에 이걸 한 번 보시오."

장롱을 손으로 툭 치며 영돌 아범이 자신만만하게 말했다.

"어젯밤에 오 선생 때문에 내가 이걸 짊어지고 왔단 말이지. 딱 봐도 그럴싸한 물건 아니오."

확실히 가구에 대한 식견이 없는 에드가 오가 보기에도 만듦새가 꽤 그럴듯해 보였다. 그는 큼직한 장롱을 만져보며 크기를 가늠해보았다. 방 한쪽에 놔두기에 딱 알맞을 크기였다. 에드가 오는 만족스러운 듯 고개를 끄덕였다.

"이걸 혼자 가져오신 겁니까?"

"그렇지. 저걸 여기까지 지고 오느라 나도 땀깨나 흘렸지 뭐요."
'땀깨나 흘렸다'라고 말하며 히죽 웃는 영돌 아범의 모습에서, 에드가 오는 자신이 은일당에 이사 온 날 무거운 짐이며 가구를 혼자서 쓱쓱 옮기던 영돌 아범을 새삼 떠올렸다.
"게다가 하필이면 비도 오더란 말이지. 하지만 이 정도 나무는 찾기 쉽지 않으니, 따지고 보면 싸게 먹힌 일이라오. 직접 짜는 것보다 일도 수월하거든."
영돌 아범이 장롱을 손으로 툭툭 건드리며 말을 이었다.
"이제 모자 넣을 단을 새로 짜 넣고 겉의 나무를 한 번 지지고 나면 마무리가 될 거요."
"지지다니요? 어째서 힘들여 구한 나무를 지진다는 겁니까?"
에드가 오의 말을 들은 영돌 아범이 낄낄거리며 웃어댔다. 영문을 몰라서 그가 어리둥절하게 서 있는데, 영돌 아범이 그의 어깨를 탁 쳤다. 그는 저도 모르게 윽, 신음을 흘렸다. 딴에는 가볍게 친 것이었겠지만, 무척 강한 손바닥 힘이었다.
"아이고, 거참, 오 선생이 뭘 잘못 생각하셨구려! 거, 왜, 오 선생은 그런 가구를 본 적 없소? 나뭇결이 유난히 까맣던 가구 말이야."
"고향집에 그런 장롱이 있기는 했었습니다."
그러자 영돌 아범이 신이 나서 말했다.
"그렇지? 그게 나무를 지져서 만든 거란 말이오. 나무의 겉을 불붙은 인두로 쓱쓱 지진 후에 그걸 짚하고 솔로 털어내면 말이지, 나뭇결이 까맣게 살아서 보기에도 그럴듯하고 벌레들이 나무를 쏠아버리는 걸 막을 수도 있단 말이야. 장롱이 비를 맞았으니, 그렇게 한 번 더 겉을 다듬는 게 좋겠다 싶더란 말이오."

"그게 그런 거였습니까."

그는 떨떠름하게 중얼거렸다. 조금 전에 맞은 어깨가 아직도 얼얼했다. 영돌 아범의 손에 묻어 있었을지도 모를 톱밥 따위가 옷에 붙었을지 걱정이었다.

"오 선생, 이제부터 용구시장으로 가려는 거지요?"

영돌 아범의 물음에 에드가 오는 정신을 차렸다. 진짜 중요한 목적을 그만 잊고 있었다. 영돌 아범과 이야기를 하다 보면 이런 일이 다반사였다.

그는 어깨를 슬며시 털어내며 말했다.

"그렇습니다. 현장의 모습을 봐야 범인이 누구인지 단서를 찾을 수 있는 법이니까요."

영돌 아범이 고개를 갸우뚱거렸다.

"오 선생, 지금 말이야, 뭔가 순사처럼 말하고 있구려."

"예? 그게 무슨……."

"어제 본 순사가 꼭 지금 오 선생이 말하듯이 현장이니 단서니 하더란 말이야."

순사와 비교하는 말에 에드가 오는 괜히 기분이 나빠졌다. 그런 그의 감정을 알 리 없는 영돌 아범이 말을 이었다.

"그런데 오 선생, 그 탐정이라는 거 말이오, 그것도 뭔가 순사 같은 거요? 밀정이니 정탐꾼이니 그런 수상한 짓을 하는 사람인 줄 알았는데 말이오."

"탐정은 경찰이 풀지 못하는 사건을 해결하는 사람을 가리키는 말입니다. 밀정과 탐정은 엄연히 다른 존재지요."

그는 영돌 아범의 말에 곧바로 대꾸했다. 하지만 여전히 영돌 아범은 히죽히죽 웃고만 있을 뿐이었다. 알아들은 눈치는 아니었다.

에드가 오는 후, 한숨을 쉬었다. 영돌 아범이 탐정이 무엇인지를 모르는 것은 그렇다 쳐도, 탐정 일을 단순한 흥밋거리로 취급하고 있는 것이 영 미덥지 않았다. 지금 그를 따라오려는 것도 단지 흥미를 충족시키기 위함이 분명했다. 앞으로 자신이 탐정으로 활약하려면 적어도 그의 주위 사람들에게만큼은 탐정이라는 것이 무엇인지 확실하게 알려야 할 필요가 있었다.

"순사라는 건 단지 자리일 뿐입니다."

"자리라니?"

"순사라는 자리는 사람들에게 '이런 걸 하여라, 하지 마라'라고 강제로 할 수 있도록 나라에서 힘을 준 것일 뿐이지요. 그러니 순사라는 자리에 있다는 것만으로는 범죄를 해결할 수 없다는 겁니다. 범죄를 밝혀내는 데 필요한 것은 잘 단련된 이성입니다. 그리고 그건 순사가 아닌 사람이라도 가질 수가 있는 재능입니다."

영돌 아범이 고개를 갸우뚱거렸다.

"잘 단련된……? 무슨 말인지 통 모르겠소. 말이 너무 어려운걸."

"범죄에 대한 지식을 가지고 있고, 바르게 생각하도록 훈련받은 사람이라면 누구라도 사건을 해결할 수 있습니다. 그리고 그렇게 단련된 이성을, 그러니까 머리를 잘 쓰는 것이야말로 탐정의 일인 겁니다."

영돌 아범이 멀뚱히 그를 바라보았다. 여전히 그의 말을 이해하지 못하는 눈치였다. 에드가 오는 이걸 어떻게 이야기해야 할지 고민하다가 예를 들어 설명해보기로 했다.

"가령, 어떤 사람이 자기 방에서 도끼에 맞아 머리가 갈라진 채로 죽은 끔찍한 사건이 일어났다고 합시다. 게다가 공교롭게도 죽은 사람이 언제, 어떻게, 누구의 손에 의해 죽은 것인지 본 사람이 전혀 없는 상황인 겁니다. 사건 현장에서 흉기로 쓰인 도끼는 발견되지 않았고, 방바닥에는 다른 사람의 모자가 피 묻은 채로 떨어져 있었고요."

그는 미나미에게 들은 두 번째 살인사건의 정황을 재료로 하고 몇 가지 상상을 더하여 이야기를 풀어놓았다.

"보통 사람이라면 피 묻은 모자의 주인이 사건의 범인이 아닐까, 그렇게 의심하겠지요?"

"그렇지. 그게 당연한 것이 아니겠소."

영돌 아범이 고개를 끄덕였다.

"그래서 사건이 벌어진 다음날, 순사들은 모자 주인을 체포했습니다."

정말 그런 이유로 체포되었을지도 모르지. 처음 사건 때문에 이미 체포된 몸이 아니었더라면 말이야.

그는 머릿속을 스치는 씁쓸한 생각을 외면하며 말을 이었다.

"그때 탐정이 등장합니다. 먼저 탐정이 사건 당시 모자 주인의 일과를 조사해보니, 모자 주인은 사건이 있던 날 점심부터 쭉 유치장에 갇혀 있었다는 걸 알아냈지요."

"음, 그래서?"

다행히 영돌 아범은 이 이야기가 에드가 오가 겪은 일을 각색한 거라는 사실을 알아채지 못한 눈치였다. 눈을 껌벅거리면서 열심히 귀를 기울여 듣는 모습을 보니 그에게도 지금 이 이야기가 흥미로운 모양이었다.

"다음으로 탐정은 사건 현장에 갔지요. 탐정은 현장을 살펴보며 그곳에서 사소한 것들, 예를 들자면 뭐가 눌린 자국이나 튀어 있는 핏자국 따위를 조사했습니다. 탐정은 사소한 것이 무엇을 가리키는지를 볼 수 있도록 훈련받았기 때문이지요."
"허."
"탐정은 현장을 직접 관찰하고 시신에 남은 도끼 흔적과 피가 흐른 상태 등을 살펴본 뒤, 피해자가 죽은 시간이 전날 저녁이었다는 걸 알아냅니다."
"아니, 잠깐만. 그런데 말이오, 그게 말이 되는 거요?"
영돌 아범이 의아해하며 그의 말에 끼어들었다.
"시체만 보고 그 사람이 언제 죽었는지를 알 도리가 있다는 거요? 죽은 지 오래되었다면 썩은 내라도 풍겨서 대충 짐작 정도는 할 수 있을는지 모르지. 하지만 만약 죽은 지 얼마 안 된 사람이라면 그걸 알 수 있기는 한 거요? 오 선생 이야기에서는 그 사람이 죽은 게 전날 저녁이라고 하였단 말이야. 그런데 하루 남짓한 시간 중에 언제 죽은 건지를 대체 어떻게 안단 말이오?"
에드가 오는 미소를 지었다. 영돌 아범의 그 질문은 자신의 이야기를 진지하게 듣고 있다는 뜻이기도 했다.
"그게 서양 과학의 놀라운 점입니다. 서양에서는 그런 걸 알아내려는 과학 연구가 활발하지요. 그래서 지금은 심지어 경성의 경찰들조차 사람이 언제 죽었는지 정도는 간단히 조사하는 것만으로 알아낼 수 있습니다."
"참으로 대단하지 않소, 그거."
"대단하다마다요. 요즘의 범죄학이 얼마나 발달했냐 하면, 죽은 사람의 피나 죽은 자의 몸이 어디가, 얼마나 굳었는지 따위를 가지고 언제 그 사람이 죽었는지를 거의 정확하게 알아낸다고 합니다."
"허, 거참, 놀랍구먼그래."

영돌 아범은 휘둥그레 뜬 눈으로 입을 쩍 벌렸다.

"자, 그래서 탐정은 피해자가 죽은 때가 전날 저녁이라는 걸 밝혀내었습니다. 그런데 모자 주인은 그때 유치장에 갇혀 있었습니다. 그렇다면 탐정은 이렇게 생각할 겁니다. '범행은 저녁에 일어났다. 하지만 모자 주인은 같은 시각에 유치장에 갇혀 있었다. 따라서 모자 주인은 저녁에 일어난 범행을 저지를 수가 없었다.'라고 말입니다."

"그건 그렇겠구먼……. 그렇겠네. 그게 그렇게 되겠구먼."

영돌 아범이 입을 벌린 채 연신 고개를 끄덕였다.

이제야 내 말을 좀 진지하게 듣겠군.

우쭐해지는 기분을 참으며 에드가 오는 말을 이어나갔다.

"그리하여 모자 주인은 억울한 의심을 벗게 됩니다. 아시겠습니까? 그렇게 탐정이 무고한 이의 누명을 벗겨낸 방법처럼 계속 범인의 흔적을 찾고 추리를 하다 보면, 어느 순간 숨겨진 사건의 진상을 알 수가 있고 진짜 범인을 찾아낼 수 있는 것입니다."

"그런 게 탐정이란 거로구려."

영돌 아범이 고개를 끄덕였.

그러고 보면 지금 내가 하는 건 일종의 탐정학 강의로군.

'탐정학'이라는 명칭은 제멋대로 붙인 것이지만, 스스로 생각해도 그럴싸한 이름이었다.

"그래서 제가 지금 사건이 일어난 곳으로 가보려는 겁니다. 현장을 살피다 보면 순사들이 미처 보지 못한 것을 발견해서 사건의 진상을 밝혀낼 수 있지 않겠습니까."

"그러니까, 오 선생은 탐정처럼 훈련받은 사람이란 거요? 그래서 거길 가면 그 흉흉한 사건이 어떻게 된 건지 알 수 있다는 거고?"

"바로 그렇습니다."

에드가 오는 곧바로 대답했다. 그러자 영돌 아범이 그의 어깨를 다시 툭 치고서는, 히죽 웃었다.

"앞으로는 오 선생을 오 탐정이라고 불러야겠구려."

탐정이라는 칭호를 듣는 순간, 이름을 알 수 없는 감정이 그의 가슴을 간질였다. 시작부터 인정을 받은 것만 같은 기분에 민망하면서도 으쓱했다.

문득 그의 머릿속에 한 가지 광경이 펼쳐졌다. 경성 한가운데, 은일당 같은 신식 가옥 앞에 달린 '에드가 알란 오 탐정사무소'라는 현판. 그 안에서 비서인 선화가 신문을 가져다주고, 충실한 심복이자 조수인 영돌 아범이 의뢰인을 안내하면, 탐정인 자신이 마치 셜록 홈스처럼 의뢰인의 정체를 그 자리에서 밝히며 놀라움을 주는 것이다. 그리고······.

"오 탐정, 늦기 전에 어서 가봅시다. 저녁에는 돌아와야 할 거 아닌가."

몽상에 빠진 그를 툭 치며 영돌 아범이 다시 히죽 웃어 보였다. 영돌 아범은 휘적휘적 큰 걸음을 먼저 옮겼다.

급히 발걸음을 옮기려다, 에드가 오는 문득 은일당을 돌아보았다. 열려 있는 창문 너머로 선화가 그를 바라보고 있었다. 눈이 마주치자 그녀는 휙 고개를 돌렸다.

사건 현장인가에 가보신다더니 여기서 여태 뭘 하고 계신 겁니까.

그녀의 퉁명스러운 목소리가 들리는 것 같았다.

저녁 과외 시간에 늦으면 무척 곤란하게 되겠군.

에드가 오는 속으로 든 생각을 떨치며 영돌 아범을 급히 쫓았다.

첫 번째 범행 현장

겨울이 지나 봄이 되었지만, 아직 해가 지는 시간은 일렀다. 용구시장에 도착했을 땐 하늘의 파란색이 어느덧 붉은색으로 물들어 있었다.

은일당에서 너무 지체했다는 생각에 에드가 오의 마음은 괜히 조급해졌다. 코에 훅 들어오는 구릿한 냄새에도 신경을 쓸 겨를이 없었다.

해가 있을 때 사건 현장을 봐야 할 텐데. 어두우면 현장의 모습을 제대로 보기 어려우니까.

저녁에 있을 과외에 늦어서는 안 된다는 생각이 올라오는 걸 속으로 밀어 넣으며, 그는 권삼호의 집으로 발걸음을 옮겼다.

"오 탐정, 지금은 어디로 가는 거요?"

그의 옆을 앞서거니 뒤서거니 따라오며 영돌 아범이 물었다. 휘적거리는 큰 걸음으로 성큼성큼 따라오는 그 걸음이 괜히 미덥지 못했다.

"우선 처음 사건이 벌어진 장소, 처음으로 사람이 죽은 곳을 가봐야겠지요."

"그렇구려. 그렇단 말이지."

에드가 오의 대답에 영돌 아범이 중얼거렸다.

여전히 지저분하고 좁고 구불구불한 골목을 헤매고 돈 끝에, 두 사람은 겨우 권삼호의 집 앞에 도착했다. 권삼호 집 대문 앞에 순사가 쭈그려 앉은 채 꾸벅꾸벅 졸고 있었다.

 그는 급히 뒤돌아섰다. 따라오던 영돌 아범이 뭐라고 말하려는 것을 무시하고, 그는 영돌 아범을 잡아끌고 순사의 눈에 띄지 않을 곳까지 되돌아갔다.

 "아니, 갑자기 무슨 일이오, 오 탐정?"

 "못 보셨습니까? 순사가 사건 현장을 지키고 있지 않습니까."

 영돌 아범이 골목 너머 순사가 졸고 있는 곳을 쓱 내다본 뒤 중얼거렸다.

 "그렇구먼. 순사 나리가 있는 저기가 그럼, 그……. 사람 죽은 곳이오?"

 에드가 오는 대답 대신 생각에 빠졌다.

 사건 현장을 순사가 지키고 있을 거라고는 미처 생각하지 못했다. 그러나 이는 당연한 일이었다. 추리소설에서도 사건 현장을 경찰이 지키고 있는 서술이 여기저기 나오지 않는가. 그걸 미처 떠올리지 못한 것은 실수였다.

 그럼 이제 어떻게 할 것인가? 다른 살인사건 현장을 먼저 갈까? 하지만 그곳 역시 순사가 지키고 서 있을 게 분명하다. 순사에게 현장을 보여 달라고 요청할까? 하지만 순사가 자신의 청을 들어줄 것 같지도 않을뿐더러, 괜히 의심만 사게 될 것이다. 그렇다면 순사 몰래 들어갈까? 순사 눈에 띄지 않게 살금살금 들어갈 자신도 없었고 들키기라도 하면 꼼짝없이 유치장 신세다. 최악의 경우에는 미나미의 보기 싫은 낯을 또 보아야 한다. 순사에게 뇌물을 쥐여줄까? 그러다 오히려 수상한 자로 의심이라도 받았다간 역시 유치장 행이다.
"어떻게든 저 순사의 눈을 돌리게 하는 수밖에는……."
에드가 오는 중얼거렸다.
"눈을 돌리게 하다니?"
"순사가 지키고 서 있으니 저길 들어갈 수 없지 않습니까."
"아하, 무슨 말인지 알겠구려. 하긴 그렇긴 하지."
초조한 기분에 휩싸여 그는 괜히 넥타이 매듭을 매만졌다. 어떻게 하면 현장을 볼 수 있을지 그는 머릿속으로 궁리해보았다.
"부탁이 있습니다. 저기 있는 순사에게 이야기를 잠깐 걸어주실 수 있습니까?"
영돌 아범은 에드가 오를 멀뚱히 바라보았다.
"내가 말이오? 아니, 왜?"
"순사를 한눈팔게 하려는 겁니다. 순사가 이야기를 듣느라 정신이 팔려 있는 동안, 제가 담을 뛰어넘어서 저 안으로 들어가는 거지요."
영돌 아범은 으음, 으음, 하고 뭔가를 생각하더니 입을 뗐다.
"그러려면 오 탐정이 무척 빠르고 조용하게 담을 타야 할 것 같은데, 그럴 수 있겠소?"
"……."
"게다가 오 탐정이 안에서 용무를 다 보았다 칩시다. 그 뒤에는 어떻게 밖으로 나오려는 거요? 내가 그때까지 순사와 이야기를 해야 하는 거요?"
"그렇군요. 그 방법은 곤란하겠습니다. 그러면 다른 수는……."
에드가 오는 괜히 애꿎은 넥타이 매듭만 만질 수밖에 없었다. 그 모습을 지켜보던 영돌 아범이 고개를 갸우뚱했다.

"거, 오 탐정, 궁금한 게 있는데 말이야."

"뭡니까?"

"그 조사라는 게 시간이 길게 필요한 거요?"

"길면 좋시요. 조사를 오래 할수록 볼 수 있는 게 많아지니 말입니다."

"그런가. 그럼 안 되겠구려. 내가 생각한 방법이 있기는 한데, 조사가 오래 걸린다면 그걸로는 안 될 것 같단 말이야."

뜻밖의 말이 영돌 아범의 입에서 흘러나왔다.

"방법이라니요? 무슨 말씀입니까?"

"잠깐이라면, 그러니까 어디 보자, 담배 두세 개비 느긋하게 피울 시간 정도라면 내가 순사를 다른 데로 데려가 볼 수도 있을 거 같은데."

"십오 분 정도를 말입니까? 그 정도면 충분합니다! 하지만 어떻게?"

그가 의아해하며 되묻자 영돌 아범이 히죽 웃어 보였다.

"그건 내가 알아서 할 테니 걱정일랑 마시오. 순사가 나를 따라가면 오 탐정이 그 틈에 저기 들어가는 거지. 어떻소? 그 조사라는 걸 하고 나면 저 아래 개천가 다리 쪽으로 내려오시오. 나도 적당히 순사를 구슬리고 난 뒤에 그리로 가리다."

영돌 아범이 무슨 생각을 하는 것인지는 몰라도 그의 제안은 솔직히 미덥지 못했다. 하지만 다른 방법은 도저히 생각나지 않았다.

"그럼, 부탁드리겠습니다."

에드가 오가 마지못해 고개를 끄덕여 보였다. 영돌 아범은 히죽 웃어 보인 후 곧장 순사가 있던 곳으로 향했다.

그는 조심스레 귀를 기울여 기색을 살폈다. 영돌 아범이 무언가 순사에게 말을 거는 소리가 들렸다. 그리고 돌연 찰싹, 소리가 났다. 무언가 짜증이 난 것 같은 목소리와 영돌 아범의 목소리가 희미하게 들렸다. 그리고 잠시 후, 두 사람의 급한 발소리가 났다. 발소리는 골목 반대편으로 사라졌다.

조심스레 내다보니 정말로 권삼호의 집 앞을 지키던 순사가 사라지고 없었다. 대체 영돌 아범은 어떻게 순사를 꾀어낸 것인지 그로서는 알 도리가 없었다. 하지만 영돌 아범이 만들어준 뜻밖의 기회를 버릴 수는 없었다. 에드가 오는 급히 문 안으로 들어섰다.

*

살벌한 피투성이 방이었다. 엊그제 본 것과 다를 건 거의 없었다. 달라진 것이 하나 있다면 권삼호의 시체가 없다는 것뿐이었다. 심지어 권삼호가 누워 있던 이부자리마저 피 얼룩이 진 그대로 제자리에 놓여 있었다. 그날 본 끔찍한 광경이 다시 떠올랐다.

에드가 오는 속에서 구역질이 나는 것을 억지로 참으며, 코를 막은 채 방을 둘러보았다. 방에서 가장 먼저 눈에 띈 것은 바닥에 어지러이 놓인 종이였다. 그는 피 얼룩이 묻지 않은 종이 한 장을 슬쩍 집어 들었다. 한자로 권 씨 성을 가진 사람들의 이름들이 죽 나열된 것으로 보아 권삼호가 만들고 있었다는 족보의 일부분인 모양이었다.

혹시라도 범인이 떨어트린 것이 없을까? 혹은 권삼호가 죽기 전에 남긴 것이 있지 않을까?

그는 현장에 어울리지 않는 기묘한 것이 있는지를 찾아보았다. 바닥에 적힌 의미 모를 단어, 방에 어울리지 않는 이상한 물건, 이상한 도형이 잔뜩 그려진 암호 쪽지 같은 것이 있는지를 주의를 기울여 살펴보았다. 하지만 아무것도 없었다.

 권삼호의 방은 그가 사건을 목격했을 때와도, 그리고 심지어 몇 년 전에 왔었을 때와도 다를 게 없었다. 이전부터 놓여 있던 가구들, 같은 위치에 펴져 있는 이부자리, 책이 올라간 모습을 본 적이 없는 탁자. 모든 것이 익숙하게 봐오던 것이었다. 단지 지금은 그 모든 것에 피가 가득 튀어 있을 뿐이었다.

 문득 에드가 오는 이상한 점을 알아차렸다. 권삼호는 이부자리에서 죽어 있었다. 그의 시체를 보았을 때 에드가 오는 권삼호가 술기운에 그냥 곧장 자다가 죽은 게 분명하다고 생각했었다. 허름한 저고리와 바지만을 입고 있는, 그가 늘 입는 옷차림 때문이었다. 그렇다면 잿빛 두루마기는 어디에 있는가?

 그는 기억을 더듬었다. 분명 권삼호는 은일당에 왔을 때 늘 걸치고 다니는 잿빛 두루마기를 입고 있었다. 그리고 그가 에드가 오의 방에 옷을 놔두고 가지 않은 건 확실했다. 하지만 방 안을 둘러봐도 권삼호의 두루마기는 보이지 않았다. 낡은 장롱을 열어보았지만, 거기에도 허름한 외투 하나가 걸려 있을 뿐, 잿빛 두루마기는 없었다.

 경찰이 가져간 것은 아닌 것 같았다. 이 방의 모습을 보면, 잿빛 두루마기가 여기 있었다면 현장을 보전한다는 명목으로 그대로 두었을 게 분명했다. 그렇다면 두루마기를 가져간 것은 분명 범인일 것이다.

 더욱 중요한 사실이 있었다. 미나미가 이 방을 보았다고 해도 두루마기의 존재는 알지 못했을 거라는 점이었다. 방의 한쪽 벽에는 싸구려 족자가 걸려 있었는데 권삼호는 그 족자를 걸어놓은 쇠못에 두루마기를 대충 걸어두곤 했다. 에드가 오는 권삼호의 그 습관을 알고 있었다. 비어 있는 벽에 못이 불쑥 나와 있다면 모를까, 권삼호를 모르는 사람이 여길 봤을 때 족자가 걸려 있는 그 위에 두루마기를 곧바로 걸어놓았을 것으로 생각하기는 어려울 터였다.

드디어 미나미 순사부장은 모르지만, 에드가 오는 아는 단서가 등장했다. 시작부터 일이 잘 풀릴 조짐이었다.

"반드시 미나미 그자를 앞질러 진범을 밝혀내고 말 테다."

에드가 오의 얼굴이 결연하게 빛났다.

*

권삼호의 방을 조금 더 샅샅이 뒤져보고 싶었지만, 시간이 없었다. 영돌 아범의 이야기대로라면 지금쯤 바깥으로 나가야 했다.

에드가 오는 밖으로 나오면서 마지막으로 마당과 부엌을 빠르게 눈으로 훑었다. 마당 한쪽에 땔감을 쪼갠 흔적이 있었다. 하지만 그걸 위해 썼을 도끼는 보이지 않았다.

보이지 않는 도끼가 아마도 권 군의 목에 박혀 있던 그 물건이었겠지.

그날의 모습을 떠올리며 에드가 오는 몸서리를 쳤다.

권삼호의 집을 나온 그는 괜히 옷맵시를 바르게 가다듬고 나서 골목을 빠져나왔다. 골목을 나오는 도중에 에드가 오는 순사와 마주치고 말았다. 에드가 오는 깜짝 놀라 걸음을 멈추고 몸을 옆으로 바짝 붙였다. 순사는 화난 얼굴로 씩씩거리며 옆을 지나칠 뿐, 그에게는 관심조차 보이지 않았다.

좁은 골목을 걸으며 에드가 오는 생각에 잠겼다.

범인은 무슨 이유에서 두루마기를 가져간 것일까? 두루마기가 가치 있는 물건이라서? 하지만 그 두루마기는 손을 많이 탄 허름한 물건이다. 굳이 그 두루마기를 가져갈 가치는 없을 터였다.

두루마기가 사라진 이유를 계속 궁리해보았으나 당장 그럴듯한 가설이 떠오르지 않았다.

어느새 개천이 저 멀리 보였다. 개천가에는 약속했던 대로 영돌 아범이 우두커니 서 있었다.

"오 탐정, 이제 오는 거요?"

영돌 아범의 표정은 그렇게 밝지 않았다. 왼쪽 뺨을 문지르며 그가 중얼거렸다.

"아이고, 오 탐정. 내가 자처한 짓이긴 하지만, 두 번은 못 하겠소. 그 순사 나리, 손도 참 맵구먼."

"뺨을 맞으신 겁니까?"

에드가 오가 조심스레 물었다.

"한 대도 아니고 두 대나 맞았단 말이야."

영돌 아범이 바닥에 침을 퉤, 뱉었다.

"하기야 순사라는 자들은 지나가는 조선인을 붙들고 다짜고짜 무슨 트집 잡아서 욕을 하다가 뺨을 때리는 게 버릇이잖소."

수염 사이로 영돌 아범의 왼뺨이 벌겋게 달아올라 있었다.

"좀 전에 순사 나리에게 갔더니, 아주 세상모르고 자고 있더란 말이야. 몇 번인가 불렀는데도 일어나지 않아서 목소리를 높이고 어깨를 툭 쳤는데, 별안간 깜짝 놀라서 눈을 부릅뜨더니 대뜸 욕을 하면서 내 뺨을 사정없이 때리지 뭐요."

조금 전 골목 너머로 들은 찰싹 소리는 영돌 아범이 봉변을 당한 소리였던 게 분명했다.

"일단 내가 그 순사 나리에게 '저기 아래 개천에 사람이 빠졌으니 좀 구해주십시오.'라고 거짓으로 말했거든. 그러고 나서 시간을 끌려고 일부러 빙빙 길도 돌아가면서 순사 나리를 개천까지 데려갔단 말이오. 당연히 거기 빠진 사람이 있을 리가 있나."

"그래서요?"

"순사 나리가 노려보길래 '물에 빠진 자가 그사이 알아서 잘 빠져나온 모양입니다.'라고 말했단 말이오. 그런데 갑자기 순사 나리가 화를 버럭 내는 게 아니겠소. 내 뺨을 다시 확 후려갈기면서 순사 나리가 '이 요보[17] 놈아, 어디서 헛소리로 사람을 오라 가라 명령하는 것이냐!'라고 하면서 성화도 보통 성화가 아니었지. 더 맞거나 잘못하면 잡혀갈까 봐 싹싹 비느라 내가 아주 혼이 단단히 났소이다."

"저 때문에 괜한 욕을 보셨습니다."

에드가 오는 미안함에 어쩔 줄 몰랐다. 다행히도 영돌 아범은 그 일을 길게 달고 있지 않았다.

"아무튼, 거기서 뭐 좀 알아낸 게 있소?"

"예. 덕분에 말입니다. 아마 경찰은 모를 게 분명한 중요한 단서를 하나 찾아내었습니다."

"거참 다행이구려."

영돌 아범은 평소처럼 히죽 웃었다. 그 웃음을 보며 에드가 오는 겨우 마음을 놓았다.

"그런데 이번에는 어디로 가는 거요?"

"두 번째 살인이 난 곳으로 가보려고요. 그 현장도 여기 용구시장 안이라고 들었습니다."

---

17 크보. 일제강점기 당시 일본인들이 조선인들을 낮잡아 부른 멸칭.

"그곳이 용구시장의 어디인지는 알고 있소?"

영돌 아범의 질문에 그는 갑자기 말문이 막혔다. 용구시장에서 두 번째 살인사건이 벌어졌다는 것만 알고 있을 뿐, 정확한 장소를 알지는 못했다.

에드가 오는 우물거렸다.

"글쎄요. 이곳에서 그런 걸 알 만한 사람에게 물어봐야 할 것 같은데 말입니다……."

"그럼, 오 탐정은 여기에 아는 사람이 있소?"

"……전혀 없습니다."

영돌 아범은 어이구, 하고 탄식을 흘렸다. 그러자 에드가 오는 재빨리 말을 이었다.

"그래도 살인이 두 번이나 벌어졌다면, 시장에 사는 사람 중에서 사건 현장의 위치를 아는 사람도 분명히 있을 겁니다."

"그건 그렇겠지."

영돌 아범은 뭔가 미덥지 않은 눈치였다.

"그런데, 오 탐정이 시장 사람들에게 그걸 물어보면, 그 사람들은 오 탐정을 뭐라고 생각할 것 같소?"

"무슨 말씀이신지……."

"오 탐정이 아무나 지나가는 사람을 한 명 붙잡고서, 말 좀 물읍시다, 여기서 살인이 났다는데, 어디인지 알려줄 수 있겠소, 라고 물으면 그 사람이 뭐라고 생각할 것 같으냐 거지."

"……."

"게다가 오 탐정 입은 모양이 여기 사람처럼 보이지 않는 것도 문제란 말이오. 오 탐정이 묻는 말을 들은 그 사람은 오 탐정을 수상쩍다고 생각할 게 분명하지. 그러면 그자가 곧장 순사에게 달려가 고자질하지 않겠소?"

일리 있는 지적이었다. 민망함에 에드가 오는 괜히 넥타이를 만지작거렸다.

"조금 전에 거기 가서 본 것으로도 탐정 일을 하기에 충분하지 않나? 굳이 다른 사람 죽은 곳까지 찾아가봐야 하는 거요? 오 탐정이 거기서 뭐 찾아볼 게 있기는 하겠냐는 거지."

영돌 아범은 벌써 귀찮아하는 기색이 역력했다. 곤혹스러운 상황이었다. 그가 수사를 그만두자고 할까 봐 조바심이 난 에드가 오가 급히 물었다.

"혹시 말입니다, 이 근처에 아는 사람이 있습니까?"

"있기야 있지. 이 근처로도 종종 볼일 보러 다니곤 하니 말이오, 그런데 그건 왜?"

"그 아는 분에게 안내를 부탁하면 어떨까요? 물론 순사에게 알리지 않을만한 사람이어야 하겠지만 말입니다."

그의 말에 영돌 아범은 눈을 껌뻑거리며 뭔가를 생각하는 눈치였다.

"정 안 된다면 내일이라도 그 장소가 어딘지를 알아내서 다시 와야겠습니다만……."

괜히 주눅이 들어 그는 중얼거렸다.

"하기야 오 탐정이 수고롭게 여기까지 왔는데, 지금 거길 안 보고 가면 나중에라도 다시 찾아오겠구려."

"그래야겠지요. 어떻게든 장소를 알아내고 나서……."

"그럼 하는 수 없나."

영돌 아범은 그렇게 중얼거린 뒤, 히죽 웃었다.

"오 탐정, 돈은 가지고 있겠지요?"
"예?"
"술 살 돈 말이야."
그는 다시 히죽 웃었다.

두 번째 범행 현장

이번에는 영돌 아범이 앞서서 걸어갔다. 미덥지 못하게 휘적휘적 걷는 걸음이 보기보다 빨랐다. 에드가 오는 그 뒤를 허겁지겁 쫓아가야 했다.

두 사람이 도착한 곳은 허름한 선술집이었다. 아직 해가 넘어가기 전인데도 그 안은 북적하고 시끄러웠다. 문 너머에서 하얀 김이 물씬 피어올라 두 사람을 훅 덮쳐 왔다. 뜨뜻한 음식 냄새가 얼굴을 스쳤다.

영돌 아범은 익숙한 걸음으로 곧장 그 안으로 들어갔다. 아무래도 그가 자주 오는 집인 듯, 그 행동에는 망설임이 전혀 없었다. 그를 따라 에드가 오도 조심스레 안으로 들어갔다.

고소하고 매콤한 냄새, 그 사이로 술 냄새가 풍겨왔다. 고기를 굽는지 전을 부치는지 모를 기름 지지는 소리가 귀를 따갑게 울렸다. 한쪽 구석에 국을 끓이는 솥에서 모락모락 피어나는 연기와 김이 다시 한번 얼굴을 후끈하게 덮쳤다.

여러 사람이 앉거나 서거나 기대거나 한 채로 술잔을 기울이거나 안주를 집어 먹거나 그저 떠들거나 하면서 이른 저녁 시간을 보내고 있었다.

 에드가 오는 저도 모르게 한숨을 후, 내쉬었다. 이 무질서한 듯 시끌벅적한 모습. 이건 그야말로 조선에서만 볼 수 있을 풍경이었다.

"마침 저기 있구려. 이보게, 장 씨!"

 주위를 흘끔흘끔 두리번거리던 영돌 아범이 선술집 한쪽에 서 있는 누군가를 불렀다.

"영돌이 아닌가."

 장 씨라고 불린 사람이 고개를 들고 아는 체를 했다. 영돌 아범처럼 허름한 조선옷을 입은, 딱 보아도 육체노동으로 생계를 꾸려 나가는 사내였다.

"오랜만일세, 장 씨."

"오랜만은 무슨 얼어 죽을."

 장 씨가 바닥에 침을 퉤, 뱉었다.

"어제도 여기 앞에서 보지 않았나. 비도 오는데 주책맞게 지게까지 짊어지고서는 나무 사러 왔다고 그러더니."

"아이고, 참, 그랬었다, 그랬었어."

 영돌 아범은 껄껄 웃으며 장 씨를 툭 쳤다. 그가 뚱한 얼굴로 다시 말을 내뱉었다.

"아니, 그럼 어젠 나무 사러 온 게 아니라 투전하러 온 건가?"

"어허. 거참, 실없는 소리는 관두게."

 영돌 아범이 장 씨에게 타박을 주었다. 당황스러운 눈빛으로 에드가 오를 흘끔거리는 걸 보니 자신이 투전에 빠져 있다는 걸 알리고 싶지 않은 모양이었다. 그래서 그는 이야기를 못 들은 척했다.

 장 씨는 젓가락으로 목로 위에 놓인 보시기 속 절인 무청을 뒤적거렸다. 입속에서 우물거리고 있는 것도 무청인 모양이었다.

"맛나게 자시는구먼. 그게 고기보다 더 맛있는 모양이네그려."

영돌 아범이 괜스레 비아냥거렸다.

"뭐야, 이 사람이. 그딴 소리 하지도 말아."

장 씨가 얼굴을 찡그렸다.

"제기랄, 돈이 없어서 공으로 주는 이따위 거나 먹는 거지. 돈이 있으면 내가 고기를 씹지, 뭣 하러 무청이나 씹고 있겠어."

"오늘도 인력거 장사는 허탕인 모양이지?"

"오늘은 그냥 일찍 반납해버렸어. 이 좁은 경성 바닥에 택시인가 하는 것이 돌아다니면서 그렇지 않아도 힘든데, 곧 버스란 것도 다니게 될 거라 하고……. 에잇, 그런 마당에 이 동네에 어떤 미친놈이 기어 들어온 건지 사람이 도끼에 찍혀서 계속 죽어 나가고, 그래서 순사들이 여기저기 어슬렁거리면서 눈을 부라리고 있고, 사람 죽은 소문을 어디서 또 주워들은 건지 이 근처로는 개미 새끼 하나도 올 생각을 하지 않으니, 내가 재수 없는 건지 세상 꼴이 이따위인 건지 모르겠어."

한바탕 푸념한 뒤 장 씨가 술을 벌컥 들이켰다.

영돌 아범이 몸을 돌려 에드가 오에게 의미심장하게 속삭였다.

"때마침 잘 되었구려."

"예?"

그는 영돌 아범의 말을 이해하지 못하고 되물었다. 영돌 아범이 미덥지 못한 미소를 보였다.

"남의 불행 속에도 나의 재수가 있다는 게 이런 경우거든."

"그건 무슨……."

"자, 자, 오 탐정. 이제부턴 내게 맡겨보시구려."

두 번째 범행 현장　201

영돌 아범은 에드가 오에게 그렇게 말한 뒤, 장 씨에게 은근한 목소리로 물었다.

"이보게. 좋은 일이 있는데 말이지. 들어볼 텐가?"

"좋은 일이라니?"

"술 한 잔 벌이 잡을 수 있는 일인데."

여전히 의아해하는 장 씨의 어깨를 툭 친 뒤, 영돌 아범은 에드가 오를 보며 다시 히죽 웃었다.

'술 살 돈'이라는 게 이런 뜻이었던 듯했다. 지갑이 얼마나 비게 될지, 그것이 걱정이었다.

*

두 번째 살인이 일어난 곳으로 안내해달라는 영돌 아범의 요청에 장 씨는 처음엔 내켜 하지 않는 기색이었다. 그러나 에드가 오가 사례비를 주겠다고 말을 거들자마자 오히려 그가 더욱 적극적으로 나섰다.

세 사람은 곧장 선술집 밖으로 나왔다. 장 씨가 앞장서 골목으로 들어가고, 두 사람이 뒤를 따랐다.

장 씨가 들뜬 목소리로 말했다.

"지금 가는 곳이 두 번째로 사람 죽은 곳 아닙니까? 그런데 이번에 난리 난 사람 죽은 데가 여기 말고 다른 곳도 있는데 말입니다. 처음 사람 죽은 곳도 그리 멀지 않지요. 나중에 거기도 안내해 드릴까요, 선생님?"

"아니, 거기는 괜찮습니다."

그는 재빨리 거절했다. 사정을 모르는 장 씨에게 이미 거길 다녀왔다고 말할 수는 없는 노릇이었다.

걸음을 옮기면서 에드가 오는 골목을 훑어보았다. 처음 밟는 골목이었지만, 지저분하고 어디로 통하는지 도무지 모르게 구불거리는 것이 권삼호의 집으로 가는 길과 달라 보이지 않았다. 그로서는 앞으로 다시는 올 생각이 들지 않는 공간이었다.

모던은 질서이다. 그런데 여기는 말 그대로의 무질서 아닌가.

몇 번을 와도 이곳의 혼란과 무질서는 그의 모던한 감성을 불쾌하게 자극하고 있었다. 문명의 질서 바로 옆에 자리 잡은 혼돈의 세계는 마치 이성적인 삶에 갑자기 폭력적으로 끼어드는 살인의 대비처럼, 불쾌하고 또 불쾌할 뿐이었다.

에드가 오의 기분을 알 리 없는 장 씨가 은근하게 말을 붙였다.

"이쪽 모퉁이로 꺾어 들어가면 곧 거기입니다. 그러고 보면 영돌이, 자네도 거기는 알 것 같은데. 종종 놀다가 돈이 궁하면……."

"허튼소리 말고 길 안내나 하게. 거기 궁금해서 찾아가는 게 나인가? 여기 오 선생님이지."

곤란한 화제가 나와서 그런지 영돌 아범이 정색한 얼굴로 장 씨의 말을 단칼에 끊었다. 장 씨가 큭큭 웃으며 무언가 더 말하려다, 거기서 우뚝 걸음을 멈췄다. 뒤따르던 두 사람도 같이 걸음을 멈췄다.

장 씨는 난처한 표정으로 골목 너머를 바라보며 소곤거렸다.

"선생님, 여기 바로 앞이 사람 죽은 곳인데 말입니다, 순사님이 지키고 섰는걸요."

에드가 오도 그의 어깨너머로 넘겨보았다. 순사는 똑바로 선 채 대문을 지키고 있었다. 마침 그자가 등을 돌리고 있어서, 다행히 그들과 정면으로 맞닥뜨리지 않았을 뿐이었다. 세 사람은 조금 뒤로 물러나 으숙한 곳으로 몸을 피했다.

"사실은 내가 저 안을 잠깐만 보려고 여기까지 왔단 말입니다. 그런데 순사가 있으니, 이거 참 난처하게 되었군요."

에드가 오가 작게 중얼거렸다.

"하지만 어쩌겠습니까. 순사님이 있으면 어쩔 도리가 없지요."

장 씨가 고개를 절레절레 젓는데 영돌 아범이 그의 등을 툭 쳤다.

"내게 좋은 수가 하나 있네."

"좋은 수라니?"

"장 씨, 내가 시키는 대로 해주게나. 그러면 오 선생이 볼일을 볼 수 있을 것 같단 말이지. 일이 잘 끝나면 여기 오 선생님이 자네에게 술값을 넉넉히 쳐줄 거야."

영돌 아범은 히죽 웃어 보였다. 그 웃음을 본 순간 에드가 오는 그 '좋은 수'가 무엇인지 바로 눈치챘다.

잠시 후, 장 씨가 순사에게 다가섰다. 순사가 경계하는 태세를 보였고, 그런 순사에게 장 씨는 열심히 말을 걸었다. 그 모습을 몰래 지켜보면서 영돌 아범이 속삭였다.

"나도 따귀는 더 맞고 싶지 않아서 말이지. 뭐, 결국엔 잘 된 거 아니겠소?"

에드가 오는 어떻게 대답해야 할지 몰랐다. 다만, 장 씨마저 순사에게 뺨을 맞지만은 않길 바랄 뿐이었다.

*

두 번째 사건 현장에 들어선 에드가 오는 정신이 아득해졌다. 도저히 십여 분 남짓한 시간 동안 여기를 조사할 수 있을 것 같지 않았다. 다다미가 깔린 작은 방 안에는 털외투, 책, 무언가를 담아둔 상자들, 저고리, 도자기, 탁자, 싸구려 양복, 자명종 시계, 장롱, 옥비녀, 장신구함 등의 물건이 아무런 질서조차 갖추지 않은 채, 여기저기 널려 있었다. 사치와 비루함이 한 방 안에 두서없이 혼돈의 형상으로 섞여 있었다.

이 방의 주인은 대체 어떤 사람일까? 이런 물건을 취미로 모으고 산 사람인가? 아니면 이 물건들 속에 무언가 의미를 두고 살아온 사람이란 말인가? 이 집은 사람이 주인인가, 이 물건들이 주인인가?

에드가 오는 주변 기물들에 압도당하고 말았다. 그래서 정작 사람이 죽은 현장이 어디인지는 뒤늦게 알아차렸다.

조선식 서탁 위에 널브러진 종이 더미와 그 너머 벽으로 피가 흥건하게 튀어 있었다. 무언가를 쓰려던 것인지 서탁 위 마른 핏자국 안에 붓이 덩그러니 놓여 있었다. 말라붙은 벼루를 보며, 그 속에 담겼을 액체가 먹물과 피가 섞여 있었을 거라는 생각이 스쳤다. 그는 저도 모르게 진저리를 쳤다. 서탁 바로 뒤의 방석은 그 피투성이의 현장 속에서도 피 얼룩이 거의 없었다. 아마도 거기가 죽은 사람이 마지막으로 앉아 있던 자리인 모양이었다.

구역질이 올라왔다. 고개를 돌리고 싶었지만, 조사를 해야 한다는 생각에 애써 참았다. 에드가 오는 얼굴을 찌푸린 채 피투성이 현장을 계속 살펴나갔다.

그때 서탁 옆에 내팽개쳐진 것이 눈에 들어왔다. 너무도 익숙한, 잘못 볼 리 없는 물건이었다.

내 페도라!

하마터면 에드가 오는 페도라를 집어들 뻔했다. 그러나 페도라 위에 진하게 묻은 검붉은 핏자국이 그의 손을 멈추게 했다.

심장이 쿵쾅거렸다. 잃어버린 그의 페도라가 사건 현장에 버려져 있었다. 아니, '버려져 있다'라는 표현으로는 이 참혹한 모습을 제대로 설명할 수 없었다.

페도라는 에드가 오에게 있어 서양 복식의 정점이라고 할 수 있는 물건이었다. 그런 그의 페도라가 펠트 천과 비단 띠까지 온통 피로 범벅이 되어서 더는 쓸 수 없는 상태였다. 그것도 단순히 피가 튄 것이 아니라 누군가의 손으로 정성 들여 피투성이가 된 채였다. 미나미가 이야기한 것처럼 누군가 피를 하나 가득 묻혀놓은, 마치 페도라가 피를 철철 흘리기라도 한 것 같은 처참한 모습이었다. 그의 페도라도 이곳에서 살해당한 채였다.

누가 여기에 자신의 페도라를 갖다 놓은 것인가? 이런 무참한 꼴을 만들어서?

처음으로 얼굴 모를 범인에 대한 증오가 끓어올랐다.

아니, 지금은 화를 낼 때가 아니다.

그는 일부러 숨을 길게 내쉬며 어지러운 마음을 겨우 다잡았다.

내게 지금 주어진 시간은 그리 많지 않다. 우선 범인을 확정 지을 증거를 어떻게든 발견하는 것이 먼저다. 짧은 시간 동안 이 방에서 살인 사건의 범인을 밝힐 단서를 찾아내야 한다.

문득, 이상한 것이 보였다. 피얼룩 묻은 페도라의 띠 사이에 가느다란 무언가가 불쑥 튀어나와 있었다. 에드가 오는 떨리는 손으로 그것을 만져보았다. 피가 묻어 있었지만, 바스락거리는 촉감은 분명히 지푸라기였다.

모자를 쓰고 다니는 이들이 모자의 띠 사이에 티끌 따위를 묻히고 다니는 경우는 많았다. 하지만 그런 건 에드가 오로서는 용납할 수 없는 일이었다. 페도라를 쓰고 바깥을 다녀온 뒤 꼼꼼히 관리하는 것은 그의 몸에 밴 습관이었다. 그리고 사건 전날 밤, 권삼호와 박동주를 마지막으로 본 그날도 이 페도라의 먼지를 꼼꼼히 털었던 기억이 있었다. 하물며 이렇게 기다란 지푸라기를 못 보고 넘길 리 없었다.

 그렇다면 이건 범인이 남긴 흔적일까?

 권삼호의 집에서 두루마기가 사라진 걸 발견한 뒤, 또 다른 단서가 잡힌 게 분명했다. 하지만 이것만으로 부족했다.

 에드가 오는 방 안을 다시 천천히 둘러보았다. 그가 권삼호의 집에서 알아낸 정보는 이 장소에서 중요한 것을 발견하기 위해서도 유용하게 쓰일 터였다.

 사라진 권삼호의 두루마기. 그 두루마기에는 아마 지갑 따위도 같이 들어 있었을 것이다. 그의 집에 다른 값나가 보이는 게 없다는 점 때문에, 모르는 사람이 본다면 강도의 소행이라고 여길 수도 있다. 하지만 그렇다면 범인은 왜 두루마기도 같이 가져간 것인가? 범인에게 그 두루마기가 필요했기 때문에 가져갔을 것이다.

 마찬가지로 만약 이 사치품 가득한 집에서 사라진 물건이 있다면, 그 물건 역시 범인에게 어떠한 쓸모가 있어서일 것이다. 그 물건과 두루마기가 가진 공통점이, 범인의 정체와 범행 동기를 가리키는 이정표가 될 것이다.

 "오 탐정, 서두르시오. 순사가 곧 온다고."

 문턱에 서서 바깥을 흘끔거리며 영돌 아범이 낮은 소리로 채근했다.

 에드가 오는 마음이 급해졌다. 하지만 난잡한 것들로 가득한 이 방에서 도대체 무엇이 수상한지, 그렇지 않은지를 알 도리가 없었다.

다급하게 이리저리 둘러보던 그는 부자연스럽게 텅 빈 곳을 발견했다. 서탁 옆에서 얼마 떨어지지 않은 그 자리에는 핏방울이 하나도 튀어 있지 않았다. 바로 그 옆에 무분별하게 쌓인 책더미와 바닥에 늘어놓은 도자기에는 물건과 그 주위 바닥까지 핏방울이 튀어 있었는데 그 자리만 유독 핏자국 없이 깨끗했다. 그리고 그 빈자리 아래 깔린 돗자리에 기묘한 눌린 자국이 있었다.

"분명, 살인을 저지른 뒤 범인이 이 자리에 있던 무언가에 손댄 것이겠지."

에드가 오는 혼잣말을 하며 품 안에서 확대경을 꺼냈다. 셜록 홈스였다면 무릎을 대고 납작 엎드려서 그 자국을 면밀하게 살폈겠지만, 차마 아끼는 옷이 상할까 싶어서 그 정도로까지 따라 할 수는 없었다.

다음에는 무릎을 댈 천이라도 들고 다녀야겠군.

에드가 오는 양복 윗도리에 바닥 먼지가 묻지 않도록 어정쩡하게 몸을 굽힌 채 움푹 파인 자국을 관찰했다.

"뭐 하는 거요, 오 탐정?"

문 쪽에서 영돌 아범이 물었다. 그 목소리에 초조함이 섞여 있었다. 에드가 오는 그에게 손짓했다.

"잠깐 이걸 좀 봐주시겠습니까? 이 방에서 물건이 하나 없어진 것 같습니다."

"없어진 물건?"

"예. 여기 바닥에 눌린 자국이 보이지요? 이건 분명 뭔가 무겁고 큰 물건이 놓였던 흔적 같습니다. 가로와 세로가……. 가로는 세 뼘을, 세로는 두 뼘을 넘겠네요. 높이는 알 수 없지만 말입니다."

이럴 줄 알았으면 자 같은 것도 챙겨왔어야 했는데.

손을 뼘으로 펼쳐 자국의 길이를 재며 그는 속으로 탄식했다. 계속 실수만 저지르는 자신에게 짜증이 났다.

"그래서 오 탐정, 그 사라진 물건이 무엇인지 알겠소?"

영돌 아범이 멀찍이서 기웃거리며 조심스레 물었다. 에드가 오는 곰곰이 생각에 잠겼다.

"글쎄요. 눌린 자국이 네모난 걸 보면, 상자 같은 걸까요."

눌린 자국의 깊이 등으로 보아, 물건이 꽤 무거웠던 건 분명해 보였다. 하지만 그게 정확히 무슨 물건이었을지는 짐작이 가지 않았다.

"이 자국 좀 봐주십시오. 여기 눌린 모양, 혹 짐작이 가는 게 있습니까?"

혹시나 하는 마음에 에드가 오가 물었다. 영돌 아범은 고개를 갸우뚱거렸다.

"눌린 자국을 본다고 내가 알 도리가 있소. 그런 건 오 탐정이 알아내야지. 오 탐정이 말했잖소. 이런 걸 보고 그게 뭔지 알아낼 재주가 있는 게 탐정이라고 말이야."

정곡을 제대로 찔린 탓에 에드가 오는 멋쩍은 표정을 지었다.

혹여나 그 네모난 바닥을 가진 물건이 방의 다른 곳으로 옮겨진 건 아닐까 싶어, 그는 급히 주변의 물건들을 둘러보았다. 하지만 짐작 가는 물건은 없었다.

"빨리 나가야 할 것 같소. 슬슬 순사가 올 것 같단 말이야. 서두릅시다, 오 탐정."

영돌 아범은 연신 바깥 눈치를 흘끔거리며 에드가 오를 재촉했다. 마지못해 그는 자리에서 일어났다. 주위를 한 번 더 둘러보았지만, 그 자국 외에 수상하다 싶은 건 도무지 보이지 않았다.

방에서 나와 신발을 신다가, 그는 앗, 소리를 내었다. 영돌 아범이 화들짝 놀라 그를 바라보았다.

"아이고, 간 떨어질 뻔했네. 무슨 일이오?"

"저걸 보십시오. 마당 한복판에 도끼가 있지 않습니까?"

"그렇구먼. 장작 패려고 놔둔 건가?"

영돌 아범은 그가 왜 놀란 것인지를 이해하지 못한 눈치였다.

여기서 살해당한 사람은 도끼로 목숨을 잃었다. 그런데 이 집 마당에는 도끼가 멀쩡히 있다. 범인은 눈에 띄는 무기로 도끼를 집어 들어 범행을 저지른 것이 아니라, 굳이 도끼를 챙겨왔다는 말이 된다. 다시 말해, 범인은 이 집에 올 때 집주인을 도끼로 죽이려는 의도를 명확히 가지고 있었다.

등골이 서늘해졌다.

대체 범인은 무슨 생각을 가지고 용구시장을 돌아다녔던 것인가.

*

영돌 아범을 따라 개천가로 걸음을 옮기는 동안에도 에드가 오는 생각에 빠져 있었다.

경찰이 용의자로 두고 있는 것은 그의 친구인 박동주와 그가 전혀 모르는 이창수라는 사람이 분명했다. 하지만 몇 번을 생각해보아도, 박동주는 범인이 아니라는 확신이 있었다. 박 군은 가난하지만 순수한 마음을 가지고 있는 사람이 아닌가. 권삼호와 종종 티격태격하고 가끔은 그날 밤처럼 크게 싸울 때도 있었다.

하지만 그렇다고 해서 권삼호를 죽일 만큼 독한 심성을 가지지는 못한 사람이었다. 이전에도 같이 술 먹다가 서로 죽일 듯 싸웠을 때도, 다음날은 그런 일이 있었냐는 듯 다시 웃으며 술을 마시고 어울리지 않았던가. 그런 박 군이 권삼호 군을 죽일 리 없다. 하물며 권 군에 이어 다른 사람을, 심지어는 도끼까지 직접 들고 와서 죽일 정도로 살인에 미쳐 있을 리는 더더욱 만무하다.

그래서 에드가 오는 이창수라는 사람을 깊이 의심하고 있었다. 하지만 이창수에 대한 정보는 터무니없이 적었다. 용구시장에 사는 사람. 그것이 전부였다.

그는 권삼호의 지인이었을까? 권삼호가 혼자 있을 때 이창수가 그를 찾아왔다가, 자는 그를 보고 문득 살인 충동을 느꼈을지도 모른다. 그게 아니라면 돈 때문이었을까? 잿빛 두루마기는 그 속에 들었을 지갑을 훔치느라 가져간 것일까? 혹은 원한이 있어서? 권삼호라면 다른 사람이 원한을 가지기에 충분한 인물이었다.

"이제는 이창수에 대해 정보를 모아야 할 때군."

에드가 오는 나직이 중얼거렸다.

이다음에 무엇을 할지는 이미 생각해두었다. 이창수는 용구시장에 사는 사람이라고 했으니, 장 씨도 그의 이름을 알지도 모른다. 일단 장 씨와 합류하고 나면 이창수에 관해 물어볼 생각이었다. 설혹 장 씨가 그를 모른다 해도, 그를 알 만한 사람을 소개해줄지도 모른다. 그 탐문이 끝난 후에도 여유가 있다면 이창수의 거처로 안내해달라고 부탁할 수도 있다. 어쩌면, 용의자 이창수와 직접 대면할 수도 있다.

"오 탐정, 오 탐정."

영돌 아범의 부름에 그는 정신을 차렸다. 이미 그들은 개천가에 나와 있었다.

"아이고, 이제 오십니까."

곰방대를 물고 서성거리던 장 씨가 두 사람을 발견하고 반갑게 말을 걸어왔다. 웃는 낯인 걸 보면, 영돌 아범처럼 맞거나 더 지독한 꼴을 당한 것은 아닌 모양이었다.

"별일 없으셨습니까?"

에드가 오가 걱정스레 물었다. 장 씨는 머리를 긁적였다.

"순사님이 물에 빠진 사람이 없는 걸 보고는 나를 아주 무섭게 노려보기에, 그만 주재소[18]로 끌려가는가 싶었지요. 야단 좀 맞는 것으로 끝났으니, 다행이라면 다행이지요."

영돌 아범이 칫, 하고 혀를 차는 소리가 들렸다. 장 씨가 맞지 않고 끝난 것이 억울한 모양이었다.

"그래서, 거기 전당포에서 뭐 좀 재미난 걸 찾으셨습니까, 선생님?"

"아, 그 장소가 전당포였단 말입니까?"

에드가 오는 그때야 사건 현장의 혼돈이 명료하게 이해되었다. 보통 가정집이라면 혼돈일 그 광경도, 고리대 사업을 하는 공간이라면 너무도 자연스러운 모습이었다. 전당포에서 전당 잡힌 물건들이 즐비하게 쌓여 있는 건 당연했다.

그는 전당포란 단어에서 두 살인사건을 연결할 이야기 하나를 떠올렸다.

이창수는 권삼호의 집을 찾아갔다. 그는 권삼호와 다툼을 벌인 뒤, 권삼호를 죽이고 그곳에서 두루마기와 에드가 오의 페도라를 들고 도망쳤다. 그는 고리대금업자에게 가서 그것들을 팔려고 했다. 하지만 무

---

18 일제강점기에 존재한 경찰의 최일선 기관. 지금의 파출소와 같은 역할을 하였다.

언가 여의치 않은 일이 생겼다. 어쩌면 페도라의 출처를 의심받은 것일지도 모른다. 그런 누추한 장소에 누추한 사람이 들고 오기에는 너무나 고급인 물건이라서였을 것이다. 그 때문에 다툼이 일어났고, 이창수는 고리대금업자를 죽였다.

 물론 이것은 하나의 가능성이다. 이대로라면 몇 가지 풀리지 않은 의문이 남는다. 이창수가 권삼호의 물건 중 굳이 두루마기를 가져간 이유, 고리대금업자를 죽일 때 도끼를 들고 간 이유, 자신의 페도라에 지푸라기가 묻은 사정 등.

 하지만 이창수를 계속 탐문한다면 그의 참모습이 서서히 드러나게 될 것이다. 그가 살인자의 본모습을 어떤 식으로 감추고 용구시장에서 살아갔는지, 그것을 알 수 있게 되는 것이다.

 드디어 범죄의 진실에 한발 다가섰다. 그는 속으로 쾌재를 불렀다.

 "일이 난 그날이 마침 전당포가 쉬는 날이었거든요. 쉬는 날이면 주인이 전당포에 틀어박혀서 바깥출입도 안 하고 장부 정리에 몰두한다는 걸 이 근처 빚 가진 사람이면 뻔히 알지요. 주인이 혼자 살다 보니 쉬는 날에는 아무도 그 집을 들여다볼 생각조차 하지 않는데, 그런데 대체 누가 그런 날을 노려서 그런 짓을 벌인 건지, 이 시장 사람들이 궁금해하고 있단 말입니다."

 에드가 오가 말없이 생각에 잠겨 있자, 장 씨는 물어보지도 않은 말을 하면서 그의 눈치를 살폈다. 아무래도 언제 돈을 받게 될지 기대하는 모양이었다.

 "하기야 쉬는 날이라곤 해도 아주 가끔은 막무가내로 찾아가서 전당을 잡아달라고 사정사정하는 사람도 있긴 하지요. 투전하다가 돈 날리고 어떻게든 본전이라도 찾아보겠다는 심보 아니겠습니까. 그러고 보니 영돌이 자네도 요전번에……."

"어허, 쓸데없는 말이 길구먼. 오 탐정님은 바쁘신 분이야. 여기서 이렇게 주절주절하면서 잡아두면 안 되는 어른이란 말이네."

장 씨의 말이 길어지는 걸 영돌 아범이 급히 얼버무리려 들었다. 도박하려는 걸 감추기 위한 얕은 수작인 게 뻔했지만, 그 말마따나 벌써 해가 넘어가려 하고 있었다. 오늘은 일단 여기서 마무리를 지어도 될 것 같았다.

지금까지의 조사는 퍽 만족스러웠다. 초보적인 실수를 저지르기도 했고, 충분치 않은 시간 동안 겨우 조사했기 때문에 만족스럽지 않은 점도 있었지만, 그 혼자만 알아차린 단서들 역시 있었다. 이 단서를 시작으로 조사를 보강하고 정보를 수집하면 조만간 그의 손으로 사건의 진상을 밝힐 수 있을 게 분명했다.

"고맙습니다. 얼마 안 됩니다만, 이걸로 간단히 한잔하십시오."

그는 지갑에서 돈을 꺼내 장 씨에게 건넸다.

"아이고, 감사합니다, 감사합니다."

돈을 받아든 장 씨가 함박웃음을 지으며 연신 고개 숙였다. 영돌 아범이 히죽거리며 장 씨에게 다가섰다.

"이왕 돈 번 김에 나도 술 한 잔 사주게. 여기 오 선생님은 지금 돌아가셔야 하니까, 우리끼리 한 잔 나누자고. 어떤가?"

들러붙는 솜씨가 아주 천연덕스러웠다.

"영돌이 자네도 얻어먹지만 말고 술을 직접 사먹게. 투전할 돈은 늘 있는 사람이."

장 씨도 한두 번 겪은 일이 아닌 듯 웃으며 핀잔을 주었다.

이왕 오늘 조사를 마무리하는 김에, 한 가지만 더 물어보자고 생각한 에드가 오가 장 씨에게 질문을 던졌다.

"하나 더 물어볼 게 있습니다."

"뭘 말입니까, 선생님?"

"용구시장에 사는 사람인데, 이창수라는 사람을 아십니까?"

"아이고, 알다마다요."

장 씨는 고개를 끄덕였다.

"선생님도 조금 전에 그자 집에 가지 않았습니까."

"……그게 무슨 말입니까?"

전혀 예상하지 못한 대답에 에드가 오는 어안이 벙벙한 얼굴로 되물었다. 장 씨는 그것도 모르냐는 듯 말했다.

"좀 전에 간 전당포의 주인이 이창수 아닙니까. 거기서 죽은 게 이창수란 말이지요."

뒤통수를 한 대 얻어맞은 기분이었다.

고찰

은일당으로 돌아가는 흙길을 혼자 터덜터덜 걸으며, 에드가 오는 머릿속에서 마구잡이로 뒤섞이는 생각들을 정리하려 애썼다.

그는 이창수를 아느냐고 물은 미나미의 질문을 이창수가 용의자 중 한 명으로 의심받고 있기 때문이라 여겼다. 하지만 두 번째 살인사건의 피해자가 이창수라면 미나미의 질문은 의미가 달라진다. 그리고 지금껏 의미를 생각해보지 않았던 다른 질문의 본뜻도 드디어 이해할 수 있었다.

'권삼호가 평소 고리대 하는 사람과 어울리는 기색은 있던가?'

'그날 자네와 술자리를 같이했던 박동주 쪽은 어떤가?'

미나미는 단순한 금전 거래 관계가 궁금해서 물어본 것이 아니었다. 권삼호와 박동주가 이창수와 어떤 관계를 맺고 있는 건지를 알고 싶었던 것이다.

머릿속은 여전히 혼란스러웠다. 하지만 한 가지는 이제 분명했다. 미나미 순사부장은 그 질문을 던졌을 때부터, 박동주 한 명만을 용의자로 지목하고 있었다.

　에드가 오는 걸음을 멈추었다. 선화가 문밖에 나와 있었다. 그녀는 창문 아래 쪼그려 앉아서 무언가를 쓰다듬고 있었다.
　"옳지, 옳지, 착하다."
　그렇게 중얼거리는 선화는 온화한 미소를 짓고 있었다. 그가 한 번도 보지 못한 표정이었다.
　에드가 오는 조심스레 헛기침했다. 선화와 선화가 쓰다듬고 있던 것이 동시에 그를 바라보았다. 검고 흰 얼룩 고양이는 몸이 바짝 굳은 채 그를 보고 있었다. 선화 역시 에드가 오를 보며 당혹한 표정을 숨기지 못했다.
　"이제 오십니까."
　선화가 몸을 일으킨 뒤 손을 휘휘 저어 고양이를 멀리 보내려 했다. 고양이는 갈 생각이 없는 듯 그녀의 다리에 몸을 비비적거렸지만, 결국엔 불만스레 야옹, 소리를 내고는 종종걸음으로 헛간 저편으로 가버렸다. 고양이가 가고 난 뒤, 선화는 아무 일도 없었다는 듯 천연덕스레 말했다.
　"오 선생님, 마침 잘 오셨습니다."
　"무슨 일이라도 있는가."
　평소였다면 고양이와 놀던 모습을 놀리는 말 정도는 던졌겠지만, 지금은 그럴 생각이 들지 않았다. 에드가 오의 그런 기분을 눈치채지 못한 선화가 곧바로 대답했다.
　"들어오십시오. 보여드릴 게 있습니다."
　그렇게 말한 뒤 선화는 은일당 안으로 들어갔다. 심란한 마음을 어찌

하지 못한 채 그는 그녀의 뒤를 따랐다.

그녀의 책상 위에는 신문 한 부가 펼쳐져 있었다.

"오 선생님이 낮에 이창수라는 자의 이름을 말씀하셨지 않습니까. 그 이름이 여기에 나와서……."

선화가 손가락으로 기사 하나를 가리켰다. 에드가 오는 기사를 읽어 보았다.

엽기 도끼 살인 재래, 범인은 누구인가.

경성 용구시장에서 도끼 살인사건이 이틀 연속 발생하는 놀라운 일이 벌어졌다. 오늘 새벽 용구시장에 사는 이창수 씨가 흉기에 머리를 공격당한 처참한 모습으로 발견된 것이다. 경찰은 이 씨가 죽은 시각이 전날 저녁에서 자정 사이이며, 살인에 쓰인 무기는 도끼로 추측하고 있다. 경찰은 이 씨의 직업이 전당포업이라는 점을 미루어, 범인이 돈 문제로 이창수 씨를 살해한 것으로 보고 있다. 한편 경찰은 이 사건이 어제 용구시장에서 발생한 권삼호 씨의 살인사건과 연관성이 있을지를 의심하여 행방을 감춘 범인을 찾고 있으나, 아직 범인의 행적은 드러나지 않고 있다. 용구시장의 주민들은 거듭되는 살인사건에 두려움에 떨고 있다고 한다.

에드가 오의 입에서 탄식이 터져 나왔다. 그가 왜 한숨을 쉬는지 알리 없는 선화가 계속 말을 이었다.

"오 선생님께서 이창수라는 자가 범인일 가능성이 있다고 여기셨지요. 하지만 이 기사대로라면 그 사람 역시 피해자인 모양입니다."

"이미 알고 있네."

"그렇습니까? 용구시장에서 이미 알아내신 모양이로군요."

그는 힘없이 고개를 끄덕였다. 다시 한번 긴 한숨이 입에서 새어나왔다.

"그런데 그 사실을, 실컷 현장 조사를 다 끝내고 난 뒤에, 마지막의 마지막에야 알아버렸단 말이네. 그 때문에 오늘 했던 조사가 전부 헛수고나 다름없게 되어버렸지. 나가기 전에 신문을 제대로 보았더라면 이런 한심한 실수는 하지 않았을 것을……."

"이건 오늘 석간신문입니다. 오 선생님이 영돌 아저씨와 나간 뒤 도착했지요. 그러니 이 기사를 못 보셨다고 해서 오 선생님이 실수하신 건 아닙니다."

선화의 말에는 동정 같은 건 실려 있지 않았다. 하지만 에드가 오는 대답하지 않았다. 그녀의 말대로 실수가 아니라고 해도, 한심한 짓을 했다는 생각은 떨칠 수 없었다.

*

수업이 시작되었지만 에드가 오는 수업에 도무지 집중할 수가 없었다. 선화에게 수학 문제를 풀도록 지시해놓고 그는 생각에 잠겼다. 하지만 머릿속은 혼란스럽기만 할 뿐이었다. 그래서 그는 옆에서 선화가 부르는 소리도 제대로 듣지 못하고 있다가, 겨우 그 소리를 알아채고 화들짝 생각에서 깨어났다.

"문제가 잘 풀리지 않아서 질문을 드리러 했습니다만."

그녀가 조심스레 말했다. 그는 한숨을 쉬었다.

"미안하네. 왠지 머리가 몽롱해서 말이지."

"그럴 수밖에 없지 않습니까?"

선화가 웬일로 부드럽게 대답했다.

"오늘 경찰서에서 돌아오신 뒤에도 사건을 조사하신다고 바깥을 다녀오신 참이시지요. 제대로 쉴 틈이 없으셨을 겁니다."

"하긴 자네 말도 맞는 것 같군."

그녀의 말마따나, 그는 경찰서에서 취조와 고문을 받고 난 뒤 곧바로 범행 현장을 조사하러 다녀온 참이었다. 쌓인 피로는 이미 한계에 달했을 것이다. 체력이나 정신력이 과외를 할 만큼 남아 있을 리 만무했다.

"그래서 말입니다."

선화가 에드가 오의 눈치를 보며 말을 이었다.

"오늘은 수업을 안 하셔도 되니, 그 대신 수업 시간을 오 선생님이 사건에 관한 생각을 정리하는 시간으로 활용하시는 게 어떨까요?"

"수업하는 게 싫어서 그러는 게 아니고?"

"그건 아닙니다만……."

에드가 오는 눈을 피하는 그녀를 보며 쓴웃음을 지었다.

"진도도 살짝 밀린 참인데, 그래도 될지 모르겠군. 어디 보세, 그러면……."

*

에드가 오는 그동안 있었던 일을 선화에게 들려주었다. 그냥 수다를 떨려는 것은 아니었다. 다른 사람에게 이야기를 들려주다 보면 머릿속의 생각이 자연스럽게 정리된다는 그간의 경험 때문이었다.

그가 여태껏 겪었던 일을 듣는 선화의 눈빛에는 호기심이 가득했다. 수업 때면 보이는 시큰둥한 반응과는 다른 모습이었다.

그렇게나 공부하는 게 싫었나.

에드가 오는 속으로 투덜거렸다. 이야기가 모두 끝난 뒤, 그는 결국 선화에게 넌지시 말했다.

"자네, 너무 즐겁게 듣는 것 아닌가? 수업은 영 흥미가 없더니."

"하지만 말입니다."

그녀가 당혹해하며 대답했다.

"오 선생님이 겪으신 일은 제겐 모두 흥미롭기만 한 것을 어쩌겠습니까?"

"그렇게나 흥미롭단 말인가?"

"오늘 겪으신 일 이야기도 그렇지 않습니까? 입구를 지키는 순사를 따돌리고 사건 현장에 들어간 방법도 그렇고, 순사도 알지 못하는 것들을 알아내기까지 하셨잖습니까."

에드가 오는 한숨을 쉬었다.

"그래도 결국 따지고 본다면, 시작부터 완전히 헛짚어버린 셈 아닌가. 생각할수록 그 점이 안타깝단 말이야. 이창수가 피해자라는 걸 미리 알고 사건 현장에 갔다면, 조사의 방향이 완전히 달라졌을 거네."

"그렇습니까?"

"적어도 전당포만큼은 좀 더 신경 써서 살펴보았겠지. 그랬다면 진범을 가리키는 더욱 명확한 증거를 찾아낼 수 있었을 걸세. 무엇보다도 그곳엔 이창수가 돈을 빌려준 기록이 남아 있지 않겠나. 그걸 보았다면 확실하게 용의자를……"

"그건 경찰에서 이미 조사하지 않았겠습니까? 그런 기록이 있다면 아마도 경찰이 이미 가져갔을지도 모릅니다."

"……."

"그리고 만약 오 선생님이 이창수 씨가 피해자란 사실을 미리 알고 가셨다 해도, 막상 그곳에서 무엇을 더 발견하실 수 있으셨을지는 알 수 없지요. 그건 그야말로, 그럴 수도 있지 않을까, 라는 막연한 생각일 뿐이지 않습니까."

그는 뭐라고 대답하려 했지만 그만두었다. 그녀의 말에 반박할 구석이 딱히 없었다.

"그러면 이제 용의자는 한 명이로군요."

에드가 오는 선화를 바라보았다. 그녀는 곧바로 말을 이었다.

"오 선생님의 친구분 말입니다. 성함이 박동주라고 하였지요."

"말도 안 되네! 그 친구가 살인자라니!"

그는 소리쳤다.

"목소리가 너무 큽니다."

선화가 당황해하며 소곤거렸다.

"나는 그 친구의 심성을 잘 아네! 세상에 대한 불만은 있지만, 사람을 죽일 정도로 험악한 사람은 아니란 말이네!"

"목소리를 낮춰주십시오. 이러다 어머님이 들으시면……."

그 말에 에드가 오는 욱하고 올라온 감정을 겨우 억눌렀다. 그는 애써 목소리를 낮췄다.

"그 친구가 범인이라니, 절대로 있을 수 없는 일이네."

"하지만 그렇다면 누가 범인이란 말입니까? 용의자는 이제 그분밖에 남지 않았습니다."

선화가 조심스러운 목소리로 의견을 냈다. 하지만 그 의견 역시 반박

할 근거는 있었다.

"이성적으로 생각해보게. 박동주 군이 범인이라서 그 끔찍한 살인 사건을 두 번이나 저질렀다면 어째서 현장에 나의 페도라를 남겨두었 겠나?"

"그것은……."

선화가 우물쭈물했다. 에드가 오는 말을 이어나갔다.

"이상하지 않은가? 그 페도라는 경성 사람들이 쓰고 다니는 흔하디흔한 모자 따위가 아니고, 무엇보다도 내 이름이 수놓아져 있지. 박동주 군도 내가 옷에 내 이름을 새긴다는 걸 아네. 내 페도라가 사건 현장에 있다면, 경찰은 그 페도라를 조사하고 나서 나와 내 주변 사람들을 당연히 의심하게 될 것이고 당연히 박동주 군 자신에게도 혐의가 갈 게 분명하단 말이네. 그런데 페도라를 실수로 흘린 것도 아니고, 피를 잔뜩 묻힌 채 범행 현장에 버려두고 간다? 말이 되지 않네."

"오 선생님이 범인이라고 누명을 씌우기 위해서인지도 모르지요. 오 선생님이 그때 경찰에 체포되어 있었다는 걸 몰랐기 때문에……."

"그럴 리 없네. 박동주 군은 그렇게 막무가내로 사람을 해치고 다닐 사람이 아니네. 그것도 한 명도 아니고 두 명이나? 절대 그럴 리 없네."

선화는 대답하지 않았다. 에드가 오는 힘주어 말했다.

"이 사건에는 우리가 모르는 무언가가 있는 게 분명하네. 미궁처럼 보이는 이 사건을 덮은 미혹의 장막을 걷어내야만 하네."

"오 선생님은 이 사건을 계속 조사하실 겁니까?"

그녀의 질문에 그는 고개를 끄덕였다.

"마음 같아서는 현장 조사를 하고 싶지만, 그러기는 쉽지 않겠지. 그러니 내일은 우선 박동주 군부터 찾아가볼 생각이네. 그 친구에게 권삼호 군이 죽던 날 있었던 일을 들어야 할 것 같네. 그날 권삼호 군이 죽기 전에 무언가 말을 한 것이 있거나, 혹은 박 군이 그 집에서 무언가를 보았거나, 그런 것이 진짜 범인의 정체를 알 수 있는 실마리가 되겠지."

선화는 고개를 갸웃거렸다.

"오 선생님은 정말로 그분이 범인이라는 생각은 전혀 하시질 않는군요."

"그 친구는 범인이 아니라고 하지 않았나."

"깊은 믿음이로군요."

에드가 오는 생각을 머릿속으로 정리하며 중얼거렸다.

"내일은 곧바로 낙산에 가봐야겠군. 박 군은 아마도 자기 집에 있겠지."

"과연 그럴는지요? 친구분은 경찰을 피해 도망 다니는 중이거나, 혹은 이미 체포되었을지도 모릅니다."

그녀의 지적은 그가 미처 제대로 생각하지 못한, 어쩌면 지금까지 일부러 외면하고 있던 부분이었다.

오늘 아침 경찰이 그를 석방할 때, 그들은 이미 박동주 군을 유력한 용의자로 보고 있었을 것이다. 그때 이미 경찰이 박 군을 쫓고 있지 않았다면 그게 더 이상한 이야기 아닌가. 박 군이 체포되었다면 그야말로 낭패였다. 내 생각에 골몰하다가 정작 박동주 군에 대한 걱정은 전혀 않고 있었던 셈이지 않나.

"자네 말이 맞네."

에드가 오는 초조하게 중얼거렸다.

"하지만 박동주 군이 체포되었는지 어떤지, 그걸 알 방법이 없지 않은

가. 경찰에 체포되었다면 혹 신문 기사가 날지도 모르겠지만……."
 선화의 이맛살이 찌푸려졌다.
 "아직 신문에서 그분의 이름을 보진 못하였습니다. 하지만 신문으로 확인하는 건 아무래도 시간이 걸릴 게 분명합니다. 그리고 만약 그분이 체포되었다 해도 그게 신문에 실릴지 어떨지 역시 확신할 수는……."
 "그렇다고 경찰에 물어볼 수도 없는 것 아닌가."
 "경찰에 물어보면 되지 않겠습니까?"
 뜻밖의 대답에 그는 어안이 벙벙해졌다.
 경찰에 물어본다? 그 미나미에게? 미나미가 순순히 박동주에 대한 일을 가르쳐줄까? 오히려 그런 것을 왜 묻느냐고 자신을 윽박지르지 않을까?
 그를 바라보던 선화가 뜻 모를 한숨을 쉬었다.
 "오 선생님이 묻기 껄끄러우시다면, 내일 아침에 제가 알아보도록 하겠습니다."
 "하지만 어떻게……."
 "아버님의 서재에 전화기가 있습니다."
 "아니, 그걸 물은 것이 아니라……. 아니, 되었네."
 왠지 맥이 빠져서 에드가 오는 물어보는 걸 그만두었다. 가끔 선화가 무슨 생각을 하는 것인지 도무지 모를 때가 있었다. 그리고 지금이 그런 때였다.
 "내일은 그것 말고는 다른 볼일은 없으시겠군요."
 그녀의 질문에 그는 고개를 가로저었다.
 "아니. 아직 정보가 너무 부족하지 않은가. 내일은 본격적으로 탐문을 하려고 하네."

"본격적으로라니요? 아니, 오늘 사건 현장도 가보셨는데, 더 탐문할 곳이 있단 말입니까?"

선화의 눈이 동그래졌다.

"우선은 박 군의 행방을 찾아봐야 하겠지. 그리고 나서 권삼호 군과 이창수 사이에 무언가 숨겨진 연결고리가 있는지를 알아봐야 할 테고. 특히 권 군의 최근 행적을 자세히 알아야 할 것 같네."

"친구분들의 가족이라도 찾아가실 건가요?"

"그러고는 싶은데, 내가 그걸 알지를 못한단 말이지……."

그는 씁쓸하게 중얼거렸다.

왜 그들과 알고 지낼 때 그들의 부모와 형제와도 얼굴을 터놓으려 하지 않았던가. 권삼호의 일가친척은 사실 그가 알고 싶지 않아서 외면했던 점도 있었다. 하지만 박동주에 대해서라면, 박동주가 그런 만남이 생기는 것을 일부러 피하는 느낌이긴 했었다……. 아니, 지금은 이렇게 후회만 하고 있을 때가 아니다.

에드가 오는 속으로 떠오르는 쓸데없는 생각을 거두었다. 책상 위에 놓아둔 돈 봉투를 바라보며 그는 말을 이었다.

"내가 아는 사람 중에 그 둘의 정보를 알 만한 사람이 있다네. 좀 희한한 분이 있거든. 돈이 들어서 문제지만."

"가족이나 알 법한 이야기를 대체 어떻게……. 아!"

어리둥절한 표정으로 묻던 선화가 돌연 큰 소리를 냈다.

"잊었던 게 생각났습니다!"

"잊었던 거라니?"

에드가 오는 깜짝 놀란 티를 내지 않으려 애쓰며 물었다. 선화가 급히

고찰 229

대답했다.

"오 선생님이 외출하신 뒤 의사 선생님께 전화가 왔습니다."

'의사 선생님'이란 말에, 그는 절로 허리를 쭉 폈다.

"형님께서? 뭐라고 하시던가?"

과외 선생 건으로 형님의 편지를 가로챈 것이 들통이 난 것인가? 그보다도, 살인사건의 용의자가 되었다는 말이 형님에게 들어간 것인가?

하필 살인사건을 겪고 난 직후에 형님이 전화했다니, 그 전화가 사건과 연관이 있는 것인지 단지 우연인지, 그걸 알 수가 없었다. 이어지는 선화의 말에 그의 긴장은 더욱 고조되었다.

"내일 오 선생님이 병원에 오길 바란다고 말씀을 전해달라고 하셨습니다."

"형님이 말이지."

에드가 오는 괜히 넥타이를 만지며 초조하게 중얼거렸다. 왼손 엄지손가락을 싸맨 천 조각이 괜히 눈에 들어왔다. 시간이 없었다. 아무래도 내일은 돌아다녀야 할 곳이 무척 많을 것 같았다.

헌책방 구문당

눈을 떴을 때 하늘은 맑았다. 어제까지만 해도 가득 끼어 있던 구름이 많이 걷혀서, 파란 하늘빛이 은근하게 드러나 있었다.

에드가 오는 아침 식사를 마치자마자 외출 준비를 했다. 날씨가 쌀쌀한 감이 있어 조금 두꺼운 옷을 고르기로 마음먹었다. 진갈색 트위드 정장을 입고 진중한 적갈색 넥타이를 신중히 매듭 묶고 갈색 페도라를 쓴 뒤 거울을 보며 옷에 구김이 없는지를 다시 한번 확인한 다음, 그는 방문을 열었다.

언제나처럼 책상 앞에 앉아 있던 선화가 그를 발견하고 입을 열었다.

"알아보았습니다. 오 선생님의 친구분은 아직 경찰에 체포되지 않은 모양입니다."

"정말인가? 그런데 그걸 어떻게 알아낸 건가?"

"그게⋯⋯. 여길 찾아온 순사님 말씀이 기억나서 말입니다."

"남정호라는 순사 말인가?"

그의 물음에 선화가 고개를 끄덕인 뒤, 주저하며 말을 이었다.

"이전에 남 순사님이 무언가 수상쩍은 점을 알게 되면 연락해달라고 말씀하셨지요. 그래서 본정경찰서로 전화를 걸어 '박동주라는 분의 행방에 대하여 들은 이야기가 있으니, 남정호 순사님과 통화하고 싶습니다.'라고 했습니다. 만약 경찰이 친구분을 이미 체포하였다면 남 순사님이 그 정보를 듣기 위해 굳이 저와 통화할 필요는 없을 테지요. 하지만 순사님은 제 이야기를 꼭 듣고 싶어 하는 눈치였습니다. 그래서 짐작할 수 있었습니다. 아직 친구분이 체포된 게 아니구나, 경찰도 그분의 행방을 모르는구나, 라고 말입니다."

"그런데 박동주의 행방에 대해서는 대체 뭐라고 말을 하였나?"

"어제 오 선생님이, 박 군의 집이 낙산이었지, 아직 그곳에 있지 않을까, 라고 중얼거리시는 걸 들었습니다.'라고 말했습니다."

에드가 오는 순사에게 천연덕스럽게 거짓말한 그녀의 대담함에 놀라기도 잠시, 경성에서 드물게 양식이 있는 순사를 이용하고 말았다는 데 양심의 가책을 느꼈다.

*

선화의 배웅을 받으며 그는 은일당을 나섰다. 헛간 쪽이 조용한 것을 보면 영돌 아범은 아직 돌아오지 않은 모양이었다. 오동나무 장롱 앞에 무질서하게 널린 톱이며 끌이며 도끼며 망치 등의 연장이 아침 햇빛을 받아 반짝였다.

에드가 오는 영돌 아범을 찾아서 그와 같이 나가볼까를 잠시 생각했다. 하지만 오늘 가려는 장소들은 혼자서 충분히 다닐 수 있는 곳들이었다. 굳이 영돌 아범의 즉흥적인 꾀가 필요할 만한 곳은 아니었다.

그는 발걸음을 옮겼다. 우선은 박동주의 허름한 집부터 찾아가볼 생각이었다.

*

　전차에서 내려 조금 더 걸으니 혜화문 근방이었다. 그곳은 도로 공사 마무리 작업이 한창이었다. 대학가 한가운데를 지나는, 왕복 12칸이나 되는 크고 넓은 도로를 낼 계획이라는 건 경성을 떠나기 전에도 들어 알고 있었고, 그 큰 공사가 곧 마무리된다는 이야기 역시 경성에 다시 돌아온 뒤 들은 적 있었다. 깔끔한 도로는 한결 걷기가 수월했다. 은일당으로 가는 흙길과 절로 비교할 수밖에 없었다. 저 멀리 지어진 지 얼마 되지 않은 경성제국대학 건물이 보였다.
　에드가 오는 대학천 옆을 지났다. 경성제국대학 때문에 새로운 이름을 가지게 된 이 개천 역시 새로 정비하는 중이었다. 공사 자재 따위가 널려 어수선한 개천 주변 모습이 은일당 옆 영돌 아범이 작업하는 헛간 앞을 연상시켰다. 하지만 공사가 어느 정도 마무리된 곳은 깊고 반듯하게 다듬어져 있었다. 그 반듯한 곳으로 물이 흐를 터였다. 그가 가진 모던의 기준에 부합하는 모습이었다.
　그는 문득 용구시장 옆의 이름 모를 개천을 떠올렸다. 구불구불하고 구정물이 흐르는, 종종 취객이 빠져서 허우적거리기도 하는 얕고 지저분한 모습은 경성의 과거이자 현재의 모습이었다. 반면 정비가 되어 가는 깊고 깔끔한 대학천의 모습은 분명 경성의 미래일 것이라고, 그는 생각했다.
　혹은 일본이 신경 쓰는 경성과 일본이 외면하는 경성의 차이일지도 모르지.

속에서 불퉁거리는 생각이 올라왔다.

　박동주의 집은 낙산 아래에 있었다. 그는 가난한 이들이 모여 사는 쪽방촌에 방을 빌려 살고 있었다. 에드가 오는 올해 초에 한 번, 술을 마시러 여기저기 유랑하면서 그곳에도 발을 들인 적 있었다. 경성제국대학을 다니는 고학생과 가난한 이들이 모여드는 이 비루한 곳에 살면서도, 박동주는 밝은 기색을 잃지 않고 에드가 오와 권삼호를 대하던 기억이 선했다. 언제나 허름한 학생복 차림으로 지내는 박동주의 모습이 그날따라 보기 안쓰러워서, 고학의 결실이 곧 열릴 것이라고 속으로 박동주를 응원하였던 기억도 있었다.

　그러나 그곳에서 박동주의 모습은 보이지 않았다. 박동주의 집에는 어느새 다른 사람이 들어와 있었다. 에드가 오는 낯선 사람이 그 집에서 나와서 당황했고, 그 낯선 사람이 박동주를 전혀 모른다는 사실에 더욱 당황했다. 낯선 사람은 짜증 가득한 얼굴로, 박동주라는 사람의 이름도 얼굴도 모르는데 요즘 왜 이 사람 저 사람이 그를 계속 찾아대느냐고, 당신도 순사냐고 따지듯 물었다. 그는 적당히 말을 얼버무리며 그 장소를 빠져나와야 했다.

　버릇처럼 페도라를 고쳐 쓰고 넥타이 매듭을 매만지던 그는 지나가는 사람들을 바라보며 생각에 잠겼다.

　박동주의 행방을 알 만한 사람은 누가 있는가?

　그와 자주 어울렸던 권삼호가 가장 먼저 떠올랐다. 하지만 권삼호는 이미 죽고 없었다. 그 외에는 에드가 오가 아는 사람 중에서 박동주의 행적을 알 만한 사람이 당장 떠오르지 않았다. 더군다나 박동주의 지인은 더더욱 아는 사람이 없었다.

　경성제국대학을 가볼까?

그는 잠시 고민했다. 하지만 대학에 간다고 해도 박동주를 만날 수 있으리라는 보장은 없었다. 그것보다도 박동주가 정확히 어느 학부의 사람인지 알지 못한다는 데 그의 생각이 미쳤다. 법학책을 박동주의 방에서 보았던 기억이 있으니 아마도 법문학부에 적을 두고 있지 않을까 싶었지만, 술기운으로 집어넣은 그 기억이 확실하다는 보장은 없었다.

박동주 군을 친구라 부르면서 이 정도로 모르다니.

에드가 오는 속에서 올라오는 씁쓸한 생각을 삼켰다. 죄책감을 닮은 그 씁쓸함은 쉽게 가시지 않았다.

결국, 그의 행방을 알기 위해 갈 곳은 한 군데밖에 남지 않았다. 자연스레 다음 목적지가 정해진 셈이었다. 양복 허리춤에 진 주름을 툭툭 털어낸 그는 다시 걸음을 옮겼다.

*

에드가 오가 도착한 곳은 인사동이었다. 파고다 공원 근처의 인파를 헤치고 그는 좁은 골목으로 들어갔다. 그의 볼일은 인사동의 가장 깊숙한 곳에 있었다. 파고다 공원 근처에 난 좁고 구불구불한 골목을 굽이굽이 들어가면, 목적지인 헌책방 구문당이 불쑥 나왔다.

쌓인 책 때문에 너저분한 느낌을 주는 가게의 문 앞에는 흰 수염을 아무렇게 기른 조선 노인이 앉아 있었다. 칙칙하게 빛바랜 솜저고리와 솜바지를 두껍게 입고 있는 모습이 아직 남아 있는 잔 추위를 못 견디는 모양새였다. 노인은 화로를 앞에 두고 부지깽이로 그 속을 뒤적거리고 있었다.

"그간 별래무양하셨습니까, 어르신."

에드가 오는 정중하게 인사했다. 노인은 고개를 흘끔 든 뒤 퉁명스레 중얼거렸다.

"오덕문이 아닌가. 동경에서 돌아왔단 말은 들었는데 이제야 오나."

갑작스레 나온 본명 때문에 그는 당황했다.

"예전에는 오가, 오가 그렇게만 부르시더니, 갑자기 왜 그 이름으로 부르십니까? 그리고 말입니다, 이제는 그 조선 이름 대신 에드가 오라는 모던한 이름으로 불러주십시오."

"에드가 오? 거참. 모던이고 나발이고, 양놈 귀신 같은 이름으로 부르건 조선 사람 이름으로 부르건, 그거야 내 맘이지. 쯧."

부지깽이를 쥔 손이 신경질적으로 화로 속 숯을 뒤집었다. 뭔가 맘에 들지 않는 일이라도 있었던 것처럼 까칠한 태도였다.

처음 이곳에 온 사람이라면 노인의 그런 태도에 화가 난 것인가 싶어 책 사기를 주저했을 것이다. 에드가 오는 노인의 행동과 말투가 퉁명스러울 뿐 실제로는 별다른 감정이 실려 있지는 않다는 걸 알고 있었다.

하지만 왜인지 오늘따라 노인의 모습에는 드러나게 짜증이 섞여 있었다.

"그동안 별일 없으셨습니까?"

"나라님 없는 나라의 백성이 된 지 벌써 3년이 되었는데, 3년 전이나 지금이나 내가 죽은 거나 다름없는 이 몸뚱이를 끌고 다니는 건 매한가지 아닌가. 그런 산송장 보고 별래무양이라고? 허."

확실히 평소보다 노인이 퉁명스러웠다. 다른 때였다면 인사를 무시하거나 혀만 한 번 쯧 하고 차고 말 게 분명했는데, 지금은 말까지 길어지고 있었다.

"자넨 무슨 일로 왔나? 요전번처럼 책만 종일 보다가 그냥 가려고?"

"아닙니다. 오늘은 좀 여쭤볼 게 있어서 왔습니다."

그의 말에 노인은 대꾸하지 않고 화로의 식어가는 재 속에서 밤을 꺼냈다. 구수한 냄새가 코를 간지럽혔다. 괜히 침을 삼키고 에드가 오가 말을 이었다.

"박동주 군을 보신 적 있으십니까? 엊그제하고 오늘 사이에 말입니다."

"자네는 또 왜 그자를 찾는가? 권가 그 작자가 죽어서?"

노인은 밤을 까는 손을 멈추지 않으며 툭 내뱉었다. 에드가 오는 갑자기 불거져 나온 그 말을 듣고도 놀라지 않았다. 오히려 이 노인이 권삼호의 죽음을 여태 몰랐다면 그것이 더 놀라웠을 것이다.

"권 군 소식은 이미 들으셨군요."

"어제 오후, 오늘 아침, 두 번이나 순사 놈이 찾아와 묻더라고. 박동주란 자의 행방을 아느냐, 권삼호를 죽인 놈인데 간 곳을 아느냐, 그러더란 말이야. 그렇게나 말을 많이 듣고 나서도 그걸 모르면 반편이인 게지."

이 이야기에도 그는 놀라지 않았다. 경찰이 박동주를 살인사건의 범인으로 지목하고 그의 행방을 쫓고 있다는 것 건 이미 알고 있는 사실이었다. 경찰이 박동주의 평소 행적에 관하여 조사를 했다면, 그가 구문당에 자주 들렀다는 사실도 쉽게 알아낼 수 있었을 것이다.

노인이 잔뜩 골이 난 이유도 그때야 짐작이 갔다. 꼴도 보기 싫은 순사가 계속 구문당에 얼쩡거려서일 터였다.

"그래서 말입니다, 박동주 군이 어디 있는지 알고 계십니까?"

"내가 알기는 무얼 알아."

노인은 툭 내뱉듯 대답하고서는 입에 밤을 털어 넣었다. 에드가 오는 우물거리는 노인의 입에서 다음 말이 나오기를 가만히 기다렸다. 이 역시 이곳에 처음 온 손님은 알지 못하는 그런 것이었다.

그때 가게 안에서 부스럭거리는 소리가 났다. 가게의 어두운 한편에 한 남자가 서 있었다. 그와 눈이 마주친 에드가 오는 저도 모르게 한 발 뒤로 물러설 뻔했다. 남자의 눈이 날카로웠다. 그는 책을 손에 펼쳐 들고 있었지만 책을 보고 있지 않았다. 처음 보는 사람이었다. 그러나 적어도 구문당에 올 만한 사람이 아니라는 건 확실했다.

에드가 오의 눈치는 아랑곳하지 않고 밤을 우물거리던 노인은 한참 뒤 크흠, 헛기침을 내뱉고 나서 몸을 일으켰다. 느릿한 움직임으로 노인이 가게 쪽으로 몸을 돌리자, 서 있던 남자는 책으로 눈길을 쏟았다. 노인이 그 남자를 지나쳐 가게 안으로 들어갈 때 헛기침 소리가 노골적으로 크게 들렸다.

혼자 남겨진 에드가 오는 괜히 왼손을 뒤로 돌렸다. 남자가 자신의 왼손에 주목할 것 같다는 생각이 들어 괜히 찜찜했다.

노인은 잠시 후 두껍고 낡은 책 한 권을 가지고 나왔다.

"그런데 말이야, 오가, 자네 예전에 이 책을 찾고 있지 않았나."

그런 말 따위 한 적이 없었기 때문에 어리둥절한 채로 에드가 오는 책을 받아들었다.

법률 서적이었다. 법 따위에는 흥미도, 관심도 없어서, 그는 당황한 얼굴로 책을 내려다보았다. 이리저리 책을 살펴보던 에드가 오는 책 뒤표지 한쪽 구석에 아주 작게, '박동주'라는 이름 세 글자가 적혀 있는 걸 발견했다. 그는 절로 침을 꿀꺽 삼켰다.

"오가 자네도 참 운이 좋은 거야. 이 책이 평소엔 구하기 어려운데, 딱 어제 들어왔단 말이야."

노인이 퉁명스레 말했다. 운이 좋다는 말과는 전혀 어울리지 않는 말투였지만, 이 또한 평소 노인다운 행동이었다.

"어제 말입니까?"

"이 책 원래 주인이 말이지, 어제 아침 사시$_{巳時}$[19]였나, 이른 시간부터 여길 왔었지. 이거 말고도 다른 책 몇 권을 들고 와서는 부탁이니 꼭 좀 사달라고 말하더구먼. 추위를 타는지 옷도 두껍게 껴입고 얼굴까지 허옇게 되어서는 사정사정하는데 어쩔 도리가 있나. 나는 아쉽지 않게 돈을 줬는데, 그 사람은 어땠을지 모르겠군."

그제야 에드가 오는 노인이 왜 이런 식으로 이야기를 하는 것인지 알아차렸다. 낯선 남자는 아마도 무언가를 감시하는 사람인 모양이었다. 그리고 그 감시의 대상은 분명…….

에드가 오는 남자 쪽을 보지 않으려 애쓰며 태연한 척 말했다.

"그 사람이 혹시나 이 책을 다시 찾으러 올지도 모르겠군요. 제가 이걸 사도 되는 겁니까? 책을 판 사람이 다른 말은 더 안 하던가요?"

"'남은 책을 팔러 조만간 또 오겠습니다.'라고 하고는 별말은 더 없었지. 감기라도 걸렸는지 얼굴이 영 안 좋아 보이긴 하더군."

그는 노인에게 책을 돌려주었다.

"이 책은 흥미가 없습니다. 너무 낡았잖습니까."

"무슨 소리인가. 처음 몇 장만 손댄 흔적 있지, 아주 깨끗하네."

"되었습니다. 다른 새 책이 들어오면 알려주십시오."

"그런 귀찮은 부탁을 하려거든 좋은 연초나 좀 사다주든가."

"그렇지 않아도 조금 가져왔습니다. 어르신 입에 맞을지는 모르겠습

---

19 오전 9시~11시.

니다만."

 노인은 아무 말 없이 에드가 오가 건넨 연초 봉지를 받아들었다. 봉지 속 냄새를 킁킁 맡아본 뒤, 노인은 불만스럽게 투덜거렸다.

 "요새는 연초가 예전만 못하단 말이야. 일본 놈들은 담배도 하나 제대로 못 만드는 건가. 에잇. 삼등초[20]나 한 쌈 사서 부산죽[21]에다 턱 담아 한 대 피우던 때가 좋았지. 지금은 일본 치들이 담배를 만들겠다면서 여기저기 아무 이파리나 사다 그것들을 엉망으로 마구 섞어버리니, 담배 피우는 맛이 나기는 하겠냔 말이야."

 에드가 오는 묵묵히 노인의 투정을 들었다.

 "이건 다시 갖다 놓겠네."

 노인은 연초 봉지와 책을 들고 가게 안으로 들어갔다. 다시 한번 노인의 불쾌한 심기를 드러내는 헛기침 소리가 크게 울렸다.

 노인이 사라진 뒤 에드가 오는 생각에 잠겼다.

 조금 전에 본 책은 박동주가 대학교에서 쓰는 책이 분명했다. 그런 책을 팔려고 했다는 것은 무엇을 의미하는가? 더는 경성에 있을 수 없다고 생각한 것이 아닐까? 책을 판 것은 도망칠 자금을 마련하기 위해서일 것이다. 더군다나 대학교의 교재를 판다는 것은 앞으로의 학업조차 포기하겠다는 뜻이 분명하리라.

 걱정이 커졌다. 박동주는 자신의 신변이 위협받고 있다는 걸 알고 있는 게 틀림없었다. 아마도 순사가 자신을 잡으러 오는 것을 두려워하는 게 아닐까. 순사들이 그를 체포하면 취조를 하면서…….

 에드가 오는 자신의 엄지손톱 밑을 파고들던 시커먼 쇠고리를 떠올

---

20 三登草. 평안남도 삼등 지방에서 재배한 담배.
21 釜山竹. 부산에서 만들던 담뱃대.

렸다. 취조실에는 그것 말고도 다른 도구들이 널려 있었다. 가령, 나무 장대는 거꾸로 사람을 매달고 코에 고춧가루 섞인 물을 부어가며 때리는 고문을 하기 위해 있는 도구일 것이다. 미나미 같은 자는 그런 고문을 박 군에게 태연하게 가하면서, 두 건의 살인 정황을 털어놓으라고 윽박지를 것이다. 박 군이 살인을 저질렀건, 그렇지 않건…….

아니, 아니다. 박 군이 권삼호 군을 죽였을 리 없지 않은가.

이내 그는 작게 고개를 흔들었다.

문득 옆을 보니, 그를 바라보던 낯선 사내가 급히 눈을 돌렸다. 안에서 다시 인기척이 나는가 싶더니, 갑자기 화난 외침이 쩌렁쩌렁 울렸다.

"아니, 네놈은 거기서 계속 뭣 하는 거야! 우두커니 서서 책을 보고만 있으면, 여기서 책을 다 외워서 가버릴 참이냐!"

노인이 낯선 사내를 향해 고함을 질렀다.

"썩 나가거라! 내가 아무리 잔돈푼 하나 아쉬운 사람이라지만, 너같이 뻔뻔하게 책도 안 사는 몰염치한 놈은 가게에 못 들인다!"

그 뒤로 한바탕 고함이 더 들린 뒤, 낯선 사내가 도망치듯 가게 바깥으로 나왔다. 에드가 오를 잠깐 훑어보던 그 사내는 빠른 걸음으로 골목을 벗어났다. 입에서는 불만 어린 투덜거림조차 없었다.

왼손 엄지손가락이 아려왔다. 사내의 눈빛이 신경 쓰였다. 미나미의 눈빛을 닮은 날카로움이었다.

에드가 오는 구문당을 벗어날까 잠시 망설였지만, 질문을 하나 더 하기로 했다. 수상한 사내가 사라진 뒤 또다시 누군가 올지도 몰랐다. 이런 질문을 할 기회는 지금밖에 없었다.

"이창수라는 사람에 대한 것을 아시는 게 있습니까? 용구시장에 사는 사람입니다."

그의 질문에 노인은 군밤을 우물거리며 눈을 지그시 감았다.
"이창수, 이창수⋯⋯. 용구시장의 이창수⋯⋯."
에드가 오는 노인이 머릿속의 방대한 기억을 끄집어내는 것을 가만히 기다렸다.
구문당은 경성의 애서가들이 원하는 책을 찾기 위해 가장 마지막으로 오는 곳이었다. 꼭꼭 숨어 있는 이곳을 사람들이 찾아오는 이유는 바로 이 까탈스러운 괴팍한 노인 때문이었다.
노인은 보통 사람은 엄두도 못 낼 엄청난 기억력을 가지고 있었다. 애서가들이 찾는 책을 물어보면 노인은 눈을 감고서 잠깐 기억을 더듬은 뒤 그 책을 언제 어디서 보았으며 그것이 지금 구문당에 있는지 아니면 다른 사람이 사갔는지를 줄줄 이야기해주는 것이었다. 이곳 단골들은 저마다 그 경이로운 기억력에 대한 경험담을 하나씩 가지고 있었다.
그리고 단골들의 입소문대로라면, 노인의 기억력은 오직 책에만 국한된 것은 아닌 모양이었다. 단골들이 새로운 인물을 데려오거나 특정한 인물에 대한 화제를 입에 올릴 때, 노인이 그 인물의 이름과 그에 얽힌 소문을 모르는 경우는 무척 드물다는 모양이었다. 에드가 오는 혹시나 하는 마음으로 노인의 놀라운 기억력에 기대를 걸어보기로 했다.
잠시 후 노인이 감은 눈을 떴다.
"그자, 용구시장에서 전당 잡는 자렷다?"
"그렇습니다."
"용구시장에서 죽었다는 이창수가 그 이가였던 건가?"
"신문을 보셨습니까?"
"이야기를 전해 들었지. 신문이라는 거, 느리고 죄다 걸러져 나오는 그걸 어찌 믿는단 말이야. 쯧."

노인은 투덜거렸다. 그 투덜거림이 약간 누그러진 것같이 들리는 건 아무래도 낯선 사내가 없어져서인 듯했다.

"그 근방에서 도박이나 노름깨나 하는 이들치고 이가의 손을 빌리지 않은 자가 없지. 그런 놈 중에서는 이가에게 빚으로 단단히 얽매인 자들도 많단 말이야. 이가가 죽었으니 그자들은 아주 살판이 났겠군. 이야기를 전해 들었을 때 그자가 아닐까 싶더라만. 크흠."

노인이 잿더미를 뒤적거렸다. 재가 풀썩 화로 위로 솟구쳤다. 노인이 잔기침을 뱉은 뒤 말을 이었다.

"권삼호 그치도 요즘 투전판을 들락날락했을 것이니 이가에게 신세 좀 졌을 거란 말이지. 하기야 이가보다 먼저 죽어버려서 빚이 사라진 기쁨은 못 누렸겠군."

이거다! 권삼호 군과 이창수 사이에 보이지 않던 연결고리가 드디어 드러났다!

속으로 환호성을 질렀지만, 에드가 오는 시침을 뚝 떼고 질문을 이었다.

"권 군이 노름에 손댔단 말입니까? 그 친구가 그런 일을 했다니, 금시초문입니다."

"오가 자네가 경성을 떠난 사이에 권가가 그런 거에 재미 붙인 모양이야. 작년 말이었나, 권가가 자기가 가진 얄팍한 딱지본[22]이나, 찬바라[23]였나, 왜놈들 칼싸움이나 하는 소설책 따위를 사달라고 내게 사정하다

---

22 대한제국과 일제강점기 시기에 유행한 얇고 작은 책을 가리키는 용어. 대한제국 당시에는 애국계몽적인 내용의 딱지본도 많았으나, 일제강점기에 들어서는 흥미 위주의 자극적인 소설 위주로 만들어졌다.

23 チャンバラ, 칼싸움 혹은 칼싸움을 주 내용으로 하는 창작물을 가리키는 단어.

가 쫓겨났었지. 아마도 그 쓸모없는 책들은 이가에게 가지 않았을까? 그런 걸 받아주었다면 말이지만."

"그런데 어르신은 이창수를 어떻게 알고 계시는 겁니까?"

"이가 그자도 자기가 전당 잡은 책을 이리로 가져와서 판 적이 있었거든. 겉만 허름하고 아주 귀한 고서를 내가 좀 싸게 구했었지. 그자가 그런 책의 가치는 전혀 몰라서 말이야."

"그럼 최근에도 이창수가 여길 왔었습니까?"

"보지 못한 지 좀 되었어. 그자가 새로운 거래처를 잡았거든."

"새로운 거래처라니요?"

노인은 화로를 뒤적이며 대답했다.

"고리대 일을 하는 자들은 담보로 맡긴 물건이 자기 것이 되었을 때 그 물건을 처분하는 자신만의 거래처가 있어. 이가 그자가 예전엔 안국동의 김 첨지란 자와 거래를 하고 있었는데, 김가가 일 년 전에 급체해서 그만 활명수를 입에 댈 겨를도 없이 죽었더란 말이야. 그래서 이가가 거래하는 곳을 바꾸느라 애를 먹었지. 그렇게 최근 거래를 튼 곳이 어디인가 하면, 거기가 꽤 재미있는 곳이란 말이야."

노인이 에드가 오를 바라보았다.

"오가 자네, 홍옥관이라는 곳을 아는가?"

"홍옥관이요? 무슨 기생이 있는 요릿집 이름 같군요."

노인은 장죽을 물고 고개를 끄덕였다.

"요릿집이야. 하지만 단순한 요릿집은 아니지."

노인은 입에서 연기를 뿜어낸 뒤 말을 이었다.

"홍옥관이 자질구레한 기생들의 심부름부터 권번[24] 사이의 다툼을 중

24　券番, 일제강점기 당시 기생들이 소속을 두던 조직.

재하고 조정하는 일까지 온갖 것을 해서 그쪽 사람들에게 명성이 높거든. 명망 높고 수완 좋은 늙은 기생이 그곳을 그렇게 운영하다가, 2년 전부터 계월이라는 젊은 기생이 그곳을 물려받았지."

"아니, 젊은 기생이 요릿집을 운영한단 말입니까?"

"그렇지. 그래서 처음엔 사람들이 자네처럼 이래저래 걱정이나 흥미 위주로 뒷말을 많이 했었단 말이야. 그런데 뜻밖에도 계월의 수완이 무척 뛰어나서, 늙은 기생이 있을 때보다도 훨씬 일을 잘해 나가지 않았겠나."

"호오."

"게다가 계월이 여기저기 손을 뻗치는 곳이 더욱 넓어져서, 어느샌가 고리대를 하는 사람 중에서도 홍옥관과 거래를 트는 일이 종종 생겨났다는 모양이었네. 이창수도 바로 그렇게 홍옥관과 새롭게 거래를 시작한 거겠지."

호기심이 동하는 내용이었다. 이창수에 대한 정보보다는 오히려 그 이야기에 같이 따라 나온 홍옥관의 이야기가 흥미로웠다.

이건 마치 경성에 암약하고 있는 범죄 조직 같은 느낌 아닌가. 그리고 계월은 그 범죄 조직의 우두머리 같은 모양새였다.

"그런 이야기는 대체 어디서 들으신 겁니까?"

"죽은 권가 그자가 몇 달 전에 자랑스레 떠벌이더군. 계월이를 실제로 봤는데 정말 말 그대로 천하절색이었소, 라면서."

"권삼호가 그 기생을 알았단 말입니까?"

"알기는 무얼. 권가가, 계월이 실제로는 늙고 추한 기생이라서 얼굴을 보이지 않는 것이란 소문을 믿었는데 막상 홍옥관에서 마주하였더니 가히 조선 제일의 꽃이더란 말이지요, 하며 의기양양하게 떠들더군. 그치는 어쩌다 계월이 얼굴만 흘끗 본 게 분명할 거야. 계월이에게 유식한 척 이야기를 걸었던 소위 식자란 놈 중에서 제대로 박살이 난 것들이 여럿 있다는 말이 도는데, 권가 그자가 계월이와 말이라도 섞었다면 자기의 무식이 들통 나서 제대로 망신살을 당했을 게야."

에드가 오는 흥분을 감추고 표정 관리를 하느라 애썼다.

뜻밖의 정보였다. 계월이라는 기생은 권삼호와 이창수를 잇는 또 다른 접점일 수 있었다. 혹시 권삼호가 맘에 둔 계월과 이어져보려고 계월과 거래하는 이창수에게 의도적으로 접근한 것은 아닐까. 아니면, 그보다 더 짙은 어둠이 드리운 일이 있었을지도 모른다. 홍옥관 역시 조사할 필요가 있어 보였다.

에드가 오는 기대 이상의 수확에 마음이 놓였다. 여기서 얻은 정보까지 더해서 실마리들을 더듬어 가면 경찰이 모르는 연쇄살인의 비밀을 풀어내고 박동주 군의 누명도 벗길 수 있을 거란 생각이 더욱 강해졌다. 넥타이의 매듭을 괜히 매만지며 그는 고조되는 감정을 달랬다.

그가 생각에 빠져 있는데, 노인이 손짓했다.

"그리고 보니 자네가 좋아할 만한 책이 좀 들어왔는데……."

세상에 공짜라는 건 없는 법이었다. 정보를 얻었으면 책을 팔아 주어야 한다는 것 또한 구문당의 오랜 단골들은 잘 알고 있었다.

기생과 의사, 그리고 탐정

책을 사는 대신 연초 살 돈이란 명목으로 노인에 몇 푼을 슬쩍 쥐어주고 나서, 에드가 오는 지갑 속에 전날 받은 과외비가 봉투째 들어 있는 걸 발견했다. 그는 봉투에서 5원 지폐를 꺼내 노인에게 다시 내밀었다.

"이건 제가 박 군에게 빌린 돈입니다. 그런데 그 친구를 도저히 만날 수 없으니……. 혹 그 친구가 여기 다시 오거든 대신 좀 전해주시겠습니까?"

자신이 누명을 벗기기 전까지 박동주가 일단 어떻게든 궁하지 않게 버티고 있길 바라는 마음이었다. 경찰을 피해 다니느라 소중한 책까지 팔아가며 근근이 연명하고 있을 박동주의 신세를 생각하면 그 돈조차 부족하다 싶었다.

"이거 원, 별 신기한 일이 다 있구먼. 조금 전까지는 책 살 돈 없다고 우물쭈물하던 오가가 이런 큰돈이 다 있고. 천지가 개벽할 일이군. 대한국 황태자 전하[25]께서 나라를 되찾아 황위에 오르시려는 징조인가."

25 대한제국의 마지막 황태자 영왕 이은.

노인은 드물게 껄껄 웃으며 돈을 받아들었다. 낡은 왕조의 복벽을 바라는 구식 노인의 입에서 큰 감탄사가 나온 셈이었다.

*

에드가 오는 서둘러 걸음을 옮겼다. 구문당에서 얻은 뜻밖의 정보는 무척 유용했다. 그 정보를 토대로 생각을 펼쳐가면서, 그는 점점 자신이 제대로 된 탐정이 되어간다는 생각에 빠져들었다.

단서를 모으고 정보를 수집한 뒤 그걸 엮어서 사건을 해결하는 탐정의 모습, 자신은 지금 그 모습처럼 행동하고 있지 않은가. 이 사건을 해결하고 박동주 군을 무고함에서 구해낸다면, 드디어 경성에 나의 명성이 퍼질 것이다. '경성 유일의 사립 탐정 에드가 오'라는 이름이.

머릿속으로 생각이 끝없이 부풀어 올랐다.

경성의 높은 건물과 낮은 집들, 넓은 도로와 좁은 골목들을 지나 그는 장교를 넘어갔다. 청계천을 마주 보는 양쪽 천변에는 요릿집의 건물들이 화려한 자태로 꾸며져 있었다.

가게들을 지나 에드가 오는 홍옥관 앞에 멈춰섰다. 홍옥관은 자칫 양반집인가 싶을 정도로 수수한 대문을 가지고 있었다. 현판의 글씨가 아니었다면 그도 자칫 그 앞을 무심코 지나칠 뻔했다. 하지만 화려하지 않은 저 대문 너머에서는 온갖 향락이 넘쳐흐르고 있을 것이며, 풍류와 술과 사랑, 그리고 짐작조차 하지 못할 여러 일이 오갈 터였다.

대문 앞에 한 남자와 여자가 나란히 서 있었다. 남자는 대머리였다. 옷은 말끔하게 입고 있었지만, 인상은 옷에 어울리지 않게 험악한 것이 그냥 보기에도 힘깨나 쓰게 생긴 사람이었다. 그리고 옆의 여자는 하얀 레이스가 달린 양산을 삐딱하게 쓰고 있었다. 화려한 진분홍색 저고리와 감색 치마의 한복 치맛자락 아래로 굽 높은 부츠가 훌쩍 드러나 있었다. 여자는 긴 머리인데도 머리에 딱 맞게 클로슈 모자[26]를 쓰고 있었다. 여자의 얼굴은 양산에 가려 잘 보이지 않았다. 조선과 서양풍을 마구잡이로 섞은 소위 '꼴불견'인 그 모습으로 미루어 보아, 아마도 분향깨나 날리는 기생일 것 같았다.

"말씀 좀 여쭙겠소."

홍옥관에 들어가 계월을 만나기 전에 미리 정보를 조사해두는 것이 좋을 성싶었다. 그래서 에드가 오는 여자에게 다가가 말을 걸었다.

"계월이라고 하는 이가 여기 있다고 들었는데……"

여자는 양산을 슬쩍 치켜올렸다.

"제가 계월입니다만."

여자와 눈이 마주친 순간 에드가 오는 몸이 얼어붙고 말았다.

아득히 휘몰아치는 분향 너머로 도드라지게 빨간 입술과 정갈하게 선 콧날, 크고 또렷한 눈이 드러났다. 요염하지만 천박하지 않았고 아름답지만 친근하지 않았다. 여자의 얼굴이 보인 순간, 꼴불견으로만 보였던 혼잡한 옷차림은 그 여인 한 사람만을 위한 특별한 옷으로 변했다. 경국지색이라는 단어가 그의 머릿속에 떠올랐다.

나라를 흔드는 아름다움이 이런 건지는 모르겠지만, 사람 하나를 홀리기에는 이미 충분히 차고도 넘치는 모습 아닌가.

하지만 계월의 눈빛은 싸늘했다. 어쩐지 선화가 그를 바라보는 눈빛이 연상되어서, 에드가 오는 정신을 차렸다.

---

26 Cloche, 종 모양의 형태와 챙이 아주 작거나 없다시피 한 디자인의 모자. 1920년대 신여성들에게 패션 아이템으로 사랑받은 모자.

"물어볼 것이 있어서 말이오. 아, 내 소개를 하지 않았구려. 나는……."
"아씨는 너 같은 놈에게 볼일이 없어."
 난데없이 계월 옆의 우락부락한 대머리 사내가 끼어들어 그의 멱살을 잡았다. 거친 행동에 머리에 쓰고 있던 페도라가 땅으로 떨어졌다.
"이게 무슨……."
 숨이 턱 막혀 에드가 오는 겨우 말을 뱉어냈다. 그가 신음을 흘리는 걸 본체만체 계월은 고개를 돌렸다. 그에게는 관심이 없어 보이는 행동이었다.
 그때 고급 자동차 한 대가 그녀의 앞에 멈춰 섰다. 검은 양복과 중산모 차림의 땅딸막하고 다부진 체격의 사내가 차의 운전석에서 내렸다. 사내는 그녀 앞으로 달려가 차 문을 열어주었다. 이대로 계월이 차를 타고 가면 모든 게 헛수고가 될 판이었다.
"살인사건이 벌어졌소! 당신에게 물어볼 게 있소! 그 살인사건에 대한 거요!"
 에드가 오는 황급히 외쳤다.
"무슨 헛소리를!"
 멱살을 쥔 사내가 그를 내동댕이쳤다. 아니, 그러려고 했다.
"기다려보게."
 계월의 목소리에 사내의 동작이 멈췄다. 여전히 멱살이 잡힌 채, 에드가 오는 그녀를 향해 애써 고개를 돌렸다.
 계월이 그를 빤히 쳐다보았다. 우호적인 표정은 결코 아니었다.
"살인사건이라고 하셨지요."
 미심쩍은 것을 보는 눈초리로 그녀가 말을 이었다.
"그런데 선생님은 경찰은 아닌 듯 보입니다만."

"나는 경찰이 아니오! 나는 에드가 오, 탐정이오!"

"탐정?"

에드가 오의 말을 듣고도 계월은 그리 놀라는 기색이 아니었다.

"탐정은 소설 속에서나 있는 줄 알았는데 말입니다."

그가 그 질문에 대답하려는데, 홍옥관의 대문이 열렸다. 대문에서 덩치 큰 남자가 나왔다. 남자는 커다란 나무 궤짝을 들고 있었다. 새카만 궤짝 위로 불쑥 삐져나온 둘둘 말린 누런 짚돗자리가 눈에 띄었다. 그는 자동차 옆에 궤짝을 내려놓은 뒤 계월을 바라보았다.

"차 뒷자리에 싣게. 내 자리 옆에 두면 될 게야."

계월은 그를 향해 말을 건넸다. 지시하는 모습이 몸에 익어 무척 자연스러웠다.

덩치 큰 남자는 고개를 끄덕인 뒤 묵묵히 차에 커다란 궤짝을 실었다. 그 모습을 바라보던 계월은 다시 에드가 오에게 고개를 돌렸다.

"그래서, 탐정님이 제게 물어볼 살인사건이란 건 대체 무엇입니까?"

여전히 그의 말에 관심을 보이는 눈치가 아니었다.

멱살이 잡혀 있어서 말을 하기 힘들었지만, 에드가 오는 억지로 목소리를 쥐어짰다. 지금이 아니면 언제 다시 그녀를 만날 수 있을지 몰랐다.

"그저께와 어제, 권삼호와 이창수라는 사람이 용구시장에서 살해되었소! 그들이 홍옥관과 계월 당신과 연결점이 있다는 걸 내가 조사 끝에 알아냈소! 그러니 그들과 당신이 무슨 관계인지, 이야기해주시오!"

계월은 잠시의 망설임도 없이 대답했다.

"두 사람 다 전혀 모르는 사람입니다. 잘못 알고 오신 겁니다."

"그럴 리 없소! 당신은 그들과……."

"저는 지금 바쁩니다. 대화는 여기까지 하시지요."

계월이 그의 말을 끊었다. 에드가 오는 버둥거리며 말을 이어가려 했다.

"내일이라도, 아니, 오늘 저녁에라도 시간을 내준다면……."

"이제부터 평양에 가보려던 참입니다. 이틀은 자리를 비울 겁니다. 그럼 이만."

그녀는 그렇게 말하고는 몸을 휙 돌려 차에 탔다. 운전사 사내가 계월 대신 차 문을 닫은 뒤 운전석으로 올라섰다. 그와 동시에 멱살을 잡고 있던 대머리 사내가 에드가 오를 휙 밀쳤다. 그는 그만 엉덩방아를 찧고 말았다. 사내가 조수석에 올라타고 문을 닫자, 차는 곧장 떠나버렸다.

에드가 오는 흙길에 주저앉은 채 차가 떠나는 걸 멍하니 지켜봐야만 했다. 중요한 것을 눈앞에서 허무하게 놓치고 만 것 같았다.

*

"그래서, 다치지는 않았느냐."

"아직 엉덩이가 욱신거리지만 형님께 치료받을 정도는 아닙니다. 그보다 이것 보십시오."

에드가 오는 형편없이 찌그러진 모자를 보이며 울분을 토했다.

"페도라 위에 엉덩방아를 찧어버렸단 말입니다. 이 페도라가 조선에서는 찾아보기 힘든 물건인 건 형님도 잘 아시지 않습니까? 그런 귀한 물건이 이런 꼴이 되어버리다니, 해도 해도 너무하지 않습니까."

형님은 파안대소했다.

"그건 내가 치료해줄 수 있는 게 아니다."

지저분해진 양복과 납작해진 모자에 대한 형님의 물음에 계월에게 당한 봉변을 이야기했더니 들은 대답이 겨우 그런 것이었다. 형님과 그 사이에서 오가는 대화는 언제나 가벼운 듯 실속 없게 마무리되곤 했다.

형님의 병원은 4년 전 갓 개업했을 때와도, 그리고 올 초에 본 것과도 달라진 것은 없었다. 의학 서적과 자료들이 잔뜩 꽂힌 양복장, 긁힌 자국이 남은 낡은 마호가니 책상, 책상 위의 재떨이와 새카만 전화기, '의사 오덕형'이라 적힌 검은 명패, 진료실을 채운 소독약과 담배 냄새.

형님의 모습도 달라진 건 없었다. 둥글둥글하고 유순해 보이는 인상도, 정성스레 기른 콧수염도 변함이 없었다. 달라진 것이라곤 형님이 결혼했다는 사실 뿐이었다.

"이사하고 나서는 제대로 인사를 드리러 오질 못했군요."

"그렇지 않아도 그 때문에 전화했었다. 널 본 지 오래된 것 같아서 말이다."

에드가 오는 그만 헛웃음을 터트릴 뻔했다. 형님이 자신을 부른 이유가 무엇인지 몰라 걱정했는데, 그냥 얼굴을 보고 싶어서였다니. 그러나 이어진 형님의 말에 그는 입 다물고 있길 잘했다고 생각했다.

"얼마 전에 본정경찰서 순사가 여길 찾아오기도 해서 말이다."

"순사가 말입니까……."

에드가 오는 우물우물 말을 주저했다. 형님은 미소를 지은 채 말을 계속했다.

"그 순사가 여기서 난리를 피우거나 협박을 하거나 한 건 아니니 신경 쓰지 말아라. 너의 신상 등을 묻고 간 게 전부였어. 이름이 남정호라고 했던가."
 은일당에 다녀갔다는 그 순사의 이름이었다.
 "경성에서는 보기 드물게 양식이 있는 순사로군요."
 "네가 만난 순사는 그렇지 않았던 모양이로구나."
 형님의 시선이 에드가 오의 왼손에 닿아 있었다. 형님은 말없이 손을 내밀었다. 별수 없이 그는 천으로 묶어둔 왼손을 내밀어야 했다. 천 조각을 푼 형님이 눈살을 찌푸렸다. 약을 가져와 왼손의 상처에 바르는 내내 형님의 찌푸려진 표정은 펴지지 않았다. 오히려 치료를 받는 에드가 오가 그 침묵을 견딜 수가 없었다.
 이래서 형님에게는 들키고 싶지 않았는데.
 형님의 찌푸린 얼굴에 팬 주름은 어린 그를 데리고 단둘이서 내지 유학 생활을 시작할 때부터 서서히 생겨난 것이었다. 그가 철이 들고 가정사에 얽힌 일들을 온전히 이해할 때부터, 그는 차마 형님 앞에서 힘들어하는 모습을 보일 수가 없게 되었다.
 그래서 형님이 의대를 졸업하고 조선으로 돌아와 경성에서 의사 생활을 하겠다는 선택을 했을 때, 그는 자립을 핑계로 내지에서 대학교를 홀로 다니겠다고 마음먹었다. 하지만 그렇게 혼자 외로움을 참는 것도 어느 순간 한계가 오고 말았다. 결국 그는 대학교 졸업 시험을 보자마자 곧장 경성에 돌아오고 말았다.
 침묵을 더는 견딜 수 없어서, 형님이 붕대를 다 묶길 기다려 그는 말을 걸었다.
 "형수님과는 요새 어떻게 지내십니까? 신혼 재미는 좋으십니까?"
 형님은 입에 담배를 물고 성냥갑을 집었다.
 "듣고 싶으냐? 듣는 네가 짜증이 날지도 모른다."

"듣지 않도록 하지요."

"잘 생각했다."

형님이 그제야 씩 웃었다.

형님이 담배에 불을 붙이는 걸 보며 에드가 오는 안도했다. 하지만 더는 곤란한 질문이 나오지는 않으리란 그의 생각은 오산이었다.

"은일당 마님은 잘 계시더냐?"

"잘 계십니다. 건강에 대한 거라면……. 건강은 문제가 없어 보였습니다."

"그럼 다행이다. 선화는?"

"예, 그쪽도 뭐……."

에드가 오는 말을 얼버무렸다. 더 길게 은일당 이야기를 했다가, 형님이 과외 건으로 보낸 편지 이야기가 나오면 곤란해질 수가 있었다.

그는 황급하게 자신의 근황을 이야기했다. 주로 최근에 벌어진 살인 사건과 그 때문에 겪은 여러 일에 관한 것이었다. 물론 경찰서에서 받은 고문은 이야기에서 제외했다.

"그래서 구문당 다음으로 계월이라는 기생을 찾아갔다가, 대답은커녕 조금 전의 봉변을 당한 겁니다."

에드가 오는 그렇게 긴 이야기를 마무리 지었다.

"골치 아픈 일에 말려들었구나. 은일당 분들에게는 본의 아니게 폐를 끼치게 되었고."

담배를 재떨이에 비벼 끄면서 형님이 나지막하게 말했다.

"하기야 그런 소란이라도 있는 게 그 집 사람들에게는 좋을지도 모르지."

"그건 무슨 말씀입니까?"

형님의 영문 모를 말에 에드가 오는 되물었다.
"나 혼자 하는 말이다."
그렇게 대답하며 형님은 다시 새 담배를 물었다.
"그래서, 지금 네가 혼자서 조사를 하고 있다는 거냐? 무언가 성과는 있고?"
"뚜렷하게 찾아낸 건 없습니다만……."
에드가 오는 그렇게 말하며 머릿속으로 사건을 가만히 되짚어보았다. 구문당 노인의 말대로라면 권삼호와 이창수는 분명 계월과 접점이 있을 터였다. 그러나 계월은 두 사람의 이름을 전혀 처음 듣는 것처럼 말했다. 그저 손님으로 한두 번 본 게 전부였을 권삼호라면 몰라도, 주기적으로 물건을 사주는 이창수의 이름을 모를 수 있을까? 아무래도 그 점이 수상했다.

계월과 그녀가 거느리는 홍옥관은 경성에서 기생들의 다툼을 해결해주는 위치에 있다고 했다. 그런 조직의 특성상, 경성 여기저기서 벌어지는 사건사고도 빠르게 접할 수 있을지 모른다. 어쩌면 계월은 권삼호와 이창수 살인사건의 정보를 미리 듣고, 태연히 모른 척을 한 것일 수도 있다. 자신이 관련되어 있다는 사실을 숨기기 위해…….

"아무튼 큰일이로구나."
형님이 중얼거렸다. 형님의 걱정이 슬슬 시작된 모양이었다.
"안 그래도 네가 이래저래 고민을 많이 하고 있었을 텐데, 그런 흉흉한 일까지 말려들어 마음을 쓰고 있으니……. 그 사건이 빨리 어떻게든 해결되어야 너도 마음을 좀 놓을 수 있을 테고 공부를 더 하건 경성에서 구직 활동을 하건, 뭐라도 할 수 있을 텐데 말이다."
이 사건을 해결하면 탐정으로 명성이 생길 것이니, 그걸로 경성에서 먹고 살 수 있을 겁니다.

그 대답이 목구멍까지 치밀어 올랐지만 차마 그렇게 말할 수는 없었다. 유순한 겉보기와 달리 현실적으로 냉철한 형님이었다. 탐정 일이 직업적 전망이 있다고 설득할 자신이 아직은 없었다.

"보통 사람이라면 이 사건을 해결하지 못할 겁니다. 사건이 워낙 이상하게 꼬여 있지 않습니까."

에드가 오는 그렇게 애매하게 얼버무렸다.

"그러고 보니 내 환자 중에 이상하게 꼬인 문제를 해결하는 데 전문인 사람이 있기는 한데 말이다."

"예? 경성에 탐정 일을 하는 사람이 있다는 말입니까?"

에드가 오는 저도 모르게 큰 소리로 되묻고 말았다.

"탐정? 그런 전문적인 일을 하는 건 아니지만······."

형님은 이내 고개를 끄덕였다.

"생각해보니 탐정과 다를 건 없겠구나. 사람들이 곤란한 걸 물어오면 그걸 어떻게 풀어낼지 이야기해주곤 하지. 그게 그 사람의 취미이거든."

"탐정 일을 취미 생활로 한단 말입니까?"

"취미라기엔 하는 말이 잘 맞는지, 알음알음 찾는 이들이 있다고 하더구나."

신경 쓰이는 이야기였다. 탐정이 되겠노라 외친 것이 불과 어제의 일이다. 그런데 형님의 말씀인즉, 이미 경성에 탐정이 활동하고 있다는 말 아닌가.

에드가 오는 문득 궁금해졌다.

그 탐정이라는 사람은 이 사건의 정보를 듣고 뭐라고 말할까? 과연 그

자는 이야기를 듣는 것만으로 사건의 진상을 파악할 수 있을까?

"어디에 있습니까, 그 사람은?"

"거기 가보려는 거냐?"

그는 고개를 끄덕였다.

"본정1정목에 다방 흑조라는 곳이 있다. 그 사람은 다방이 여는 동안은 거기에 계속 있을 게다. 거기에 가서……."

형님은 아, 하고 뜻 모를 소리를 내었다.

"내가 요즘 기억력이 좋지 못한 게 틀림없구나. 왜 그걸 잊고 있었지……."

"예?"

"생각해 보니 덕문이 너는 거기 가지 않는 게 좋을 게다."

급격히 어두워진 형님의 표정에 에드가 오는 당황했다.

"무슨 이유가 있습니까? 이 사건에 관한 조언을 구하려는 것뿐인데 말입니다."

"아니, 네가 그 사람을 만나는 게 좀 곤란할 것 같아서 말이다."

보기 드물게 형님이 머뭇거리는 기색이었다.

대체 어떤 사람이기에 형님이 저런 태도를 보이는 것일까?

"형님, 제가 어디서 사고나 문제를 일으킬 사람은 아니지 않습니까. 탐정 일을 한다기에 그저 한 번 만나보려는 것뿐입니다."

"글쎄다, 네가 굳이 찾아가겠다면 내가 말릴 이유는 없긴 하다만……. 내가 실수를 했구나. 크게 실수했어."

연신 중얼거리며 잠시 뭔가를 생각하던 형님이 이내 말을 이었다.

"흑조에 가면 그곳 사람에게 C 양을 찾는다고 해라. 그러면 만날 수 있을 게야."

"C 양이라니, 아니, 여자입니까, 탐정이라는 사람이?"

형님이 대답 대신 고개를 끄덕였다.

모던 걸 중에서는 분명 신식 교육을 받고 유학도 다녀온 지식인들이 여럿 있고, 남자들이 하는 일에도 당당히 도전하는 여자 역시 여럿 있다. 에드가 오는 여자들의 그런 당당한 모습 또한 새로운 모던의 시대에 마땅히 나와야 할 모습이라고 여기고 있었다. 하지만 어두운 범죄를 상대하는 여자라니, 그가 알고 있는 탐정과는 잘 맞지 않았다. 일단은 그 여자를 만나볼 필요가 있었다.

"그럼 저는 슬슬 가보겠습니다."

에드가 오는 자리에서 일어섰다.

"아, 그렇지. 널 부른 이유가 하나 더 있었는데, 그걸 잊을 뻔했다."

뒤늦은 형님의 탄식에 에드가 오는 엉거주춤했다. 형님은 책상 서랍을 열어 커다란 종이봉투 하나를 꺼냈다.

"동경에서 온 거다. 네 졸업장이라고 하더구나."

"졸업장이라고요?"

에드가 오는 천천히 봉투를 뜯었다. 그 안에는 두 장의 종이가 들어 있었다. 한 장은 형님의 말처럼 제국대학교의 졸업장이었다. 그리고 다른 한 장은 그가 이른 졸업 시험을 볼 수 있도록 편의를 봐준 은사님의 편지였다. 편지에는 그가 조금 더 공부하길 원한다면 언제든 학교로 돌아와도 좋다는 말이 간결하게 적혀 있었다. 전혀 생각하지도 못한 소식이었지만, 지금으로서는 아무런 감흥도 들지 않는 소식이었다.

형님에게 은사님의 편지를 보여주자, 형님이 미소 지었다.

"내지로 돌아갈 생각은 없습니다. 경성에서 제 할 일을 찾는 게 먼저 아니겠습니까."

형님이 뭐라고 하기 전에 에드가 오가 서둘러 말했다. 형님은 고개를 끄덕였다.

"덕문이 네 생각이 그렇다면, 그렇게 하도록 해라. 내 눈치는 볼 필요 없다."

경성에서 탐정이 되는 게 제가 지금 하고 싶은 일입니다.

에드가 오는 하고픈 말을 속으로만 중얼거렸다.

"덕문아, 급한 길이 아니라면 점심이라도 먹고 가는 게 어떠냐. 나도 아직 점심을 먹지 못했으니……. 식사는 아직 하지 않았겠지? 설렁탕이라도 배달시키려는데, 어떠냐?"

형님의 권유에 그는 자리에 다시 앉았다. 공짜 점심을 먹을 기회는 좀처럼 없었다.

전화기를 들며 형님이 말했다.

"필요하다면 내가 편지라도 써줄까? C 양과는 나도 인연이 좀 있으니, 도움은 될 게야."

"형님은 편지를 참 좋아하시는 것 같습니다."

은일당에 건네주지 않은 형님의 편지가 떠올라서 그는 찜찜하게 중얼거렸다.

다방 흑조

에드가 오가 병원을 나왔을 때는 높이 떠오른 해가 지기 시작하고 있었다. 황금정에서 본정까지는 그리 멀지 않지만, 일이 언제 끝날 것인지는 알 수 없었다. 서두를 필요가 있었다.

옆을 지나치던 인력거꾼과 눈이 마주쳤다. 그자의 시선이 페도라의 구겨진 몰골을 꼴사납게 보는 것만 같아서, 그는 괜히 머리에 쓴 페도라를 벗었다. 구겨진 부분을 최대한 펴보려 애쓰며, 그는 빠르게 걸음을 옮겼다.

본정은 여전히 화려했다. 다양한 옷차림의 사람들이 본정 거리를 분주히 오갔다. 에드가 오의 눈에 모던 보이와 모던 걸의 옷차림이 속속 들어왔다. 하지만 그의 눈에 차는 꼴은 보이지 않았다. 모던 보이들이 유행 따라 입은 나팔바지의 경박한 펄럭거림을 보며 그는 눈살을 찌푸렸다. 4년 전 경성에서 저런 바지는 아무도 입고 있지 않았다. 4년 후 경성에서 저런 바지를 아무도 입고 있지 않더라도 놀랄 일은 아니었다.

모던은 이상理想이다. 이상이라는 것이 유행을 이유로 쉽게 바뀌는 것인가. 유행을 본받는 것은 이상적인 복색을 갖추고 난 이후에 거기에 덧붙여 따라가야 하는 것 아닌가.

 속으로 든 생각을 누르면서 그는 목적지를 찾아 걸었다. 다방 흑조는 본정1정목의 번화한 광장에서 묘하게 벗어난 골목 한편에 자리 잡고 있었다.

"오호라."

 그는 자기도 모르게 감탄사를 흘렸다. 골목 입구에서 갑자기 걸음을 멈춘 탓에 맞은편에서 오던 인력거꾼과 부딪칠 뻔했지만, 지금은 그런 걸 신경 쓸 때가 아니었다.

 사진에서나 본 유럽의 다방, 그것도 영국이나 독일의 커피하우스 같은 이국적인 풍모의 가게가 그의 눈앞에 있었다. 조선은행 광장 근처나, 적어도 본정의 번화한 길가에 있었다면 모던 보이와 모던 걸이 무수히 들락날락했을 것이 분명했다. 눈에 잘 띄는 곳에서 살짝 벗어나 있는 것이 이 가게에 불행한 일일지 다행인 일일지 짐작할 수 없었다.

 다방에 들어서자 커피 향기와 재즈 선율이 에드가 오를 반겼다.

"이것 보게, 제대로 서양 아닌가."

 그는 놀란 기색으로 중얼거렸다. 외견만 모던한 것이 아니라 가게에서 제공하는 것들도 모던을 충실하게 갖춘, 그의 모던에 대한 기준에 맞춤하는 보기 드문 가게였다. 가게에 대한 호감이 더욱 커졌다.

 심지어 가게의 여급조차 정통 영국식 메이드 복장을 제대로 갖춰 입은 어두운 금발의 백인이었다. 멀리 모습을 보인 그 여급은 에드가 오를 보자 그에게 다가왔다.

"어서 오십시오. 안내해드리겠습니다."

 그녀의 입에서 일본어가 흘러나왔다. 잠시나마 서양에 온 기분이, 그 외국인의 기묘한 일본어 억양으로 깨어졌다.

"나는 여기에 볼일이 있어서 온 거요. C 양을 만나러 왔소."

그는 정확한 일본어 발음을 내려 애쓰며 말했다. 표정 변화 없이 여급이 다시 물었다.

"무슨 용무가 있는 겁니까?"

일본어를 사용하고 있었지만, 표준적인 발음이나 내지의 다른 지역 방언의 억양은 아니었다. 게다가 그녀의 일본어는 영어를 쓰던 사람이 구사하는 일본어에서 느껴지는 것과도 다른, 특이한 억양이었다.

"그건 C 양에게 직접 물을 일이라서……. 에드가 알란 오라는 사람이 물어볼 것이 있어서 왔다고 전해 주시겠소? 에드가 오라고 전해도 되오."

"잠시 기다려주십시오."

여급은 그렇게 말하고 자리를 떴다.

잠시 기다리는 동안 그는 가게의 장식 따위를 살폈다. 실내는 대부분 하얀색으로 꾸며져 있었다. 테이블과 의자의 모양, 그리고 세세한 장식품들까지 서양에서나 볼 법한 모습이었다. 한 가지 흠이라면 유리창에 두텁고 검은 펠트 재질 커튼이 처져 있다는 것이었다. 그 때문에 아직 낮인데도 가게 안은 어둠이 가득 깔린 채였다.

이 모습 좋은 가게를 왜 이렇게 음침하게 해두었는가.

이 점이 못내 아쉬웠던 에드가 오는 여급이 돌아오자마자 바로 말을 이었다.

"이 가게 사장에게 나 대신 전해주시겠소? 적어도 저 커튼만이라도 걷으라고 말이오. 이런 어두운 분위기 때문에 경성 사람들이 다방이 본래부터 퇴폐적인 곳이라 오해하는 겁니다."

"그럼 직접 사장님에게 이야기하십시오."

"하지만 내가 여기 사장을 모르니……."

"선생님은 C 양을 찾으셨습니다. 그분이 이 가게 사장님입니다."

금발의 여급이 서투른 일본어로 대꾸했다.

"따라오십시오."

그녀가 향하는 곳은 가게 안에서도 가장 어둠이 짙은 곳이었다. 누가 거기에 있는지 전혀 짐작조차 할 수 없었다. 에드가 오는 어둠을 향해 조심스레 걸음을 옮겼다.

*

어둠의 한가운데, 희미하게 빛나는 전등갓을 옆에 두고 검은 머리의 여인이 앉아 있었다. 그녀는 비로드 재질로 보이는 어두운색 원피스를 입고 동백기름을 바른 히사시가미 머리[27]를 하고 있었다. 외견만으로는 전형적인 부잣집 젊은 아가씨의 모습이었다. 겉모습만으로는 그녀가 내지인인지 조선인인지 알 수 없었다. 서양인 여급을 거느린 동양인 여주인이라는 점이 더해져 여인은 더욱 기묘한 인상을 주었다.

게다가 형님의 말에 따르면 이 사람은 탐정이기도 했다. 허락을 받지는 않았지만, 에드가 오는 그녀의 맞은편 자리에 털썩 앉았다. 이 여인이 경쟁자라면, 시작부터 만만치 않은 인상을 줄 필요가 있었다.

커다란 안락의자에 깊게 몸을 파묻고 있던 여인이 고개를 들어 그를 바라보았다. 의아함과 놀라움이 섞여 있었지만, 기본적으로는 무미건조하게 느껴지는 시선이었다. 안락의자 옆에 놓인 노란 조명이 핏기가 없는 얼굴을 더욱 창백하게 드러내 보였다.

27　庇髪, '쟁머리', '트레머리'라고도 부른다.

이 사람이 C 양인가.

여인은 꽃의 느낌을 풍기고 있었다. 하지만 그건 건강하고 싱그러운 야생화가 아니라, 생기가 사라진 말라붙은 압화의 모습이었다.

그녀의 모습은 모던 걸의 모습 그대로였다. 자신 있고 당당한 모던이 아니라, 병약하고 덧없는 모던이긴 했지만.

에드가 오는 C 양이 피비린내 나는 사건 현장 구석구석을 살피며 조사하는 모습을 상상해보려 했다. 하지만 그런 모습은 전혀 떠올릴 수가 없었다. 무언가 단단히 속은 기분이었다. 형님의 말을 듣고 그가 짐작한 모습과는 전혀 달랐다.

어쩌면 형님이 들었다는 그 소문은 거짓말일지도 모른다. 그녀가 문제를 해결할 능력이 있다는 말은 일부러 퍼트린 거짓일지도 모르지 않는가. 그런 미끼가 있어야 고민을 품은 사람들이 찾아올 테니까.

그는 그 부정적인 생각을 얼굴에 드러내지 않으려고 애썼다.

C 양은 곧 고개를 돌려 테이블 위 커피잔을 바라보았다. 올라오는 김도 없이 차게 식은 잔을 보는 그녀의 표정은 텅 비어 있었다.

핏기 없는 그녀의 입술이 움직였다.

"Vanity of vanities, saith the Preacher, vanity of vanities; all is vanity."

"어……?"

갑작스레 나온 영어에 에드가 오는 깜짝 놀랐다. 저도 모르게 입에서 새어 나온 소리에 그는 급히 입을 다물었다.

C 양의 영어 발음은 흠잡을 곳 하나 없이 훌륭했다. 하지만 갑자기 영어로 말하는 이유는 무엇이란 말인가? 나를 시험해보는 것인가?

혼란스러웠다.

C 양은 아무 말도 하지 않은 채 가만히 있을 뿐이었다. 재즈 음악만이 들릴 뿐, 나머지는 침묵이었다. 만약 이것이 시험이라면 통과할 수밖에 없었다.

"'전도자가 이르되, 헛되고 헛되며 헛되고 헛되니 모든 것이 헛되도다.'라는 뜻이 아니오. 성경 전도서의 구절이지요."

에드가 오는 여유를 가장하면서 일본어로, 그것도 동경 사람들이 쓰는 소위 '표준어' 억양으로 대답했다. 대답을 들은 C 양의 입에 희미한 미소가 떠올랐다. 그녀가 나지막하게 말했다.

"말씀대로입니다. 헛되고 헛된 것입니다. 정말로 삶이라는 것, 참으로 헛되지 않습니까."

곱지만 나른한, 속삭이는 것처럼 들리는 목소리였다. 그녀의 입에서 나온 조선말에 에드가 오는 당혹스럽기만 했다. 일단 시험은 통과한 모양이었다. 하지만 낯선 사람을 만나 처음 하는 말이 허무 운운이라니. 그 말의 참뜻이 무엇인지를 C 양의 노곤한 표정에서는 읽어낼 수 없다. 게다가 C 양의 중얼거림에서 그는 무언가 익숙한, 심지어 친근한 기분마저 느꼈다. 대체 무엇 때문에 경쟁 상대일지도 모를 이에게 이런 감정을 느끼고 있는 것인가, 그는 점점 혼란스러워졌다.

어느새 재즈가 끝났다. 잠시 후 다시 유성기에서 소리가 울렸다. 새로이 흘러나오는 노래는 공교롭게도 〈사의 찬미[28]〉였다. C 양은 윤심덕의 청승맞은 목소리에도 별다른 반응을 보이진 않았다.

너 찾는 것 허무.

---

28 1926년 8월 윤심덕이 발표한 노래.

노래가 어두운 다방 안으로 퍼져나갔다.

"저는 이 노래를 좋아합니다."

C양이 다시 말을 꺼냈다.

"흥미로운 가사 아닙니까. 이 노래의 가사는 허무로 가득 차 있습니다."

에드가 오는 대답하지 않았다.

"허무한 인생에서 우리는 결국 죽음을 기다리는 것밖에 할 일이 없습니다. 늦건 빠르건 죽음은 결국 당도하게 되어 있습니다, 그 사람이 부유하건 가난하건, 잘났건 못났건 간에 말입니다. 어찌 생각하십니까, 선생님."

나직한 C양의 목소리가 이어졌다.

죽음은 결국 당도한다, 라······.

에드가 오는 문득 권삼호의 마지막 모습을 떠올렸다. 그는 그런 식으로 권삼호의 죽은 모습과 마주할 줄 전혀 생각하지 못했다. 그것은 권삼호 역시 마찬가지였을 것이다. 가장 편안한 휴식을 취하는 곳, 자기 집의 잠자리 위에서, 그렇게 끔찍하게 생을 마감하리라고는 단 한 번도 생각하지 못했을 것이니까.

"초대면에 이렇게 말하긴 그렇지만, 실례를 무릅쓰고 말하지요."

머릿속의 생각을 떨쳐낸 그는 이번엔 조선말로 말했다.

"그렇게 죽음을 운운하는 것은 그리 좋은 모습이 아니오. 그대가 아직 창창한 나이로 보이기 때문에 하는 말이오."

"그렇습니까."

C양은 고개를 힘없이 갸웃거렸다.

"제 눈에 경성, 조선, 나아가 이 세상은 허무함으로만 가득할 뿐이라,

무엇 하나 흥미로운 것이 없습니다. 과거의 저였다면 선생님이 동경 유학을 마치자마자 경성으로 돌아온 이유를 흥미롭게 고찰해보았을 것입니다만, 지금의 제게 죽음보다 흥미로운 주제는 그리 많지 않습니다."

C 양의 말을 아무 생각 없이 듣던 에드가 오는 갑자기 한 가지 사실을 알아차렸다.

그녀는 대체 어떻게 내가 동경 유학을 다녀온 것을 안 것인가? 모던하게 차려입은 내 모습에서 힌트를 얻은 것일까? 오늘 쓴 페도라는 분명 동경에서 산 좋은 물건이다. 하지만 그걸로 동경 유학을 다녀왔다는 것을 어떻게 알 수 있단 말인가? 처음 질문의 대답을 듣고 짐작한 걸까? 그 대답에서 내지 동경인의 발음을 그대로 익힌 말투를 알아차렸을지도, 그리고 영어를 해석했다는 것으로 지식인이라는 것을 짐작한 것인지도 모른다. 하지만 그것만으로 내가 유학생이었다는 걸 단정 지을 수 있을까?

혹시 내 이름을 다른 곳에서 들은 것일까? 하지만 안타깝게도 에드가 오라는 이름은 경성에서 유명하지 않았고, 유명해지기 위해 사방팔방으로 활개 치며 다니지도 않았다. 그럼 자신을 이전부터 알고 있었던 것인가? 하지만 아무리 기억을 더듬어봐도 그녀가 자신의 지인이었거나 지인과 관계있는 인물이라는 생각은 들지 않았다.

그의 머릿속에서 이러한 생각이 지나간 것은, 벼락이 내리쳐 사방이 밝아졌다 다시 어두워지는 만큼 짧은 시간이었다.

셜록 홈스가 아무렇지도 않게 던진 말을 들은 의뢰인이 이런 기분이었을까? 그렇다면 이 희미한 분위기의 여인이 셜록 홈스 같은 인물이란 말인가? 그녀는 정말로 탐정인가?

등 뒤가 오싹해지는 기분을 잊기 위해 그는 주먹을 꽉 쥐었다.

침착하자. 이 여자는 그냥 되는 대로 지레짐작을 던지는 것인지도 모른다. 만약 그런 것이라면, 얕은수에 말려들지 말자.

에드가 오는 속으로 되뇌었다.

C 양은 가벼운, 하지만 무언가 체념한 사람이 내뱉을 법한 한숨을 내쉬었다.

"제 넋두리가 길었습니다. 선생님."

여전히 그녀의 시선은 에드가 오를 향하지 않은 채였다. 그는 괜히 목청을 가다듬은 뒤, 애써 태연하게 말했다.

"다시 한번 소개하겠소. 나는 에드가 알란 오라고 하오. 에드가 오라고 불러도 됩니다."

"Nevermore, nevermore."

C 양은 그렇게 답하고는 쿡, 웃음소리를 냈다. 무엇이 재미있는지, 쿡쿡거리는 그 소리는 계속 이어졌다. 즐거워하는 것치고는 맥없이 시들시들한 웃음소리였다.

"에드가 알란 포의 이름이라니. 일본에서 그 이름을 빌려 사용하는 작가가 있다는 건 들은 적 있습니다만, 설마 경성에도 그런 사람이 있으리라고는 미처 생각조차 하지 못하였습니다. 그런데, 하필이면 그 사람이 선생님입니까. 그리고 보면 선생님의 성도 그 이름과 어울립니다. 참으로 재미있는 일 아닙니까."

웃음을 그치고, C 양은 그렇게 말을 이었다.

"에드가 알란 오 선생님은 무엇 때문에 여길 오셨습니까."

C 양이 드디어 에드가 오를 바라보았다. 그녀의 표정은 여전히 나른했지만, 무미건조하던 눈동자에는 호기심이 슬며시 감돌고 있었다. 그것이 호기심이라는 것은, 공교롭게도 선화 때문에 잘 알고 있었다.

"내가 처한 문제에 대한 조언을 구하려고 왔소."
"조언이라고 하셨습니까."
 C 양이 고개를 갸웃거렸다.
"의사인 형님께서 그러셨습니다. 혼자서는 도저히 알 수 없는 막막한 의문이 있을 때, 그걸 해결하는 데 도움이 될 사람이 여기 있다고 말이외다. 하지만 그 사람이 당신같이……."
 에드가 오는 입을 다물었다. 그 뒤에 이어질 뻔한 말은 차마 입 밖으로 꺼내놓기 어려웠다. '무기력한'과 '덧없는'이라는 말 어느 쪽도 지금은 꺼낼 수 있는 말이 아니었다.
"……알 수 없는 분일 줄은 미처 몰랐소."
 간신히 고른 말이 그 정도였다.
"알 수 없다고 하셨습니까."
"그러니까 굳이 표현하자면……."
"저는 선생님을 잘 알고 있습니다. 하지만 선생님은 저를 알 수 없다고 하시니, 재미있습니다."
 쿡쿡거리는 소리가 다시금 이어졌다.
 무언가 잘못된 곳으로 오고 만 것 아닐까.
 에드가 오의 머릿속으로 불길한 생각이 떠올랐다.
"나를 잘 안다니, 그럼 조금 전에 내가 동경 유학을 다녀왔다고 한 말은 그냥 해본 말이 아니란 말이오? 아니면……."
 에드가 오는 아무렇게나 말을 꺼냈다. 그러나 C 양과 시선을 마주치자 그는 다시 입을 다물었다. 하려던 말이 더 나오지 않았다.
"그냥 해본 말은 아닙니다. 가령, 탐정으로 유명한 셜록 홈스 같은 사람을 흉내 내어본다면."

C 양의 표정은 여전히 속내를 짐작할 수가 없었다.

"선생님이 쓰고 계신 페도라는 경성 사람이 쓰고 다니는 모습을 본 적 없는 보기 드문 물건입니다. 그렇다면 가난 탓에 유행에 한참 뒤떨어진 모자를 쓴 것일까. 하지만 그 페도라는 고급스러운 물건이라는 걸 겉보기로도 쉽게 알 수 있고, 선생님의 옷차림에도 무척 잘 어울립니다. 그 점으로 보아 이 모자는 최신의 유행일 터입니다. 이곳 경성보다 최신의 유행이라면 조선의 바깥, 적어도 내지는 다녀와야 쓸 수 있는 물건일 겁니다."

에드가 오는 주먹을 꽉 쥔 채 다음 말을 기다렸다.

"조금 전 제가 중얼거린 성경 구절을 바로 해석하시는 것을 보면 선생님은 분명 학문적으로 많은 수양을 쌓은 분이 틀림없습니다. 그리고 대답할 때의 일본어 발음은 내지, 그것도 동경 사람들이나 구사할법한 것이었습니다. 하지만 지금 구사하시는 조선어 역시 부자연스러움이 없습니다. 이러한 단서와 그 외의 것들로 짐작해보면 선생님은 일본 사람이 아니라 조선 사람이며, 선생님이 동경에 유학을 다녀왔을 거라고 추측을 해볼 수 있는 것입니다."

실로 그녀가 짐작한 그대로였다.

이것은 셜록 홈스가 구사하는 추리법이 아닌가.

그녀는 정말로 탐정이었다.

"그렇다면, 내가 유학 도중에 돌아왔다는 것은 어떻게……."

"지금까지 제가 한 말은 소설 속 사람을 흉내 낸 것일 뿐입니다."

C 양은 나른한 미소를 지으며 말을 이었다.

"제가 선생님에 대해 알게 된 건 그런 흉내로 얻은 추론 때문은 아니라는 걸 말씀드리겠습니다."

"하지만……."

그녀는 에드가 오의 말을 끊었다.

"그런데 궁금한 것이 있었습니다. 저를 계속 처음 보는 사람처럼 대하시는 이유는 무엇입니까, 선생님."

"……."

"저를 모르십니까, 정말로."

그는 머릿속으로 자신이 아는 사람들을 모두 생각해보았다. 하지만 그녀의 모습에서 생각나는 사람은 아무도 없었다. C 양은 그의 반응을 보고 나직한 한숨을 쉬었다. 무언가 실망한 눈치였다.

"선생님이 유학 가시기 전까지 신세를 졌었는데 말입니다."

"신세?"

"선생님께 잘 배운 덕분에, 고보에서는 줄곧 영어 발음이 훌륭하다는 칭찬을 들었습니다."

"그게 무슨……."

에드가 오는 그렇게 되묻다가 말을 멈췄다. 갑자기 그의 머릿속에서, 눈앞의 C 양이 자신이 알았던 사람의 모습과 겹쳐 떠올랐다.

유학을 떠나기 전에 과외 수업을 해주었던 여학생. 경성에서 내로라하는 조선인 부호의 자식. 그리고 에드가 오가 경성에서 가장 마주치고 싶지 않은 자의 외동딸.

에드가 오는 떨리는 목소리로 물었다.

"자네, 혹시 천민근 씨의 딸, 연주인가?"

"알아보시니 다행입니다."

C 양은 그에게 희미한 미소를 지었다.

C 양의 조언

익숙한 느낌이 든 건 당연했다. 그녀와의 인연 때문이었다. 에드가 오는 잠시 경성에 머물던 1925년, 일 년이 채 안 되는 시간 동안 눈앞의 여인, 그 당시 여자고등보통학교의 학생이었던 천연주의 과외 선생이었다. 그러니 연주 역시 그에 대해서 알고 있을 수밖에 없었다. 그녀는 에드가 오가 동경으로 유학을 다시 떠난다는 사실도, 그 유학의 대략적인 예정도 알고 있었다.

 처음에 연주가 영어로 질문을 던졌던 것은, 그가 과외 수업 때 긴장감을 주기 위해 썼던 교수법을 흉내 낸 것이었다. 그리고 연주가 에드가 오의 서양식 이름을 지적한 것은 그가 그땐 그 이름을 쓰지 않았기 때문이었다.

 형님이 왜 그렇게 머뭇거렸는지도 이해할 수 있었다. 에드가 오가 그녀의 아버지 천민근에 대해 좋지 못한 감정을 가지게 된 걸 형님도 잘 알고 있었다. 과거에 그가 직접 가르친 사람이었다고는 해도, '조선을 갉아먹는 대악당'이니 '천하를 좀먹는 이완용 같은 놈'이라고 욕하던 그 천민근의 딸을 다시 만나게 하는 건 형님에게도 난감한 일일 터였다.

게다가 형님은 지금 연주의 모습을 이미 알고 있었을 터였다. 그렇다면 더더욱…….

"대체 어찌 된 일인가?"

그는 다급히 물었다.

"어찌 된 일이라 하셨습니까."

연주가 미소를 지었다. 그 미소는 많은 것에 지친 사람만이 지을 법한 것이었다.

"자네, 4년 전에는 이렇지 않았잖은가!"

그는 다시 소리쳤다.

그의 기억에 남아 있는 연주의 모습은 전혀 이렇지 않았다. 천연주라는 사람은 세상 물정 모르는 순진함과 어린 나이에서 오는 무책임할 정도로 넘치는 생기로, 빛과 밝음만이 가득한 이였다. '곧 창경원[29]에 밤 사쿠라가 아름다울 때네요. 올해는 꼭 구경을 가보고 싶어요.'라고 말하면서 볼을 발그레 붉히며 들떠하던 연주의 모습이 그의 기억 속에 또렷이 남아 있었다. 그 지독한 천민근의 딸이라고는 전혀 생각할 수 없는, 봄꽃같이 곱고 순수한 인물이었다.

그런 사람이 어쩌다 허무와 어둠이 파먹은 고목 같은 모습으로 변한 것인가.

"집에 우환이라도 있는가?"

"그렇지 않습니다. 집안 사정은 선생님이 떠나시기 전과 별반 달라진 게 없습니다."

그렇게 말하던 연주가 아, 하고 나직하게 소리를 내었다.

---

29 지금의 창경궁. 일제강점기 당시 일본은 창경궁을 공원으로 개조하여 식물원과 동물원을 만들었다. 이는 구 조선 왕실의 권위를 떨어뜨리기 위한 목적에서였다.

"아니, 달라진 것이 있긴 합니다. 2년 전에, 아버님은 조선 이름이 아닌 일본 이름을 가지고 있어야 사업에 더욱 도움이 될 것으로 생각하셨습니다."

"일본 이름이라니?"

"그래서 아버님은 본인의 이름 말고도 제 이름까지도 일본식으로 고쳤습니다. 어떤 방법을 사용해서 호적에까지 손을 대신 건지는 알 수 없습니다만, 지금 저는 호적상으로 천千 씨가 아닌 센다千田 씨입니다. 이제 제 이름은 천연주가 아니라, 센다 아카네千田朱입니다."

에드가 오는 충격에 빠졌다.

"아니, 어떻게 이름을……. 그렇게 멋대로, 제 마음대로……."

분명 천민근은 이런 짓을 벌이고도 남을 자였다. 그는 경성에서 내로라하는 부호였지만, 돈벌이를 위해서라면 인정사정 볼 것 없이 덤벼드는 포악한 인물이기도 했다. 돈을 위해서라면 수단도 방법도 가리지 않고, 누군가 피해를 보고 누군가 목숨을 잃는다고 해도 눈 하나 깜박하지 않는, 자기가 하는 것만이 세상의 진리 그대로라고 여기는 사람이었다. 그런 천민근의 이기적인 마수가 하나뿐인 딸에게까지 미친 모양이었다.

"그런 말도 안 되는 일을, 연주 자네는……."

"센다나 아카네라고 부르셔도 됩니다."

"연주 자네는 그런 일을 당하고도 어찌……."

에드가 오는 그 말을 못 들은 척했다. 듣고 받아들일 수 있는 이야기가 아니었다.

"선생님이 무슨 생각을 하시는지는 저도 잘 알고 있습니다. 하지만 제가 무엇을 어찌할 수 있었겠습니까."

연주는 힘없이 웃었다.
"게다가 어떤 점에선 아버님의 말씀이 맞았습니다. 아버님의 사업은 전보다 더욱 번창하고 기세가 등등해서, 이제는 그 끝이 어디로 향할지 알 수 없을 정도입니다. 이것이야말로 운명학을 논하는 자들이 말하는, 이름을 바꾸어서 운명을 바꾼 사례일 겁니다."

체념과 넋두리로만 들리던 그녀의 말에 처음으로, 희미한 다른 감정이 실렸다.

빈정거림. 조롱.

에드가 오가 기억하는 연주의 옛 모습에, 지금 보이는 그러한 감정은 전혀 없었다. 옛 기억과 지금의 모습 사이에 놓인 너무나도 큰 차이 때문에 현기증이 날 지경이었다.

"집안 사정을 물어보시는 건, 아버님께 귀국 인사를 드리러 가려는 목적이신 겁니까."

"……그건 나중으로 미루겠네."

천민근 그 작자를 보는 일이라면 정말로 아주 나중에, 그자가 죽고 난 이후로 미루겠다고 그는 속으로만 중얼거렸다.

"그 일이 자네를 이렇게 만든 것인가?"

"사람의 일은 알 수 없는 사건들로 가득하지 않습니까."

그가 얼버무린 질문에 연주는 힘없이 미소를 지었다.

"그러고 보면 사람 일을 알 수 없기론 선생님도 마찬가지 아닙니까."

"내가?"

"선생님께서도 과거에는 분명 덕문이라는 조선 이름을 가지고 계셨지 않습니까. 그런데 제 이름이 조선 이름에서 일본 이름으로 바뀌듯, 선생님도 서양 이름으로 바꿔 쓰시지 않습니까."

"……."

"선생님께서 예전부터 서양 문물과 모던 보이를 동경한다는 건 알고 있었지만, 설마하니 이름까지 고쳐서 쓰실 줄은 전혀 몰랐습니다. 그렇게 본다면 선생님께서 제 이름이 일본식으로 바뀐 걸 놀라워하시는 것이 오히려 놀랍기만 합니다."

연주가 꺼낸 과거 이야기에 얼굴이 화끈 달아오르고 말았다. 선생으로서 가지고 있었던 위엄이 무너지고 있었다.

"그건 자네 말이 틀렸네. 나는 모던 보이가 아니라 모던 그 자체를 동경하는 거네."

그는 연주가 그녀 자신에 관한 화제에서 말을 돌리고 있다는 걸 눈치챘다. 하지만 굳이 입 밖으로 그 말을 꺼내지는 않았다.

한 남자가 작은 수레를 끌고 온 통에 대화는 거기서 중단되었다. 그리 크지 않은 키의 그 남자는 에드가 오의 앞에 커피를 내려놓고는 다시 수레를 끌고 아무 말 없이 가버렸다.

눈앞의 커피를 바라보며 에드가 오는 다시금 찾아온 우울한 기분을 곱씹었다. 허무와 우울에 빠진 연주의 모습을 만드는 데 아마도 천민근이 일정 부분 공헌을 했을 것이다. 그는 속으로 다시 한번 천민근에게 저주의 말을 내뱉었다.

"선생님, 가배를 싫어하십니까."

침묵에 빠진 그를 보며 연주가 물었다.

"가배가 아니라 커피일세."

"선생님은 여전하십니다."

얼이 나간 와중에도 습관적으로 발음을 정정하는 그를 보며 연주는 나직하게 웃었다. 그 웃음마저 너무나도 어둡게 보였다.

"커피를 드셔보십시오. 분명 선생님의 맘에 드실 겁니다."

연주의 권유에 에드가 오는 커피를 기계적으로 한 모금 마셨다. 그러고 나서 그는 자기도 모르게 감탄사를 흘렸다. 여태껏 마셔 본 커피 중 단연 향과 맛이 일품이었다.

"커피 맛이 정말로 훌륭하군."

"입에 맞으실 겁니다."

연주의 입에서 희미한 미소가 다시 떠올랐다.

"조금 전 커피를 가져온 강 선생의 솜씨가 썩 훌륭합니다. 강 선생은 커피 도구를 아주 잘 다룹니다. 거기에 좋은 원두를 고르는 안목 역시 훌륭하니 더 말할 필요가 있겠습니까."

연주의 설명을 들으며 그는 다시 커피를 한 모금 마셨다. 확실히 경성에서는 맛볼 수 없을, 그리고 동경에서도 이런 걸 마실 수 있을지 확신할 수 없을 만큼 훌륭한 맛이었다. 커피의 우아한 맛과 향은 그가 그녀를 보며 느낀 우울한 기분을 조금이나마 흩날려주는 것 같았다.

"그런데 선생님이 여기 오신 용건 말입니다."

그가 커피를 마시는 것을 바라보던 연주가 말했다.

"의사 선생님께서 저에 대해 뭐라고 말씀하셨는지 모르겠습니다만, 지금의 저는 단지 여기서 유성기나 듣는 것이 삶의 낙인 사람일 뿐입니다."

그는 커피잔을 내려놓았다.

"하지만 형님께서는……."

"저를 찾아오는 사람은 거의 없다시피 합니다. 옛 지인이며 친우조차 이제는 절 찾는 이가 드뭅니다. 그래서 솔직히, 오늘 선생님을 여기서 뵙고 참으로 기뻤습니다."

그녀는 다시 힘없이 웃었다.

"그런데 타인의 고민이나 알 수 없는 문제를 해결해준다니, 말이 되지 않는 이야기입니다. 다른 이를 찾으셔야 하는 게 아닐까 싶습니다만."

말을 마치고 그녀는 고개를 숙였다.

연주의 말은 겸양의 의미로 한 것이 아니었다. 그 어조나 표정으로 보면 정말로 자신은 아무것도 모르는 일이라고 말한 게 분명했다. 하지만 그럴 리 없었다. 형님은 거짓말을 할 사람이 아니었다.

그때 에드가 오는 형님이 준 편지를 떠올렸다.

"잊어버릴 뻔했군. 형님이 자네에게 전해달라고 내게 맡긴 편지가 있네. 이걸 먼저 건네었어야 했는데, 경황이 없었군."

그는 품 안에서 편지를 꺼냈다. 연주는 손을 힘없이 들어서 편지를 건네받았다. 느릿하게 봉투를 열고 편지를 꺼내 펼친 뒤 그것을 읽는 동안에도 그녀 얼굴의 나른한 표정에는 전혀 변화가 없었다. 그는 연주가 편지를 다 읽기를 기다렸다.

"귀찮은 일이 되어버렸습니다."

기다림의 끝에 나온 연주의 첫마디였다.

"의사 선생님은 대체 절 어떻게 생각하고 계시는 것인지……."

나른한 목소리 속에 불만스러운 어조가 섞여 있었다.

잠시 침묵이 이어졌다. 무작정 기다리기엔 초조한 침묵이었다.

"좋습니다. 이야기는 들어보겠습니다. 제가 도움이 될 수 있을지는 모르겠습니다만, 의견 정도라면 말할 수는 있을 터입니다."

겨우 승낙이 떨어졌다. 이어진 연주의 말이 없었다면 그는 안도의 한숨을 내쉬었을 터였다.

"하지만 그 전에, 저도 그에 상응하는 대가를 먼저 받아야 하겠습니다."

"대가라면……. 돈 말인가?"

"그런 것엔 전혀 흥미가 없습니다."

지금까지의 나른한 목소리와는 달리, 딱 자르는 대답이었다.

"하기야, 대가라고 하면 사람들은 다들 돈을 먼저 떠올리곤 합니다. 참으로 재미없지 않습니까."

연주는 슬며시 입꼬리를 올렸다.

"제가 원하는 대가란 무척 간단합니다. 듣기 재미있는 이야기를 해줄 것. 이야기해주는 상대방이 이숍 같은 이야기의 달인이라면 더할 나위 없겠습니다만……."

그녀는 고개를 옆으로 돌리며 나직하게 중얼거렸다.

"덧없고 허무한 삶, 그래도 종종 들을 수 있는 남의 재미난 이야기로 잠시나마 삶의 기나긴 고통을 잊기 위함입니다. 돈이 허무함을 잊게 해줄 수는 없지 않습니까."

에드가 오는 문득 몸을 움츠렸다. 어딘가를 멍하니 응시하는 연주의 옆얼굴에 꽃샘추위 때 불어오는 바람처럼 스산한 외로움이 스쳤던 것 같았다.

"이야기 말이지, 그렇군. 재미있는 이야기, 재미있는 이야기라 하면……."

그는 횡설수설했다. 젊은 나이에 이미 허무와 고독에 젖은 듯한 이 아가씨에게, 재미있게 들을 이야기란 것이 존재하기는 할지 확신할 수 없었다.

어떤 이야기를 해야 재미있어할까, 어떤 이야기를 해야…….

'오 선생님이 겪으신 일은 제겐 모두 흥미롭기만 한 것을 어쩌겠습

니까?'

 선화의 말이 문득 떠올랐다.

 공부에 관한 이야기만 아니라면, 선화 군은 아마 무슨 이야기를 하더라도 귀를 기울이겠지. 내가 겪은 살인사건 이야기조차 흥미롭게 들었으니…….

 "완결이 나지 않은 이야기라도 좋은가? 어느 정도 실화가 섞인 이야기라서……."

 그의 말에 연주의 얼굴에 처음으로 의문이 돌았다.

 "괜찮습니다."

 "알겠네. 그럼 이야기 하나를 해주지."

 묻고 싶었던 의문을 이야기로 재구성해 들려준다고 해서 문제 될 것은 없겠지, 아마도.

 에드가 오는 그렇게 생각하며, 사건의 처음 부분, 은일당에서 가졌던 마지막 술자리 모임의 기억을 다시 입 밖으로 꺼냈다.

*

 에드가 오는 자신이 겪은 일을 이야기로 옮기는 데 최선을 다했다. 이야기를 하다 보니, 은일당 사람들에 얽힌 이야기는 거의 생략되거나 그가 직접 한 것으로 재구성되었다. 박동주가 경찰에 붙잡혔는지를 확인한 선화의 속임수를 자신이 생각하고 실행한 것처럼 이야기하면서 마음 한구석이 찔려왔다.

 이야기에서 이 정도의 변용은 창작자에게 허용된 권한 아닌가.

 그는 속으로 그렇게 자신에게 변명했다.

그렇게 홍옥관 앞에서 당한 봉변까지 이야기를 마치고, 에드가 오는 연주에게 말했다.
"이야기는 여기까지일세. 재미있었는지 모르겠군."
나른한 표정으로 이야기를 말없이 듣던 연주가 고개를 갸웃거렸다.
"뜻밖입니다."
"뜻밖이라니?"
"재미난 이야기를 들려주겠다 하셨으면서, 선생님의 용건을 그 이야기인 척 말씀하지 않으셨습니까."
연주의 말에 그는 입을 다물었다. 하지만 그녀의 표정을 보면 화가 난 눈치는 아니었다.
"재미있는 이야기였으니 이번은 넘어가도록 하겠습니다."
연주는 에드가 오를 바라보며 말을 이었다.
"하지만 실망스럽습니다, 선생님."
"무엇이 말인가."
"제가 선생님께 기대한 건 동경 유학에서 겪은 무용담 쪽이었습니다."
뜻밖의 말에 그는 입을 다물었다. 연주의 말이 이어졌다.
"선생님께 수업을 받을 때 쉬는 시간이면 종종 예대 시절 이야기를 해주셨지요. 선생님께선 제게 내지로 돌아가 유학 생활을 이어나갈 계획을 이야기하셨습니다. 그곳에서 어떤 일을 겪을지를 기대하시던 선생님의 모습을 기억하고 있습니다."
'기대'라고 말한 연주의 말을 정정하고 싶었다. 하지만 그때의 그가 힘껏 허세를 부려가며 혼자서 이어가야 할 유학 생활을 멋진 꿈인 것처럼 치장하고 있었던 것 또한 사실이었다. 결국, 그는 아무런 말도 하지 못하고 그녀의 말을 마저 들을 수밖에 없었다.

"내지가 그렇게 재미난 곳이 아니었던 것입니까."

그는 대답하지 않았다. 연주의 말대로 내지 유학 때의 일들은 그에게 있어 재미있게 이야기할 것이 아니었다.

"아무튼, 선생님께서 지금 가장 궁금하신 건 조금 전 말씀하셨던 두 건의 살인사건 이야기일 겁니다."

연주는 커피를 한 모금 홀짝인 뒤 에드가 오를 바라보았다.

"그래서 선생님의 의견을 듣고 싶습니다. 선생님은 그 두 사건의 진상을 어떻게 생각하고 계십니까."

"아직은 모든 것이 명확하지 않네. 사건의 진상은커녕, 무엇이 해결의 실마리가 될 것인지 모호하다네. 해결책이 잡힐 듯 말 듯 가까운 곳에 있는 것 같지만……."

에드가 오는 연주를 바라보며 말했다.

"하지만 한 가지는 확신하고 있네. 박동주 군은 범인이 아니네. 박 군은 두 건의 살인을 연이어서 태연하게 저지를 사람이 아니란 말이네."

"그렇습니까."

연주는 커피를 한 모금 마신 뒤, 나직이 말을 이었다.

"그 가능성에 대한 제 생각을 말하자면, 저도 마찬가지입니다. 박동주 씨가 두 건의 살인을 저지른 것은 아닐 겁니다."

간단한 대답이었다. 하지만 그 말에 마음속 짙은 구름이 걷히는 느낌이었다. 지금까지 박동주의 결백을 증명하러 돌아다녔지만, 제대로 찾아낸 것은 없었다. 심지어 수상한 것이 가득 숨어 있는 게 분명한 홍옥관 앞에서 그곳의 우두머리인 계월을 만났음에도 그녀에게 제대로 질문조차 던질 수 없었다. 그런데 오늘 몇 년 만에 처음 만나 막 이야기를 들은 연주가 그의 이야기를, 박동주 군의 결백을 믿어준 것이다.

"어째서 그리 생각하나?"

에드가 오의 물음에 그녀는 미소를 지었다.

"선생님이야말로 짐작하고 계시는 것 아니었습니까. 이야기 속에 이미 일말의 진실이 드러나 있는 것을 말입니다."

"그게 무슨……?"

그는 급히 되물었다. 하지만 연주는 여전히 미소를 지은 채 그를 바라볼 뿐이었다.

그녀는 알고 있지만, 자신은 모른다. 분명 같은 이야기를 공유했는데, 어찌된 영문일까. 아니, 구체적인 건 자신이 더 많이 알고 있을 터였다.

"아니, 되었네."

에드가 오는 급히 말을 이었다. 이건 탐정으로서의 자존심이 걸린 문제였다.

"이건 내가 진지하게 고민해서 해결해야 할 문제인데, 자네에게 다 이야기해달라고 할 수는 없는 노릇 아닌가."

연주는 고개를 살짝 갸웃거렸다.

"하지만 선생님, 사건에 대한 제 견해를 들으려고 오신 게 아니셨습니까."

"그건 그랬지. 하지만……."

"아, 제가 실례를 했습니다."

그녀는 희미하게 미소를 지었다.

"선생님의 손으로 이 사건의 진실을 밝히고 싶으신 것입니까. 그러니 제가 섣부르게 제 견해를 알려드리면 혹시라도 짐작하고 계신 일에 혼란이 올까 곤란하셨을 터입니다."

그녀의 말에 정곡을 제대로 찔려, 에드가 오는 아무 말도 하지 못했다.

 연주는 테이블 옆에 놓인 작은 종을 들어 흔들었다. 딸랑딸랑. 맑고 고아한 소리가 울려 퍼졌다. 곧이어 조금 전 커피를 가져온 남자가 모습을 드러냈다.

 "편지지와 펜, 그리고 봉투를 가져와주십시오."

 그녀는 남자에게 나직하게 말했다. 자리에서 물러난 그는 잠시 후 연주가 요청한 물건들을 가져왔다. 테이블 위에 만년필과 종이를 놓는 남자를 보면서 연주가 말했다.

 "강 선생이 제게 도움을 많이 주고 있습니다. 저로서는 감사할 뿐입니다."

 강 선생이라 불린 남자는 칭찬의 말에도 못 들은 척 말없이 물러났다. 그의 모습이 보이지 않게 되자 연주가 다시금 입을 열었다.

 "이렇게 하면 좋을 것 같습니다. 저는 여기에 조금 전 이야기에 대한 제 생각을 아주 간단히 써보도록 하겠습니다. 선생님께서 선생님의 답을 찾으시면, 그다음에 이걸 여흥 삼아 읽어 보시는 건 어떠하십니까. 만에 하나 답을 못 찾으셨다고 해도 마찬가지로, 아무런 부담을 갖지 말고 읽으시면 됩니다."

 "알겠네."

 그로서는 나쁠 게 없는 제안이었다.

 연주는 곧바로 종이에 무언가를 써 내려갔다. 막힘없이 이어지는 펜의 움직임을 보며 에드가 오는 그 위에 적히고 있는 글의 내용이 궁금해 엿보고 싶은 마음이 일었다. 하지만 그는 애써 그 마음을 꾹 눌렀다.

 "조언을 드리기엔 주제넘습니다만, 조금 이야기를 하겠습니다."

글을 쓰면서 연주는 조용히 말했다.

"우선, 이야기를 잘 정리해보시는 게 어떻겠습니까."

"그건 무슨 말인가?"

"이 이야기 속에 하나가 아닌 여러 이야기가 얽혀 있기에, 선생님께서 지금 명확한 사건의 모습을 보지 못하고 오해하고 계신 것 같아서 드리는 말씀입니다."

"오해라니……."

"이야기의 덩어리를 잘 나누어 정확한 위치에 놓아야 합니다. 그저 뭉쳐 있는 채로 이야기를 보면 아무것도 보지 못하거나 오히려 엉뚱한 괴물의 형상만 보게 될 겁니다."

그의 반응은 신경 쓰지 않은 채 연주는 말을 이었다.

"잘 정리해보십시오. 보았던 것을 아무 편견 없이 다시 잘 보십시오. 비슷함과 다름, 그리고 각자의 동기와 목적을 다시 잘 정리해보시면 명확해지는 것이 있을 겁니다. 명확한 것은 처리하고 남겨진 불명확한 것을 다시 더듬어 나가시길 바랍니다."

"그러면 나도 사건의 진짜 모습을 알 수 있다는 것인가?"

에드가 오의 질문에 연주의 만년필이 멈췄다.

"한 가지 질문을 드려도 되겠습니까. 선생님의 모자를 손대었을 사람이 권삼호와 박동주, 그 두 사람뿐입니까."

"그렇지. 다른 사람은 내 페도라가 필요할 이유가 없지 않은가."

"그렇습니까."

연주는 무언가 석연찮은 듯 중얼거렸다.

만년필 끝을 살짝 입술로 문 채 골똘히 생각에 잠긴 표정은, 과거 과외를 할 때 어려운 부분을 보며 고민하던 표정 그대로였다. 기품 있게 차려입은 모습과 어긋나는 그 사소한 흐트러진 모습을 보면서 에드가 오는 왠지 안도감을 느꼈다.

모든 게 변한 것처럼 보이는 그녀에게도, 아직 밝았던 옛 시절의 흔적은 남아 있었다.

"아직도 몇 가지 불명확한 부분이 있습니다."

생각을 마쳤는지 연주가 고개를 들어 그를 바라보았다.

"불명확한 부분이라면?"

"모두 이야기하면 선생님께서 생각하는 재미가 덜할 테니, 우선 하나만 이야기하겠습니다."

연주는 말을 이었다.

"이창수의 집 바닥에 나 있던 네모난 자국 말입니다. 선생님은 무언가 놓여 있던 물건이 사라진 흔적일 것으로 추측하셨습니다. 그런데 다른 물건도 아닌, 그 물건이 사라져야 할 이유는 무엇이겠습니까. 그 물건이 아닌 다른 물건이면 안 될 이유는 무엇이겠습니까."

에드가 오는 생각에 잠겼다. 연주의 지적은 그가 미처 생각해보지 못한 부분이었다.

"하지만 선생님이 들려주신 이야기만으로는 그걸 알 길이 없습니다. 선생님의 이야기 중 제가 놓친 게 있는지, 아니면 이야기에 빠진 부분이 있는 것인지 판단하기 쉽지 않습니다."

연주는 그렇게 중얼거린 뒤 입을 다물었다.

다시 만년필이 사각거리는 소리가 들렸다. 그 소리는 유성기에서 흘러나오는 피아노 연주와 섞여 은근한 분위기를 만들었다.

그 소리를 들으며 에드가 오는 생각에 잠겼다. 연주의 지적에서 무언가 마음에 걸리는 부분이 있었다.

이창수의 집에서 사라진 물건. 바닥의 자국. 네모난 물건. 커다란 크기에, 무게가 있는, 하지만 아마도 한 사람이 운반할 수 있었을 정도의 크기. 분명 자신은 그런 걸 얼마 전에 본 기억이 있었다. 그런데 어디서……

"그 궤짝!"

사각.

연주의 만년필이 큰소리를 내며 종이 위에 미끄러졌다. 그가 낸 소리에 놀란 것인지 그녀는 동그래진 눈으로 그를 바라보고 있었다.

그는 흥분을 가라앉히려 애썼다. 하지만 두근거리는 가슴은 쉽게 진정되지 않았다.

"조금 전에 홍옥관에서 계월이란 기생을 만났다고 하지 않았나."

"그러셨습니다."

"그때 계월의 수하가 홍옥관 안에서 궤짝을 가지고 나와 차에 그걸 실었네. 그런데 생각해보니 그 궤짝의 크기가 이창수의 집 바닥에 난 의문의 자국과 일치하지 않을까 싶네. 내용물이 뭔지는 모르지만, 만약 그것이 이창수의 집에서 사라진 물건이라면……"

지금까지 에드가 오는 살인사건이 단독범의 소행이라고만 생각하고 있었다. 그러나 이 살인사건의 배후에 집단의 손길이 닿아 있을지도 모른다는 생각이 처음으로 모양새를 만들어갔다.

권삼호와 거래가 있는 이창수, 이창수와 거래가 있는 홍옥관. 이 사이에 모종의 관계가 있었다면?

가령 이런 건 어떨까. 권삼호는 족보 사업을 위해 돈을 모으려고 여기저기를 들쑤시고 다녔다. 그러다가 이창수에게도 부족한 돈을 빌리려고 접근했다. 그 와중, 권삼호가 이창수의 집에서 무언가 홍옥관과 관련 있는 비밀스러운 것을 보았다. 권삼호는 그걸 빌미로 계월에게 접근해 협박해 이익을 챙겨보려 했다. 그러나 입막음을 위해 움직인 계월의 손에 권삼호가 살해당했고, 이창수 역시 홍옥관의 비밀을 지키기 위해 죽임을 당한 거라면……. 충분히 말이 되는 이야기 아닌가?

그렇다면 권삼호는 무엇을 보았던 것인가? 아마도 사라진 궤짝과 관련 있지 않을까. 그리고 그 궤짝이 지금 계월의 차에 실려 평양 혹은 알 수 없는 어딘가로 옮겨졌다면…….

문득, 이창수의 전당포에서 본 페도라가 떠올랐다. 거기 묻은 지푸라기는, 어쩌면 페도라가 궤짝에 담겼을 때 같이 담겨 있던 짚돗자리의 것일지도 모른다. 지푸라기는 두 건의 살인이 홍옥관과 연결되었다는 실낱같은 흔적일 수도 있었다.

그리고 보니 권삼호가 술김에 말했던 이야기 중에 그의 신경을 묘하게 긁는 것이 있었다. 경성의 뒤에서 암약하고 있다는 여자들의 조직……. 경성의 부랑자와 불량배, 낭인 따위를 포섭하고 있음은 물론이거니와 정재계 인사들까지 손을 뻗치고 있다는, 경성의 실질적인 지배자라는 어떤 조직에 관한 이야기였다.

계월이라는 인물의 모습이 그 이야기에 겹쳐 떠올랐다. 아름답지만 맹독을 품은 꽃처럼 수상한 분위기를 풍기고 있는 사람이 바로 계월이었다. 그 사람이라면 그런 조직의 높은 곳에 앉아 있을법하지 않을까? 그렇다면 도끼 살인이라는 특이한 살해 수법은 이 사건과 관련이 있는 사람들에게 보내는 상징적인 경고일지도 모른다.

에드가 오의 생각이 새롭게 펼쳐지는 사이, 글쓰기를 마친 연주는 잉크를 닦아 낸 뒤 편지지를 곱게 접어 봉투에 넣고 봉했다.

"선생님, 이걸 받아주시겠습니까."

그는 연주가 내민 봉투를 건네받았다.

"부디 제 생각이 선생님의 생각과 다르지 않길 바랍니다."

"고맙네. 자네의 도움으로 사건의 실마리를 잡았군."

그녀의 시선을 받으며 그는 급히 몸을 일으켰다. 여기서 더 지체할 시간이 없었다.

"나는 이제 가겠네. 다음에 다시 오지."

"다음에 말입니까. 반가운 이야기입니다."

연주가 힘없이 미소 지었다.

"사건이 모두 해결되면 부디 여길 찾아와주시길 바랍니다. 선생님이 어떻게 이 사건을 해결하셨는지를 꼭 들어보고 싶습니다."

"꼭 그렇게 하겠네."

연주의 손끝이 찻잔을 쓸어내렸다.

"선생님을 다시 뵙게 되어서 얼마나 즐거운지 모릅니다. 더군다나 선생님께서 예전보다 더 재미있는 일을 하고 계시는 것처럼 보여 무척 기쁩니다."

찻잔을 어루만지는 조심스러운 동작이 계속 이어졌다.

"허무한 인생이지만, 그래도 앞으로 선생님이 조금이나마 즐겁게 해주실 거라고 기대하고 있겠습니다."

연주가 희미한 웃음을 지었다. 그래도 조금 전보다는 미약하나마 활기가 느껴지는 웃음이었다.

에드가 오가 페도라를 쓰는 모습을 지켜보던 그녀가 입을 열었다.

"떠나시기 전에 한 말씀 드리겠습니다. 이상하다고 여기실 이야기이긴 합니다만."

"무엇인가?"

"경성의 어둠을 조심하십시오."

"경성의 어둠?"

"이 경성은 모순으로 가득한 혼란스러운 곳입니다. 평범한 곳에 숨어 도사리고 있던 경성의 어둠이 언제 어떤 모양으로 변해 선생님께 덤벼들지도 모릅니다."

"괴담 같은 이야기로군."

"더 무서운 건 그 어둠이라는 것이 사람 개개인에게 저마다 다른 모습을 하고 도사리고 있다는 점입니다. 센다 아카네에게는 센다 아카네의 어둠이, 에드가 알란 오 선생님에게는 에드가 알란 오 선생님의 어둠이 있는 것입니다. 그 어둠에 뒤덮여버리면 삶을 송두리째 빼앗기고 맙니다. 육체는 삶을 살아가고 있지만, 사실상 껍데기만 남은 것이나 다름없게 될지도 모릅니다."

그는 연주의 말을 이해하기 어려웠다. 하지만 왠지 실감 나게 들리는 이야기라서 그냥 넘길 수는 없었다.

"한 말씀만 더 드리겠습니다. 이것 역시 어떻게 생각하실지 모르겠습니다만, 선생님께서 헛수고하실까 걱정되어서입니다."

그녀가 나직하게 말을 이었다.

"옥련 언니와 선생님의 사건은 아무 관련이 없을 거라고 확신합니다."

"옥련 언니? 옥련이라니, 그게 누구인가?"

그의 물음에 그녀는 잠시 침묵했다. 약간의 기다림이 있고서 그녀의 말이 이어졌다.

"선생님께서 계월이라고 부르는 사람입니다."

연주는 에드가 오를 가만히 바라보았다. 그 눈에서 왜인지 재미있어 하는 기색이 느껴졌다.

"옥련 언니는 제가 잘 압니다. 오랜 교분이 있었지요. 지금도 꽤 친한 사이랍니다."

말을 마친 연주가 조용히 웃었다. 그녀의 웃음소리는 어딘가 의미심장하게 들렸다.

어쩐지 오싹한 느낌이 들어, 에드가 오는 인사도 하는 둥 마는 둥하고 도망치듯 다방 밖으로 나왔다.

수상한 인력거꾼

어둑어둑해진 하늘에 에드가 오는 깜짝 놀랐다. 어느새 저녁놀이 져 있었다. 회중시계를 꺼내어 시간을 확인하니 벌써 여섯 시였다.

이야기를 좀 주고받은 게 전부인데, 어느새…….

마음 같아서는 다시 홍옥관으로 가고 싶었다. 어떤 수라도 짜내서 계월이 평양 어디로 갔는지 주소라도 알아내야 할 것 같았다. 하지만 해는 저물어가고, 오늘 저녁에도 선화의 과외 수업이 있었다.

페도라를 고쳐 쓴 뒤, 그는 차마 떨어지지 않는 발걸음으로 귀갓길에 올랐다. 걸어가는 걸음마다 생각이 먼지처럼 풀썩 피어올랐다.

연주가 마지막에 했던 그 말은 무슨 뜻일까? 계월에 얽힌 이야기를 들려준 나에게, 자신은 계월과 잘 아는 사이라고, 계월은 사건과 관련이 없다고 했다. 이건 단순히 추리해낸 생각을 말한 것일까? 그렇지 않으면 경고일까? 에드가 오가 계월을 의심하고 있다는 것을 언제든 당사자에게 알려줄 수 있다는?

권삼호에게 들었던 이야기가 다시 떠올랐다. 술김에 들어 정확히 기억나는 것은 아니었지만 그 이야기대로라면, 여성들이 중심에 있다는 그 비밀 조직은 사람들의 '은밀한' 약점을 잡고 협박하는 것으로 이익을 취한다고 했다. 에드가 오는 그 당시엔 권삼호가 술김에 허튼소리를 하는 게 분명하다고, 그러니 그 이야기 역시 당연히 말도 안 되는 거짓이라고 여겼다.

하지만……. 정말이라면? 권삼호와 이창수가 본보기로 죽임을 당한 거라면? 그렇다면 자신이 오늘 한 행동은 커다란 거미가 도사리고 있는 거미줄에 겁 없이 손댄 것이나 다름없는 짓이었다.

"아니다. 아무리 그래도 정말로 그런 조직이 경성에 있겠느냔 말이다……."

그는 일부러 소리 내어 중얼거렸다. 하지만 머릿속에서 커져만 가는 의심은 도무지 쉽게 떨어지지 않았다. 신경이 잔뜩 곤두선 채 그는 더욱 빨리 걸음을 재촉했다. 자신을 흘끗 쳐다보는 사람들의 시선이 더는 무심하게 느껴지지 않았다.

은일당 근처 전차 역에 도착했을 때는 이미 해가 넘어간 뒤였다. 에드가 오가 은일당으로 가는 어둑한 흙길로 들어서려던 때였다.

"선생님, 인력거를 타시렵니까?"

갑자기 뒤에서 누가 그를 불렀다.

깜짝 놀라 돌아보니, 벙거지를 푹 눌러쓴 허름한 차림의 인력거꾼이 서 있었다. 그는 인력거꾼의 호객행위를 무시하고 걸음을 옮기려 했다. 그러나 인력거꾼은 그에게 종종걸음으로 다가와 다시 말을 걸었다.

"선생님, 급하게 가시려거든 대신 인력거를 타시지요."

"자네, 호객행위가 너무 심하군. 되었네."

에드가 오가 인력거꾼을 뿌리쳐내려고 걸음을 옮길 때, 인력거꾼이 그의 팔을 강하게 움켜쥐었다.

"타라면 타는 거야."

낮고 험악한 목소리였다.

순간 그의 머릿속으로 불길한 생각이 스쳐 지나갔다.

설마 홍옥관에서 보낸 사람인가? 나의 행동에 계월이 경계심을 품은 것일까? 하지만 어떻게 내가 여기 있는 걸 알았나? 그리고 보면 계월을 만나고 난 뒤, 인력거꾼과 계속 마주친 기억이 있었다. 형님의 병원 앞에서, 흑조 앞에서, 그리고 지금. 생각해보면 어제 영돌 아범의 소개로 그의 조사를 도왔던 장 씨도 인력거꾼 아니었던가!

인력거꾼이 기생과 밀접한 관계라는 건, 그리고 기생이 인력거꾼에게 '아버지'라고 칭한다는 건 이미 잘 알려진 사실이다. 그렇다면 인력거꾼 조직이 계월과 연결되어 있을지도 모르는 일이었다. 인력거꾼의 조직을 손발 삼아 계월은 나에 대한 정보를 모았던 걸지도 모른다.

그러면 이 사람은 왜 나를 인력거에 태우려는 것인가? 나를 어둠 속으로 끌고 가 입막음하려는 것인가? 목숨을 없애는 것으로?

등골이 오싹해지고 식은땀이 흘렀다. 무어라 말을 하려던 에드가 오는 인력거꾼의 얼굴을 본 순간 입을 다물 수밖에 없었다.

인력거꾼이 그를 바라보며 나직이 말했다.

"어서 타."

인력거꾼의 정체는 뜻밖에도 미나미였다.

경성에서 절대 마주치고 싶지 않은 두 번째 인물이 이 순간만큼은 반갑게 느껴졌다. 에드가 오는 차마 그 사실을 인정하고 싶지 않았다.

*

에드가 오를 태운 인력거는 빠르게 달려갔다. 인력거가 흙길에 덜컹거렸다. 그 흔들림에 페도라가 떨어지지 않도록 그는 챙을 꽉 붙들었다. 불빛 하나 없는 캄캄한 밤길 위를 달려가는 미나미의 발걸음은 망설임이 없었다.

"은일당으로 가자고 말한 적은 없었습니다만."

"이 길로 들어간 뒤에 자네가 다른 갈 곳이 있었나?"

미나미가 말했다. 헐떡이는 기색은 전혀 없었다. 인력거꾼들도 인력거를 끌면서 힘겨워하는 기색을 보이곤 하는데, 이 순사부장이라는 자는 너무도 태연한 모습이었다.

에드가 오는 미나미라는 사람이 질릴 지경이었다.

경성의 순사들은 모두 이런 건가? 이자는 이런 식으로 누군가를 추적하고 있었던 걸까? 여태껏 지치지도 않고 집요하게 박동주를 추적하고 있었을 것 아닌가. 그런데 왜 미나미가 여기에 있는 것인가? 왜 박동주를 쫓고 있지 않은 거지?

그는 머릿속으로 떠오른 의문을 누르고 넌지시 말을 걸었다.

"그래서 제겐 어떤 용무입니까."

"박동주의 행방에 관해 아는 걸 전부 이야기해 봐."

예상대로의 질문이었다.

"모릅니다. 지난번에 말한 것 이상으로 아는 건 없습니다."

"그래? 그런 것치고는 자네가 어제오늘, 여기저기 들쑤시고 다닌 모양이던데."

"그게 무슨……."

"내게도 눈과 귀가 있어. 그것도 자네보다는 수십 곱절은 많이."

에드가 오는 문득 구문당에서 본 낯선 사내의 눈빛을 떠올렸다. 어쩌면 그 사내는 미나미가 감시를 위해 그곳에 배치해둔 인물이었을지도 몰랐다.

"그래도 모르는 걸 어찌합니까."

그는 시치미를 뚝 뗐다.

잠시 침묵이 흘렀다. 인력거의 덜컹거리는 소리와 어두운 산속의 부스럭거리는 소리만 들렸다.

그는 미나미 순사부장의 뒤통수를 바라보았다.

미나미가 인력거꾼으로 변장하고 있다는 것은 크게 놀랍지 않았다. 신분을 숨기기 위해서 한 행동이었을 게 분명했다. 하지만 그가 잠복하고 있던 장소가 어째서 은일당으로 들어가는 길목 앞인 것인지, 불길한 생각이 들었다. 전차 역 근처에서 시작해 은일당까지 난 이 흙길은 외길이나 다름없었다. 다시 말해, 이리로 누군가 들어온다면 독 안에 든 쥐가 되는 것이다.

어느덧 저 멀리 은일당의 불빛과 집 앞에 우뚝 선 커다란 나무의 시커먼 윤곽이 보였다. 미나미와 함께 귀가하는 건 여러모로 곤란했다.

에드가 오가 급히 말했다.

"여기서 내려주십시오."

그의 말에 인력거가 순순히 멈췄다.

"잘 들어. 박동주의 행방을 알게 되면 곧바로 경찰에 연락해."

에드가 오를 돌아보며 미나미가 말했다. 여전히 힘겨워하는 기색은 보이지 않았다.

"순사부장님은 박동주 군이 범인이라고 생각하시는 겁니까?"

"아닌가?"

미나미의 표정은 어둠 속에서도 흐릿하게 보였다. 돌덩이 같은 차갑고 무뚝뚝한 표정이었다.

"사람을 도끼로 무자비하게 해치우고 다니는 무시무시한 흉악 살인마. 그게 박동주야."

"박 군은 살인마가 아닙니다."

괜히 넥타이 매듭을 만지작거리면서 그는 말을 이었다.

"이 사건의 뒤에는 무언가 다른 것이 숨겨져 있습니다. 박 군은 무고하게 사건에 엮인 사람일 뿐, 범인은 아닙니다."

"증거는? 그런 말을 하려면 증거가 있어야지."

"기다려보십시오. 곧 제가 진상을 제 손으로 밝히겠습니다."

"핫."

미나미가 짧은 소리를 냈다. 분명 비웃음이었다.

"자네, 어제 용구시장에 다녀갔지?"

그는 입을 꾹 다물었다. 미나미가 그를 떠보려고 질문을 한 것인지, 아니면 정말로 뭔가를 알고 있는 것인지 알 수가 없었다.

"사건 현장을 지키던 이토 순사와 김 순사가 이상한 이야기를 하더군. 사람이 물에 빠졌다며 자기들을 사건 현장에서 다른 곳으로 꾀어내던 조선 사람이 있었다는 거야. 같은 수작을 두 번이나. 이상하지 않은가. 그래서 그 수작을 벌인 인력거꾼을 찾아내서 사실을 말해보라고 권했더니, 딱 자네처럼 차려입은 자 이야기를 하더군."

"……."

"그리고 오늘 오전엔 박동주가 단골로 들렀다는 인사동의 헌책방에 그의 정보를 묻는 모던 보이 하나가 왔었다는 보고도 들어왔어. 그자의 인상착의를 들어보니, 지금 내 눈앞에 있는 사람과 일치하는 것 같단 말이야. 이거참 공교로운 우연 아닌가."

미나미의 날카로운 눈이 그를 훑어 내렸다. 왼손 엄지손가락이 쑤셔오는 것만 같았다.

"이거 봐, 오덕문 선생. 자네가 왜 여기저기를 다니는지, 그건 내가 알 바가 아니야. 단지 호기심을 충족하고 싶어서인지, 자네가 쓸데없이 정 많은 성격이라서 가만히 두고 보지 못하는 건지 모르겠지만 말이지."

"……."

"그렇다고 박동주가 도망치도록 돕지는 않는 게 좋을 거야. 범인을 돕는 건 사건의 공범이나 할 짓이지 않나. 자칫하면 자네도 서대문형무소에서 가다밥[30] 먹고 말 거야."

미나미가 잠복한 이유는 이걸로 명확하게 드러났다. 순사부장은 에드가 오와 박동주가 조만간 만날 것으로 생각하는 모양이었다. 그를 따라다니면 박동주를 쉽게 찾을 수 있을 거라는 생각인 듯했다. 하지만 그렇다고 해서 에드가 오는 조사를 멈출 생각은 없었다.

"나는 내 식으로 박동주 군을 도울 겁니다. 사건의 진상을 밝혀 박 군의 무고함을 증명해내면 되는 일 아닙니까?"

"……."

"어디 두고 보시지요."

에드가 오는 인력거에서 내렸다. 옷에 구겨진 곳이 없는지 더듬어 보고 페도라를 바로 고쳐 쓴 뒤, 그는 말했다.

"그럼 전 가겠습니다."

---

30 찐 밥. 형무소에서 틀에 찍어 쪄낸 밥을 배식했기 때문에 생겨난 용어.

"잠깐."

미나미의 부름에 에드가 오는 걸음을 멈췄다.

"뭡니까? 아직 제게 할 말이 남아 있습니까?"

"가장 중요한 일이 남았지."

미나미가 한 걸음 다가왔다. 그는 저도 모르게 뒤로 한 걸음 주춤 물러섰다.

문득, 에드가 오는 자신이 너무 안일했다는 걸 깨달았다. 자신이 흐릿하게나마 존재를 포착한 계월의 조직이 내지인 고위 관료를 포섭할 힘이 있다면, 경찰도 포섭할 수 있는 게 당연하다.

설마, 이자도 비밀 조직에…….

다시 불안감이 엄습하는 그때, 미나미가 불쑥 손을 내밀었다.

"인력거 삯, 내시지."

강매는 범죄 아닙니까.

에드가 오는 그렇게 외치고 싶었다. 하지만 그는 미나미에게 그걸 따지는 대신 주머니의 잔돈을 뒤지는 것을 선택했다.

*

은일당 헛간 앞에 선화가 서 있었다. 그녀는 화롯불 옆에서 등을 보인 채 무언가를 보고 있었다. 검고 흰 그 뒷모습에서 유독 댕기만이 집안에서 흘러나온 불빛을 받아 짙고 붉게 보였다.

어제처럼 고양이라도 보고 있는 것인가.

익숙한 뒷모습에 괜히 안도감이 들었다.

"거기서 뭘 하고 있나."

그는 짐짓 크게 소리 내어 그녀를 불렀다.

"아, 어서 오십시오. 오 선생님."

선화가 돌아서서 인사했다.

"선생님의 양복장이 거의 다 만들어진 것 같아서 말이지요. 잠깐 살펴보고 있었습니다."

그녀의 뒤에 장롱이 서 있는 게 그의 눈에도 똑똑히 보였다. 각종 연장으로 어지러운 장소 한가운데 우뚝 서 있는 모양새가 예사롭지 않았다.

에드가 오는 말을 하려다 멈췄다. 선화는 손에 무언가를 들고 있었다. 도끼였다. 그 순간 머릿속에서 여러 생각이 오갔다.

도끼 살인, 홍옥관, 여자들의 조직. 설마 선화 군이…….

그는 머릿속에 떠올린 생각을 애써 부정하였다.

선화도 그가 그녀의 오른손을 보고 있는 걸 알아차린 모양이었다. 그녀 얼굴에 당황해하는 기색이 떠올랐다.

"아, 이건 저기, 궁금한 게 있어서……."

그녀는 그렇게 말을 얼버무리며, 영돌 아범의 것일 게 분명한 도끼를 황급히 바닥에 내려놓았다.

도끼에서 궁금할 게 무엇이 있단 말인가.

에드가 오는 그렇게 묻고 싶었지만, 그냥 침묵하기로 했다. 그는 급히 화제를 돌렸다.

"영돌 아범은 어디 있나?"

"잘 모르겠습니다. 낮 동안 계속 양복장을 만들고 계셨고, 조금 전까지도 여기 계셨는데 말입니다."

선화는 나직하게 한숨을 쉬었다.

"신문을 보고 있는데 영돌 아저씨가 창문을 두드리더니 오 선생님이 안에 있느냐고 물으셨습니다. 그래서 외출하고 안 계신다고 말씀드렸더니, 영돌 아저씨가 그럼 마무리는 내일로 미뤄야겠다고 하셨거든요. 그러고 나서는 안 보이십니다."

에드가 오는 은일당을 흘끔 쳐다보았다. 창문이 열려 있었다. 창문 너머는 선화의 책상이었다. 책상에서 고개만 옆으로 돌리면 바로 바깥을 내다볼 수 있는 것이다. 창문이 열려 있다면 바깥의 사람과 바로 대화도 가능할 터였다.

"또 술 마시러 가신 거겠지요."

그녀는 한숨을 쉬었다.

그는 영돌 아범을 생각했다. 영돌 아범의 일 미루기를 생각하니 쓴웃음이 절로 나왔다. 눈앞 양복장의 모습은 그럴듯했다. 살인사건과 박동주의 무고가 현재 가장 큰 고민이었지만, 그 고민이 해결되고 난 뒤 그의 삶에 닥쳐올 가장 큰 고민은 바로 이 양복장이었다.

"영돌 아범이 용케도 내 방 크기에 맞는 장을 얻었군. 참으로 딱 맞춤한 높이 아닌가."

"그러게나 말입니다."

선화가 열린 양복장 안을 가리키며 말을 이었다.

"게다가 여길 보십시오. 여기 이 부분은 원래 장롱에는 없던 곳 같습니다. 나무의 결이 살짝 다르지 않습니까? 다른 나무로 단을 끼워 넣은 걸 보니 여기가 모자가 들어갈 부분인 것 같은데요."

그는 고개를 끄덕였다. 모자 상자를 넣을 곳도 자세히 보지 않으면 원래 장롱의 나무와 다른 나무를 끼워 넣었다는 걸 눈치채기 어려울 정도로, 참으로 교묘하게 만든 물건이었다.

"참으로 그럴듯하게 만들었군. 그냥 봐도 상자가 딱 맞게 들어갈 것 같은데."

"그렇지요? 영돌 아저씨는 이런 걸 곧잘 해내시지요."

선화가 한숨을 쉬었다.

"이런 솜씨가 있는데 제대로 된 직업 없이 그때그때 일을 받아서 살고 있으시니……."

"이 정도 솜씨면 어디서 목수라도 제대로 할 수 있을 것 같은데."

"노는 걸 너무 좋아하시는 게 문제지요. 솜씨는 더 말할 필요가 없지 않습니까. 이 장롱도 그렇고, 은일당의 현판도 영돌 아저씨가 만드셨거든요."

"그런가? 나는 전문적으로 판각을 하는 사람을 불렀나 짐작했었는데."

"글씨는 아버님이 쓰셨지만, 현판을 다듬고 문에 다는 등의 일은 영돌 아저씨가 다 해주셨습니다."

"확실히 솜씨가 보통이 아니군."

"현판이나 이 장롱처럼, 영돌 아저씨에게는 저희가 여러모로 크게 도움받고 있지요."

선화가 힘없이 중얼거렸다.

"영돌 아저씨에겐 빚이 상당히 있는 모양입니다. 그런데도 제대로 된 목수 일을 구하기는커녕……. 어머님이 집수리하는 일 따위로 푼돈이나마 조금씩 대주지 않으면 입에 풀칠하는 것조차 곤란할 지경입니다. 도박만 아니었으면 땅도 허무하게 날리지 않고 지금처럼 마을 이곳저곳에 그때그때 붙어 다니며 살지는 않았을 텐데, 안타까울 뿐입니다."

영돌 아범의 도박에 관한 이야기는 에드가 오도 짐작한 게 있어 놀랍지는 않았다.

"원래는 영돌 아범도 여기서 땅 가지고 살았나 보군."

"그렇습니다. 농사일도 하시고, 종종 다른 분들이 부탁한 물건도 만들어주시면서 지내셨지요. 그러다가 미곡 투기며 투전이며 손을 대시면서……. 그래도 맡은 일은 곧잘 하시는 분이셨습니다. 자기 잇속 챙기는 게 더 빠른 것이 흠이시지만요."

선화의 말을 듣고, 그는 문득 떠오른 생각을 입 밖에 내었다.

"그런 연유라면, 내가 탐정으로 이름이 알려지고 나서 영돌 아범을 조수로 고용하는 것도 나쁘지 않겠군."

"네? 그게 무슨 말씀이신가요?"

"이 사건이 해결되어 경성에 암약하는 커다란 범죄의 손길이 걷히면 탐정으로서의 내 명성도 올라갈 것 아닌가. 그렇다면 나 혼자서 탐정 일을 하기는 버겁지. 그때 영돌 아범같이 순발력 있는 사람이 내 일을 돕는다면 나도 좋고, 영돌 아범도 빚을 갚을 수 있어 좋지 않은가."

선화의 표정에서 그의 말을 어처구니없어 하는 티가 역력히 보였다. 에드가 오는 농담처럼 한마디 덧붙였다.

"경성 한가운데 사무실을 차리면 손님을 맞이할 사람도 필요하겠군. 어떤가. 그때 자네도 내 밑에서 비서로 일하는 건."

"제가 경성 시내로 나갈 일은 없습니다."

선화가 딱 잘라서 말했다.

뜻밖의 단호한 대답에 그가 선화를 바라보자 그녀는 양복장으로 고개를 홱 돌렸다.

"저는 여기서 아버님을 기다려야 합니다."

그녀가 나직이 말했다.

에드가 오는 그게 무슨 뜻인지를 물어보고 싶었다. 하지만 여기서 함부로 더 말해서는 안 된다는 강한 예감이 그를 감쌌다.

잠시, 길고 이유 없이 어색한 고요함이 이어졌다.

"오늘은 별다른 일은 없으셨는지요."

여전히 에드가 오를 바라보지 않은 채 선화가 말했다.

"그다지."

그는 거짓말을 했다. 지금은 무언가를 길게 말할 수 있는 분위기가 아니었다.

"아이고, 오 탐정, 언제 왔소?"

그때 영돌 아범의 목소리가 뒤에서 들려왔다.

고개를 돌려보니 은일당 앞 아름드리나무 너머에서 영돌 아범이 고개를 불쑥 내밀고 히죽 웃고 있었다. 에드가 오가 뭐라고 말하려 했지만, 영돌 아범의 말이 먼저 나왔다.

"오 탐정은 언제 돌아왔던 거요. 거, 미안하지만 양복장은 아직 손을 좀 더 봐야 한단 말이지. 그러니 그건 그만 구경하는 게 어떻소?"

"그게······."

"양복장은 내일이면 완성될 거요. 마감을 조금만 더 하면 되거든. 내 후딱 완성해서 보여드리리다. 내가 지금 다른 일로 급하단 말이야."

"급하다니, 무슨 일 있으십니까?"

"마을에서 일 하나 봐줄 게 있단 말이오. 그러고 나서 한잔하러 가야지 않겠나. 내 장담하고 내일까지는 마저 마무리 지어놔 드리리다."

정말로 술 마시러 가는 거로군.

에드가 오는 괜한 생각은 집어넣고 영돌 아범에게 손만 흔들어 보였다.

속마음

"오 선생님은 어째서 탐정이 되려고 생각하신 건가요?"

평소에도 과외 수업을 지루하게 여기는 눈치가 역력하던 선화였지만, 그날따라 그녀는 더욱 수업에 집중하지 못하고 딴생각을 하는 모습이었다. 그러다가 과외가 끝날 무렵 그녀가 에드가 오에게 문득 던진 질문이 그것이었다.

"음, 경성에서 순사들이 해결하지 못하는 것들을 대신 내가 해결하기 위해서……."

"그걸 왜 굳이 오 선생님이 해야만 하는 것인가요?"

"그것은……."

그는 무어라 말하려 했지만, 대답이 나오지 않았다. 무언가 입속에서 도는 말들은 있었다. 하지만 그것이 쉽게 입 밖으로 나오지 않았다.

박동주 군의 결백을 밝히기 위해서, 미나미에게 보란 듯이 복수하고 싶어서, 경성에서 유명해지기 위해서…….

이런 생각이 없는 것은 아니었다. 하지만 이 생각들을 '왜 굳이 당신이 탐정이 되어야 하는가'란 선화의 질문에 답으로 선뜻 내놓자니 무언가

덜컥, 걸렸다.

왜 굳이 내가 탐정이 되어야 하는가?

에드가 오는 속으로 다시 한번 중얼거려보았다. 그러나 마땅한 답이 나오지 않았다.

대답을 기다리던 선화가 조심스럽게 말했다.

"이건 제 생각입니다만……. 오 선생님은 지금, 참을 수가 없으신 것 아닙니까?"

"그건 무슨 말인가?"

"오 선생님이 겪으신 일들 때문에 말입니다. 친구분의 죽음을 목격하셨고, 경찰에게 범인으로 몰려 취조도 받으셨고 귀중한 모자도 잃어버렸지요. 게다가 또 다른 친구분이 경찰에게 의심을 받고 있기까지 하지요. 저는 선생님께서 차마 그 일들을 그냥 참고 넘기지 못하는 것 아닐까 생각했습니다."

"그렇게 보이던가, 내 모습이."

에드가 오가 중얼거렸다.

"사실 제가 궁금한 건 따로 있습니다. 오 선생님께서는 어째서 그렇게까지 분주하게 움직이고 계시는 겁니까?"

그녀가 말을 이었다.

"어제도, 오늘도 경성 여기저기를 돌아다니면서 사건을 조사하였다고 하셨지요. 이건 오 선생님의 부당함을 풀기 위해서인가요? 아니면 친구분의 부당함을 해결해주려는 것인가요? 친구분의 결백 하나만을 믿고 그 수고를 무릅쓸 수가 있는 것입니까?"

"그것은……."

그가 말끝을 흐렸다. 어떻게 말을 해야 선화가, 그리고 자신이 그 말을 수긍하고 넘어갈 수 있을지 알 수 없었다. 하지만 선화의 질문은 거기에서 끝나지 않았다.

"만약에 말입니다. 그렇게까지 노력하여 조사했지만 친구분이 결백하지 않다는 걸 알게 되면 그땐 어쩌시렵니까? 친구분이 정말로 범인이라고 한다면……."

"그런 말은 하지 말게!"

에드가 오는 언성을 높였다. 하지만 선화는 전혀 주눅 들지 않았다.

"화내지 마십시오. 그저 질문일 뿐입니다. 만약 그렇다면 오 선생님께서는 어찌하실 겁니까?"

그녀의 표정은 무척 진지했다. 결국 에드가 오는 한 번도 생각해본 적 없고, 생각하고 싶지도 않은 그 질문에 대해 생각할 수밖에 없었다. 하지만 생각은 좀처럼 매듭지어지지 않았다.

선화가 다시 물었.

"친구분을 고발하실 겁니까?"

"그럴 수는 없을 것 같네."

"친해서입니까?"

"그렇지."

그가 머뭇거리며 다음에 할 말을 생각하는데, 그녀는 틈을 주지 않았다.

"경찰이 찾지 못하는 진상을 오 선생님이 직접 밝히고 오 선생님의 손으로 진짜 범인을 잡겠다고 제 앞에서 말씀하셨지요. 하지만 친구라는 이유로 범인을 잡지 못한다는 것인가요? 왜 그렇습니까? 그러면 그 사람이 살인을 저지른 일은 어떻게 되는 건가요? 그 사실을 밝혀냈으니, 그걸로 끝인 건가요?"

질문의 내용은 마치 에드가 오의 나약함을 추궁하는 것 같았지만, 그 말투와 표정은 정말로 물음의 답을 들으려 하는 것 같았다.

에드가 오는 잠시 머뭇대다가 입을 열었다.

"솔직히 말해서, 나는 잘 모르겠네."

"모르겠다니요?"

"내가 탐정이 되겠다고 말한 것과 진상을 밝혀내어 범인을 잡겠다고 한 것은 진심이네. 하지만 글쎄, 자네 말대로 정말로 범인이 박동주 군이라면 지금 내가 그 친구를 체포하겠다, 놓아주겠다 운운하였다간 자칫 거짓을 늘어놓는 꼴이 될 것 같네."

"하지만……."

"그 친구를 직접 보게 되고 그 친구의 자백이 있다면……. 글쎄, 그때는 정말로 그때의 감정에 맡길 수밖에 없을지도 모르겠네."

"그때의 감정 말입니까……."

선화의 표정이 하도 진지해서 그냥은 두고 볼 수 없었다. 그래서 그는 살짝 농을 던졌다.

"데우스 엑스 마키나가 등장한다면 또 모르지."

"……그건 무슨 말씀입니까?"

그녀의 어리둥절한 표정에, 그때야 에드가 오는 선화가 문학에 그리 관심이 없었다는 것을 기억해냈다. 그래서 그는 그리스 희극에 나오는 기계 장치를 타고 등장해서 모든 갈등을 해결해주는 신 이야기를 풀어 놓았다. 그러자 그녀의 표정은 다시 수업을 받을 때의 지루해하는 표정으로 돌아갔다.

"현실에서 외부의 조력자가 그렇게 요령 좋게 나타날 리 없지 않습니까?"

"그건 그렇지."

선화의 시큰둥한 감상에 그는 동의를 표했다.

수업이 끝나고 에드가 오가 책을 정리하고 있는데, 왠지 멍하니 무언가를 생각하던 선화가 중얼거렸다.

"아마도 오 선생님이 정이 많아서겠지요."

그건 무슨 의미냐고 묻고 싶었지만, 그녀는 보기 드물게 진지하게 고민하는 얼굴이었다. 그래서 그는 차마 더 말을 걸 수가 없었다.

*

방에 돌아온 에드가 오는 구겨진 모자를 솔질한 후 조심스레 상자에 넣고, 양복 상의와 조끼 역시 구겨지지 않게 벽에 건 뒤, 셔츠와 바지만 입은 차림으로 바닥에 털썩 주저앉았다.

그 뒤 그는 오늘 경성 여기저기를 다니면서 알아낸 것들을 종이에 적어보았다.

권삼호	도박 빚 때문에 이창수에게 돈을 빌렸을 가능성이 있음. 계월을 직접 본 적 있음.
이창수	권삼호가 물건을 저당 잡힌 사람. 물건 처분을 위해 홍옥관의 계월과 거래하였음. 사라진 물건은 계월의 부하가 들고 있던 그 궤짝이 아니었을까.
계월	홍옥관의 주인. 권삼호가 얼굴을 본 적 있음. 이창수와 거래를 하고 있었음. 평양으로 궤짝을 들고 감.
박동주	적어도 오늘 아침까지는, 그리고 미나미의 잠복으로 미루어 보면

아직 경찰에 체포되지 않음. 자신의 물건을 처분하고 있음. 경성을 벗어나려는 모양.

문득 에드가 오는 박동주가 물건을 처분한 것이 단지 경찰 때문만은 아닐지도 모른다고 생각했다.

박동주 군의 신변을 위협하는 자들은 과연 경찰뿐일까? 어쩌면 박 군이 피하려는 것은 경찰이 아닐지도 모른다. 그가 피하려는 것은, 실은 홍옥관의 추적 아닐까? 사건에 관련된 무언가를 알고 있기에? 어쩌면 박 군은 권삼호의 집에서 무언가를 보거나 들어버린 게 아닐까?

에드가 오는 손에 든 만년필과 종이를 내려놓고 한숨을 쉬었다.

결국, 진실을 알기 위해서는 박 군을 만나야 한다. 하지만 그의 행방을 어떻게 알 수 있을지, 도저히 그 답은 떠오르지 않았다.

"왜 그때 구문당에서 박동주의 현재 주소를 물어볼 생각을 하지 않았던 걸까."

에드가 오는 중얼거렸다.

머릿속으로 그가 한 여러 실수가 다시 스쳐 지나갔다. 아직도 자신은 미숙하다는 생각에 그는 다시 한숨을 쉬고 말았다. 눈앞에 놓인 모자 상자는 여전히 다섯 개였다.

사흘 전, 남은 하나를 찾기 위해 나섰던 일이 이런 식으로 흐를 줄이야. 상자 하나가 빠지는 것만으로도 저렇게 큰 공백이 자신을 괴롭히고 있지 않은가. 하물며 모자뿐일까. 권삼호가 죽고 박동주마저 사라지게 놔두면 앞으로의 경성 생활은 대체 얼마나 큰 공백이 생겨날 것인가…….

'아마도 오 선생님이 정이 많아서겠지요.'

선화의 말이 문득 떠올랐다.

'자네가 쓸데없이 정 많은 성격이라서 가만히 두고 보지 못하는 건지, 그건 모르겠지만 말이지.'

미나미의 말도 머릿속을 돌았다.

그를 평가하는 두 사람의 말이 하필이면 묘하게 닮아 있었다.

나는 정말 정이 많아서 이러는 건가? 아니다. 나는 지금 두려워서 이러는 것이다. 사라져버린 모자 상자처럼, '에드가 오가 아는 경성'의 일부였던 것들이 사라지거나 사라지려 하고 있다. 나는 그것을 막아보려고 노력하는 것이다. 그것들이 모두 사라지면 내 존재도 사라질 것 같다는 막연한 두려움이, 내가 경성 바닥을 헤매도록 이끄는 것이다.

형님이 경성에 돌아간 뒤 내지에서 홀로 유학 생활을 하는 동안, 그는 1년 남짓 머물렀던 경성을 계속 그리워하고 있었다. 그가 고립감과 고독에 지쳐가는 동안 경성은 점점 그에게 마음의 위안을 주는 곳으로 변해갔다.

늘 일본 내지인에게 이등 국민 취급 받으며 멸시받는 조선인도 모던 보이 행세를 하면서 거들먹거릴 수 있는 곳. 조선이라는 나라 없이 조선인이라고 불리는 사람들이, 일본이 지배하는 땅덩어리 중 그나마 당당하게 거리를 활보할 수 있는 곳. 그런 경성이 사라지려는 위기에 처한 것이다.

적어도 박동주만은 무고하다는 것을 밝히고 싶었다. 하지만 진실을 밝히는 역할을 굳이 내가 맡지 않아도 되는 게 아닐까. 처음엔 뒤팽이나 셜록 홈스 같은 사람이 경성에 있길 바랐다. 그리고 경성에 그런 사람이 없다고 생각했었기 때문에 내가 그 역할을 하겠다고 결심한 것이다. 다른 사람이 박동주의 무고함을 밝혀준다면, 그걸로도 족하지 않을까. 가령, 연주 같은 사람이 탐정이 되더라도 좋으니…….

에드가 오는 벽에 걸어둔 정장을 바라보았다. 안주머니에는 아직 연주의 편지가 들어 있었다.

편지에는 대체 어떤 내용이 적혀 있는 것일까? 연주는 편지에 무슨 생각을 담은 것일까?

에드가 오는 몸을 일으켰다. 눈앞의 정장 상의를 바라보며 그는 머뭇댔다. 연주는 두 건의 살인사건이 개인의 소행이라고 생각하고 있는 듯했다. 하지만 그는 그 사건 뒤에 커다란 조직이 있다는 생각을 버릴 수 없었다. 아직은 억측에 불과하지만, 그래도…….

연주는 홍옥관의 계월을 알고 있었다. 단순히 아는 사이일까? 아니면 연주 역시 무언가 홍옥관과 관계가 있는 사람은 아닐까?

형님은 연주가 사람들의 곤란한 일을 해결해주는 취미가 있다고 말했다. 그리고 구문당의 노인은 홍옥관이 권번 사이의 분쟁 등을 해결하는 일을 한다고 말했었다. 양쪽의 일은 서로 통하고 교차하는 부분이 분명히 있었다.

연주는 그녀의 입으로 말한 것처럼 경성의 어둠에 무척 잘 어울리는 모습으로 변하고 말았다. 그리고 계월은 경성의 어둠 한가운데 있어도 어색하지 않을 사람이었다.

연주의 편지가 그를 바른길로 이끌어줄지, 아니면 잘못된 길로 들어서게 할지, 도무지 짐작할 수 없었다.

에드가 오는 깊게 심호흡한 뒤, 윗도리로 손을 뻗었다.

그때였다.

쿵쿵, 쿵쿵.

"으헉!"

그는 깜짝 놀라 소리치고 말았다.

창문을 두드리는 소리는 계속 이어졌다. 창문 너머에 남자의 머리가 보였다.

"오 형, 오 형!"

나지막하게 그를 부르는 소리, 박동주였다.

"자네, 어떻게 된 일인가!"

에드가 오는 황급히 창문을 열었다. 차가운 밤공기가 얼굴을 때렸지만, 그것은 중요하지 않았다. 그토록 행방을 열심히 찾던 박동주가 지금 그를 찾아온 것이다.

"무사했는가, 자네!"

창 너머로 겨우 보이는 박동주의 얼굴은 평소보다 좋지 않아 보였다.

"오 형, 갑자기 찾아와서 미안하오. 그래도 오 형을 만나봐야 할 것 같았소."

창문으로 빼꼼히 보이는 얼굴이 뻘겋게 달아올라 있었다.

"내가 문으로 들어가지는 못하겠고……. 창문으로 넘어가겠소. 그러니……."

그는 그렇게 말하며 문틀을 잡고 끙, 소리를 내다가 풀썩 주저앉았다. 발을 헛디딘 모양이었다.

"자네, 거기서 기다리게. 내가 밖으로 나가겠네!"

에드가 오는 창밖을 향해 외쳤다.

그는 방문을 벌컥 열어젖히고 곧장 바깥으로 뛰쳐나갔다. 책상 앞에 앉아 있던 선화가 깜짝 놀란 표정으로 그를 바라보았다. 하지만 그는 그걸 무시했다.

현관문을 열고 밖으로 나오자 차가운 공기가 온몸을 훅 덮쳤다. 미처 조끼조차 입고 나오지 못한 채였다. 모던 보이들이 보았다면 흉측하다고 손가락질할 모습이었다. 하지만 지금은 그런 걸 따질 때가 아니었다.

 박 군에게 무슨 이야기를 하면 좋을까. 어디에 있다가 지금에야 모습을 보인 건지를 물어야 할까. 사건에 대해 알고 있는 걸 모두 이야기해달라고 할까. 아니면 내가 진상을 밝히기 전까지 여기서 몸을 숨기고 있으라고 할까.

 머릿속으로 순식간에 스치는 여러 생각을 매달고, 에드가 오는 창문 아래로 달려갔다. 창문에서 나오는 빛 아래, 주저앉은 박동주가 신음을 내며 몸을 일으키려 하고 있었다.

 "무슨 일이 있었는지는 모르지만, 걱정은 말게. 이 에드가 오가 자네의⋯⋯."

 거기서 그는 말을 멈췄다.

 겨우 몸을 일으킨 박동주의 모습이, 어딘가 이상했다. 늘 입고 있던 학생복 차림이 아니었다.

 그는 잿빛 두루마기를 입고 있었다.

한밤중의 대화

어두운 밤, 조명이라곤 방에서 새어 나오는 등불 빛이 고작이었다.

처음에는 그럴 리 없다며, 자신의 눈을 의심했다. 하지만 박동주가 입고 있는 것은 분명 권삼호의 두루마기였다. 눈에 익은 익숙한 잿빛 두루마기를, 지금 그 주인이 아닌 박동주가 입고 있었다.

머릿속으로 많은 것이 뒤엉켰다. 여태 사라진 두루마기를 범인이 가져간 게 분명하다고 생각했다. 하지만……. 박동주 군이 대체 왜 그것을 입고 있는 건가? 권삼호가 두루마기를 빌려준 것일까? 그것은 말도 안 된다. 권삼호는 제 물건을 남에게 절대 빌려주지 않는 사람이었다. 그렇다면 박동주가 두루마기를 훔친 것일까? 하지만 박동주가 권삼호의 두루마기를 훔쳐야 할 이유가 생각나지 않았다.

아니, 이 상황이 설명될 만한 이유가 한 가지 있었다. 하지만…….

박동주는 몸을 일으킨 후로는 에드가 오를 가만히 바라보고만 있을 뿐이었다. 침묵이 얼마나 이어진 것인지 알 수 없었다.

"지금까지 자네 행방을 찾아다녔네."

에드가 오는 겨우 말문을 열었다. 입에서 나온 말은 살갑기는커녕 딱

딱하기 그지없었다.

"그러셨습니까. 무슨 이유로 저를……."

박동주가 대답했다. 기분 탓인지, 그의 말 역시 딱딱하게 들렸다.

"박 군, 사흘 전에 권삼호 군이 죽은 건 알고 있나?"

박동주는 고개를 끄덕였다.

"잘 알고 있습니다."

"순사들이 자네를 쫓고 있네."

"그것도……. 잘 알고 있습니다."

그는 조심스럽게 말을 이었다.

"오 형을 만나러 온 것도 그 때문입니다."

그럴 리 없다, 그럴 리 없다.

속으로 그렇게 중얼거렸지만, 불길한 생각은 점점 형체를 드러내고 있었다.

"박 군."

"왜 그러십니까."

에드가 오는 결국 내내 마음속을 무겁게 짓누르던 그 물음을 꺼내고 말았다.

"자네가 권삼호 군을 죽인 건가?"

박동주는 아무 말도 하지 않았다. 방에서 새어 나온 불빛을 받은 그의 눈이 번쩍이고 있었다.

그의 입에서 헛, 웃음소리가 나왔다.

"오 형이 어떻게 알게 되신 건지는 모르겠습니다만……. 맞습니다. 내가 권삼호 그자를 죽였습니다."

박동주가 범인이 아님을 밝혀내려던 지난 이틀 동안의 노력이 무너지는 대답이었다.
 손이 부들부들 떨렸다.
 "왜 그랬는가, 자네. 대체 왜……?"
 목소리가 가닥을 잡지 못하고 흔들렸다.
 "오 형, 왜 그걸 알고 싶으신 겁니까?"
 그의 목소리는 침착했다. 목소리가 살짝 떨리고 있지 않았다면, 그 태연함이 꾸며낸 것이라는 걸 알아채지 못했을지도 몰랐다.
 "나는, 나는……. 자네가 그럴 사람이 아니라고, 사람을 죽일 사람이 아니라고, 그렇게 생각했었네. 자네가 권 군과 종종 크게 싸우긴 했어도, 그래도 말이네, 다음날이면 다시 아무 일 없었던 듯 술을 함께 마시고 그랬었지 않나. 응?"
 "……."
 "그런데, 그런데 박 군, 자네, 대체 왜, 어째서, 어쩌다가 권삼호 군을……."
 입에서 두서없이 말이 나왔다. 박동주는 겨우겨우 말을 이어가는 에드가 오를 가만히 바라보았다.
 "사흘 전, 여기서 권삼호 그자의 집으로 술자리를 옮긴 데서부터 이야기를 해야겠군요."
 박동주가 권삼호를 칭하는 말은 거칠고 차가웠다.
 "이야기를 다 해드리지요. 권삼호 그자의 목에 도끼를 박아 넣은 이유를 처음부터 끝까지, 전부 말입니다."
 박동주는 여태 에드가 오가 본 적이 없는 표정을 짓고 있었다. 치밀어 오르는 화를 온 힘으로 억누르는 사람만이 지을 표정이었다.
 시커먼 남산에서 스산한 바람이 불어왔다.

*

　권삼호와 박동주는 은일당을 나섰다. 에드가 오는 대화 도중에 곯아떨어져서, 몸을 흔들어도 도무지 깰 생각을 하지 않았다. 그래서 에드가 오는 그냥 그대로 놔두고 두 사람만 훌쩍 나온 터였다. 두 사람은 늘 그래왔던 대로 권삼호의 집에 가기로 했다.

　권삼호의 집에 도착한 뒤 박동주는 아무렇게나 널린 종이 무더기를 피해 바닥에 앉았고, 권삼호는 한 번도 개어진 적 없는 자기 이부자리 위에 앉아 이불을 무릎에 덮었다. 아직은 온도가 너그럽지 않아서 권삼호의 집 한편에 굴러다니던 독한 술을 마시며 추위를 견디니, 금세 취기가 가득해졌다.

　고개를 꾸벅꾸벅 떨구던 권삼호가 문득 키득거렸다.

　"그러고 보니 내가 며칠 전에 재미난 이야기를 들은 게 있지. 이건 오덕문 그 양반 앞에서는 할 수가 없는 이야기라서……. 그 양반이 참, 모던이 무엇이니 구습을 타파해야 한다느니 어쩌니 실없이 시끄러워서 말이지."

　당사자가 없을 때는 그 사람에 대한 호칭이 거칠어지는 게 권삼호의 말버릇 중 하나였다.

　"여기 시장의 전당포에서 책을 좀 전당 잡히려고 갔다가 거기 주인한테 들은 이야기인데 말이야. 거기 주인이 원래는 집안에 정승도 나온 그런 좋은 집의 사람이거든. 그 사람이 날 보더니 그러더군. 아니, 권씨. 얼마 전 자넬 길에서 봤는데, 어째서 당신이 백정 따위하고 같이 어울리고 다니는 거야, 이러더란 말이야."

　"……그게 무슨 이야기입니까?"

"전당포 주인 이 씨가 하는 말이, 자기가 잘 아는 백정 놈 하나가 얼마 전 물건을 전당 잡히러 왔는데 값 좀 넉넉하게 쳐서 봐달라고 사정을 했다는 거야. 그때 백정 놈이 혼자 온 게 아니라 자기 아들놈도 데리고 왔는데, 그 아들놈이 하도 주위를 흘끔거리며 안절부절못하는 기색인 게 혹 뭐라도 슬쩍하려나 싶어서 그 얼굴을 기억하고 있었다더군."

"……."

"그런데 이 씨가 며칠 전 거리에서 우연히 내가 지나가는 걸 봤는데, 글쎄 그 백정 아들놈이 내게 친한 척을 하며 같이 다니더라는 거야. 그 이야기를 들었는데 어찌나 황당하던지. 내가 양반의 좋은 핏줄을 바르게 세우겠다고 목 놓아 소리치고 있었는데, 정작 내 주변 사람이 천한 백정 놈 핏줄인 건 전혀 모르고 살았더란 말이지. 어처구니없지 않나."

그렇게 말하는 권삼호의 몽롱한 눈길이 박동주를 훑고 있었다.

박동주는 애써 태연함을 가장하며 말했다.

"그런 일도 있었습니까? 그 전당포 주인이 별 시답잖은 이야기를 하고 다니는군요."

"시답잖은 이야기라? 허허."

권삼호가 웃음을 그치고 버럭 소리를 질렀다.

"내가 이창수에게 들었다. 이놈 박가야, 당장 말해봐라. 네놈, 아비가 백정이지?"

*

"평소 같았다면 그렇게 걸어오는 시비 따윈 듣지 못한 척하였거나, 그렇지 않다고 딱 잡아떼고 말았을 겁니다. 하지만 그날은 어째서 그랬던 건지는 몰라도, 그만 내 입으로 사실을 인정하고 말았지요."

박동주는 크게 한숨을 내쉬었다.

"그렇소, 내 아버지는 백정이시오. 그래서, 그게 지금 세상에 대체 무슨 문제가 됩니까?"

"……."

"저는 그자에게 그렇게 말했습니다."

에드가 오는 아무 말 하지 못하고 박동주의 말을 들었다. 이야기를 풀어내는 그의 모습은 곧 터질 것 같은 폭탄 같아 보였다. 억누르고 있는 무언가가 금방이라도 폭발해버릴 것 같은 아슬아슬함. 그의 말에 담긴 감정은 그렇게 에드가 오를 위협했다.

"그러자 권삼호 그자가 눈이 희번덕거려서는 아주 의기양양해서 우쭐하더군요."

박동주의 말투는 여전히 덤덤했다. 그러나 그의 눈은 여전히 번뜩였다. 불빛을 받아서인지, 다른 이유 때문인지는 알 수 없었다.

*

"얼씨구? 이놈 봐라? 백정 놈이 지금껏 뻔뻔하게 자기 핏줄을 속여가며 양반하고 어울리고 다녔는데 되레 큰소리라니, 나 참, 어처구니가 없구나."

"아니, 신분제가 사라진 게 언제인데 아직도 양반, 천민 타령이란 말입니까. 그런 말씀 마십시오, 권 형."

"그렇게 부르지 마라! 감히 양반님네와는 말조차 섞을 수도 없는 천하디천한 놈이, 어디서 권 형, 권 형, 주제넘게 형이라고 칭하는 게냐? 네 놈이 책 좀 보고 문자 좀 읊는다고 해서 백정 핏줄이 양반 핏줄이 되는 줄 알아? 천한 놈은 어떤 짓을 해도 천한 놈일 뿐이다!"

"이제 우리 조선은 나라는커녕, 신분도 뭣도 없는 세상이지 않습니까. 그런데 그까짓 핏줄이 뭐가 중요하단 말입니까?"

"중요하고말고! 이걸 봐라! 이게 족보란 거다!"

권삼호는 그렇게 말하며 종이 더미에서 한 꾸러미의 종이를 우악스레 움켜쥐었다. 그는 그 종이를 들어 보이며 박동주에게 삿대질했다.

"보이느냐? 이 종이의 글자가! 좋은 핏줄이라는 것을 증명하는 글자란 말이다! 너 같은 천한 놈은 죽었다 깨어난들 이런 걸 가질 수 있을 것 같으냐? 천한 것들끼리 어울려 서로 비벼대고 살면 결국 같은 종자가 나오는 법, 그런 천한 핏줄을 어디 써먹을 거냐 말이야!"

의기양양하게 외치는 권삼호 때문에 박동주의 언성도 절로 높아졌다.

"이보시오, 권 형!"

"에이, 더럽다. 권 형, 권 형 하지도 마라. 네가 어딜 감히 양반님을 형이라고 막 대할 수 있는 종자냐."

"입 닥치시오!"

결국 참지 못하고 박동주가 버럭 소리 질렀다.

"닥치라니? 오호라, 드디어 천한 것이 지 천한 본성을 드러내는구나."

그러나 화가 머리끝까지 난 그를 눈앞에 두고서도 권삼호의 낄낄거림은 멈추지 않았다.

"이참에 하나 물어보자. 네놈, 경성제대 다니는 게 맞기는 하더냐?"

"……"

한밤중의 대화 337

곧바로 대답하지 못하는 박동주를 보며 권삼호가 피식 웃었다.

"고것 봐라, 네놈, 사실은 가짜 대학생이지? 대학 다닌다고 말만 그럴듯하게 하고는, 사실은 이도 저도 아닌 가짜이지?"

"그렇지 않소!"

"그럼 네 학생 신분을 증명할 거라도 내놔봐라. 대학 다니는 학생은 학생증이라는 걸 가지고 다니는 모양이더구나. 내가 여태 네놈 낯을 봐 오면서도 학생증은 한 번도 본 적이 없구나. 그 경성제대 학생증이라고 하는 거, 나도 좀 보자, 응?"

"……."

"못 내놓겠지? 당연하지 않으냐! 네놈 아비가 호적에 뭐라고 적혀 있을지 눈에 뻔하다. 도한屠漢이라고 적혀 있다는 데 내 두루마기를 걸어도 좋단 말이다. 백정 놈의 자식을 조선에서 제일 높다는 경성제대에서 받아준다? 웃기지도 않는구나. 대학은 고사하고 대체 어느 학교에서 호적에 빨간 점 찍힌 놈의 자식을 받아준단 말이냐, 응?"

"……."

"공부한다느니 어쩐다느니 난리를 치고 사람도 속여 가면서 어찌 용케 대학을 졸업했다 치자. 그렇다고 백정 핏줄이 양반 핏줄로 바뀔 줄 아느냐? 네놈이 계급을 타파하느니 뭐니 하면서 사회주의 같은 호들갑을 떠는 것도 그 이유지? 그렇게 해야만 자기 천한 핏줄 숨기고 귀한 척 하기 쉬울 거라 여긴 게 아니냐?"

"……."

"하지만 네놈이 아무리 방정 떨어봐야 천한 놈은 영원히 천한 놈일 뿐이다. 천하고 돈도 없는 놈이면 지 분수를 알고 개돼지나 잡고 살아야지, 공부는 무슨 놈의 공부란 말이야."

미약하게 남아 있던 박동주의 인내심을 끊은 것은 권삼호의 마지막 낄낄거리는 말이었다.
　"네놈이 글줄 읽겠다고 설치는 그 꼴을 뒷바라지하겠다고 네놈 아비는 소 모가지 도끼로 끊고, 네놈 어미는 여기저기 몸 팔고 다녔겠구나. 더럽다, 더러워."

*

　"그자의 더러운 말을 내 입으로 옮기는 것도 참으로 처참하고 화가 나고 그렇습니다."
　박동주의 얼굴이 새빨갛게 달아올라 있었다. 어느새 주먹 쥔 그의 손은 제 분을 못 이겨 파르르 떨렸다.
　"예. 제 아버지는 백정이 맞습니다. 주민등록부에 도부屠夫라고 쓰이고 빨간 점이 찍혀서는 사람들에게 천한 놈이라 손가락질 받으며 사는 사람이란 말입니다."
　"……."
　"오 형은 내가 어릴 적에 어떤 걸 보았는지 모를 거요. 백정각시타기란 거, 그게 뭔지 아시오?"
　"……."
　"나는 내 눈으로 똑똑히 보았소. 양반님이니 평민님이니 하는 자들이 내 어머니 위에 올라타서 노리개인 양 희롱하며, 이놈 백정아, 고기를 내놔라, 그러면 멈춰주마, 하며 인간 같지도 않은 짓거리를 하더란 말입니다."
　"……."

"아버지 어머니는 적어도 자식인 나만이라도 그런 모욕을 더는 겪게 하지 않으려고 노력하셨습니다. 그래서 아버지는 형평사[31] 같은 조직에 굳이 가입해서, 이제 새로운 세상에서는 신분으로 차별하는 건 없고 모두 평등하다, 다시는 너에게 피비린내 나는 놈의 자식이란 말은 듣지 않게 해주겠다고 말씀하시면서 여러모로 열심히 활동하셨습니다. 이 나한테 어떻게든 공부를 시켜주시겠다고 심지어 가짜로 다른 분의 호적에 절 넣으려고까지 알아보셨더란 말입니다. 제 몸에는 짐승의 피 냄새가 배지 않도록 하려고, 자식인 저를 위해, 부모의 자격도 버릴 생각으로 말입니다."

"……"

"그런데 권삼호 그자가 감히 어떻게……!"

에드가 오는 박동주의 억눌린 분노를 듣고만 있었다. 그럴 수밖에 없었다. 여기서 어떤 말을 해야 한단 말인가.

"나는 그자의 방에서 나왔습니다. 아침 햇볕이 따갑더군요, 괜히 눈물이 찔끔 나더이다. 원래는 그냥 집으로 돌아가서, 다시는 권삼호 그자와 상종하지 않을 생각이었지요."

"……"

"그런데 그때 내 눈에 도끼가 들어왔습니다. 날이 반짝이고 있었지요."

"왜 그걸……"

그는 겨우 말을 꺼냈다. 하지만 그는 던지려다 만 질문의 답을 이미 짐작하고 있었다.

---

31 衡平社, 1923년 결성된 백정들의 조직. 사회적으로 천대받던 백정들의 신분 해방을 기치로 내건 운동을 이끌었다.

"왜 그걸 집었느냐고요? 여기 이곳에서 제가 한 말이 갑자기 생각나지 뭡니까. 그날 여기서 제 입으로, 썩은 자들의 목을 도끼로 쳐내야 한다지 않았습니까. 권삼호에게 모욕을 당하고 나서야 전 깨달았던 겁니다. 양반이니 뭐니 하며 으스대는 저 썩은 핏줄을 직접 내 손으로 잘라내야 한다는 걸요."

이내 박동주가 씁쓸한 얼굴로 고개를 저었다.

"아니, 이것도 나중에 이유를 붙인 겁니다. 사실은 그저 당장 그 작자의 모가지를 끊어버리고 싶어 눈이 홱 돌아갔던 겁니다."

"……."

"그래서 도끼를 집었습니다."

입을 꾹 다문 채 그는 박동주의 말을 기다리고 있었다.

"도끼를 들고 그자의 방으로 들어가니, 그자는 그새 곯아떨어졌더군요. 솔직히 눈을 뜨고 있을 때 목을 쳐내버리고 싶었습니다만, 그자의 잠든 얼굴을 보는 것만으로도 분을 삭일 수 없었습니다. 그래서 누워 있는 그자의 목에다가 도끼를 찍었습니다."

박동주는 그렇게 말하고 쓴웃음을 지었다.

"그 순간, 그자가 비명인지 신음인지 모를 소리를 내며 눈을 부릅뜨더군요. 너무 놀라서 그만 주저앉고 말았습니다. 겨우 정신을 차려보니 종이 위며 이불 위며 벽이며, 사방으로 그자의 피가 튀어 있더군요. 제 옷에도 피가 튀었을 게 분명해서 검은 옷이라도 혹여나 핏자국이 보일까 무척 신경 쓰였습니다. 그때 마침 그자의 두루마기가 걸려 있는 걸 보았습니다. 거기까지는 피가 튀어 있지 않았길래, 두루마기를 제 옷 위에 두르고 그 자리에서 도망쳐 나온 겁니다."

"……."

"피 얼룩은 두루마기로 가렸는데, 피 냄새가 몸에서 풍겨 나오는 것 같더란 말입니다. 어찌해야 하나 하다가 더러운 개천이 보이기에 취한 놈처럼 냅다 거기로 뛰어들었지요. 그 더러운 물에 뒹구니까 피 냄새가 그 역겨운 오물 냄새에 묻혀서 사라집디다. 사람들이 잔뜩 구경하더군요. 하지만 그 사람들이 보건 말건 나는 그 역겨운 피 냄새를 지워버리는 게 더 급했습니다. 예, 그때는 그랬습니다."

에드가 오는 권삼호를 찾아가던 날을 떠올렸다. 그때 용구시장 옆 개천에 모인 사람들이 웅성거리던 모습. 그가 미처 보지 못한 그 아래서 박동주가 허우적거리며 피 냄새를 숨기려 하고 있었다.

박동주가 한숨을 쉬었다.

"그런데 말입니다. 아무리 옷을 빨아도 피 냄새는 사라지지 않더군요. 분명 두루마기에도, 학생복에도 핏자국은 보이지 않는데 말입니다. 몸을 몇 번이나 씻어도 마찬가지였지요."

"……."

"그때부터 맡게 된 피 냄새가 내 몸에서 여태 나고 있습니다. 알고 지내던 백정 형님들이나 사회주의 운동을 하는 다른 형님들에게 가서 몸을 숨길 때도, 구문당에 가서 제 책을 팔 때도, 그리고 지금 여기서 오 형에게 이 이야기를 하는 중에도 계속 내 몸에서 피 냄새가 여전히 나고 있단 말입니다. 오 형, 오 형은 이 피 냄새가 느껴지시오?"

에드가 오를 바라보는 박동주의 눈에 눈물이 글썽거렸다. 창밖으로 새어 나온 빛이 그 눈에 맺혀, 불꽃이 일렁이는 것처럼 보였.

다음에 이어질 이야기가 어떤 것인지 이미 짐작이 갔다. 박동주는 권삼호를 죽이고 나서, 자신의 신분을 남에게 함부로 알린 이창수도 단죄한 것이리라. 이 비극을 만든 장본인인 이창수를 단죄하기 위해…….

"자네⋯⋯. 조금만 더, 정말 조금만 더 참을 수는 없었나?"

에드가 오는 솟구쳐 오르는 감정을 꾹 참고 말했다. 사람을 죽였다고 실토하는 박동주가 무섭기보다는 그저 안쓰러웠다.

"그때 조금만 더 참고 도끼를 못 본 척 넘겼으면, 그냥 다음부터는 권삼호를 안 만나고 안 보는 것으로 그만 아니었겠는가. 그랬다면 자네는 공부하던 책도 팔지 않고 그냥 평범하게, 그렇게 살아도 되었을 것 아닌가. 그때 조금만 더 참았더라면⋯⋯."

더 말을 할 수가 없어서 그는 괜히 고개를 들어 하늘을 보았다.

잠시 침묵이 흘렀다. 남산에서 산짐승 울음소리와 새소리, 바람에 흔들리는 나무 소리만이 들려왔다.

"오 형은 내가 꺼려지지 않소?"

"⋯⋯뭐가 말인가?"

"나 말이오, 천하디천한 백정 핏줄이고, 사람까지 죽인 놈이란 말이오. 오 형은 내가 꺼려지지 않소?"

박동주가 머뭇머뭇 말했다. 여전히 그렁그렁한 눈으로 그는 에드가 오를 바라보고 있었다.

"내가 모던 이야기를 자네들에게 하던 이유를 여태 모르겠나."

한 차례 깊이 숨을 들이쉰 에드가 오가 말했다. 목소리가 떨리려는 것을 겨우 진정시키고, 그는 말을 이었다.

"모던은 존중이네. 모던은 상대를 존중하는 자세에서 시작되는 것이네. 상대를 존중한다는 건, 상대도 나와 같은 사람이라고 보는 자세부터 갖추는 거지. 신분이라는 게 이미 구습이 되어 사라져 없는 세상인데, 그런 허깨비 같은 것에 매여서 상대를 존중해선 안 된다고 말하면, 그 말이야말로 안 되는 말이 아닌가."

박동주가 고개를 푹 숙였다.

그들 사이에 잠시 침묵이 이어졌다.

"자네, 앞으로 어떻게 할 것인가."

에드가 오는 겨우 입을 다시 떼었다.

"일단 경성에서 도망치려고 합니다."

박동주는 나직이 대답했다.

"갈 곳은 있는가?"

"글쎄요. 우선은 연해주 쪽으로 가볼까 합니다. 만주보다는 감시하는 눈이 덜할 것 같으니까요."

"연해주라."

"아는 사람도 뭐도 없으니, 그곳도 위험하긴 매한가지겠지요. 하지만 조선 안에 있으면 순사가 언제 절 찾아낼지 알 수가 없지 않습니까."

"그런가."

"부모님을 놔두고 간다는 게 맘에 걸립니다만, 제가 큰 죄를 지었으니……."

다시 침묵이 흘렀다.

"자수하라고 자네에게 권하고 싶지만, 경성의 순사들이 자네를 어떻게 할지 생각하면 차마……."

그는 말을 맺지 못했다. 박동주의 울 것 같은 표정 때문이기도 했고, 욱신거려 오는 왼손 엄지손가락 때문이기도 했다.

그는 황급히 말을 돌렸다.

"연해주까지 갈 노자는 있는가?"

"어떻게든 돈은 긁어모았습니다. 그리고……. 조금 전 구문당에 인사 드리러 갔더니 거기 어르신이 오 형이 준 거라며 5원을 주시더군요. 원래는 그 길로 곧장 경성을 떠나려 했습니다만, 그 돈을 받고 났더니 오 형에게도 인사를 해야 한다는 생각이 들어서, 그래서 무작정 여길 찾아왔습니다."

"잠깐만……."

에드가 오는 뒷주머니에서 지갑을 꺼냈다. 어제 받은 과외비가 아직 봉투에 그대로 담겨 있었다. 그는 그 봉투를 박동주에게 내밀었다.

"자네가 모은 돈만으로는 부족하지 않겠는가. 얼마 안 되지만 이거라도 보태어 쓰게."

"그럴 수 없습니다. 그러면 오 형의 생활비가……."

"나는 괜찮네. 여기에서 세끼 밥이 꼬박꼬박 나오니 굶어 죽을 일은 없네. 다른 자잘한 씀씀이는 내가 경성 번화가 출입을 줄이면 되는 일이고."

에드가 오는 손사래 치는 박동주에게 기어이 돈을 건넸다. 박동주는 머뭇머뭇 돈을 받아 들었다.

"고맙습니다, 오 형. 내 이 신세는 잊지 않고 갚을 겁니다."

"자네 몸이나 조심하게."

에드가 오는 미소를 지으며 손을 내밀었다. 박동주는 조심스레 그 손을 맞잡았다. 두 사람은 손을 꽉 쥔 채 가만히 서 있었다.

결국, 나는 박동주를 도망치게 하는 선택을 했구나.

선화의 질문에 대한 대답이 이렇게 금세, 이런 식으로 날 거라고는 짐작조차 하지 못했다.

에드가 오는 갑자기 생각난 것을 덧붙였다.

"그렇지. 나도 우연히 안 거지만, 순사가 여기로 오는 길목을 감시하고 있었네. 인력거꾼으로 위장하고 있더군."

박동주는 순사라는 단어를 듣자 몸을 떨었다.

"그러니 나갈 때는 어떻게든 몸을 숨기게. 저 흙길로 나가는 건 위험할 게야. 밤이라서 방향을 잡기도 어렵고 걷기도 위험하겠지만, 남산을 타 넘는 편이 차라리 나을지도 모르겠네. 조선신궁 쪽으로 빠져나갈 수 있다면, 거기서 경성역까지는 금방이거든."

"감사합니다, 오 형."

"나중에 목적한 데 도착해서 사는 게 안정이 된다면 편지라도 하게. 형님의 병원으로나 경성 은일당으로 편지를 보내면 내게 당도할 걸세. 시간이 흘러서 경찰이 자네를 쫓길 그만두면 자네도 경성에 돌아올 수 있겠지. 그때는 내가 어떻게든 자네에게 그 사실을 알리도록 하겠네. 그러니 반드시 돌아오게. 자네의 죄들을 씻도록, 내가 반드시 도울 테니."

"알겠습니다. 그게 언제일지는 모르지만, 반드시 돌아와 속죄하겠습니다. 그때까지 오 형도 잘 지내시고……."

"죄를 씻으려면 형무소에 가야지."

그 순간 등 뒤에서 싸늘한 목소리의 일본어가 들렸다.

박동주의 표정이 얼어붙었다.

"꼼짝마, 둘 다."

에드가 오는 천천히 고개를 돌렸다.

등 뒤편 저쪽에 인력거꾼이 서 있는 모습이 보였다.

"섣부른 짓 하면 재미없는 일이 벌어질 거야."

그의 손에는 새카만 물건이 쥐어져 있었다. 권총이었다.

"박동주. 자네를 권삼호와 이창수, 두 사람을 살해한 혐의로 체포한다."

미나미가 석고상 같은 얼굴로 박동주를 쏘아보고 있었다.

*

차갑고 오싹한 바람이 얼굴을 스쳤다.
"……방금 무어라고 하셨소?"
박동주가 대꾸했다. 그의 목소리가 거칠었다.
"귀가 나쁜 건가. 권삼호와 이창수, 두 사람을 죽인 혐의로 체포한다고 했어."
미나미는 여전히 일본어로 대꾸했다. 박동주 역시 조선어로 맞받아쳤다.
"내가 권삼호와, 또 누구를 죽였다고 하셨소?"
괜히 미나미를 자극해선 좋을 게 없었다. 에드가 오는 급히 박동주에게 말했다.
"목소리 낮추게!"
그러나 박동주는 아랑곳하지 않고 미나미를 향해 소리쳤다.
"거기 당신, 당신이 누군지는 몰라도, 지금 무슨 말을 하는지 대체 모르겠구려!"
"나는 본정경찰서의 미나미 마사히로 순사부장이다."
미나미의 목소리는 여전히 싸늘했다.
"이봐, 박동주. 방금 네가 네 입으로 권삼호와 이창수를 도끼로 잔혹하게 죽인 살인범이 자신이라고 말하지 않았나."
"이창수란 자는 대체 누구요? 처음 듣는 사람이오!"
"무슨 거짓말을 뻔뻔히 하는 건지 모르겠군. 권삼호를 죽이고 나서 신

한밤중의 대화 347

분에 대한 비밀을 고자질해버린 이창수도 죽인 것 아닌가."

"아니! 그렇지 않소!"

"그럼 아무 이유도 없이, 면식도 없는 이창수에게 도끼를 휘둘러 죽였다는 거로군?"

"아니! 애초에 난 이창수란 자를 죽이지 않았소! 내가 백정의 자식이라고 해서 사람 죽이는 것까지 즐기는 줄 아는 거요?"

미나미의 빈정거리는 말투를 박동주가 살기등등한 외침으로 받았다. 하늘에 뜬 달빛을 받아서일까. 주저앉은 채로 올려본 박동주의 표정에는 귀기가 어려 있었다. 사람의 몸을 빌린 분노의 화신. 그의 형상은 그렇게 보였다.

에드가 오는 무심코 한 발 뒤로 물러서려다가 그만 뒤로 넘어져 주저앉고 말았다.

"이봐, 오덕문 선생. 움직이지 말라고 했을 텐데."

미나미가 이죽거렸다.

"자칫했으면 쏠 뻔했잖은가. 지금이라도 그렇게 가만히 앉아 있는 편이 좋을 거야."

"이보시오, 순사 나리! 당신이 말하는 이창수라는 사람이 대체 누군지 모르겠소!"

박동주는 미나미를 노려보며 다시 소리쳤다.

"내가 권삼호 형을 죽인 건 인정합니다! 하지만 대체 왜, 내가 저지르지도 않은 살인까지 범인으로 의심을 받아야 하는 겁니까!"

"박동주. 너는 사흘 전 아침에 권삼호를 죽이고 난 뒤, 그날 저녁에는 이창수를 찾아가 그 역시 죽였다. 그렇지?"

"아니! 그렇지 않소!"

박동주가 미나미를 날카롭게 쏘아보며 소리쳤다.

"사흘 전 저녁이라고 했소? 그때 내가 다른 곳에 간 증거를 보여주면 내 말을 믿겠소?"

박동주는 급히 품 안에 오른손을 넣었다.

"자, 똑똑히 보시오! 이걸······."

"초, 총이다! 총!"

갑자기 누군가 외쳤다.

탕!

파열음이 터져 나오고 박동주가 움찔, 몸을 떨었다. 그의 벌린 입에서 영문 모를 소리가 터져 나왔다. 오른손을 품에 넣은 채 그는 몸을 비틀거렸다.

탕!

다시 날카로운 소리가 났다. 그 소리와 함께 박동주의 가슴팍에 다시 구멍이 뚫렸다. 동시에 에드가 오의 얼굴로 시커먼 무언가가 퍽, 뿌려졌다. 비릿한 내음. 권삼호의 방에서 맡은 적이 있었다. 피 냄새였다. 박동주는 가슴에 난 구멍에서 피를 뿜으며 뒤로 쓰러졌다.

"뭐 하는 거야, 갑자기!"

미나미의 분노한 목소리가 뒤에서 들렸다. 뒤이어 무언가를 걷어차는 소리와 아이고, 라는 비명이 들렸다.

에드가 오는 지금 무슨 일이 벌어진 것인지 알 수 없었다. 비현실적인 이 모든 광경이 꿈을 꾸는 것만 같았다.

"아이고, 아이고······. 괜찮소, 오 선생? 아이고······."

등 뒤편에서 영돌 아범의 목소리가 들렸다. 그는 멍하니 고개를 뒤로 돌렸다. 영돌 아범은 미나미의 뒤에 나동그라진 채, 온몸을 덜덜 떨며 찡그린 얼굴로 눈을 연신 껌벅거리고 있었고 미나미는 여전히 총을 든 채 서 있었다. 아직 연기를 내는 권총의 총구와 석고상 같은 표정 위에 서린 동물의 눈빛은 쓰러진 박동주를 향하고 있었다.

"아니, 그게 아니오. 그게 아니란 말입니다."

에드가 오는 망연자실하게 중얼거렸다.

박동주는 눈을 부릅뜬 채 누워 있었다. 총알에 맞은 상처에서는 피가 계속 흘러나왔다. 하지만 그의 입은 더는 숨을 뱉고 있지 않았다.

연주의 편지

"요컨대, 박동주가 자네에게 거짓말을 한 거야."

미나미는 고개를 숙인 채 말했다.

서류를 작성하는 그의 손놀림은 분주했다. 맞은편에 앉은 에드가 오에게 신경조차 쓸 겨를이 없어 보이는 모습이었다.

"거짓말이라면, 어떤 거짓말 말입니까."

에드가 오는 멍한 얼굴로 중얼거렸다.

"박동주가 한 여러 거짓말이 있었지. 그가 경성제국대학 학생이라는 것도 거짓말이고, 이창수를 죽이지 않았다는 것도 거짓말이고."

그는 이를 악물었다.

"박 군이 이창수를 죽이지 않았다는 건 사실입니다. 그 친구가 그런 거짓말을 할 이유는 없습니다."

"나도 자네와 박동주의 대화를 처음부터 듣고 있었어. 그 대화를 들으면서, 나는 오히려 그자가 이창수를 죽여야 할 동기 역시 충분하다고 느꼈단 말이야."

미나미는 여전히 무언가를 열심히 적으며 말을 이어나갔다.

"그렇지 않나? 지금껏 감춰왔던 자신의 미천한 신분을 누설한 괘씸한 자가 아닌가."

"그렇다면 왜 처음부터 박 군은 내게 두 사람을 죽였다고 말하지 않았단 말입니까? 이상하지 않습니까!"

에드가 오의 목소리가 절로 높아지고 말았다.

"목소리를 낮춰. 주위에 다 들리도록 할 참인가."

그제야 고개를 치켜든 미나미가 으르렁거렸다. 하지만 정작 미나미의 사무용 책상 주위에 있는 사람들은 자기 할 일에 바빠 보였다.

주먹을 꽉 움켜쥐고 나서야 에드가 오는 목소리를 겨우 낮출 수 있었다.

"하지만 말이 되지 않습니다."

"그렇다면 말이야, 이창수를 죽인 건 누구란 말이지? 대답해봐."

"박 군을 무고하게 죽인 사람은 내 눈앞에 있는 것 같습니다만."

미나미의 질문에 에드가 오가 나지막하게 쏘아붙였다. 하지만 그의 표정에는 조금의 변화도 없었다.

"날 책망하는 건가?"

"……."

"박동주가 품 안에 손을 넣었을 때, 같이 숨어 있던 영돌인가 하는 그 멍청한 자가 총을 꺼내는 거라고 착각하지 않았다면, 그러면서 제 딴에 무섭다고 내 어깨를 잡지만 않았다면, 나도 반사적으로 총을 쏘지는 않았어."

"……."

"보통이었다면 그 영돌이란 자도 공무를 방해한 죄로 체포했을 거야. 내게 한 대 맞고 끙끙거리며 지레 겁먹은 그 꼴이 불쌍해 굳이 그러지는 않았지만."

"하지만 박 군에게 총은 없었잖습니까."

"품 안에 든 것이 총이 아니라 전당포에서 전당 잡힌 증서라고 누가 알았겠느냔 말이야."

"……."

"그리고 무고한 사람의 죽음은 아니지."

"네?"

"자네도 들었잖나. 박동주가 제 입으로 권삼호를 죽인 걸 실토했어. 이건 흉악한 연쇄 살인마의 죽음이야. 알겠나?"

그의 날카로운 말에 더욱 화가 났다. 하지만 아무 말도 할 수 없었다.

"연쇄 도끼 살인사건은 이걸로 해결되었어."

늘 해오던 일을 오늘도 한 것뿐이라고 이야기를 하는 듯한, 무미건조한 말투였다.

미나미는 종이 위에 동그라미를 빙글빙글 그렸다. 에드가 오는 입을 꾹 다물고 그 움직임을 바라보았다. 무언가를 더 끄적이고 나서 펜을 내려놓은 뒤, 미나미는 손짓했다. 볼일은 모두 끝났으니, 돌아가라는 신호였다.

"자네가 그자의 도피를 도우려 했던 건, 특별히 눈감아주지."

"……."

"어서 가봐. 더 따지려 들다가는 내가 지금 눈감아주려는 관대한 마음을 계속 먹지 못하게 된다는 걸 똑똑히 알아두도록."

미나미의 얼굴에 주먹을 날리고픈 마음이 솟구쳤지만, 그는 애써 꾹 참았다.

*

본정경찰서를 나선 에드가 오가 눈을 찌푸렸다. 아침의 햇살이 그의 눈을 따갑게 찔렀다. 하지만 눈부시기는커녕, 온 세상이 어두컴컴한 잿빛 같았다.

은일당으로 돌아가야 했지만, 그곳으로 돌아가는 것이 망설여졌다. 은일당에서 또다시 한바탕 난리를 일으킨 참이었다. 심지어 그 난리라는 것은 며칠 전의 술자리나 경찰의 수색과는 그 정도가 다른, 사람이 죽어버린 일이었다. 게다가 이 난리는 그 때문에 생긴 일이었다. 선화의 모친이 당장 은일당에서 나가라고 해도 변명할 여지는 없었다.

"이번 달만은 있게 해달라고 부탁하면 염치없을까."

그가 터덜터덜 걸음을 옮기며 중얼거렸다.

산에 핀 진달래의 붉음이 유독 눈에 거슬렸다.

*

선화는 책상에 앉아 있었다. 언제나 그랬던 것과 다름없는 모습이었다.

"다녀왔네."

에드가 오는 힘없이 인사를 건넸다.

"오셨습니까, 오 선생님."

그가 돌아온 걸 보고서도 그녀는 몸을 일으키지 않았다.

신문은 펼쳐진 자국조차 없이 차곡차곡 쌓여 있었다. 그 대신 선화는 펼쳐진 공책을 보고 있었다. 만년필로 공책을 쿡쿡 찌르는 모습을 보아하니 공부하는 것이 아니라, 무언가 다른 생각에 빠진 것처럼 보였다.

그녀가 별일 없었냐고 말을 건네지 않는 것이, 에드가 오에게는 속이 쓰리게 다가왔다.

더는 은일당에 머무를 수 없다는 무언의 신호일까.

그녀를 가만히 바라보던 에드가 오가 말을 꺼냈다.

"경찰서에서 별다른 일은 없었네. 박동주와 어떤 일이 있었는지 물은 게 전부였다네."

"그렇습니까."

선화는 여전히 무언가를 생각하는 눈치였다.

"오 선생님께서 친구분에게 돈을 건넨 건 추궁받지 않으셨습니까?"

"그 부분은 그냥 넘어가더군. 돈은 그 친구의 것으로 처리되어서 내가 돌려받을 수 없게 되었을 뿐이네."

잠시 멈칫한 에드가 오가 그녀를 보았다.

"그런데 자네, 어째서 그걸 알고 있는 건가?"

"어제 바깥에서 있었던 대화를 들었습니다."

선화의 시선은 여전히 공책 어딘가에 머무르고 있었다.

"오 선생님 방에 들어갔더니, 창문이 열려 있어서 말입니다."

그녀의 대답이 마치 '지나가다가 꽃을 보았습니다.'같이 무심하게 들려서, 그는 한마디 하려고 했다. 하지만 이내 그는 입을 다물었다.

선화가 자신의 방에 허락 없이 들어왔다는 게, 이제는 무슨 상관이란 말인가.

그는 책상 옆의 의자에 털썩 소리를 내며 앉았다. 과외를 할 때 늘 앉는 자리였지만, 이 자리에 앉는 것은 오늘로 마지막일 것 같았다.

"자네, 바쁜가."

"아닙니다."

"그럼 내 이야기를 들어주게."

선화의 대답은 기다리지 않고 그는 책상 위에 두 팔을 털썩 올려놓았다. 그제야 그녀가 그를 보았다.

"난 탐정으로서 실패하고 말았네."

"……."

"그것도 그냥 실패가 아니지. 대실패였네."

선화는 대꾸 없이 그를 가만히 바라볼 뿐이었다. 그 눈길을 피하려 에드가 오는 고개를 숙였다.

"나는 권삼호와 이창수의 죽음 뒤에 무언가 큰 배후가 도사리고 있다고 생각했었네. 둘 다 홍옥관의 계월이라는 기생을 알고 있었고, 그래서 난 계월이 두 사람의 죽음 뒤에 암약하고 있는 게 아닐까 지레짐작을 했었지."

"홍옥관의 계월이……."

선화가 중얼거렸다.

"두 사람의 죽음의 배후가 그 사람일 것으로 생각했지. 그러나 지금 다시 생각해보니 그건 정말로 큰 오해였네. 계월이라는 사람을 괜히 수상하다고 여긴 거지. 오해하고 만 그 사람에게는 그저 미안할 뿐이네."

에드가 오가 작게 한숨을 내쉬었다.

"하지만 그렇게 남을 의심하더라도 상관없었네. 나는 박동주 군의 결백을 증명해내고 싶었어. 내가 아는 박 군은 선량한 사람이었네. 그래서 나는 박 군이 살인을 저질렀다고 고백했을 때도 그를 도와주고 싶었어. 아직 그의 선량함이 훼손된 것은 아닐 거라 믿었지."

"……."

"그리고 솔직히, 내가 경찰에게 겪은 부당한 일을 갚아주고 싶었어. 자네가 내게 지적했었던 것처럼 말이야. 나는 범인으로 몰려 미나미에게 취조받은 그 모든 과정이 억울하기만 했네. 그래서 난 내가 능력을 발휘해서 사건을 조사하면 진범이 누구인지 금방 밝혀낼 수 있다고 생각했네. 무능한 경성의 순사들보다는 내가 훨씬 낫다, 그런 생각을 한 거지."

"……."

"그러나 결국 나는 그 어떤 것도 하질 못했어."

그는 책상 위에 엎드렸다. 막막한 기분을 곱씹으며 그는 이를 꽉 깨물었다.

"경성을 돌아다니면서 내가 한 일은 아무것도 없는 셈이네. 탐정이라고 으스대며 다녔지만, 결국은 허튼짓일 뿐이었어. 결국 그러고 난 결과는 죽어버린 친구들뿐이고."

"……."

"적어도 박동주 군만은 살렸어야 했는데……. 하지만 난 그를 지켜주지 못했어. 그를 지켜주겠다고 말만 지껄였을 뿐이지."

말없이 있던 선화가 한참 뒤에야 물음을 던졌다.

"오 선생님은 왜 박동주 씨에게 돈을 건네셨던 겁니까?"

그가 고민 끝에 입을 열었다.

"안타까워서였네."

"안타까웠다고 하시면……."

"물론 그 친구가 권삼호를 죽인 건 아주 큰 잘못이네. 하지만 어제 박군과 대화하면서, 그 친구도 자신이 저지른 죄 때문에 고통 받는 걸 느낄 수 있었지. 그래서 그 친구에게 다시 한번 기회를 주고 싶었네."

"죄를 저지른 사람에게 오 선생님이 어떻게 기회를 줄 수 있단 말인지요."

차가운 이야기였다. 하지만 선화의 말투는 그를 비난하는 것이 아니라 그저 물음으로 들렸다.

"자격을 묻는다면, 자네 말대로네. 내게 그럴 자격은 없네."

"……."

"하지만 나는 이런 생각도 하고 있다네. 죄를 태연히 저지르고 오히려 그걸 자신의 이익을 위해 이용하는 사람은 마땅히 단죄 받아야 하겠지. 그러나 자신의 죄를 진심으로 괴로워하는 사람이라면 똑같이 죄를 짓고 괴로워하는 사람으로서 용서하고 기회를 줘야 하지 않을까."

"속죄라는 거로군요."

선화가 잠시 뜸을 들인 후 대꾸했다.

"하지만 그런 기회가 죄지은 이에게 언제나 오진 않을 겁니다."

다시 침묵이 흘렀다.

"주제넘은 이야기란 건 알고 있네. 하지만……. 그렇게밖에 설명을 못 하겠군."

그녀는 대답하지 않았다. 그의 말을 어떻게 받아들였을지는 모를 일이었다.

"두 번째 살인사건의 진범을 찾아내고 싶네."

에드가 오는 갑갑한 가슴을 어찌하지 못하고 중얼거렸다.

"박 군이 그 사건을 저질렀을 리 없네. 그러니 박 군이 뒤집어쓴 억울한 누명을 풀어주기 위해……. 아니, 아니지. 내가 박 군을 지켜주지 못한 걸 갚고 싶은 것이겠지. 아니면 그저 마지막으로 자존심을 지키고 싶은 것일지도 모르고."

"……."

"하지만……. 내 능력으로는 도무지 알 수가 없네."

그를 물끄러미 내려다보던 선화가 조용히 말했다.

"어머님께서 선생님을 찾으셨습니다. 무언가 할 말이 있으신 것 같았습니다."

그는 입을 다물었다.

아마도 그가 가장 두려워하는 통고가 곧 내려질 모양이었다.

*

방으로 돌아온 에드가 오는 길게 한숨을 쉬었다. 방 안의 모습은 달라진 것이 없었다. 창문은 닫혀 있었다. 아마 선화가 닫아준 모양이었다. 벽에 정장 윗도리가 걸려 있었다. 그때야 그는 거울에 비친 자신이 셔츠와 바지만 입은 차림이란 걸 깨달았다. 본정경찰서에서 은일당까지 그런 차림으로 걸어왔다는 것은, 모던 보이들에게 꼴불견이라 손가락질 받을 행동이었다.

하지만 그게 어떻단 말인가. 꼴불견 짓이라면 이미 충분히 넘치도록 하고 다녔지 않았던가.

그는 정장 안주머니에 넣어 둔 연주의 편지를 떠올렸다.

내가 답을 찾으면 여흥 삼아 읽어보라고 했던가. 하지만 나는 답을 찾는 데 실패했다. 그때 연주는 과연 무엇을 알았던 것일까.

그는 편지를 펼쳐 천천히 읽었다. 만년필이 미끄러져서 생긴 선까지 눈에 천천히 새겼다.

선생님께

선생님께서 제 말을 오해하신 것 같아서, 몇 자 적습니다.

저는 '박동주가 두 건의 살인을 저지른 것은 아닙니다.'라고 말했습니다. 선생님은 그 말을 박동주 씨가 두 사건 모두 결백하다는 것으로 받아들이셨습니다.

하지만 전 선생님의 말씀을 긍정하는 뜻으로 그렇게 답한 것이 아니었습니다. 제가 말하고 싶었던 것은 '박동주는 두 건의 살인을 저지르지 않았다. 하지만 박동주는 첫 번째 살인을 저질렀다.'는 것이었습니다.

저는 박동주 씨가 첫 번째 살인을 저질렀다고 생각합니다.

이 점을 염두에 두고 사건을 다시 돌아보십시오. 그러면 정리되고 남을 것 뒤로 새로 보이는 것이 있을 것입니다.

선생님께서 박동주 씨의 결백을 믿고 기뻐하는 모습을 보니 차마 제 이야기를 곧바로 정정할 수가 없었습니다. 이렇게 편지로 전하는 것을 양해해주십시오.

추신

그래도 제 견해에 의심이 가신다면 두 살인사건을 나란히 두고 생각해보시길 바랍니다. 두 사건의 형태는 같습니까?

편지를 다 읽은 뒤, 그는 힘이 빠진 듯 방바닥에 그대로 드러누웠다.

그때, 나는 보지 못하고 있던 걸 연주는 보고 있었구나. 이 편지를 다 방에서 곧장 읽었다면, 이야기의 결말이 달라지지 않았을까?

그는 눈을 감았다.

이대로 한숨 자고 나면, 경성에서 벌인 유치한 탐정 놀음도 덜 부끄럽게 느낄 수 있을까?

더는 아무런 생각도 할 수 없었다.

뜻밖의 인연

"여기서 당신을 만나게 될 줄은 미처 몰랐소."

에드가 오가 겸연쩍게 말을 건네자 계월이 미소 지어 보였다. 그는 계월이 웃는 모습을 처음 보았다. 어두운 조명 아래에서도 그 미소는 봄에 화려하게 피어난 꽃처럼 밝게 빛나고 있었다.

"저야말로 여기서 다시 뵐 줄은 몰랐습니다, 탐정님."

계월의 미소는 장난스러웠다. 그 장난기가 그녀의 아름다움을 무너트리거나 상하게 하지는 않았지만, 처음에 보았던 아찔하지만 차가운 아름다움에서는 상상할 수 없는 표정이기도 했다.

"지난번에는 제가 무례했었습니다. 평양에 가는 길이 바빠서 그랬던 것일 뿐입니다. 뒤늦게라도 용서를 구하겠습니다."

"아니, 그렇지 않소. 나도 그때는 무작정 찾아가서 대뜸 물어본 셈이니……. 내가 오히려 죄송하다고 말해야 하는 것 아니겠소."

"두 분, 지난번에 잠깐 보셨다는 것치고는 무척 화기애애하지 않으십니까."

옆에서 연주의 나지막한 목소리가 끼어들었다.

그녀의 손가락이 앞에 놓인 잔을 계속 더듬고 있었다. 무언가 탐탁스럽지 못한 눈치였다. 하지만 그녀가 왜 그런 반응을 보이는 것인지는 알 수 없었다.

"연주 너도 탐정님과 할 이야기가 있다면 당당하게 하려무나."

계월은 연주를 바라보며 미소를 지었다.

"그런 것이 아니라……."

연주는 말을 얼버무렸다.

두 사람을 보면서도 에드가 오는 여전히 혼란스럽기만 했다. 연주에게 미리 약속을 정하지 않고 흑조에 왔지만, 뜻밖의 인물과 만나는 일까지 있을 줄은 몰랐다.

*

이른 아침에 형님에게 들른 뒤, 에드가 오는 곧장 흑조를 찾아갔다. 사건이 마무리되면 그 결말을 알려주겠다고 한 연주와의 약속이 생각나서였다. 생각한 것과 전혀 다른 결말이 났다고 해도, 약속은 약속이었다.

그런데 흑조의 가장 깊은 곳에 놓인 테이블에 연주와 계월이 나란히 앉아 있는 것을 본 에드가 오는 우뚝 걸음을 멈춰 서야만 했다. 게다가 계월이 그에게 다정하게 손을 흔들어 보이자, 그는 더욱 혼란스러웠다.

두 사람이 마주 앉은 모습은 무척 친근했다. 예전에 연주가 말한 계월과의 '교분'이라는 것이, 단순히 사장과 손님이라는 입장에서 교류하는 것만은 아닌 게 분명했다.

에드가 오는 조심스레 물었다.

"두 사람은 어떻게 알게 된 사이인 거요?"

연주는 그를 보며 고개를 갸웃거렸다.

"제가 선생님께 말씀드리지 않았습니까."

"나는 그저, 자네와 계월이 교분이 있다는 이야기만 들었네."

"연주와는 같은 고보에 다녀서 알고 지내는 사이랍니다."

계월이 이야기에 끼어들었다.

"고보라고 하면……."

그는 무심코 중얼거렸다가 입을 다물었다. 그의 머릿속으로 고보에 다니던 당시에 연주가 해맑게 웃던 모습이 스쳐 지나갔다.

계월도 연주의 그때 모습을 알고 있다는 것인가. 그렇다면 어째서 연주가 이렇게나 변해버렸는지 알고 있다는 걸까?

그가 무슨 생각을 하는지 알 리 없는 계월의 말이 이어졌다.

"그 당시 제가 연주의 상급생이었습니다. 여러 일을 거치면서 지금까지 교분을 쌓아 왔지요."

"여러 일이라."

에드가 오의 중얼거림에 그녀가 의미심장한 미소를 지었다.

"그러고 보니 오 탐정님도 연주의 과외 선생님이셨다지요. 당시 연주가 학교에서 영어 실력이 뛰어나다고 소문이 자자했었는데, 그 실력을 만들어주신 게 탐정님이시라는 이야기도 나중에 알게 되었습니다."

"그건 내 덕이라기보다는 연주가 수업을 성실하게 잘 들었기 때문이었소. 그리고 탐정이라는 말은 민망하니……."

"이왕 이렇게 된 김에, 그 당시의 연주에 대해서 서로 이야기라도 나눠보는 건 어떨까요? 저는 이 아이에 얽힌 이야기를 여럿 알고 있습니다. 아마 탐정님은 모를 이야기들일 테지요. 그러니……."

"옥련 언니, 잡담은 그만둬주시겠습니까."

연주가 말을 끊었다. 계월은 까르르 웃음을 터트렸다. 계월이 연주를 놀리는 모습은, 분명 고보에서부터 무척 가깝게 지냈기에 보일 수 있는 모습일 터였다. 연주 역시 계월과 이야기를 나눌 땐 염세적인 분위기가 조금은 옅어져 있었다.

강 선생이 수레에 커피를 싣고 왔다. 그는 아무 말 없이 에드가 오 앞에 커피가 담긴 잔을 내려놓았다. 커피의 향기가 테이블 위를 가득 채웠다. 세 사람은 커피를 음미하며 잠시 침묵을 즐겼다.

먼저 입을 연 건 계월이었다.

"신문에서 읽었습니다. 탐정님이 진상을 파헤치시던 사건의 범인이 잡혔다고요."

"그렇지 않아도 그 이야기를 하려고 여기에 온 것이오. 사건이 마무리되면 연주에게 결과를 말해주기로 약속했었지요."

"그렇습니까? 탐정님이 결국 사건을 해결하신 거로군요?"

"그게……. 아니, 그보다도 부탁이니 탐정이라고 부르는 건 그만둬주길 바라오."

어딘가에 숨고 싶을 만큼 민망했다.

계월은 그가 고개를 푹 숙이는 것이 겸손해하는 모습인 걸로 착각한 모양이었다. 그녀는 연주를 돌아보며 소곤거렸다.

"네 탐정님, 그저 얼굴 반반하기만 한 줄 알았더니, 뜻밖에 꽤 귀여운 맛이 있구나."

"무슨 말씀이십니까, 옥련 언니. 주책이십니다."

연주가 드물게 소리를 높여 대답했다.

그리운 기분이 들었다. 경성에서 이런 정다운 느낌의 대화는 오랜만에 들어보는 것이었다.

"선생님, 그러면 슬슬 이야기를 청해봐도 되겠습니까."

연주가 나직이 말하자 계월이 말을 이었다.

"탐정님, 제게도 자초지종을 들려주시겠습니까? 사건의 시작부터 해결까지, 모든 이야기를 말입니다."

에드가 오는 한숨을 쉬었다.

"솔직히 그렇게 이야기하고 싶은 일은 아니긴 하지만 말이오."

"부탁드리겠습니다."

계월이 그를 가만히 바라보았다. 연주 역시 그를 보며 미소를 짓고 있었다.

그는 눈을 껌벅거렸다.

*

어쩔 수 없이 에드가 오는 자신의 경험담을 처음부터 조심스레 풀어놓았다. 지난번에 연주에게 이야기했던 것과는 달리, 이번에는 은일당 사람들의 이름을 언급하지 않은 걸 제외하면 재구성 없이 있는 그대로 이야기를 풀어내었다.

계월은 미소를 지은 채로, 연주는 나른한 표정으로 이야기를 듣고 있었다. 계월이 이야기를 흥미롭게 듣고 있는지, 지난번과 다르게 이야기하는 부분을 연주는 어떻게 생각하는지, 듣고 있는 두 사람의 표정만으로는 알 수 없었다.

이야기는 이어지고 이어져 박동주가 총에 맞아 사망한 뒤, 본정경찰서에서 나와 은일당에 귀가한 데까지 이르렀다.

"귀가하고 나서야 연주 자네가 준 편지 생각이 났다네. 그래서 그때 비로소 편지를 읽게 되었지. 참으로 후회가 막심하더군. 이 편지를 일찍 보았더라면, 하는 생각이 계속 들어서 참으로 괴롭기 그지없었다네."

"괴로운 심정은 공감하는 바입니다, 오 선생님."

연주가 입을 열었다.

"일이 벌어지고 난 뒤에야 '과거에 다르게 행동했었다면 어떠했을까'라고 후회하는 것이 인간의 본성인지도 모르겠습니다. 선생님뿐만이 아니라 저도, 그리고 옥련 언니도 그렇게 후회하는 일을 저마다 가지고 있으니 말입니다."

계월이 고개를 끄덕였다. 연주가 말을 이었다.

"결국, 그 후회를 어떻게 감당해내느냐가 그 사람에게 주어진 진짜 과제가 아닐까, 라는 생각을 종종 합니다. 저도, 옥련 언니도 후회하고 있는 과거의 일을 나름의 방법으로 대하고 있습니다. 선생님도 그러셨지 않습니까."

"글쎄, 나는 계속 도망을 쳤을 뿐이네. 자세한 이야기는 하고 싶지 않지만……."

에드가 오는 연주를 흘끗 바라보며 대답했다.

"형님을 따라 내지에 갔을 때의 일을 솔직히 말해야겠군. 과거 자네에게 이야기했던 것과는 달리, 그곳은 즐거운 일보다 괴로운 일이 더 많았다네. 여러 괴롭고 억울하고 힘든 일들을 겪으면서 지내다가, 1925년에 1년 남짓 경성에 오게 되었던 거지. 그때 연주 자네와도 연이 생겼고, 그때 박동주 군이며 권삼호 군 등의 여러 사람도 알게 되었지. 그 1년은 참으로 행복했었네."

커피를 한 모금 마신 뒤 그는 말을 이었다.

"그러다 형님과 떨어져 다시 내지로 가게 되었지. 무척 괴롭더군. 작년까지는 어떻게든 모던을 갈고 닦거나 돈을 아껴 모던한 옷을 마련하는 등의 취미 따위로 버텨왔지만, 슬슬 한계가 왔어. 다시 경성에 돌아가고 싶은 마음을 억누르지 못해서, 결국 올 초에 돌아오게 된 거네."

"……."

"그러나 막상 경성에 돌아왔더니, 경성은 1925년에 내가 알던 그것과는 또 달라져 있지 않은가. 그리고 어쩌다가 이런 사건에까지 말려들게 되어서……. 내가 우물쭈물한 끝에 옛 친구들까지 잃고 만 게야."

"그래도 결국 사건은 해결되었잖습니까? 그것은 탐정님의 노력 때문일 겁니다."

계월의 말에 그는 고개를 저었다.

"그걸 내 노력이라고 할 수는 없소. 나는 단지 경성 여기저기를 돌아다녔을 뿐이니……. 그리고 마지막에는 내 이름을 잠깐 빌려주었을 뿐이라서 말이오."

"이름을 빌려주었다니요?"

"궁금합니다. 그 부분을 듣고 싶습니다."

계월과 연주가 말했다.

에드가 오는 나직이 한숨을 쉬었다. 이미 마무리된 일을 다시 기억에서 끄집어내려니 여간 고역이 아니었다.

선화의 이상한 부탁

점심상을 들여온 것은 선화의 모친이었다. 에드가 오는 잔뜩 긴장한 채로 자리에서 벌떡 일어났다. 상을 바닥에 내려놓은 선화의 모친은 굳은 얼굴로 입을 열었다.

"선생님이 이 집에서 하숙을 계속하는 문제에 대해 이야기를 나누었으면 합니다."

"이야기라면 무슨······."

"곧 나가봐야 할 일이 있어서 지금은 곤란합니다. 내일 잠시 시간을 내주셨으면 합니다."

그녀는 그 말을 끝으로 방을 나섰다.

걱정했던 대로였다. 은일당에서 나가달라는 통고가 내려질 모양이었다. 마음이 심란해졌다. 애써 밥을 한 술갈 떴지만 목에서 넘어가지 않았다.

*

"오 선생님께 청이 있습니다."

점심상을 물리러 온 선화가 에드가 오에게 조심스레 말했다.

"청이라니?"

"제가 오 선생님의 이름을 빌려도 될까요?"

그는 앉은 자리에서 멍하니 그녀를 바라보았다.

"그게 무슨 소리인가?"

"이따 제가 할 일이 하나 있습니다. 그때 오 선생님의 이름을 빌리고 싶습니다."

에드가 오의 표정을 본 선화가 급히 말을 덧붙였다.

"돈을 빌리거나 하려는 게 아닙니다. 그저 다른 분에게 이야기할 것이 있는데, 제가 말하는 것만으로는 그분이 쉽게 믿어줄 것 같지 않을 것 같아서 말입니다. 그래서 오 선생님의 이름을……"

"누구에게 무슨 이야기를 하려는 것인지는 모르겠지만, 자네 마음대로 하게."

그는 힘없이 대답했다. 의문을 가질 여유도, 기력도 없었다.

"감사합니다."

선화는 그렇게 인사한 뒤 다시 물었다.

"오 선생님, 오늘 혹 외출하실 일이 있으신지요?"

"오늘은 딱히 예정이 없네만."

"그러면 부탁을 하나 더 드리겠습니다. 지금 바로 외출해주시겠습니까?"

"외출? 지금 바로?"

"오 선생님이 몸단장하시는 데 시간이 걸리시지 않습니까. 그러니 지금부터 채비해서 나가주시면 감사하겠습니다."

어처구니가 없었다.

외출할 예정이 없다는 사람에게 외출하라니, 억지로 집에서 쫓아내려는 것인가.

그가 속으로 그런 생각을 하는데, 선화가 말을 이었다.

"귀가는 되도록 늦게 해주시겠습니까? 아무리 빨리 오시더라도 해가 지고 난 뒤에나 귀가해주시면 좋겠습니다."

잠시 생각에 잠긴 듯하던 그녀가 다시 입을 열었다.

"그리고……. 집으로 들어오실 때, 누구에게도 들키지 않고 몰래 들어오십시오. 또 귀가하시고 나면 방에서 아무 소리도 내지 마시고, 불도 켜지 말아주셨으면 합니다. 방에서 절대 나오지 마십시오. 제가 오 선생님께 나오셔도 된다고 말씀드리기 전까지는 말입니다."

"건달패라도 쳐들어오는 건가. 그렇게 꼭꼭 숨어야 한다니."

빚쟁이가 채권자를 피하듯 몰래 움직여달라는 요구였다. 그 황당무계한 요구에 어떤 이유가 있는 것인지 도저히 짐작할 수가 없었다.

어리둥절한 그의 시선을 받은 선화가 몇 번 눈을 깜박였다가 황급히 고개를 저었다.

"아니, 아닙니다. 제가 실수를 했습니다. 여태껏 한 말은 잊어주십시오."

"……"

"그저 지금 바로 외출하셔서, 되도록 아주 늦게 귀가해주셨으면 합니다. 하루를 밖에서 지새우시면 더 좋을 것 같습니다."

"……알겠네. 그러면 오늘은 그냥 여기저기 돌아다니지. 영화관이라도 가면 될까."

대체 선화의 꿍꿍이속을 알 수 없었지만, 그는 일단 고개를 끄덕였다.

"부탁드리겠습니다. 이건 어쩌면, 오 선생님의 앞으로의 하숙 생활과도 관계있는 일일지 모릅니다."

선화의 단호한 태도에 에드가 오는 다시 고개를 끄덕거릴 수밖에 없었다.

*

"그런 일이 있었구나."

형님이 고개를 끄덕였다.

마땅히 갈 곳이 없어 형님의 병원에 오고 만 에드가 오는 시무룩하게 중얼거렸다.

"선화 군이 대체 무슨 생각을 하는 것인지 모르겠습니다."

"그 아이는 원래 그랬다. 고보에 다닐 때만 해도 정말로 좌충우돌이었지. 자기 생각에 빠지면 주위를 신경 쓰지 않고 무모하게 일부터 저지르고 보는 아이였어. 요샌 너무 얌전해지긴 했지만……."

형님이 흐뭇하게 미소를 짓는 게 그로서는 이해가 가지 않았다.

"덕분에 중간에서 전 영문도 모르고 우왕좌왕하고 있지 않습니까."

"그게 너란 사람의 성격일지도 모른다. 무슨 일이 생겨도 일단은 여기저기 돌아다니면서 몸으로 직접 부대껴 확인해봐야 직성이 풀리지 않더냐."

"전 몸 쓰며 사는 사람이 아니라, 모던한 사람으로 살고 싶단 말입니다."

"그 또한 괜찮은 게 아니냐. 유학을 다녀온 모던 보이 오덕문 선생이 경성 여기저기를 활보하며 여러 일에 관여하고 다닌다. 이건 호사가들의 이야깃거리로 그만 아니더냐."

"놀리지 마십시오, 형님."

에드가 오는 삐친 채 중얼거렸다.

"선화 군이 뭘 하려고 그런 말을 한 건지 모르겠습니다. 제 하숙 생활과 관련이 있다면서, 내 이름을 빌리겠다질 않나, 남의 눈에 띄지 않게 귀가하라고 하지 않나……."

"글쎄다. 이름을 빌리겠다고 하는 건, 어쩌면 그 아이가 네 하숙 생활에 관해 은일당 마님과 협상하려는 생각에서 청한 걸지도 모르지."

그는 놀라서 고개를 들었다. 형님은 담배에 불을 붙였다.

"네가 하숙을 한 게 아니었다면 그 집 사람들이 자기 집에서 사람 죽는 모습을 볼 일은 없었을 게 아니냐. 그 집 마님이 네가 계속 하숙하는 게 석연찮을 게 분명할 것이다. 그래서 선화가 네 하숙 생활을 어떻게든 계속 잇게 해주려고 네 편을 은근히 들어주려는 모양 아닐까 싶구나."

"제 편을요? 어째서입니까?"

"그 아이가 무슨 생각을 하는지는 나야 모르지. 하지만 그 아이가 네가 과외를 해준 게 마음에 들었던 건지도 모르는 일이다. 덕문이 네 영어 실력이 좋지 않더냐."

"그건 그렇습니다."

에드가 오는 무심코 대답했다가, 화들짝 놀라고 말았다.

"제가 그 집에 과외를 해주고 있는 건 어떻게 아셨습니까?"

형님이 그를 빤히 바라보았다.

"무슨 소리냐. 덕문이 너, 내 추천서를 건네었잖으냐."

멍청히 있는 그를 보며 형님이 말을 이었다.

"네가 처음 은일당에 간 날에 따로 챙겨준 추천서 말이다. 내가 거기에 과외 선생으로 너를 추천하지 않았더냐. 혹여 덕문이 네가 하숙 사는 것을 거절당할지도 모를까 싶어서 그리 한 건데……."

"아니, 아닙니다. 어제 일 때문에 아직 혼란한 모양입니다."

그는 급히 얼버무렸다.

은일당에 처음 발을 들인 날 그곳에 살기 위해서 꾸몄던 거짓 수작은, 사실 아무런 필요도 없었던 셈이었다. 이미 그날부터 헛수고만 하는 앞날이 예정되어 있었던 건가 하는 생각에 갑자기 허탈한 기분이 들었다.

형님이 걱정 어린 눈으로 그를 바라보았다.

"박 군 일 때문에 네가 받은 충격이 이만저만이 아닌 모양이다. 내 지인 중에 정신분석학을 공부한 의사가 있다. 프로이트 선생을 열렬히 신봉하는 사람인데, 그 사람에게 진단을 받아볼 생각이 있으면 이야기해라."

"그건 되었습니다."

에드가 오는 딱 잘라서 말했다.

"혼자 속에 다 담아두고 살면 크게 병난다."

형님은 그렇게 중얼거리며 담배 연기를 후, 뱉어냈다.

*

에드가 오는 늦은 오후에 병원에서 나왔다. 형님의 병원에 무작정 앉아 있을 수만은 없었고, 하숙에 얽힌 진상을 알고 나서 맥이 빠져버린 점도 있었다. 닫힌 문 너머로 형님의 책상 위 전화기가 소리를 내는 걸 들으며, 그는 걸음을 옮겼다.

시간을 보낼 곳이 필요했다. 영화관이라도 갈까 생각하다가, 그는 텅 비고 만 지갑을 떠올렸다. 지갑이 그렇게 홀쭉해지고 만 사정이 떠올라서 그는 다시 시무룩해졌다. 흑조에 갈까도 생각했지만, 지금은 연주에게 처참하게 실패하고 난 자신의 모습을 보이고 싶지 않았다. 결국 귀가할 수밖에 없었다.

은일당으로 들어가는 흙길 앞에서 그는 하릴없이 서성거렸다. 해는 서서히 저물어가고 있었다. 산 너머로 남은 붉은 기운이 빨려 들어가는 모습을 보고 나서야 그는 발걸음을 옮겼다. 최대한 시간을 끌어보려고 했지만, 아마도 선화가 주문한 것보다 이른 귀가일 게 분명했다. 하지만 경성에서 그가 갈 수 있는 곳이 더는 없었다.

어두운 산길을 걸으며 에드가 오는 선화가 왜 그런 이상한 주문을 했는지, 지금 자신이 왜 귀가하고 있는지 계속 생각해보았다. 하지만 어느 것 하나 도무지 짐작할 수가 없었다.

한참을 걸어 산모퉁이를 돌자, 저만치 앞에 은일당이 보였다. 현관 옆 창문에서 밝은 빛이 흘러나오고 있었다. 창문은 닫혀 있었다.

에드가 오는 일단 집 앞 큰 나무의 그늘로 몸을 숨겼다. 헛간 앞 화로 안에서 숯이 타는 불그스름한 빛이 돌았다. 화로 옆에서 영돌 아범이 등을 보인 채 무언가를 만지작거리고 있었다. 그가 주문한 양복장의 마무리 작업을 하는 모양이었다. 영돌 아범이 시끄럽게 무언가 타령인지 유행가인지를 흥얼거리는 소리와 영돌 아범이 양복장에 무언가를 비비면서 나는 시끄러운 소리, 불에 무언가 타는 소리가 은일당 앞으로 퍼지고 있었다.

'누구에게도 들키지 않고 몰래 들어오십시오.'

선화가 잊어달라고 한 당부가 떠올랐다.

영돌 아범에게도 귀가하는 모습을 들키지 말아야 하나?

다시 생각해봐도 영문 모를 말이었다. 하지만 그는 일단 지시를 따르기로 했다. 선화의 지시를 따르려면 문으로 들어갈 순 없었다. 그렇다면 어떻게 할 것인가? 그때 그는 어제의 일을 떠올렸다.

박 군이 창문을 넘어 내 방에 들어오려고 했었지.

그는 발소리를 내지 않고 조심스레 움직여, 아무도 눈치채지 못하게 은일당의 모퉁이로 숨어드는 데 성공했다. 방 창문 아래에 도착하고 나서 그는 한숨을 조용히 내쉬었다.

이제 방 안으로 들어가기만 하면 되었다. 힘을 주지 않고도 방 창문은 소리 없이 열렸다. 그는 근처에 놓여 있던 나무 상자를 창문 아래 놓고, 조심스레 창틀로 몸을 올렸다. 끙끙거리는 소리도 내지 않으려고 애를 쓴 끝에 간신히 방에 소리 없이 들어가는 데 성공했다.

나중에 바닥을 닦아야 하겠군.

그는 속으로 중얼거리며 어두운 방 안에서 구두를 조심스레 벗었다. 그는 무심결에 남포등에 손을 뻗으려다가 멈칫했다.

'불도 켜지 말아주셨으면 합니다.'

선화의 영문 모를 지시가 떠올랐다. 그래서 그는 어둠 속에서 우두커니 앉아 있어야만 했다. 바깥은 조용했다. 조금씩 졸음이 왔다.

돌연 쿵 소리가 났다.

그는 화들짝 놀랐다. 몽롱하던 정신이 번뜩 돌아왔다.

"오 탐정, 계시오?"

밖에서 영돌 아범의 목소리가 들렸다. 에드가 오는 무심코 대답할 뻔했다. 그러나 선화의 목소리가 먼저 들렸다.

"오 선생님은 외출 중이십니다."

"아직 경찰서에 가 있는 거요? 아침에는 돌아왔을 줄 알았는데."

"돌아오긴 하셨지요. 하지만 점심 좀 지나서 다시 밖에 나가셨습니다. 영돌 아저씨, 그때까지 헛간에서 주무셨던 건가요?"

"나도 어제 경찰서에 다녀왔잖소, 선화 아씨. 거, 순사가 나에게 하도 모질게 야단을 쳐서 겁이 잔뜩 나더라니까. 그 때문에 진이 다 빠져버린 모양이오. 게다가 험한 꼴도 보았잖소. 사람이 총 맞아 죽은 것 말이오."

"하긴 그렇겠습니다."

그렇게 말하던 선화가 기침했다. 기침 소리가 잦아들자 그녀가 말했다.

"죄송합니다. 창문을 열어도 되겠지요? 환기를 좀 해야겠습니다."

무언가 덜컹거리는 소리가 나지막하게 났다. 잠시 후 다시 선화의 목소리가 들렸다.

"그런데 영돌 아저씨. 오 선생님은 무슨 볼일로 찾으시는 건가요?"

"의걸이장을 좀 전에 다 마무리 지어서 보여주려던 참이었소."

"하필 지금 계시질 않으셔서 안타깝습니다. 저도 오 선생님께 다시 듣고 싶은 이야기가 있었는데 말입니다."

"이야기?"

"외출하시기 전에 오 선생님이 제게 흥미로운 이야기를 해주셨거든요."

거기서 잠시 말을 멈춘 선화가, 다시 말을 이었다.

"영돌 아저씨도 대략의 사정은 아시지요? 오 선생님이 관심을 보이시던 용구 시장의 도끼 살인사건 말입니다."

"어제 순사 나리가 범인을 잡은 그 일? 알다마다. 범인이 어제 그렇게 죽으면서 다 끝났잖소."

"그런데 이상하게도 말입니다, 오 선생님이 아직 사건은 끝난 게 아니라고 말씀하셨지 뭡니까."

"사건이 끝나지 않았다고? 오 선생이 그러더란 말이오?"

영돌 아범의 목소리에도 흥미를 보이는 기색이 느껴졌다.

"나는 다 끝난 줄 알았는데. 범인이 죽었으니 끝난 게 아니오?"

"아닙니다. 오 선생님이 말씀하시길, 그 돌아가신 분은 첫 번째 살인사건의 범인일 뿐이라고 했습니다. 그러면서 두 번째 살인사건의 범인, 이창수라는 사람을 죽인 범인은 따로 있다, 그리고 나는 그게 누구인지 짐작 가는 바가 있다, 라고 하시지 뭡니까? 그러면서 오 선생님이 생각한 사건의 진상을 제게 말씀해주셨지요."

에드가 오는 침을 꿀꺽 삼켰다. 자신은 그런 말을 한 적이 없었다. 물론 그런 생각은 간절했다. 하지만 자신은 지금까지 계속 헛짚기만 했을 뿐, 진실이 무엇인지 여전히 오리무중인 채였다. 그런데 선화는 지금 두 번째 살인사건의 범인의 정체를 안다고 말하고 있었다.

"그거 재미있군그래."

영돌 아범의 목소리가 들렸다.

"선화 아씨, 나도 그 이야기 들을 수 없을까? 재미있을 것 같아서 그러오."

"좋습니다. 한 번 들어보시겠습니까?"

에드가 오의 이름을 빌린 채, 선화가 대답했다.

아직 풀리지 않은 의문

어두운 방 안에서 에드가 오는 귀를 기울였다. 바깥의 두 사람이 나누는 이야기는 잘 들렸다. 평소 선화나 그녀의 모친이 조용하게 살아서였는지, 여태껏 이 방이 이렇게 소음이 차단되지 않는다는 걸 모르고 있었다. 하지만 지금은 그 점이 고맙기만 할 뿐이었다.

"오 선생님이 말려든 두 살인사건은 그 모습이 비슷해 보였지요. 무엇보다도 두 사건 모두 도끼로 사람을 죽인 사건이었지 않습니까. 그래서 경찰은 두 사건을 같은 사람이 저지른 짓이라 생각했고, 오 선생님도 마찬가지로 생각하셨지요. 두 사건은 하루 사이로 같은 장소에서 일어났으니 말입니다."

선화는 그렇게 말하고 나서 잠시 뜸을 들였다.

"하지만 오 선생님은 점점 의문을 가지신 모양입니다. 오 선생님이 말씀하시더군요. '도끼가 범행의 흉기라는 이유만으로, 두 사건이 같은 범인의 소행이라고 볼 수 있는가?'라고요."

에드가 오는 움찔 놀랐다.

그 말은 연주의 편지에 적힌 말과 비슷하지 않은가.

선화의 말이 이어졌다.

"도끼는 물론 더할 나위 없는 흉기지만, 살인사건의 도구라고 곧바로 떠올리기 어려운 물건이기도 합니다. 평범한 사람이 '살인사건에서 범인이 흉기를 사용했다'라는 말을 들었다면, 보통은 칼이나 몽둥이를 흉기라고 생각하지 않을까요? 신문에 실린 기사만 봐도 이 사건을 '엽기 살인'이라고 쓰고 있었지요. 기자들이 그렇게 쓴 이유 중 하나는, 도끼를 범행에 사용했기 때문일 겁니다."

"엽기, 엽기라. 하긴, 아씨 말을 듣고 보니 그럴 수도 있겠구먼."

"그런데 아저씨, 두 사건에서 범인이 도끼를 다르게 썼다는 걸 알고 계십니까?"

"다르게 썼다니? 그건 무슨 소리요?"

"처음 권삼호 씨의 살인에서 범인은 자는 이의 목을 도끼로 내리쳤습니다. 그런데 두 번째 이창수 씨의 살인에선 도끼로 피해자의 머리를 내리쳤지요. 만약 같은 범인의 짓이라면 피해자를 해친 방법도 같아야 하지 않을까, 그게 오 선생님이 이상하게 여긴 부분이었습니다."

"그런가? 그건 좀 억지스럽지 않소?"

영돌 아범이 고개를 갸우뚱했다.

"이상한 점은 더 있습니다. 첫 번째 사건에서 범인은 그 집의 도끼를 사용했는데, 두 번째 사건에서는 일부러 도끼를 가져가서 살인을 저질렀다고 하더군요. 첫 번째 사건의 범인은 도끼를 놔둔 채 사라졌지만, 두 번째 사건의 범인은 도끼를 다시 들고 가버렸고요. 확실히 다르지 않습니까? 이 두 사건은 도끼를 사용하였다는 점만이 같을 뿐, 서로 다른 사건이라 해도 되지 않을까요?"

에드가 오는 거기서 연주의 편지 속 내용을 이해할 수 있었다. 연주도 분명 저 부분을 이상하게 여겼을 것이다. 그래서 그녀는 그 점을 토대로 두 사건을 별개로 분리해보았을 것이고, 그 결과 처음 사건의 범인은 박동주 군이라고 추론했을 것이다.

지금이라도 밖으로 나가 두 사람의 이야기에 끼어들고 싶었다. 하지만 선화의 이유 모를 지시가 마음에 걸렸다.

갑갑한 마음으로 문을 바라보던 그는 문득 열쇠 구멍이 빛나고 있는 걸 깨달았다. 바깥의 빛이 방 안으로 새어 들어오고 있었다.

탐정소설에서는 열쇠 구멍으로 몰래 엿보는 장면이 자주 나오지.

그는 조심스레 몸을 굽혔다.

*

응접실에는 평소와 달리 전깃불이 켜져 있었다. 열쇠 구멍으로는 선화의 모습만이 보였다. 그녀는 책상 앞에 앉아 있었다. 늘 그래왔던 대로였다.

"하지만 그건 이상하지 않은가?"

영돌 아범이 다시 질문했다. 그의 모습은 잘 보이지 않았다.

"처음 사람 죽인 건 욱해서 벌어진 것이고, 두 번째 사람 죽인 건 오히려 작정하고 벌인 것일 수도 있지 않냐 이거요."

선화는 얼굴에 미소를 짓고 있었다. 그가 한 번도 본 적 없는 표정이었다.

"그럴 수도 있겠지요. 하지만 그 경우, 두 번째 살인의 모양새가 좀 이상하지 않습니까?"

"이상하다니?"

"아저씨의 말씀대로라면 범인은 자신을 바라보는 사람의 정면으로 '작정하고' 머리를 내려친 거지요. 그런데 그곳의 물건들은 흐트러져 있지 않고 대부분 원래 있던 자리에 그대로 있었다고 합니다. 어떻습니까, 아저씨. 함께 따라가셨으니 그곳의 모습 역시 보셨지요?"

영돌 아범으로 짐작되는 그림자가 현관 쪽 구석에서 아른거렸다. 전깃불이 무언가에 반사된 빛이 비쳐서 눈이 잠깐씩 부셔왔다.

잠시 침묵이 흐르고 영돌 아범이 선화의 말에 대답했다.

"음, 듣고 보니 정말로 그랬던 것도 같군그래."

"어제 여기서 돌아가신 분이 두 번째 사건도 저질렀다고 생각한다면, 뭔가 이상하지 않습니까? 그분이 처음 살인을 저지른 뒤, 전당포 주인도 죽여야겠다고 마음먹었다 생각해본 말입니다. 그분이 전당포 주인을 만난 건 단 한 번일 겁니다. 그런 사람이 도끼를 들고 찾아왔다면, 그리고 그날 오전 동네에서 도끼로 사람을 죽인 사건이 벌어져 떠들썩한 뒤라면, 전당포 주인은 그 낯선 이를 경계할 게 당연합니다. 만약 그런 상황에서 마주 본 채 도끼로 머리를 공격하려 한다면, 전당포 주인은 당연히 도망치려 하거나 어떻게든 저항할 것입니다. 그러면 그 방의 물건들이 멀쩡히 있을 수 있겠습니까?"

그녀가 얼른 뒷말을 덧붙였다.

"오 선생님은 그 점을 이상하게 생각했습니다."

"하지만 범인은 자기가 죽일 사람이 뭔가 다른 것에 정신이 팔린 틈에 머리를 내리쳐 죽이겠다고 생각한 것일지도 모르지 않소? 무언가 달콤한 말이나 주의를 돌릴 거리를 내놓고 나서 그런 짓을 저질렀을 수 있다는 거지."

"그럴 수도 있겠군요."

영돌 아범의 말에 선화는 고개를 끄덕였다.

"아무튼, 이 두 사건이 한 사람이 저지른 것이 아닐 수도 있다는 생각이 여기서는 중요한 점입니다. 오 선생님은 그렇게 생각을 바꿔보신 거지요."

그녀는 책상 위의 무언가를 내려다본 뒤 다시 고개를 들었다.

"거기서 오 선생님은 다시 한번, 도끼로 살인이 벌어졌다는 점에 주목하셨습니다."

"다시 한번?"

"조금 전에도 말씀드렸다시피, 도끼는 평범하게 사용하는 무기가 아닙니다. 그렇기에 도끼로 살인이 벌어진 동네에서 곧바로 연이어 도끼로 사람이 살해당하면, 사람들은 두 살인을 같은 사람이 저지른 것으로 생각하기 쉽습니다. 그 두 사건이 실은 아무 관계가 없다 해도 말입니다."

영돌 아범은 끙, 하는 소리를 냈다. 선화의 말이 이어졌다.

"오 선생님은 두 번째 살인사건에서 도끼가 사용된 이유는 범인이 의도적으로 도끼를 골랐기 때문이라고 생각하셨습니다. 도끼를 사용한다면 두 번째 살인도 첫 번째 살인의 범인이 한 소행이라고 뒤집어씌울 수 있기 때문이지요."

"자신의 범행을 다른 사람에게 뒤집어씌운다?"

"그렇습니다. 영돌 아저씨, 한 가지 묻겠습니다. 만약 두 번째 사건의 범인이 첫 번째 사건의 범인이 누구인지를 알고 있다고 생각해봅시다. 두 번째 사건의 범인은 첫 번째 사건의 범인에게 모든 걸 뒤집어씌우기 위해 또 어떤 행동을 하면 좋을까요?"

영돌 아범은 한참 동안 침묵을 지켰다. 선화는 그를 가만히 응시하고 있었다.

잠시 후 그가 대답했다.

"글쎄요, 나는 모르겠어. 전혀 모르겠구려."

시무룩한 목소리였다.

"이런 건 어떨까요?"

선화의 말이 거침없이 이어졌다.

"범행 현장에 첫 번째 사건의 범인이 가진 물건을 남기는 겁니다. 이를테면 그자의 소지품을 남긴다거나……."

"그럴지도 모르겠구려. 잘은 모르겠지만 말이야."

영돌 아범의 떨떠름한 말 뒤에 선화의 말이 이어졌다.

"그 점에 생각이 미쳤을 때 오 선생님은 두 번째 사건 현장에서 발견된 자신의 모자를 떠올렸다고 합니다. 전혀 연관 없는 두 사건이라면, 그곳에 왜 그분의 모자가 남겨져 있었을까요? 그것도 피가 묻어서, 누가 보아도 범인이 손을 댄 게 분명한 모습으로."

에드가 오는 두근거리는 심장 박동을 애써 진정하려고 했다. 심장 소리가 얼마나 거셌는지, 밖으로 새어나갈 것만 같았다.

"만약 두 번째 사건의 범인이 첫 번째 사건의 범인을 오 선생님이라 생각했다면, 오 선생님의 모자를 자신이 저지른 살인 현장에 놔두는 건 자연스러운 행동일 겁니다."

선화는 잠시 입을 다물었다. 다분히 의도적으로 보이는 침묵이었다.

"오 선생님은 실제로 범인으로 몰린 적이 있었습니다. 단 하루뿐이지만요."

이어진 선화의 말에 에드가 오 입에서 신음이 새어 나오려는 걸 간신히 틀어막았다.

"여기서 모자와 오 선생님에 관해 정리해보겠습니다. 우선 두 번째 사건에서 발견된 모자입니다. 그 모자는 첫 번째 사건 전날까지 이곳 은 일당에 있다가, 그 이후 모습을 감추었지요. 그리고 나서 두 번째 사건이 벌어진 날 범행 현장에서 발견됩니다. 즉, 모자의 행방이 묘연했던 건 반나절이 조금 넘는 시간입니다."

"……"

"다음으로 오 선생님이 범인으로 의심받던 시간입니다. 오 선생님은 첫 번째 살인사건이 벌어진 날 오전에 체포되셨지요. 그리고 그날 저녁 두 번째 살인사건이 벌어졌고 오 선생님의 혐의는 다음 날 오전에 풀렸습니다. 다시 말해 오 선생님이 범인으로 의심을 받은 시간은 길어야 하루입니다."

영돌 아범은 아무 말 없이 그녀의 말을 듣고 있었다.

"두 번째 사건의 범인은 이 사이에 범행을 저질렀습니다. 그자는 오 선생님이 첫 번째 사건의 범인이라고 믿고 있었기 때문에, 사건 현장에 일부러 그분의 모자를 남겼지요."

"선화 아씨, 아씨가 무슨 이야기를 하고 싶은 것인지, 나는 도저히 모르겠소."

영돌 아범은 시무룩하게 말했다. 선화가 그를 바라보는 눈빛에 답답함이 섞여 있었다.

"간단한 이야기입니다. 그럼 이것들로 범인 후보를 생각해볼까요."

"……"

"박동주 씨는 유력한 범인 후보입니다. 하지만 만약 그분이 범인이라면 개천에 빠지고 뒹굴어서 사람들의 시선을 끄는 짓은 하지 않았겠지요. 다음번 죽일 사람이 용구시장에 있는데, 그곳 사람들이 자신의 얼굴을 기억할지도 모를 행동을 한 게 이상하지 않나요? 박동주 씨가 그날 저녁에 이창수 씨를 죽이려고 마음먹었다면, 거슬리는 피 냄새를 없앨 다른 방도를 찾으려 했을 겁니다. 사람의 이목을 끄는 짓은 하지 않는 방법으로요."

"아니, 그렇다면 이상하지 않소. 여기서 오 선생의 모자를 들고 나간 것이 어제 죽은 그자가 아니라면 대체 누가 그럴 수 있단 말인가?"

순간 에드가 오는 그 조건에 맞는 인물이 한 명 떠올랐다.

하지만 그럴 리 없을 텐데……

선화가 여전히 미소를 지은 채 말했다.

"범인이 될 수 있는 사람이 단 한 명, 있습니다."

"그게 누구요?"

"오 선생님이 범인이라는 이야기를 순사에게 전해들은 사람, 용구시장의 이창수를 아는 사람, 도끼와 같은 용구를 무척 능숙하게 사용할 줄 아는 사람, 그리고 오 선생님 모자의 행방을 잘 알고 있는 사람."

선화의 표정은 평온했다.

"영돌 아저씨, 아저씨가 이창수 씨를 죽인 범인이지요?"

드러난 진실

공기가 서늘해졌다. 해가 져서 온도가 내려간 것인지, 바깥 상황이 긴장감을 띠기 시작해서인지 알 수 없었다.

열쇠 구멍 너머로 상황을 몰래 보는 것은 쉬운 일이 아니었다. 가끔 눈을 찔러 오는 반짝이는 빛 때문이었다.

"그건 이상한데. 억지 아니오, 선화 아씨?"

영돌 아범의 목소리에서 조금 전까지의 시무룩한 기색은 사라졌다. 그의 목소리는 평소와 다름없이 능글거렸다.

"우선 내가 이창수라는 사람을 안다고 하였는데, 그것부터 억지 아닌가? 그리고 순사 나리들이 사람이 언제 죽었는지 알아내는 신기한 기술을 가지고 있다지 않소. 그런데 그걸 알면서도 오 선생이 경찰에게 잡혀 들어간 뒤에 굳이 사람을 죽이려 든단 거요? 오 선생에게 죄를 뒤집어씌우려는 이유로? 그게 무슨 말이 안 되는 이야기란 말이오, 대체."

"아저씨는 경찰이 사람이 언제 죽었는지 알아내는 기술을 가지고 있다는 그 지식을 언제 알게 되신 겁니까?"

영돌 아범은 대답하지 않았다. 선화가 재차 말했다.

"오 선생님을 따라 조사를 나가시던 그때 아닙니까? 오 선생님이 조사하러 가시기 전, 저기 헛간 앞에서 그런 내용의 이야기를 영돌 아저씨에게 했었지 않습니까."

에드가 오는 헛간 앞에서 영돌 아범에게 의기양양하게 늘어놓았던 탐정학 강의를 떠올렸다. 그때 선화도 열린 창문 너머에서 그 이야기를 듣고 있던 걸 그도 기억하고 있었다.

"그전까지는 이렇게 생각하셨겠지요. 전당포가 쉬는 날이니 그의 시체는 늦게 발견될 것이고, 그렇다면 이창수가 언제 죽은 건지는 알 수 없을 것이라고요. 도끼로 사람이 죽었으니 그 살인 역시 오 선생님이 체포되기 전에 저지른 것으로 경찰들은 짐작할 것이라고도요."

"……."

"그러다가 오 선생님이 이야기하신 걸 듣고 나서야, 아저씨는 비로소 왜 경찰이 오 선생님을 풀어주었는지를 이해하게 된 거지요? 그제야 자신이 한 생각이 어디가, 어떻게 틀렸는지를 알게 된 것 아닙니까?"

"허, 그것참. 그러면 그건 어떻게 되는 거요? 내가 이창수를 아는지 모르는지 오 선생이 어떻게 안단 말이오."

"오 선생님 말씀에 따르면, 조사에 도움을 준 인력거꾼 장 씨의 말에서 눈치챌 수 있었다고 합니다. 장 씨는 아저씨가 용구시장 투전판에서 노름을 자주 했었고 이창수의 집에서 신세를 지기도 했다는 투로 말했다더군요. 물론 그때마다 아저씨는 이야기를 돌리려고 애쓰는 모습을 보이셨고요. 그때만 해도 오 선생님은 그러한 말 돌리기가 도박을 하는 사실을 들키는 게 부끄러워서 그러는 것으로 생각하셨답니다. 도박보다 더 큰 사실, 즉 아저씨가 이창수와 사건 이전부터 밀접한 관련이 있다는 사실을 숨기기 위해서였는데 말입니다."

"으음……."

"사건이 어떤 식으로 벌어진 것인지, 오 선생님이 상상하셨던 이야기를 해볼까요."

입을 다물고 있는 영돌 아범은 아랑곳하지 않고 선화가 말을 이어나갔다.

"사건이 벌어진 날 아침, 아저씨는 오 선생님이 외출하는 걸 저와 함께 배웅하였지요. 그날 오후, 은일당에 갑자기 순사가 찾아와서는 뜻밖의 이야기를 꺼냈지요. '오 선생님이 용구시장에서 도끼로 살인을 저질렀다. 그에 관해 아는 것이 있는가.'라고요."

"……."

"순사는 여기저기를 조사하며 이것저것을 물어보았고 자연스레 오 선생님이 살인 혐의를 받고 있다는 사실 역시 이야기했었습니다. 아저씨는 문득 이것이 기회라는 생각을 하게 되었지요."

"기회라니?"

"영돌 아저씨. 도박 빚이 상당히 있지요? 용구시장에서 이창수에게 졌을 빚이 말입니다."

영돌 아범은 대답하지 않았다.

"아저씨는 그 빚을 한 번에 청산할 방법을 떠올리게 됩니다. 이창수가 죽으면 채무자가 사라지고 맙니다. 즉, 도박 빚은 한 번에 사라지는 거지요."

어딘가에 반사된 빛이 다시 눈을 쏘았다. 에드가 오는 질끈 눈을 감았다.

"때마침 그날 이창수의 전당포는 쉬는 날이었고, 그런 날엔 이창수가 장부 정리를 위해 가게에 계속 틀어박혀 있다는 것을 아저씨는 잘 알고 있었지요. 그러니 이창수가 전당포 안에서 도끼로 죽은 것이 뒤늦게 발견되고 그곳에 오 선생님의 모자가 있다면, 그 사건 또한 오 선생님이 벌인 짓으로 여길 거라고 생각하셨을 겝니다."

"……."

"순사가 돌아가자 아저씨는 얼른 지게를 짊어지고 용구시장으로 갑니다. 지게를 짊어진 것은 용구시장에 다른 볼일이 있어서 온 것처럼 보이려는 눈속임과 지게에 평소 사용하던 도끼와 오 선생님의 모자, 그리고 도롱이 같은 것을 챙겨놓았기 때문이었겠지요."

영돌 아범이 허, 하는 소리를 입에서 냈다. 탄식인지 어처구니없음인지 알 수 없는 그런 소리였다.

"선화 아씨, 내가 오 선생의 모자를 가지고 있었다니, 그건 또 무슨 소리요?"

"마침 아저씨가 그날 새벽에 모자 상자째 가져가셨던 거 아닌가요? 오 선생님이 주무실 때 방까지 들어와서 아무 말 없이 가져가신 거겠지요? 양복장에 모자 넣을 단의 크기를 재보려고 말입니다."

에드가 오는 선화의 주장이 말이 되지 않는다고 생각했다. 무엇보다도 그가 권삼호의 집에 가기 전에 영돌 아범에게 그의 모자를 보았느냐고 물었을 때, 영돌 아범은 전혀 모르는 눈치였다.

아니, 아니다. 영돌 아범은 '페도라'가 무엇인지를 모르는 것이었다. 나는 영돌 아범에게 내 모자를 보지 못했냐고 묻지 않았다. 내 페도라를 보지 못했냐고 묻지 않았던가!

입에서 신음이 흘러나오려는 걸, 그는 애써 참았다.

"용구시장에 도착한 뒤, 아저씨는 이창수의 집으로 갑니다. 이창수의 집에 도착한 아저씨는 그의 방으로 불쑥 들어갑니다. 평소처럼 전당 잡힐 게 있다고 하고 한 손에 도끼를, 다른 손에 모자를 들고 방 안에 들어선 거겠지요. 이창수는 크게 의심하지 않았을 겁니다. 아저씨는 이창수가 쉬는 날에도 막무가내로 전당을 잡히려고 들이닥친 전적이 있었고, 도끼와 모자는 전당 잡히러 맡길 물건으로 보았을 테니 말입니다. 이창수가 잠시 한눈을 판 틈에 아저씨는 도끼를 휘둘러 그의 머리를 내려칩니다."

"……."

"그렇게 아저씨의 빚은 사라지게 되었습니다."

무시무시한 이야기를 하는 와중에도 선화는 여전히 미소를 짓고 있었다. 에드가 오는 조마조마한 마음으로 남은 이야기를 기다렸다.

"오 선생님에게 살인 혐의를 뒤집어씌우는 일은 그분의 모자로 도끼날에 묻은 피를 닦아내고 그걸 그 자리에 버리는 것으로 간단하게 끝났습니다. 그런데 거기서 뜻밖의 문제가 있었습니다. 입고 있던 옷과 도끼가 피범벅이 되었던 겁니다. 그걸 어찌 숨길 것인가. 옷에 관한 건 미리 생각해두었겠지요. 지게에 챙겨온 도롱이를 입는 것으로 옷에 튄 핏자국은 가릴 수 있었을 겁니다. 마침 그날 저녁 비가 오고 있었으니 그 차림은 자연스러웠을 테지요."

에드가 오의 머릿속으로 페도라에 묻어 있던 지푸라기가 떠올랐다. 그 지푸라기는 분명 그 도롱이에서 묻었던 게 분명했다.

선화의 말이 이어졌다.

"하지만 도끼마저 피범벅이 될 줄은 미처 생각하지 못했을 겁니다. 도끼를 지게에 그냥 올려두는 건 위험천만한 일이었습니다. 아무리 어두운 밤이지만, 혹여나 조명이 있는 곳을 지나다가 남의 눈에 띌 수도 있고, 순사가 불심검문을 할 수도 있을 테니까요. 모자로 꼼꼼하게 닦아도 피가 다 닦이지는 않고, 그렇다고 도롱이 안에 품고 가기도 어려웠겠지요. 그러면 어떻게 할 것인가?"

"으음……."

"그때 아저씨의 눈에 들어온 것이 오동나무 장롱이었습니다. 오 선생님이 주문한 양복장으로 바꿔 만들기에 충분한 크기인 물건. 그리고 좀 크긴 합니다만, 도끼를 담을 상자 역할도 할 수 있는 것이었지요."

에드가 오는 하마터면 소리를 지를 뻔했다. 그러고 보면 영돌 아범은 이창수 집 바닥에 난 눌린 자국을 무시하는 기색이었다. 그게 일부러 의도한 행동이었을 거라고는, 에드가 오는 짐작도 하지 못했다.

선화의 말은 계속 이어졌다.

"아저씨는 오동나무 장롱을 지게에 싣고, 장롱 안에 피 묻은 도끼를 넣었습니다. 누가 장롱의 출처를 물을 때를 대비해서 거짓 이야기 역시 꾸며냈을 겁니다. 저와 오 선생님에게 들려준 이야기는 그때 지어낸 거짓말이었겠지요."

그녀의 미소 지은 얼굴은 여전히 변화가 없었다.

"그렇게 무사히 이곳으로 돌아온 뒤, 피 묻은 도롱이와 옷은 화로에 불을 붙여 태웠습니다. 이미 만들어진 오동나무 장롱의 결을 인두로 지진다는 핑계로 말이지요. 도끼 역시 피가 묻은 부분을 닦아내었을 겁니다."

여전히 영돌 아범은 말을 하지 않았다.

"그렇게 모든 게 끝났다고 생각한 아저씨에게, 다음날 놀라운 일이 벌어졌습니다. 범인으로 갇혀 있어야 할 오 선생님이 귀가한 거지요. 영문을 몰라 당황해하던 아저씨로서는 더욱 곤란한 일이 이어졌습니다. 오 선생님이 갑자기 탐정이 되어 사건의 진상을 밝히겠다면서 용구시장에 가겠다고 하는 것입니다."

"……."

"처음엔 아저씨는 오 선생님의 이해할 수 없는 발언과 행동을 비웃었습니다. 하지만 아저씨는 '탐정이라는 것이 순사가 하는 일과도 비슷하다', '사건 현장을 조사해보면 범인이 누구인지 알 수 있다' 이런 자신만만한 말 때문에 점점 불안해졌지요. 그래서 오 선생님이 어디까지 알고 있는지, 어떤 것을 알아낼 것인지를 직접 확인하기 위해 아저씨는 조사에 따라가기로 했습니다."

반사된 빛이 또다시 눈을 쏘았다. 눈을 찌푸리면서 에드가 오는 선화의 다음 말을 기다렸다.

"가는 길에 경찰이 이창수가 죽은 시간을 알고 있다는 사실을 듣게 된 아저씨는 더욱 불안해집니다. 처음 세웠던 계획이 그 뿌리부터 망가지고 말았으니까요. 그래서 아저씨는 조사를 돕는 척하면서 오 선생님이 하는 모습을 지켜보았지요. 여차하면 그 자리에서 오 선생님을 입다물게 할 생각이었을지도 모르겠습니다. 하지만 관찰 결과, 아저씨는 오 선생님이 아는 게 없다고 생각하게 됩니다."

영돌 아범은 아무 말도 하지 않았다.

"물론 그건 영돌 아저씨의 착각이었지요."

선화가 한 마디를 덧붙였다.

하지만 선화 군의 말과는 달리, 나는 영돌 아범의 생각대로였지 않나. 아무것도 모른 채 엉뚱한 생각만 펼치고 있지 않았던가.

입이 썼다.

"이제 아저씨는 장롱을 양복장으로 바꾸는 작업에만 열중합니다. 세상이 이창수의 죽음을 잊을 때까지 조용히 살 생각이었을 겁니다."

영돌 아범은 대꾸 없이 선화의 이야기를 듣고만 있었다. 미소를 지은 채 선화는 무시무시한 이야기를 계속 이어나갔다.

"그리고 어제, 아저씨는 술 마시러 나가다가 산길에서 두루마기를 입은 낯선 사람을 지나치게 되었고, 곧이어 인력거꾼을 만납니다. 그 인력거꾼이 은일당에 온 순사였다는 것을 알아본 이유는, 그가 아저씨에게 질문을 던져서였을 겁니다. 조금 전 두루마기를 입고 지나간 사람이 누구인지, 그리고 그가 어디로 가는지 아느냐는 질문을 했겠지요."

"……"

"무언가 낌새가 이상하다고 생각한 아저씨는 순사를 따라 다시 은일당으로 돌아오게 되었습니다. 두 사람은 나무 뒤에 숨어서 두루마기를 입은 낯선 사람, 박동주 씨가 오 선생님과 나눈 대화를 엿듣게 됩니다. 그리고 박동주 씨가 자신이 첫 번째 살인의 범인임을 자백하는 걸 듣는 순간, 아저씨는 뜻밖의 기회가 왔음을 알아차립니다. 세상이 조용해지기를 기다릴 필요 없이, 눈앞의 두루마기 입은 사내에게 자신의 살인을 뒤집어씌울 기회가 말입니다."

"……"

"그러나 박동주 씨가 순사 앞에서 두 번째 살인은 자신이 저지른 게 아니라고 외치는 걸 들으며, 아저씨는 초조했을 겁니다. 만약 박동주 씨가 체포된다 해도 계속 이창수를 죽이지 않았다고 주장한다면 경찰이 다시 이창수 건을 조사할지도 모르고, 그렇다면 발전한 수사 기법이란 것으로 아저씨를 범인으로 지목할지도 모를 일 아닙니까. 마음 같아서는 당장이라도 박동주 씨를 입 다물게 하고 싶었을 겁니다. 하지만 그를 그 자리에서 당장 침묵시킬 방법은 영돌 아저씨에게는 없었지요."

영돌 아범의 몸 그림자는 여전히 흔들거리고 있었다. 하지만 그는 계속 침묵을 지키고 있었다.

"그러나 그때 불행한 일이 벌어집니다. 순사가 총을 꺼내서 박동주 씨에게 겨누고 든 상황에서, 박동주 씨가 증거를 보이겠다며 품 안에 손을 넣었던 것입니다. 그 동작은 멀리서 보면 무언가를 꺼내려는 모습으로 보였겠지요. 하지만 무엇을?"

"……"

"거기서 아저씨는 오 선생님과 용구시장에 갔을 때 자고 있던 순사를 건드렸다가 그 순사가 깜짝 놀라서 뺨을 때린 일을 떠올렸습니다. 아저씨는 순간적으로 과감한 도박을 걸었습니다. 아저씨에게는 박동주 씨를 입 다물게 할 수단이 없었지만, 순사는 그 수단을 손에 쥐고 있었으니까요."

선화는 여전히 미소를 지으며 영돌 아범을 마주 보고 있었다. 하지만 영돌 아범이 선화를 어떤 표정으로 바라보고 있을지, 에드가 오는 도무지 짐작이 가지 않았다.

"아저씨는 '총이다'라고 소리치며 순사의 어깨를 뒤에서 잡았지요. 박동주 씨를 잔뜩 경계하는 순사를 놀라게 한다면, 그리고 박동주 씨가 총을 가지고 있다는 생각을 아주 잠깐이라도 순사가 품는다면 순사가 즉각 그에 걸맞게 대응할 거라는 터무니없는 도박이었습니다. 하지만 정말로 순사는 그 수에 넘어가고 말았습니다. 어깨를 잡히고 '총이다'라는 소리를 들은 순사는 앞뒤 재어볼 생각도 하지 않고 반사적으로 총을 쏘고 말았지요."

선화는 중얼거렸다. 고개를 살짝 돌린 그녀의 표정은 열쇠 구멍 너머로는 보이지 않았다.

"그렇게 박동주 씨는 죽고, 사건은 마무리되었습니다."

에드가 오는 치밀어 오르는 분노를 애써 삭였다. 그녀의 말이 사실이라면, 박동주 군은 그 자리에서 죽지 않을 수도 있었다. 그러나 영돌 아범 때문에, 박 군은 그렇게 죽고 만 셈이었다.

선화는 다시 고개를 돌려 영돌 아범을 바라보았다.

"여기까지가 오 선생님이 추측한 사건의 진상입니다. 어떻습니까, 무언가 이상한 점은 없는지요?"

"모든 것이 다 이상하구려. 허허, 거참."

영돌 아범의 목소리는 여전히 태연자약했다.

"선화 아씨, 오 선생은 그 이야기가 진짜라고 어떻게 밝힐 수 있는 거요? 어디 보자, 내가 범인이라고 한다 해도 말이오, 피 묻은 옷이니 도롱이니 하는 건 불에 태워버렸을 것이고, 장롱에 묻은 피도 이미 지워진 뒤 아니겠냐는 거지. 게다가 사건을 목격한 사람도 없는데, 그럼 대체 오 선생은 뭘로 내가 범인이라고 할 거요?"

열쇠 구멍 저편으로 보이는 그녀의 얼굴엔 여전히 미소가 떠올라 있었다.

"오늘 오 선생님이 외출한 이유를 아십니까?"

"외출한 이유를? 그걸 내가 어찌 알겠소."

"그분은 두 가지를 알아보려 나가신 겁니다. 첫째, 인력거꾼 장 씨의 증언을 듣기 위해서입니다. 사건이 있던 날 언제 아저씨를 만났는지, 그리고 이창수에 진 아저씨의 도박 빚이 얼마나 있었는지를 물어보시려고요. 아마도 아저씨가 이창수에게 엄청나게 빚을 졌다는 증언이 나올 것으로 생각하시더군요."

"음."

"그리고 둘째, 아저씨가 구해온 장롱의 출처를 알아보려는 생각이셨습니다. 아저씨의 말대로 정말로 어떤 목수가 그 장롱을 넘겨준 것인지, 아니면 이창수 씨의 살해 현장에서 가져온 것인지를 확인해보겠다 하셨지요."

"흠."

"어제 오 선생님과 제가 헛간 앞에 있던 걸 기억하십니까? 그때 그분은 장롱의 크기를 재어보셨습니다. 아마도 이창수의 전당포 바닥에 남은 자국과 비교해보실 생각이시겠지요."

"흠. 그렇단 말이지, 그런 거였어."

영돌 아범이 중얼거렸다.

"하지만 선화 아씨. 내가 이창수에게 빚을 졌고, 그자가 죽은 곳에서 사라진 장롱이 내가 들고 온 장롱과 우연히 크기가 비슷하다고 칩시다. 하지만 그것만으로는 내가 이창수를 죽였다고 말할 순 없단 말이지."

"그렇지요. 영돌 아저씨 말씀이 맞습니다."

선화는 의외로 순순히 인정했다.

에드가 오는 갑갑해서 미칠 것 같았다.

무언가, 무언가 한 가지만 더 있다면, 그렇다면……

"그런데 아저씨, 저도 오 선생님께 이야기를 들었습니다. 서양에는 범죄학이라는 학문이 있다고 하더군요."

선화가 영돌 아범을 바라보며 말을 이었다.

"범죄학에 따르면 물건에 묻어 있는 아주 작은 핏자국만으로도 그게 누가 흘린 피인 건지 알아낼 수 있다고 합니다. 서양은 말할 것도 없고, 지금은 내지와 경성의 경찰들조차 피의 주인이 누구인지를 알아내는 기술을 상식이나 다름없이 쓴다고 합니다."

그녀의 얼굴에 지어진 웃음이 서늘했다. 문득 에드가 오는 고양이를 떠올렸다. 궁지에 몰아넣은 쥐에게 앞발을 한 번 휘두르면 사냥이 마무리되는 순간, 고양이가 얼굴에 지을 미소. 선화는 그런 미소를 짓고 있었다.

"그 이야기를 들으니 궁금해지더군요. 도끼에서 피가 흘러나와 장롱 틈에 배었을 텐데, 범인이 과연 장롱의 칸막이까지 일일이 뜯어서 그 피도 다 닦아냈는지, 그리고 도끼의 자루와 날 사이에 들어갔을 피는 제대로 다 닦아냈는지를 말입니다. 만약 경찰이 그 피를 발견한다면 그들은 무슨 생각을 할까요?"

영돌 아범의 입에서는 신음이 흘러나왔다.

"으음, 으음."

그가 입에서 내는 소리에 맞춰서 그림자가 흔들거렸다.

먼저 침묵을 깬 것은 영돌 아범이었다.

"선화 아씨, 왜 내게 이런 이야기를 하는 거요?"

"지금 은일당에 아무도 없기 때문입니다. 어머님은 오늘 친척분댁에서 하룻밤을 계시고 오 선생님은 늦게 돌아오실 것 같아서입니다."

선화는 한숨을 쉬었다. 그녀의 얼굴에 미소가 사라졌다.

"아버님이 집을 나가신 이후로는 영돌 아저씨가 어머님과 제게 많은 도움을 주셨지요. 영돌 아저씨는 늘 어르신의 은혜를 갚는 것뿐이라고 말씀하시지만, 어머님과 전 언제나 고마워하고 있습니다."

"……"

"그래서입니다. 아저씨가 범인이라면 적어도 도망치라는 말씀은 드려야 할 것 같아서입니다. 아저씨가 정말로 범인이라면 어서 경성을 벗어나 어딘가로 몸을 숨기십시오."

"……."

"오 선생님의 조사가 성공한다면 순사가 아저씨를 잡으러 올 겁니다. 아저씨는 그때 자신이 결백하다고 당당하게 말씀하실 수 있습니까? 오 선생님의 생각대로 아저씨가 이창수 씨를 죽인 게 사실 아닙니까?"

 잠시 침묵이 흘렀다.

 이윽고 영돌 아범의 목소리가 들렸다.

"뭐, 내가 이창수를 죽이긴 했지."

 범인의 고백을 듣고도 그녀의 표정은 변화가 없었다.

 다시 침묵이 흘렀다.

"그러니까, 내가 사람을 죽였단 게 오 선생에게 들킬지 모르니 어서 도망가라는 거지요."

 영돌 아범의 중얼거림에 선화가 말없이 고개를 끄덕였다.

"그런데 말이지, 한 가지 내기해도 좋은 게 있소."

 그는 말을 이었다. 유들거리는 말투는 여전히 변하지 않은 채였다.

"지금 아씨가 내게 한 이야기 말인데, 그걸 오 선생이 생각한 게 아닌 것 같단 말이지."

"……그건 무슨 말씀입니까."

"이걸로 내기해도 좋다니까. 오 선생은 지금 이 이야기를 절대 모를 거요."

"……."

"지금까지의 이야기. 모두 다 선화 아씨의 생각인 게지요?"

"아닙니다. 그렇지 않습니다."

 선화가 단호하게 말했다.

 하지만 에드가 오는 아주 잠깐, 그녀의 표정이 흐트러진 걸 눈치챘다.

"만약 그렇다면, 이런 일이 생기면 어떨까 싶더란 말이지."

영돌 아범이 몸을 건들건들 흔들며 말했다. 그 흔들림을 따라 빛 역시 번뜩거렸다. 에드가 오는 반사광에 쏘여 따끔거리는 눈을 바로 뜨려 애썼다.

"사람 혼자 남아 있던 집에서 돌연 불이 난 거요. 집이 모두 타버리고 집 안에 있던 사람은 죽은 채 발견되었지. 순사 나리가 조사해보니 그 집에서 하숙하고 있던 남자가 최근 집에서 소란을 벌여서 쫓겨날 처지였어. 당연히 하숙집 사람들에게 앙심을 품었겠지. 그래서 순사 나리는 집에 불을 질러 사람을 죽였다는 이유로, 하숙하던 그 남자를 체포하는 거지."

심장이 쿵쾅거렸다.

"어떻소, 선화 아씨. 이거 이야기가 그럴듯하지 않소?"

선화의 얼굴은 창백하게 질려 있었다.

"오 선생이 선화 아씨에게 사건의 자초지종 이야기를 해줬다는 말이 진짜라면 이창수 하나를 죽인 죄로 난 체포되겠지. 하지만 이미 사람 하나 죽인 죄에 하나를 더 죽인다 해서 덧붙을 죄가 대체 뭐가 더 있단 말이오."

"영돌 아저씨……."

"그래서 나는 오 선생이 이 사건의 진실을 모른다는 데 내 운을 걸어볼 거란 말이지. 이것도 도박이라면 도박이지요. 하지만 내가 도박 좋아하는 건 아씨도 잘 알 테니까."

영돌 아범은 천천히 손을 치켜들었다.

"어쩐지 괜히 이걸 들고 오고 싶더란 말이야."

그제야 에드가 오는 조금 전부터 자신을 괴롭히던 빛의 정체를 알아차렸다.
 영돌 아범이 들고 있는 도끼의 날이, 전등의 빛을 반사하며 반들거렸다.

다시 나타난 도끼

"영돌 아저씨, 이러지 마십시오!"

선화가 다급하게 소리쳤다. 그녀의 눈은 영돌 아범이 들어 올린 도끼를 향하고 있었다.

"절 어릴 적부터 보아온 정이 있지 않습니까!"

돌아오는 대답은 없었다.

"알겠습니다. 아저씨는 이 마을에서 조용히 지내시면 됩니다. 제가 입을 다물고, 오 선생님도 거짓으로 설득하겠습니다. 그러면 되는 것 아닙니까? 지금 이대로, 계속 지금 이대로만 지내시면 됩니다. 그러니……."

"허, 참. 선화 아씨. 모르시는 것 같구려. 지금 이대로? 그 말은 완전히 엉터리란 말이오."

"엉터리라니요?"

"내 한 가지 물어보지. 이 집이 멀쩡하다고 생각하오, 선화 아씨는?"

"그건 무슨……."

"아씨는 영리하니 이미 잘 알고 있을 거요. 그게 전혀 그렇지 않다는 걸. 어르신이 여기서 도망치신 뒤로는 이 집은 이미 망한 거나 마찬가지란 말이지."

"아버님은……. 도망치시지 않으셨습니다."

선화가 겨우 대답했다. 영돌 아범을 보는 그녀의 표정이 굳어져 있었다.

"어르신이 무슨 생각으로 이 집에서 도망치신 건지는 내가 알 게 뭐요? 요새 모던 뽀이라는 자들이 멀쩡한 가족도 죄다 버리고 그렇게 자기 내키는 대로 산다던데, 어르신도 그자들처럼 살고 싶으셨던 건지도 모르지."

"그런 말씀은 하지 마십시오."

그러나 영돌 아범은 들은 체도 하지 않았다.

"내가 가만히 지켜보니, 마님하고 선화 아씨 단둘만으로 앞으로 어찌 지낼 건지, 대체 어디에서 돈이라도 나올 곳이 있기는 한지 점점 궁금하더란 말입니다. 오 선생에게 하숙을 부쳐서? 고작 그런 벌이로 살아갈 수 있을 거라는 순진한 생각을 하는 건 아니겠지요? 어르신이 돌아오실 리도 없으니 이 집이 앞으로 어떻게 될지는 뻔한 거지."

"아버님은 돌아오실 겁니다."

선화가 악문 잇새로 힘겹게 말을 뱉었다.

"제가 신문 기사로 먼 곳의 일을 살피며, 여기서 문을 계속 지키고 있는 이유도 그 때문입니다. 아버님은 반드시 은일당에 돌아오실 겁니다. 그때 제가 아버님을 맞이해야 하지 않겠습니까."

말하는 것이 힘겨워 보였다. 그러나 그녀는 계속해서 말을 이었다.

"그러니 영돌 아저씨, 부탁이니 그런 말씀은 하지 마십시오."

영돌 아범은 헛, 하고 너털웃음을 터트렸다.

"하기야, 이런 말 하는 내가 참 나쁜 놈이란 말이야. 그런데 나쁜 놈은 맞지 않소. 사람 죽인 놈이니까."

"……."

"그리고 말이야 바른말이지, 얼마 뒤면 이 집이 망할 거라는 것도 맞는 이야기 아니오?"

"그렇지 않습니다. 아버님이 돌아오시면, 그러면……."

"어르신이 계시면 또 모를까, 지금 이대로는 어차피 그냥 둬도 곧 망해 없어질 것 아닌가. 그걸 내가 조금 빠르게 없앤다 해서 무에 큰 문제란 말이오."

선화의 눈빛이 흔들리고 있었다. 영돌 아범의 능글거리는 말이 이어졌다.

"남의 불행 속에도 나의 재수가 있다는데, 그 말이 무슨 뜻이겠소. 내가 재수 좋게 잘 살려면, 남이 어쩔 수 없이 불행해져야 한다는 뜻이지 않소. 그리고 내 재수가 좋으려면 때로는 남의 불행을 내가 만들어야 할 때도 있는 거란 말이지."

영돌 아범은 그 말을 끝내고 킥킥 웃었다. 여전히 도끼는 선화 쪽을 향한 채였다.

그때 에드가 오는 자신이 잘못 보았음을 알아차렸다. 선화의 눈빛이 흔들거리는 것은 동요하고 있어서가 아니었다. 그녀의 눈동자 속에서 이글거리는 것은 분노였다.

"하지만 영돌 아저씨, 아저씨의 계획엔 큰 문제가 있습니다."

애써 침착하게 이야기하려는 기색이 역력했지만 그녀의 목소리는 파르르 떨리고 있었다.

"절 도끼로 죽이면 그 흔적이 남을 겁니다."

"불에 새카맣게 다 타버릴 텐데?"

"그래도 도끼로 찍힌 흔적은 여전히 남아 있습니다."

"그런가? 하지만 순사들은 오 선생이 도끼를 휘둘렀다고 생각할 것 아니오."

에드가 오는 영돌 아범의 행동을 계속 주시했다. 심장이 쿵쾅거렸다.

선화가 빠르게 말을 이었다.

"영돌 아저씨도 의심을 받을 겁니다. 마을 사람들이 말하겠지요. 영돌 아저씨가 도끼로 저 바깥에서 물건을 만들곤 했다고 말입니다. 그리고 이 집에 도끼는 영돌 아저씨 것밖에 없지 않습니까!"

돌연 침묵이 흘렀다. 숨 막히는 정적이었다.

이번에도 먼저 침묵을 깬 건 영돌 아범이었다.

"한 번에 숨이 끊기는 것이 편하지 않은가."

그가 느릿느릿 중얼거렸다.

"거참, 무슨 수작을 부리려고 내게 그런 말을 하는지는 모르겠지만."

영돌 아범은 천천히 도끼를 든 손을 내렸다.

"선화 아씨, 섣부르게 움직였다간 바로 도끼가 날아갈 거요. 가만히 있는 게 좋을걸."

선화는 창백하게 질린 채 고개를 작게 끄덕였다.

"하긴 아씨 말이 맞겠구려. 머리가 쪼개지면 뼈까지 상해 흔적이 남는다, 선화 아씨는 이 말을 하고 싶은 게지요. 하긴 이창수 놈도 그랬었으니까……"

영돌 아범이 그렇게 중얼거렸다.

"흔적을 안 남기려면, 이러면 되겠지?"

툭, 소리가 났다.

영돌 아범의 손에 들린 도끼가 바닥에 떨어졌다. 선화가 떨어진 도끼를 바라보는 그 순간, 영돌 아범의 양손이 그녀의 목을 덮쳤다. 목이 졸린 선화가 컥, 소리를 냈다. 붉은 댕기가 크게 흔들렸다.

에드가 오가 문을 박차고 나왔다. 그는 망설이지 않고 영돌 아범을 온몸으로 안아 밀쳤다. 목을 조르느라 어정쩡한 자세로 서 있던 영돌 아범은 온 힘을 실어 몸을 들이민 공격에 중심을 잃고 바닥으로 나뒹굴었다. 그는 영돌 아범의 몸 위에 올라타서 움직임을 억누르려 했다. 그러나 영돌 아범이 발로 그를 걷어차 밀쳤다.

"컥!"

입에서 형편없는 소리가 새어 나왔다. 하필 명치를 제대로 얻어맞고 말았다. 에드가 오는 뒤로 밀려나 볼품없게 바닥을 굴렀다. 온몸의 힘이 쭉 빠져나갔다. 그는 있는 힘을 끌어모아 나동그라진 몸을 급히 일으키려 했다.

하지만 이미 늦었다. 영돌 아범이 그의 몸 위에 올라타고 말았다.

"헉, 허억, 오 선생이 거기서 엿듣고 있을 줄은 미처 몰랐군그래. 에고, 허억, 불이 꺼져 있어서 아무도 없는 줄 알았단 말이야."

영돌 아범이 헐떡거리며 말했다. 곧이어 영돌 아범의 오른 무릎이 그의 붕대 감은 왼손을 짓이겨댔다.

"악!"

입에서 비명이 나왔다. 도저히 빠져나갈 수 없었다.

영돌 아범의 손이 바닥에 떨어진 도끼를 찾아 더듬고 있었다.

선화가 괴롭게 기침하는 소리가 들렸다.

"어서 도망치게! 선화 군!"

그는 힘껏 소리쳤다.

"늦었소, 오 선생."

영돌 아범이 숨을 몰아쉰 뒤 손을 들어 올렸다.

"오 선생이 선화 아씨를 죽인 범인이 되어줘야겠어. 몸은 남산자락에다 묻어주리다."

그의 손에 들린 도낏날이 빛을 받아 번쩍였다.

에드가 오는 이를 악물었다.

여기서 어떻게 해야 선화가 도망칠 시간을 벌 수 있을까.

그때였다.

탕!

파열음이 들리고 영돌 아범이 움찔, 몸을 떨었다. 곧이어 영돌 아범의 오른쪽 어깨가 시뻘겋게 물들고 있는 것이 똑똑히 보였다. 그는 손에 든 도끼를 힘없이 바닥에 떨어트렸다. 그가 몸을 옆으로 웅크리며 아이고, 신음을 내었다.

에드가 오의 머리 위로 누군가의 그림자가 졌다.

"자네, 목숨을 건졌군."

총구를 영돌 아범에게 향한 채 미나미 순사부장이 차갑게 중얼거렸다. 걱정하는 말투는 아니었다.

"그 말씀대로입니다……."

에드가 오가 한숨을 뱉으며 중얼거렸다.

미나미 순사부장이 바닥을 굴러다니는 영돌 아범을 난폭하게 제압하는 것을 보면서, 그는 다시 길게 안도의 한숨을 쉬었다.

"늦으셨지 않습니까, 순사님……."

책상 너머에서 힘겹게 내뱉는 선화의 말이 들렸다.

남은 이야기

미나미가 영돌 아범을 체포하는 동안, 어째서인지 형님도 은일당 안으로 허겁지겁 뛰어 들어왔다. 형님은 곧장 선화의 상태부터 살폈다.

"이건 심하게 멍이 들겠다."

그녀의 목에 물든 시뻘건 손자국을 보며 형님이 나지막하게 중얼거렸다.

에드가 오는 형님의 눈치를 살폈다. 형님이 단단히 화가 났을 때 나오는 낮은 목소리였다. 역시 눈치를 보며 아무 말도 하지 못하는 선화의 목에 약을 바른 뒤, 형님은 붕대를 조심스럽게 감아주었다. 치료가 끝난 뒤 형님은 그녀의 눈을 지그시 바라보았다.

"다시는 이런 짓 하지 말거라."

"……예."

선화가 주눅이 잔뜩 든 목소리로 대답했다. 그녀가 저렇게 기가 잔뜩 죽어 있는 모습은 처음 보는 것 같았다.

뒤이어 형님은 에드가 오에게 다가왔다. 형님은 다친 곳은 없는지를 묻고 몸 여기저기를 살핀 뒤, 그에게 작은 약병을 건네주었다.

"아픈 곳이 있거든 우선 이걸 발라두어라. 그리고 내일 아침에 곧바로 병원에 와라. 다시 한번 몸을 좀 살펴보자."

그렇게 말한 뒤 형님은 그 자리를 벗어났다. 경찰에 연락하려고 서재의 전화를 사용하기 위해서였다. 미나미의 지시였다.

손에 수갑을 찬 영돌 아범은 아픔에 기절하고 만 것인지 축 늘어져 있었다. 밖으로 영돌 아범을 아무렇게나 질질 끌고 나가던 미나미가 에드가 오를 흘끗 바라보았다.

"시간을 잘 벌어줬어, 오덕문 선생."

미나미는 에드가 오에게 고개를 끄덕여 보였다. 그는 고개를 돌려 선화를 흘끔 쳐다보았다.

"아가씨. 다음부터 나를 비난하고 싶다면 내게 직접 고하길 바라오. 창문 너머로 에둘러서 하지 말고."

"알겠습니다, 남정호 순사님."

선화의 대답을 들은 미나미는 은일당 밖으로 나갔다. 집 안은 금세 고요해졌다.

"아니, 이보게. 저자는 남정호 순사가 아니라 미나미 순사부장……."

그렇게 중얼거리던 에드가 오는 거기서 입을 다물었다.

南이라는 성씨는 일본에서는 미나미라고 읽지 않던가. 남정호라는 이름의 한자가 '南正浩'라면 일본식으로는 '미나미 마사히로'라고 읽을 수 있다. 그렇다면 여기 은일당과 형님의 병원에 찾아갔다는, 경성에서 보기 드물게 양식이 있다고 생각한 남정호 순사가 실은 자신을 취조하고 고문한 미나미 순사부장과 동일인이었다는 말인가.

뒤늦게 그는 충격을 받았다.

"그럼 전 잠시……."

선화가 몸을 일으켰다.

"어딜 가려는 것인가."

겨우 정신을 차린 에드가 오가 물었다. 그녀는 바닥을 가리켰다.

"바닥에 말라붙기 전에 피를 닦아내야 합니다. 내일 어머님이 오셨다가 저걸 보기라도 하시면……."

그렇게 말하고 그녀는 집 안으로 들어갔다.

혼자 남겨진 그는 그만 헛웃음을 터트리고 말았다. 갑작스러운 상황의 변화를 따라갈 수가 없었다. 웃는 것 말고 할 수 있는 게 없었다.

*

"어디 한 번 설명해보게."

경찰도 형님도 모두 돌아가고 바닥 청소도 끝난 뒤, 에드가 오는 책상 앞에 앉은 선화에게 그렇게 말했다. 그녀의 어리둥절한 표정을 보며 그는 말을 이었다.

"자네의 위험천만한 계획 말이네. 언제 처음으로 영돌 아범을 의심하게 되었는지부터, 이 난장판에 미나미 순사부장, 아니지, 자네는 남정호 순사라고 알고 있던가. 하여간 그자와 형님이 여기 이 일에 끼어들게 된 연유도 말해주게, 전부!"

"지금 말입니까?"

"지금이 아니면 언제 이야기를 할 텐가. 내가 내일 당장 여기서 내쳐질지도 모르는데."

그의 말을 들은 선화는 한숨을 쉬었다. 상당히 지쳐 보이는 표정이었다. 하지만 그녀는 순순히 이야기를 시작했다.

"영돌 아저씨를 의심하게 된 건 처음엔 장롱 때문이었습니다."
"장롱의 크기 때문에 말인가?"
"아닙니다. 영돌 아저씨가 장롱을 가져왔다고 이야기를 할 때였습니다."
"어째서인가?"
"생각해보십시오. 장롱을 가져오기 전에, 영돌 아저씨는 오 선생님이 살인 혐의로 경찰서에 잡혀 있다는 걸 알게 되었지요. 평소의 영돌 아저씨였다면 그 이야기를 듣고도 오 선생님이 주문한 양복장을 만들려 했을까요?"
"어째서 말인가?"
"오 선생님이 살인을 저질렀으니, 이제 오 선생님이 주문한 양복장은 만들지 않아도 된다. 돈은 이미 받았으니 내게는 이득이다. 나중에 만에 하나 오 선생님이 풀려나는 일이 생기면 그때부터 양복장을 만들어도 늦지 않다. 영돌 아저씨라면 이렇게 생각하는 게 더 자연스러웠을 겁니다."
"그렇군."
"그런데 영돌 아저씨는 오 선생님이 체포된 뒤에도 수고스럽게 장롱을 찾아내서 들고 왔지 않습니까. 영돌 아저씨는 종종 '남의 불행 속에도 나의 재수가 있다'라고 말했었지요. 장롱을 지고 온 행동은 그 말과는 전혀 맞지 않은 듯해 무언가 이상하게 보였습니다."

선화는 잠시 뜸을 들인 뒤 말을 이었다.

"이상한 일은 이상해야 할 이유가 있기에 이상해 보이는 것입니다."
"하지만 그것만으로는 그저 이상하다 싶기만 하였을 것 같은데."
"그렇습니다. 하지만 우연이 계속 반복되면 그것은 더는 우연이 아니라고 하지요. 이상한 점 역시 마찬가지고요."
 선화는 진지하게 말을 이었다.
 "영돌 아저씨가 만든 양복장을 보고는 다시 한번 이상하다고 생각했습니다. 칸막이가 모자 상자를 넣기에 아주 맞춤한 크기로 나뉘어 있어서였지요."
 "그것이 어째서 이상하다고 생각했단 말인가?"
 "모자 상자의 크기를 눈대중으로 가늠해 만들었다고 보기엔 참으로 절묘한 나눔이라는 생각을 했었습니다. 그러다가 문득, 오 선생님이 체포되신 그날 영돌 아저씨와 나눈 대화를 돌이켜보았더니, 양복장에 모자 상자를 넣기 위해 단을 만들어달라는 이야기는 주고받았지만, 그 단을 어느 정도 길이와 폭으로 잡을 것인지 이야기를 하거나, 영돌 아저씨가 그걸 재는 모습을 보인 적은 없었단 걸 떠올렸지 뭡니까."
 "……."
 "그런데 영돌 아저씨는 어떻게 모자 상자의 크기를 정확히 가늠하고 있었던 것인가. 그 점이 이상했습니다. 그래서 어제 도끼의 틈새에 핏자국이 있는지 확인하러 나온 김에, 모자를 넣을 곳의 단 길이도 가늠해보았습니다. 이제야 말씀드리는 겁니다만……."
 그녀가 머뭇거리면서 말하기를 주저했다.
 "어제 오 선생님이 나가신 뒤에 선생님 방에 들어갔습니다. 모자 상자의 높이를 직접 재어 그것과 비교해보려고 말입니다. 허락도 없이 선생님의 물건을 만져서 죄송합니다."
 선화는 에드가 오의 눈치를 보았다. 그는 한숨을 쉬었다.
 "이미 이 난리가 난 뒤 아닌가. 겨우 그런 일로 내 눈치를 볼 필요는 없다네."

"그렇습니까."

그녀는 안도하는 기색으로 말을 이었다.

"제가 책상 앞에 앉아 있다 보니, 선생님 방에 누가 출입했는지를 볼 수 있지 않습니까? 그런데 순사님이 여길 오고 난 뒤부터 영돌 아저씨가 오 선생님 방에서 모자를 가져간 적은 없었습니다. 그런데 모자 상자가 딱 들어가는 양복장이 완성되었지요."

그는 고개를 끄덕였다.

"사실 그전에도 저는 이 사건이 한 사람이 연속하여 저지른 살인사건인지 의문을 가지고 있었습니다. 왜 그렇게 의심했는지는 혹 들으셨습니까?"

"자네와 영돌 아범이 나눈 대화는 처음부터 다 듣고 있었네."

"참으로 빨리 돌아오셨군요."

그녀는 민망해하는 기색이었다. 이 역시 이전에는 한 번도 본 적 없는 모습이었다.

"아무튼 오 선생님은 범인이 한 명이라는 생각에 매달려 계셨고, 저도 그 생각을 딱히 반박할 수 없었습니다. 그러다 오 선생님이 용구시장에 다녀오신 이야기를 듣고 나서, 이것이 만약 한 사람이 저지른 살인사건이 아니라면 첫 번째 살인은 박동주 씨가 범인일 수 있겠구나, 그렇다면 두 번째 살인사건의 범인은 영돌 아저씨일 수도 있겠다, 라고 생각했습니다."

에드가 오는 문득 연주가 쓴 편지가 떠올랐다. 연주 역시 그의 이야기를 듣자마자 첫 번째 살인에 대해서 같은 생각에 도달하였을 것이다. 자신은 도대체 얼마나 헛돌고 있었던 걸까. 입에서 한숨이 나왔다.

"나머지는 제가 영돌 아저씨에게 이야기한 대로입니다."

선화의 이야기는 그렇게 마무리되었다. 머릿속으로 그녀의 말을 다시 되돌아보면서, 그는 아득한 기분을 느꼈다.

"내가 그날 아침에 영돌 아범에게 내 페도라를 본 적 있느냐고 묻지 않았었나. 그때 내 모자를 본 적 있느냐고 물었다면 어떻게 되었을까."

에드가 오는 착잡하게 중얼거렸다.

"그랬다면 내 모자의 행방은 바로 알 수 있었을 것이고, 나는 외출하지 않아도 되어서 사건에 휘말리지 않았을 거네. 그랬다면 영돌 아범 역시 살인을 저지르지 않았을 것이고, 어쩌면 박 군도 무사히……."

그는 이 기괴한 사건의 발단에 자신의 질문이 있었다는 것을 씁쓸하게 곱씹었다.

그 질문이 없었다면 어떠했을까. 아마도 권삼호의 죽음은 막을 수 없었을 것이다. 어쩌면 그는 뒤늦게, 박동주가 권삼호를 죽인 혐의를 썼다는 소식을, 그리고 그가 도망쳤거나 감옥에 갇혔다는 소식을 전해 들었을 것이다. 과연 그것은 그것대로 어떠했을까.

"그러고 보니 자네가 내게 물었던 게 생각나는군. 친구가 결백하지 않다는 걸 알면 어떻게 하겠느냐고 물었었지."

사건을 되돌아보며 에드가 오는 중얼거렸다.

"이제는 알 것 같네. 자네는 그때 내 행동을 궁금해했던 것만이 아니었어. 자네는 이미 영돌 아범이 범인일 가능성을 생각하고, 자신이 어떻게 하면 좋을지를 에둘러 물어본 거였군그래. 그래서 영돌 아범에게 도망치라는 권유를 했고 말이야."

"예? 그게 무슨 말씀입니까?"

"그렇잖은가. 영돌 아범이 도망치기로 했다면 자네는 살인을 눈감아 줄 생각으로……."

"전혀 그렇지 않습니다."

선화가 눈을 동그랗게 뜨고 강하게 부정했다. 뜻밖의 대답에 그는 어안이 벙벙해졌다.

"아니, 하지만 조금 전에는 분명히 영돌 아범에게 도망치라고……."

"그렇게 말을 하기는 했습니다. 하지만 영돌 아저씨가 문밖으로 나가면 숨어 계시던 남 순사님이 아저씨를 체포하였을 겁니다."

"그게 무슨……."

"궁지에 몰린 쥐는 고양이를 문다고 하지요. 영돌 아저씨를 몰아붙이다가 제가 공격당하면 낭패 아닙니까. 도망갈 기회가 있다고 넌지시 알리면 영돌 아저씨는 도망치는 걸 선택하리라 생각했습니다."

"……."

"솔직히 말하자면, 영돌 아저씨의 죄를 확신하고 나서부터 아저씨에게 도망치도록 권해야 할까 고민했었습니다. 하지만 어제 선생님이 하신 말을 듣고 결심한 바가 있었습니다."

"어제 내가 한 말이라면, 어떤?"

"죄를 태연히 저지르고 오히려 그걸 자신의 이익을 위해 이용하는 사람은 마땅히 단죄 받아야 한다고 말씀하셨지요. 그 말씀을 듣고 나서 마음을 굳혔던 겁니다."

"……."

"세상에 올바름과 정의라는 게 있다면, 그렇게 행동하는 것이 마땅하다는 생각이 들어서였습니다."

그는 아무 말 없이 그날의 대화와 오늘 벌어진 일을 되새겨보았다. 침묵이 거북했는지, 선화가 급히 말을 이어나갔다.

"하지만 만약의 일이 벌어질지도 몰라, 오후에 의사 선생님께도 전화를 드렸습니다."

에드가 오는 그가 형님의 진료실을 나설 때 문밖에서 들은 전화벨 소리를 떠올렸다. 어쩌면 그 전화는 선화가 건 것이었을지도 몰랐다.

"두 분께는 전화로 사정을 대략 설명하고 나서 의사 선생님은 나무 뒤에 숨어 계시라고 말씀드리고 남 순사님은 영돌 아저씨가 집 안으로 들어온 뒤 제가 신호하면 창문 아래에서 대기하고 계시라고 말씀드렸습니다."

"창문을 열었던 것은 그러면……"

"남 순사님께 보내는 신호였습니다. 그리고 집 안에서 나누는 대화와 영돌 아저씨의 자백이 밖의 순사님에게도 똑똑히 들려야 했으니 말입니다."

"자백이라니. 하지만 자네, 아까는 피를 조사하면 누구의 것인지 알 수 있다고……"

"영돌 아저씨에게 거짓말을 한 겁니다. 피의 흔적만으로 누구의 것인지를 알아내는 기술은 아직 없지 않습니까. 그리고 양복장 틈으로 피가 스며들었을지 어떨지 알 수 없기도 하고요."

"……"

"제 말을 듣고도 영돌 아저씨가 자백하지 않았다면 그때는 제가 조금 곤란한 처지가 되었을지도 모르겠습니다. 영돌 아저씨의 말대로 제가 상상한 이야기만 있었을 뿐이라 남 순사님이 따로 자백을 받느라 고생하셨을 겁니다."

선화가 그렇게 말한 뒤 한숨을 쉬었다.

"그래도 몇 가지는 생각 밖이었습니다."

"생각 밖이라면……"

"우선 영돌 아저씨가 도끼를 들고 집 안에 들어온 일이었습니다. 분명 아저씨는 아무 생각 없이 들고온 것이겠지만, 저는 이야기하는 내내 그 도끼가 갑자기 제게 날아오면 어쩌나 마음을 졸이고 있었습니다. 도끼가 휘둘러진다면 남 순사님이 손 써볼 틈조차 없을 거라는 생각이 간절했지요. 그래서 아저씨가 절 도끼로 위협할 때 도끼는 안 된다고 필사적으로 만류했던 겁니다."

에드가 오는 열쇠 구멍 너머로 본 선화를 떠올렸다. 영돌 아범을 몰아붙일 때 그녀가 짓고 있던 표정은 절대로 저런 말을 하는 사람이 지을 것이 아니었다.

"그리고 다른 하나는 오 선생님이 제 생각보다 일찍 귀가하셨단 겁니다. 사건이 마무리 지어진 뒤 돌아오시거나, 적어도 남 순사님과 의사 선생님이 여기 오신 뒤에나 도착하실 것으로 생각했거든요. 그런데 뜻밖에 오 선생님이 방에서 불쑥 나오시질 않겠습니까."

"덕분에 자네도 목숨을 건지지 않았나."

에드가 오는 투덜거렸다.

"거참, 이상한 일일세. 다른 하숙집은 하숙인이 너무 늦게 귀가한다느니 외박한다느니 난리인데, 이 집은 하숙인이 집에 일찍 들어온다고 말이 많군."

"듣고 보니 오 선생님 말씀이 맞습니다."

선화가 목에 감긴 붕대를 만지며 웃었다.

*

"그렇게 된 거였습니까."

이야기를 다 들은 연주가 중얼거렸다.

"박동주 씨가 첫 번째 살인을 저질렀을 가능성은 생각했었지만, 다른 살인의 범인이 선생님 댁에 숨어 있었던 거였습니까……."

"참으로 무서운 상황이었을 텐데, 하숙집의 그 따님, 참으로 대담무쌍한 아이로군요."

무언가를 되새기듯 계월이 조용히 중얼거렸다.

"솔직히 전 기분이 나쁩니다."

연주가 입을 열었다. 무언가를 받아들이지 못한 듯했다.

"은일당이라는 곳에 사는 사람들 이야기까지 제대로 들었다면, 저도 분명 그 아이처럼 진실을 파헤칠 수 있었을 겁니다."

"이보게, 하지만……."

"그랬다면 적어도 그런 난장판으로 사건이 마무리되지는 않았을 겁니다. 진실을 제가 알아냈다면 미리 선생님께 상황의 자초지종에 대해 언질을 드렸을 것이고, 그러면 선생님과 그 아이가 굳이 위험을 무릅쓰지 않고도 범인을 잡을 계획을 제가 짜낼 수 있었을 겁니다."

그녀의 표정에 그는 움찔했다. 과거에 과외를 해줄 당시, 무언가 마음에 들지 않을 때 연주가 보이던 표정이었다.

"일이 그렇게 된 건, 선생님이 제게 이야기를 제대로 하지 않으신 탓 아닙니까."

"나도 그 일이 그렇게 될 줄 알았는가."

그는 애써 변명했다.

궁지에 처한 그를 구한 것은 강 선생이었다. 강 선생이 수레에 싣고 온 커피의 향은 세 사람이 잠시 입을 다물기에는 충분했다.

"다음에 이런 일이 있다면 모든 이야기를 숨김없이 해주시길 바라마지 않겠습니다."

 연주는 그렇게 말하고는 커피를 입에 댔다. 커피를 홀짝이는 그 모습에서 허무하고 염세적인 분위기가 잠시나마 없어진 것 같아, 에드가 오는 왠지 마음이 놓였다.

 우아하게 커피를 맛보던 계월이 잔을 내려놓았다.
 "이제는 대단히 사소한 것입니다만, 탐정님이 지금까지 들려주신 이야기 중에서 정정할 게 하나 있습니다."
 그의 의아해하는 표정을 보며 계월이 말을 이었다.
 "저를 경성 뒤에 숨은 거대한 조직의 대장으로 의심하던 것 말입니다. 저는 평범한 기생일 뿐, 어둠 속에 암약하는 수상한 사람이 아닙니다."
 "내가 그때 뭐에 홀렸던 모양이오."
 그는 넥타이 매듭을 만지작거리며 괜히 큰 소리로 중얼거렸다.
 계월은 까르르 웃음을 터트렸다. 그 웃음은 충분히 수상하게 보였다. 그러나 그 역시 그의 오해임이 분명했다.

*

 에드가 오와 계월은 거의 동시에 자리에서 일어났다.
 "다음에 또, 되도록 자주 놀러와주십시오."
 돌아가는 두 사람을 향해 연주가 나지막하게 인사했다. 어두운 금발의 외국인 여급이 나가는 길을 안내해주었다.
 흑조의 문을 나서자 계월은 걸음을 멈추고, 작은 손가방에서 담배를 꺼냈다.
 "오 탐정님, 혹시 불 가지고 계십니까?"

"담배는 피우지 않아서 말이오."

"그렇습니까."

그의 대답을 들은 계월은 손가방을 열어 성냥을 찾았다.

"한 가지 충고 드리자면, 담배를 피우지 않으셔도 불은 가지고 계시는 게 좋을 겁니다. 모르는 남에게 말을 붙일 때 요긴하게 쓰일 겁니다. 탐정 일을 할 때는 더더욱 말이지요."

"알겠소. 그러니 제발, 탐정이라는 칭호는 그만둬주길 바라오."

계월은 웃음을 터트리고는 성냥을 꺼낸 뒤 우아한 동작으로 담배에 불을 붙였다. 그러고 나서 에드가 오에게 성냥갑을 내밀었다. 그는 그것을 받아서 주머니에 집어넣었다.

"그러고 보니 궁금한 것이 있소. 그때 차에 실은 궤짝은 뭐였단 말이오?"

"제 소지품이 들어 있었습니다."

그녀는 아무렇지도 않게 말했다.

"평양의 기생학교에서 아이들을 가르치러 다니다 보니 가무를 위한 옷가지며 소품 따위의 교보재가 여럿 필요해서 말입니다. 이제 의심이 풀리셨습니까?"

"참고되었소."

그의 대답에 계월이 깔깔 소리 내어 웃었다.

"선생님은 이제 어디로 가실 예정입니까?"

"이제 심부름이 하나 있어 그리로……. 아, 그렇군."

문득 생각난 것이 있어 에드가 오는 품속에서 편지를 꺼냈다.

"그러고 보니 마침 잘 되었군. 심부름으로 만나러 가야 할 사람이 눈앞에 있으니 말이오."

"제게 심부름 용건이 있으신 겁니까?"

그가 내미는 편지를 받고 계월은 의아한 기색이었다.

"하숙집의 그 처자 말인데, 어째서인지 계월 그대를 아는 것 같더구려. 시내에 잠깐 나갔다 오겠다고 하니, 그 처자가 가는 길에 홍옥관에 들러 그대에게 이걸 전해달라고 부탁하더란 말이오."

계월은 입에 담배를 문 채 편지를 펼쳐보았다. 말없이 눈으로만 편지를 훑어 내리는 그녀의 표정에는 별다른 변화가 없었다. 편지를 다 읽고 나서 곱게 접어 손가방 안에 넣은 뒤, 계월은 담배를 입에서 떼었다.

"선화는 잘 지내고 있습니까? 아니, 오 선생님의 이야기대로라면 잘 지내고 있겠군요."

"선화 군과 아는 사이였던 거요?"

"선화와도 예전 고보를 같이 다닌 인연이 있습니다. 이렇게 다시 그 아이의 근황을 들을 거라고는 생각하지 못했군요."

"선화 군과 같이……."

에드가 오는 중얼거렸다.

그 말은 즉, 연주도 선화 군과 같이 고보를 다녔었다는 말 아닌가.

그가 우연의 기이함을 느끼고 있는데, 계월은 담배를 바닥에 던졌다.

"선생님께 부탁드릴 게 있습니다. 선화에게 여기서 연주를 만난 이야기는 하지 말아주시겠습니까?"

"그건 무슨……."

전혀 예상치 못한 말에 그는 되물었다.

"그리고 연주에게도, 하숙집의 그 처자가 선화라는 사실은 밝히지 말아주셨으면 합니다."

에드가 오가 다시 그 이유를 물어보려는데, 계월이 먼저 입을 열었다.

"사정을 여기서 간단히 줄여 말씀드리기는 어렵습니다. 그렇지만 꼭 오 선생님께 부탁드리고 싶습니다."

"……."

"언젠가 오 선생님께도 사정을 말씀드릴 수 있을 겁니다."

그녀의 표정에서 무겁고 짙은 감정이 언뜻 엿보였다. 그는 마지못해 고개를 끄덕였다.

"그럼 저는 이만 가보겠습니다."

그렇게 말하고 걸음을 옮기던 계월이 우뚝 멈춰 섰다.

"오 선생님, 혹시 이번 일로 그 집에서 쫓겨나게 되면 절 찾아오십시오. 제 연줄을 동원하면 선생님의 마음에 들 법한 적당한 하숙집 하나는 주선해드릴 수 있습니다."

"그렇게 말을 하니 그대가 경성의 어둠 한가운데 있다고 의심받는 것 아니오."

그의 말에 계월은 깔깔 웃으며 손을 흔들어 보였다. 조금 전 그녀가 보인 근심의 흔적은 이미 찾아볼 수 없었다.

사람이 가장 걱정하는 점을 아무렇지 않게 찌르는군.

그렇지 않아도 귀가 후 선화 모친과의 면담이 예정되어 있었다.

마무리

새 지저귀는 소리가 밖에서 아련하게 들려왔다. 나무 냄새와 알싸한 약 냄새가 응접실 안을 은근히 돌았다.

선화의 모친은 늘 그래왔듯 무표정한 얼굴이었다. 선화는 모친 옆에 앉아서 목에 감은 붕대를 만지작거리며 고개를 숙이고 있었다. 그리고 에드가 오는 은일당의 두 사람과 책상 하나를 사이에 두고 마주 앉았다. 처음 은일당에 발을 들였을 때와 똑같은 상황이었다.

입이 바싹 말라왔다. 기분 탓인지 붕대로 감아 둔 왼손 엄지손가락도 쿡쿡 쑤시는 것만 같았다.

말없이 에드가 오를 바라보던 선화의 모친이 드디어 입을 열었다.

"최근에 여기서 벌어진 일들 때문에 이야기가 많습니다. 이상한 소문이 마을까지 퍼졌습니다."

"……"

"선생님, 이제 이 집에서의 하숙을 끝내주셨으면 합니다. 선화의 과외도 마찬가지입니다."

그는 한숨을 쉬고픈 걸 꾹 참았다. 이미 들을 각오가 되어 있는 말이었다. 하지만 실제로 들으니 마음은 무겁기만 했다.

"전에도 말씀드렸지만, 이 집은 하숙집이 아닙니다. 더군다나 선생님과 얽혀서 여러 불미스러운 일이 일어났습니다. 그런 일들이 계속 벌어지는 것은 선화의 교육에 좋지 않을 겁니다."

선화의 모친이 하는 말을 들으며 그는 고민했다.

새로 하숙집을 구하기 위해 일단 이번 달 말까지만 말미를 달라고 말해봐야 하겠지. 하지만 어떻게 말을 할 것인가.

그때 아무런 말없이 고개를 숙이고만 있던 선화가 고개를 들었다.

"어머님, 저는 오 선생님께 과외를 계속 받고 싶습니다."

선화의 모친이 선화에게 고개를 돌렸다. 그녀의 얼굴에 당혹스러움이 가득했다.

"그건 무슨 이야기냐?"

"오 선생님의 영어 실력이 정말로 훌륭하시다는 걸, 과외 수업을 받으면서 확실히 알 수 있었습니다. 전 오 선생님께 꼭 영어를 배우고 싶습니다."

선화의 단호한 말에 선화의 모친은 무언가 중얼거렸다. 하지만 그녀의 중얼거림은 제대로 말이 되어 나오지 못했다.

그때를 틈타 선화가 에드가 오에게 물었다.

"오 선생님, 전에 제게 말씀하셨지요. 제 영어 실력이 형편없다고 말입니다. 특히 발음 말입니다. 전에도 '네꾸다이'라 말한다고 지적하셨지 않습니까."

에드가 오는 자세를 고쳐 앉았다. 그는 넥타이를 매만지며 일부러 크게 헛기침을 했다. 새어나오는 미소 때문에 벌어지려는 입가를 억지로 누르고, 그는 짐짓 엄한 표정을 지었다.

"형편없다고 한 적은 없네. 부족하다고 했을 뿐이지. 하지만 그렇군, 발음에 대해서라면 선화 군 자네가 말한 대로네. 네꾸다이가 아니라 넥타이, 라고 해야지. 그런 발음을 사용하면 어찌한단 말인가."

"죄송합니다."

"이제는 조선 사람들도 내지나 중국 사람들과 교류하는 것만으로 만족할 수 없는 세상이네. 이제는 유럽과 아메리카 대륙의 나라들과도 교류가 이루어질 테지. 그렇다면 적어도 세계 대제국 영국의 언어인 영어만큼은 제대로 해야 하지 않겠나. 영어를 제대로 배워 발음하지 않으면, 나중에 다른 나라 사람들과 교류의 기회가 생겼을 때 그곳 사람들에게 손가락질 받고 말 걸세."

짐짓 한숨을 작게 내쉰 그는 선화의 모친을 바라보며 천천히 말을 이었다.

"물론 이제는 제가 더는 하숙할 수 없게 되었으니, 다른 영어 선생님을 찾아보셔야 할 것 같습니다."

"……."

"하지만 그렇군요. 소문을 듣기론 경성의 모 학교에서 교사의 영어 발음이 좋지 않다고 학생들이 항의하는 일이 있었다지요. 영어를 제대로 말할 줄 아는 선생님을 구해야 하실 터인데, 고생이 크실 것 같습니다."

에드가 오는 그렇게 말하고 일부러 입을 꼭 다물었다. 이제는 선화의 모친이 선택하는 것만이 남아 있었다.

"선생님의 말씀은 잘 알겠습니다."

그녀의 표정은 요지부동이었다. 그는 그녀의 이어질 말을 기다렸다.

"선화의 뜻이 그렇다면 한 번 더 생각을 바꿔보겠습니다."

환호성이 터져 나오려는 걸 그는 꾹 참았다. 선화의 모친이 말을 이었다.

"이번에 벌어진 흉흉한 일도 선생님이 자청하여 벌인 일은 아니고, 어쩌다 큰 소란에 휘말린 것뿐이라는 선화의 이야기도 듣기는 하였습니다. 그러니 한 번은 더 참아보겠습니다."

"앞으로도 잘 부탁드리겠습니다."

그는 재빨리 말했다. 선화의 모친은 무뚝뚝하게 대꾸했다.

"선화를 잘 부탁드리겠습니다."

일이 잘 풀렸구나.

마음속으로 안도의 한숨이 나왔다.

에드가 오는 선화를 보았다. 모친의 옆에서 그녀는 그를 바라보고 있었다. 그녀의 눈빛에서 '앞으로도 잘 부탁드리겠습니다.'란 인사를 본 것 같았다.

약품 향이 다시 코를 찔렀다.

이 향은 아무리 맡아도 향기롭지 않군.

그는 속으로 괜히 투덜거렸다.

*

결국, 에드가 오의 그달 과외비는 사라져버렸다. 다행히도 그의 생활비로 형님이 얼마간의 돈을 빌려주어 급한 불은 어떻게든 끌 수가 있게 되었다.

영돌 아범이 만든 양복장은 참으로 처치 곤란한 물건이었다. 남정호 순사부장이 그 양복장도 증거로 가져갈 수 있다고 말을 했었지만, 며칠을 기다려도 양복장을 들고 가지는 않았다. 에드가 오의 입장에서는 다시 마주치기 싫은 남정호가 오지 않는 것으로도 다행이었다. 이제는 왼손 엄지손톱에 상처의 흔적으로 남은 멍을 볼 때마다 그는 진저리를 쳤다.

하지만 결국 며칠 후 그 양복장은 그의 방 한쪽을 차지하게 되었다. 그는 양복장을 볼 때마다 묘한 기분에 사로잡혔다. 양복장은 몇 번이나 깨끗이 닦은 상태였지만, 그 안에 넣어둔 양복에 피비린내가 배지 않을까 하는 생각이 얼핏 들 때가 있었다.

옷장의 텅 빈 곳이 쓸데없는 생각을 불러오는 것은 아닐까. 우선은 빈 틈이 보이는 모자 상자 부분부터 채우자. 어떤 모자를 사는 것이 좋을까.

그렇게 이어진 생각 때문에 형님이 빌려준 돈이 곧 사라지게 되었지만, 그것은 조금 시간이 지난 뒤의 일이었다.

며칠 후 저녁 과외 수업이 시작되었을 때, 선화가 평소답지 않게 우물쭈물하더니 그에게 불쑥 말했다.

"한 가지 궁금한 것이 있습니다."

"무엇인가? 이 문장의 의문문 문법이 잘 이해되지 않던가?"

"아닙니다. 저기……. 얼마 전의 사건 말입니다."

"그 사건? 아직 할 이야기가 남아 있었나?"

"그게 말이지요. 오 선생님이 제가 영돌 아저씨에게 했던 이야기를 모두 엿들으셨다고 하셔서, 문득 든 생각이 있습니다."

어리둥절한 에드가 오에게 그녀가 머뭇머뭇 말했다.

"오 선생님께서 혹 저를 범인으로 의심하시지는 않으셨나 하는 생각이 들어서 말입니다."

"자네를? 내가?"

"저 역시 두 번째 살인사건의 범인일 가능성이 있지 않습니까. 오 선생님의 잃어버린 모자에 대한 것을 알고 있기도 했고, 오 선생님이 경찰서에 잡혀갔다는 사실을 알고 있었으니까요."

황당해하는 기색을 감추지 못하는 그를 보며 선화가 당황해서 말을 덧붙였다.

"물론 저는 범인이 아닙니다! 저는 그날 할 일이 많아 분주했던지라……. 그리고 제가 집 밖으로 나가지 않기도 하거니와……. 그게 저기, 증인이나 목격자는 없습니다만……."

"아니, 의심하지 않는다네."

왜인지 점점 주눅이 들어가는 선화의 모습에 오히려 그가 더 당황스러웠다.

"물론 자네 말을 듣고 보니, 그 때문에 자네를 의심했을 수도 있었을 것도 같네."

"……"

"하지만 지금은, 자네가 예전에 이야기한 것 때문에라도 나는 자네를 의심하지 않네."

"제가 말입니까? 제가 무슨 이야기를 하였던가요?"

선화가 조심스레 물었다. 에드가 오는 대답했다.

"내가 본정경찰서에서 돌아온 날, 자네에게 '내가 범인일 수도 있지 않으냐'고 하였을 때, 자네가 이렇게 말했었네. 내가 그런 행동을 할 사람이었다면 그런 말조차 전혀 하지도 않았을 거라고, 굳이 긁어 부스럼 만들 일을 할 이유가 어디에 있느냐고, 그러지 않았느냐."

"그랬었습니다."

"그 말을 고스란히 돌려주겠네. 자네가 정말로 범인이라면 지금 여기서 자신이 범인인 이유를 내게 열심히 설명하고 있을 리 없지 않은가."

"……아."

선화가 고개를 들어 그를 바라보았다. 그녀의 눈동자에서 무척 많은 이야기가 그를 향해 날아왔다. 그 시선에 담긴 것을 확인하기 전에, 선화가 급히 고개를 숙였다. 에드가 오도 괜히 멋쩍어졌다.

"저를 믿어주셔서 고맙습니다."

"별말을 다 하는군."

그는 그렇게 중얼거리며 며칠 전의 사건에 대해 다시 떠올려보았다. 어느새 사건의 기억은 희미해졌고, 그때 느낀 다양한 감정들은 서서히 그의 내면에서 갈무리되고 있었다. 오래 알고 지내던 사람들이 사라지는 일은 슬프고 고통스러웠다. 하지만 이 사건이 아니었다면, 몰랐던 사람을 새로 알게 되거나 끊어졌던 인연이 다시 이어질 일도 없었을 것이다.

세상의 변화라는 것이 이런 것인지도 모르겠군. 그 며칠 동안의 괴사건을 겪으면서, 나도 이제야 1929년의 경성에 적응한 것인가.

그는 묘한 감회에 젖었다.

"옛것이 없어진 건 슬픈 일이지만 새로운 것이 생기는 건 기쁜 일이지."

"그건 무슨 말씀입니까?"

"아니, 아무것도 아니네. 이번에 새로 산 페도라 이야기였네."

"그새 또 모자를 사신 겁니까?"

선화의 어처구니없어하는 표정을 에드가 오는 외면했다. 그는 일부러 무언가를 떠올린 척 목소리를 높였다.

"아, 그렇지. 나도 자네에게 줄 것이 하나 있었는데."

"줄 것이라니요?"

"나보다는 자네에게 더 잘 어울릴 물건이라서 말이지."

에드가 오는 그렇게 말하며 품속에서 확대경을 꺼내어 선화에게 내밀었다. 그녀가 깜짝 놀라서 그와 확대경을 번갈아 보았다.

"이건 오 선생님이 쓰시던 것 아닙니까. 그런데 어째서 제게 이걸……."

"뭐든지 형식이 중요한 법이거든."

그는 짐짓 근엄한 척 표정을 지었다.

"모던은 갖춤이네. 능력 있는 자는 모름지기 그 능력에 맞는 형식도 갖추어야 하는 법이네. 그런데 나보다는 자네가 이 물건에 더욱 어울리는 사람 아닌가. 그러니 이건 자네 것이어야 하네."

"말도 안 되는 소리입니다. 앞으로도 탐정 일을 하셔야 할 것 아닙니까, 오 선생님."

에드가 오는 단호히 고개를 저었다.

"탐정 놀음은 다시는 안 하겠네. 경성을 활보하기만 해서야 그게 어디 탐정인가. 여기저기 쑤시고만 다니는 정탐꾼일 뿐이지."

"열심히 돌아다니셨으면서 그건 무슨 말씀입니까."

선화는 그렇게 말하면서도 확대경을 집어서 이리저리 살펴보고 있었다. 확대경이 어지간히 마음에 드는 모양이었다.

앞으로 이맛살 찌푸린 표정을 볼 일은 없겠군.

에드가 오는 속으로 그렇게 생각했다.

작가의 말

독자 여러분, 이야기는 재미있게 즐기셨나요?

《1929년 은일당 사건 기록 : 사라진 페도라의 행방》은 1929년의 경성에서 벌어지는 일들을 다루었습니다. 1929년은 일제강점기의 중반을 갓 지난 시기입니다. 식민지 조선 사람들에게는 독립을 이루겠다는 열망과 영원히 일본의 식민지로 남을지도 모른다는 절망이 교차하던 시기였지요.

소설을 쓰며 당시 인물들이 어떻게 말하고, 행동하고, 생각하고, 고민했는지를 고스란히 되살리려 노력했습니다. 그러면서도 실존 인물이나 실재하는 장소는 의도적으로 배제하고, 당시에 있었을 법한 가상의 인물과 공간을 만들어냈지요. 이 역시 당시의 모습을 온전히 그려내고자 했던 고민 때문이었습니다.

또한 그 시대의 장면들에서 지금 우리의 모습이 어떻게 비추어질지 살펴보려 애썼습니다. 일제강점기의 흔적은 아직 우리의 삶 속, 여러 곳에 남아 있습니다. 또한 그 시대를 살던 이들이 고민하던 것들은 뜻밖에 지금 우리의 고민과도 다르지 않아 보이기도 합니다. 하지만 우리가 일제강점기에 대해 아는 지식은 단편적이거나 부정확하며, 몇 가지 정형화된 것들이 고작입니다. 이 작품은 그런 모습들을 흥미롭게 여기고 탐구했던 저의 작은 보고서이기도 합니다. 혹 그 뜻이 제대로 전해지지 않았다면, 그 모든 오류는 저의 부족함 때문입니다. 부디 너그럽게 봐주셨으면 합니다.

이 작품이 책으로 나오기까지 많은 분의 도움이 있었습니다. 먼저 1929년의 어느 봄, 은일당에 벌어진 이 이야기가 세상에 첫 발을 디뎠을 때부터 관심과 격려를 아낌없이 준 현대문학반의 이소희, 황선영 두 분에게 감사함을 전합니다. 그리고 김명희, 김시정, 김진용, 서재성, 손보민, 정대희, 진서연 님께도 감사 인사를 드립니다. 이 외에도 감사드려야 할 분이 많습니다. 이 자리를 빌려 마음을 전합니다. 인터넷의 바다 한가운데 묻혀 있던 은일당의 이야기를 끄집어내 책으로 만들어준 부크크에게도 감사드립니다. 마지막으로 이 책을 읽은 모든 독자 여러분께도 감사함을 전합니다. 부디, 다른 이야기에서 또 만날 수 있기를.

진달래 만발하게 피어나길 기다리며
무경